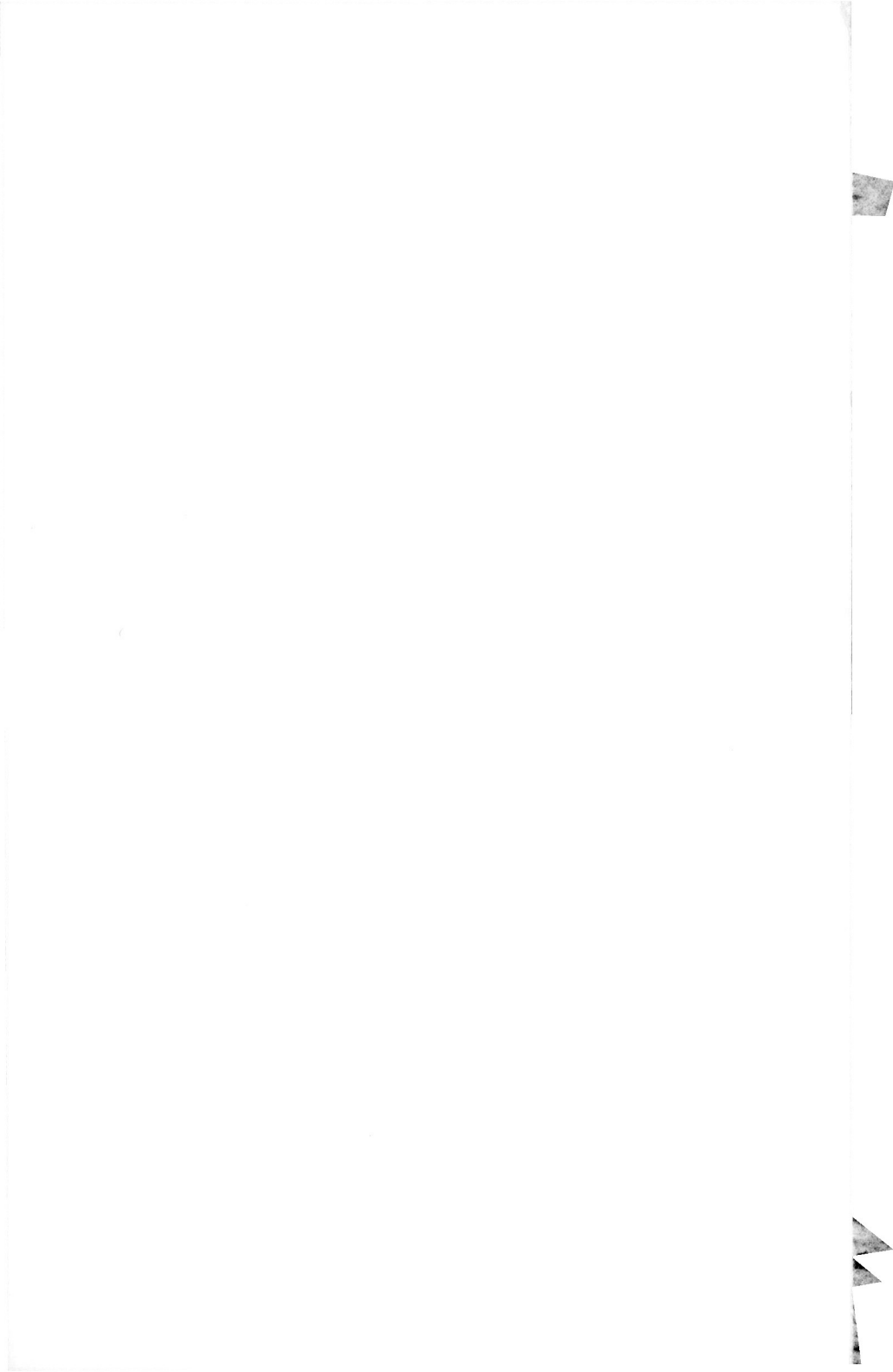

（苏联）安德烈·普拉东诺夫　著　淡修安　译

美好而粗暴的世界

В
прекрасном
и яростном
мире

上海译文出版社

译本序

不一样的普拉东诺夫

自 20 世纪 80 年代"回归"以来,安德烈·普拉东诺夫似乎成为俄罗斯文学甚至世界文学机体上,始终难以愈合的一道"伤口",人们无论怎样努力接近他,无论怀着多么饱满的热情拥抱他的作品,无论用多么惊异的感慨赞颂他的艺术成就,他似乎一直在孤独地渐行渐远。而对于日渐疏离现当代俄罗斯文学的中国读者来说,这份"渐行渐远"的陌生,恐怕迟早会变成某种记忆缺失的错过。

然而,于 20 世纪的人类社会发展道路之艰辛探索而言,甚至于今后无数世纪人类世界前进的方向和目标而言,普拉东诺夫又是断然不可或缺的。他的经验和警示,"在解释我们昨天和今天遭受痛苦和灾难的根源和前景"(俄评论家韦林语);他的洞察和预见证明"他是第一位真正理解一切的人","在很大程度上是未来的作家"(俄小说家比托夫语);他的哲思和宏愿,"使用无声的语言表现了 21 世纪内任何哲学家都未能表现的最细微的范畴"(比托夫语),"为的是在大地上真正地实现人民的真理"(普拉东诺夫语)。凡此种种归于创作思想层面的特质,使得普拉东诺夫逐渐被视为"非凡的道德精神权威",他所构筑艺术世界的审美向度,被注解为一种"反叛的艺术思维"。

再则,单从所建构的艺术世界的美学形式上看,普拉东诺夫同样具有不可替代的独特性，他"不是用笔，而是用我们所不理解的某种全然不同的东西"在书写，"开了'非文学'的先例"（俄文艺学家米哈伊洛夫语），"为俄罗斯书面语言开辟了未曾动用过的可能性"（俄雕塑家苏奇科夫语），"新颖地继承了俄国古典文学的传统，从总体上推翻了有关艺术性的传统概念"（韦林语），"在一种新的基础上实现了全然不同凡响的综合"（俄观察员斯捷潘尼扬语）。因此，普拉东诺夫的艺术范式，才会被推崇为一种"非凡的美学权威"，他的"反文学的语言风格"，才会暂时被指称为处于"异样的书写姿态"。

诚然，无论是"反叛的艺术思维"还是"异样的书写姿态"，不仅对接触过普拉东诺夫作品的普通读者，是一份难以顺畅阅读和舒适把握的"艰辛"，并且对热衷于研究普拉东诺夫的专家学者，也是迄今未能穷极奥妙和完整抵达的"遗憾"。那么，问题的关键或者说道路的障碍究竟在哪里？其实，用普拉东诺夫的话来说，"出路很简单"，就是要找到解构其艺术世界的那把"钥匙"，也即要发现并抓住作家进行创作的美学原则和方法。普拉东诺夫早在1920年参加首届全俄无产阶级作家大会时就说过，他"哪派也不是，我有自己的"。因此，这把"钥匙"，就断然不能囿于现有的文学流派和文艺理论的范畴，而是要从一种全新的方向和领域去寻找甚至打造。经过多年不间断地探索和思考，我们发现，普氏这个"自己的"美学原则和方法，就是以"世界叠合"的方式在建构其艺术世界。

传统文论认为，叙事类作品特别是小说创作，是对现实世界的反映、再现或表现，是作者所建构的艺术世界对现实世界的观照。并且，这个艺术世界因其具备完整的结构和丰富的生命气息，被定义为拥有独立存在价值和意义的"第二性世界"，而作者赖以生存、观察和表现的现实世界（可延伸到历史现实和未来现实），则被命名为"第一性世界"。普拉东诺夫却不同，他那里还有一个"第三性世界"，即俄国十月革命胜利后，他早早地就预见到并迅速在脑海里将其固化的，拥有完满的物质和精神结构的"未来新世界"。这一世界无论从普拉东诺夫的社会生活实践还是艺术创作实践上看，都具有无可置疑和永不消失的先验真理性。也就是说，正是由于秉持对"未来新世界"不变的信念和虔诚的追求，作家"每天，甚至每个钟头的劳作，都是独自在紧张而深刻地对 20 世纪的俄罗斯和人类的命运进行自我剖析和思考"（俄学者恰尔马耶夫语）。而在艺术实践领域，作家的主要活动就表现为，始终在将第三性的"未来新世界"与第一性的"现实世界"相叠加、印证和甄别，从而创建出了以"现实和未来"这两个世界相互叠合为基础的"第二性"的艺术世界，"普拉东诺夫笔下的现实世界的对应性可以这样理解，作家描绘了一个虚幻的、超现实的世界，这个世界极其精准地反映了那个'臆想王国'"（俄历史学家黑勒语）。而在世界叠合过程中，势必会因两个世界各自结构上的差异性和位置上的远距性，而引发诸如拉扯和排斥、塌陷和隆起、遮盖和凸显、拥挤和踏空、扭曲和变形等碰撞现象。这诸多碰撞现象反映在小说文本中，带来了阅读直觉与接受习惯上的尖锐感和陌生感，从而直观地得出作家的艺术世界，具有"反叛的艺术思维"和"异样的书写姿态"这样一种感受和认识。

纵观普拉东诺夫的文学生涯，依据观察现实视角的高低，或者因由世界叠合的厚薄，也即艺术思维的侧重点的不同，大致可以分为三个阶段。从1921年发表第一篇小说作品《电气化》算起，到1927年初完成中篇小说《以太通道》的创作为第一阶段，作家的目光和视野主要锁定在探索"未来新世界"的存在样态和完整结构方面；1926年底完成1927年发表的中篇小说《叶皮凡水闸》为一过渡，以1927年发表中篇小说《驿站村》为起点，到1933年开始长篇小说《幸福的莫斯科娃》的写作为界，作家的创作转入了第二阶段，其思绪和情感开始关注并审视现实（包括《叶皮凡水闸》的历史现实），着力考辨"未来新世界"与社会历史发展进程中的"现实世界"之间的吻合度的问题；自1934年始，以两部中亚题材小说《龟裂土》和《占心族人》（旧译为《江族人》）的诞生为标志，直至1951年作家逝世为第三阶段，作家的心神和兴趣重在深入现实生活的隐秘环节，将"未来新世界"的精神结构，嵌入到平凡的人民个体的心灵和情感世界进行观察，以甄别"未来新世界"的精神引力在"现实世界"普通人的精神生活领域所产生的冲击和蜕变效应。

所幸入选本集子的5篇小说，恰好分列于这三个阶段，适于逐一作番梳理，以切实感受普氏艺术思维"反叛性"和书写姿态"异样性"的多方面内涵及特质。

一、反叛的艺术思维

所谓"反叛的艺术思维"，研究界目前普遍认为，这是指普拉东诺夫艺术创作的主旨与苏联时代主流文学的志趣相左，对苏俄现实社会进程中人与自然、与历史、与革命、与社会、与国家及人与人的哲理性思考和冷峻批判，是作家进行审美追问的基本理路；对特殊历史环境中"个体和整体存在意义"的艺术求索，是其进行审美建构的主要格调。这种认识，仍是从政治意识倾向和精神道德方位这两个维度，对普氏艺术世界进行的宏观解读，若仅止于此，则离普氏艺术世界的深度和复杂性相距甚远，仍然是在"用一把远离生活复杂性和艺术复杂性的抽象的尺子"衡量作家的哲学视野和艺术追求。若站在以"世界叠合"方式建构的美学基石上，重新审视普氏小说文本的细微之处，则可以读出更多的"不一样的"艺术思维成分来。

中篇小说《以太通道》是普拉东诺夫第一阶段创作集大成的作品，也是认识和解构其二、三阶段创作那把"钥匙"的骨架或"匙槽"，第一次完整地给出了"未来新世界"的全貌（未来现实），包括物质和精神两方面存在要素的全部结构形态，是作家对先验性存在的"未来新世界"在艺术领域的全方位实践和具象化。从情节上看，小说并不复杂，讲述的是几代狂热而执着的科学探索者和冒险家的故事，他们为了人类的福祉，探索、寻找、捕获并利用神秘地存在于宇宙空间的"以太"物质，梦想"像畜牧工人养猪一样，喂养繁殖铁、金和煤"，以改变人类生存物资极度匮乏的现实窘境。对这部小说的创作主旨和艺术思维指向，目前评论界的论调比较集中，认为这是作家"将大地建设成'人类舒适的家园'"之理想的技术试验方案，属于思考和追问人与自然关系的范畴。从这个意义上讲，目前的论断基本揭示了普氏"未来新世界"的物质属性，但并未有触及这一世界的精神属性。其实，小说中，作者通过悲剧性的情节设计和另类文本的穿插手法，暗示性地交代了"未来新世界"应该具有的精神面貌。放在"世界叠合"机制下考察，不难发现，第三性的"未来新世界"在叠合向第一性的"现实世界"时，明显出现了一种踏空现象，即主人公们的精神品格还没有成长起来，还不能契合"未来新世界"的精神需求和结构，因此才会发生种种因精神缺失而导致的悲剧，如波波夫在意识错乱情形下的毒发身亡，玛基森在思想崩溃中的暴毙毁灭，基尔毕奇科夫父子在心灵空虚时出走异国他乡后的意外死亡。而解决精神缺失的方案在哪里？作者借助插入两部仿古文献的方式（《阿尤纳之歌》和《总经》），系统而深入地思考了时间、空间、知识、创造、历史和自然等哲学命题及这些精神要素间的相互关系，回答了在新的社会历史发展阶段，俄国人民乃至20世纪的整个人类，如何在精神上企及甚至跨入"未来新世界"的途径问题，这也是后来作家不断在艺术实践中呼吁"重要的是给人们种上心灵"的根本原因。

正是因为在"新的社会历史发展阶段"没有找到匹配"未来新世界"的精神力量，普拉东诺夫才会几乎在创作《以太通道》同时，将自己的艺术笔触伸向了俄国社会发展的"历史现实"，从而写就了《叶皮凡水闸》这部历史题材小说，其目的在于深入俄国人民的心灵家园，从历史渊源上追溯其成长向历史拐弯之后的未来社会的可能性。小说以18世纪初彼得大帝试图连通黑海、里海和波罗的海直至印度次大陆的伟大构想为蓝本，以主人公英国工程师佩里建设沟通顿河与奥卡河间的人工运河工程为主要线索，对人与自然的矛盾、人与历史的碰撞及"亚洲的自然"与"欧洲的智慧"的冲突进行了深刻反思。情节发展上，这部小说存在明暗两条线索，佩里理想事业追求上的磨难在明，佩里的女友梅丽爱情生活追求上的不幸在暗，二者交相辉映，共同烘托了小说基调的悲剧色彩。而正是这个悲剧基调，表明作家在"敏锐地从整个人类社会历史的高度洞视现实社会中初露端倪的弊病"（吴泽霖语），若从"世界叠合"效应上看，则不难发现，"未来新世界"在靠向"历史现实"世界时，出现了一种塌陷现象，在这里，历史破产了，爱情也破产了，俄国人民精神世界的蛮荒和物质文明的落后表明，要从俄国历史这片陈腐的土壤上自然而然地长出新的心灵，要在新的历史发展阶段依照惯性接续俄国古老的精神传承，看来是不可能的了。因此，为顺利长入"未来新世界"，这就要求俄国人民的心灵世界必须得"破土"和"蜕变"。

紧接着，这个"破土"的任务就落在了《驿站村》身上。这部中篇小说带有一定自传色彩，是普拉东诺夫第一次用细腻笔触揭示"小人物"的命运。小说既简明扼要地交待了作家的故乡"驿站村"诞生的历史，又浓墨重彩地描绘了一个命运悲苦的"小人物"雇工费拉特，在革命前后的穷困生活和向往革命的心路历程。从艺术思维的目标上看，作家希望"一方面要将革命前俄国生活的一种面貌揭示出来，另一方面还要建构一种发生在1917年转折时期的内在逻辑"。（俄学者斯维捷利斯基语）而这个目标，放在"未来新世界"的透视镜下观察，不难发现，在那场革命爆发之际，在历史前进的步伐即将猛然撞击"未来新世界"的大门前，俄国的乡村生活仍是一派保守落后的破败景象，俄国人民的心灵还满是绝望哀伤的封闭状态，如何正确地打开那扇门，如何正确地"踏上奔向广阔的生活天地的道路，拥抱全新的、最高意义的存在"（俄评论家瓦西里耶夫语），这既是那场革命采取暴力方式摧毁旧历史的必然逻辑，也是那场革命采取同样"暴力"的方式打破人民心中沉重而坚硬的思想之壳的现实任务。而那场革命，则是"未来新世界"诞生和成长的序曲。这序曲，从

"大地深处和底层"唤醒了行将灭亡的人们的心灵和意识，使之"破土"而出，"如同那冰封的晶莹山体，在重重的压力和原初的欲望下，开启了第一次的萌动"，"内里，某种清新意识的胚芽，被坚定地植入并永久地种下"。而这一"唤醒"或"破土"现象，当然离不开"未来新世界"在靠近旧的"现实世界"时所诱发的牵引作用，其"全新的、最高意义的存在"既是一种希望，也是一份诱惑。不过，苏醒只是前提，"胚芽"仍需成长，才有可能跨过那道门，进入到新的生存世界，这就要求那人和那世界的结构还得不断"蜕变"，以脱胎换骨为"新人"和"新的世界"，这也是小说结尾处那句"赶着投胎去"的隐喻意义。

接下来，作家在整个第二阶段创作中，紧张、敏锐而又果敢地考察着诸多"蜕变"现象和过程，从而使得随后的一系列作品都特别激越和凶险，与当下的生活现实和艺术实现均发生了剧烈冲突，导致多数作品在当时都未能成功发表，《幸福的莫斯科娃》也在此列。

长篇小说《幸福的莫斯科娃》的创作始于1933年，其后一直断断续续，到1936年都仍在修改写作方案，因而研究界普遍认为这部作品并没有完结。小说描绘了20世纪30年代作为无产阶级城市和艺术文化中心的莫斯科城的社会生活景况，刻画了新的历史语境下一批苏联青年的新面貌和新特征，揭示了他们充满梦想与激情的人生追求总是同一些消极的熵、孤独和死亡联系在一起的生存窘境，反映了十月革命后俄罗斯历史发展的未来希望与现实困惑，彰显了作家对生活与爱情、理想与现实、存在与死亡及人与社会等宏大哲学命题的深层思考。其实，遵循作家考察"蜕变"现象和过程的艺术思维逻辑，从文本结构和情节意蕴相互间的契合度上理解，这部小说的结尾是合理的，结构也是完整的，呈现出"一种试验性的结尾，这一试验表明，命运和思想实现的可能性非常之多，表现为一个非常庞大的系列，但是结果却什么也不是，仿佛什么也没有发生"。(俄学者马卡罗娃语)

这部小说艺术思维的"反叛性"不仅在于"不合时宜"的哲思表达，还涉及到"新世界"和"新人"的成长问题。从"未来新世界"的存在要素上看，其结构体系中的关键要素"新人"，在叠合向30年代的莫斯科那群优秀的"新青年"时，引发了扭曲现象。"扭曲"的原因在于，"现实世界"的"新人"在"蜕变"过程中并没有找到合适的"心灵"，他们以为通过"爱来联结大家"的方式，找到通往"未来新世界"的"主要的生活"，却发现从天上到地下、从实验室到舞厅，处处都充满了"灾难和痛苦"，生活依旧"这样糟糕"，"爱"并没有成长为与"未来新世界"相一致的精神力量。因"心灵"的缺失或者说不完整，人们在物质上进行改造世界的种种实践方案和建设行为，如女主人公莫斯科娃飞上高空寻找自由、深入地下建设道路的行为，男主人公桑比金拯救生命、寻找死亡的物质属性以复活死者的行动，沙尔托利乌斯改良秤具的实践，等等，通通都碰了壁，不是遭遇灾难，就是陷入荒唐，反而带来更深层次的没有结局的痛苦。这种"扭曲"现象表明，"幸福、平顺的主人公们与其周围的世界还很不协调和稳定"(芬兰学者科斯托娃语)，那个"人、时间和自然达到了和谐统一"的"未来新世界"还远没有到来，人与世界的"蜕变"过程也还远没有结束。

只是，出路到底在哪里？既然从狂热的建设浪潮和炽烈的精神追求中均未能找到恰当答案，同时反观自身生存遭际的不幸和艺术实践的磨难，普拉东诺夫似乎对"现实世界"既有的条件和环境屈服了，将目光转向了"宁静的现实生活"，回到"人物历史"的初始阶段，回归心灵"萌芽"的本真状态，意图平静而隐秘地考察人们心灵缓慢的"蜕变"过程。因此，小说最后，所有的主人公才纷纷消失于茫茫人海，回到平凡生活之"宁静港湾"的深处。这既是这部长篇小说看似在走向沉默的结尾，也是作家第三阶段艺术创作隐然与现实生活相妥协的开端。

短篇小说《美好而粗暴的世界》情节简单、节奏舒缓，以平凡而宁静生活中的一次意外事故为着眼点，重点考察了特殊事件背景下人与社会的位置和结构关系。小说中有句名言，"哪样更好——一个自由的瞎子，还是一个明眼的、无罪的囚犯？"这是评论界普遍喜欢关注的焦点，认为作家借此在讽刺那个时代人与僵化的现实社会制度之间，关系紧张，矛盾冲突尖锐。当然，这样的解读和判断，也确实说明作家的艺术思维仍保留了"反叛性"的特征。不过，从小说文本的内容含量上看，只有这么一个结论似乎还远远不够，可能忽略或丢失了作家另外一些更为重要的思想或发现。普拉东诺夫"回归宁静的现实生活"的目的，不仅在于温柔平和地揭示"现实世界"相对于"未来新世界"的非完满性缺陷或弊病，更重要的是继续关注和甄别人们心灵的"蜕变"成色。因此，主人公马尔采夫在遭到雷击后才会出现幻觉，这个幻觉就是其因热爱机器、陶醉工作的心灵向"未来新世界"靠拢时，产生的一种内在精神力量所导致的，"这事儿呢，显然是人的那些内部因素在起作用"。在作家对"未来新世界"的设计中，科技改变世界是一个重要手段，机器是"未来新世界"不可或缺的物质结构要素，它投射或者叠合在"现实世界"中，常常显化为一种生命存在形态（普氏笔下的机器几乎都拟人化了），具有非凡的力量魅力，牵引并促进着人们"心灵"的进步和成长。不过从老司机马尔采夫一波三折的命运走向和小司机科斯佳好心办了坏事的"冒失行为"上看，不仅"现实世界"还没成长到"未来新世界"的高度，仍有"突然爆发又冷酷无情的，毁灭人的劫难力量"存在，人的心灵，人"身上那份生而为人的特殊性"也尚未成熟和饱满，还不能充分认识所在世界的物质结构（比如天象）。

因此，在这部短篇小说中，甚至整个第三阶段的艺术创作，普拉东诺夫艺术思维隐秘而执着的目标，仍在于努力而艰辛地发现和判断，"那人和那世界"向"未来新世界"蜕变的程度。而这一目标，不仅是其"艺术思维"始终在指向远方，始终呈现出一种"反叛性"特质的基本逻辑，更是他这一阶段诸多"静默风格小说"仍然难以问世，即便偶有发表，也立即招来万般非难的重要原因。

二、异样的书写姿态

普拉东诺夫的书写姿态与其艺术思维是相一致的，其思维的"反叛性"与姿态的"异样性"也是相协调的。这个"异样性"反映在艺术世界的叙述语言上，就是其为世人常常津津乐道却又每每望而却步的"反文学语言风格"。普氏的"反文学语言风格"在其小说文本中呈现出了两个方面的话语结构特征，或者说两大美学形式特点：一是叙述语言内在构成上离奇的混成性、杂糅性和粘连性，表现为将大量宣传口号式陈旧政治用语（"带刺的官方术语"）、公文用语（各种决议批示和集会演讲中摘录下来的"语言代用品”)、晦涩不通的招贴画用语、前线煽动人心的口号和高度紧缩的哲学话语糅合在一起，将一些简单、普通、惯常的词语（如耕地、工作、大地、生活、死亡等）与当时人们还没有适应的新词（如革命、世界革命、国际组织、社会主义及共产主义等）相粘连，把众多冗言赘语、奇谈怪论、错格修辞甚至语法错误等语言现象混杂于一体；二为叙述语言外在修辞效果上的粗糙化、响亮性和隐喻化，表现为言语措辞发生了“故意的”扭曲、变形和断裂，形成了“不对头的”丰富灵活和“口齿不清”的优美而粗糙的效果，其“复杂的旋律性”、“发自内心的呐喊声”和在革命期间学会思考的人大声的“内心独白”，实现了令人思想深处激动不已的响亮的变奏曲效果；语言指称概念的拟人化和“拟物化”修饰，比如将自然、技术、机械、革命、历史和社会等概念进行拟人化处理，对社会主义、共产主义、资本主义和官僚主义等概念予以拟物化修饰，取得了惊人的隐喻效果，赋予作品浓郁的哲学底蕴，极大地丰富了作品潜在的多义性和广阔的语义域。

那么，普拉东诺夫的“反文学语言风格”是如何形成的，其进行艺术创作时，是什么样的语言表达冲动或者言说心理机制在影响他的书写姿态？答案仍然与“世界叠合”方式进行审美建构的美学原则和方法紧密相关。“未来新世界”在向“现实世界”叠合时，其“新的”语言结构和话语体系跟现行的“旧的”对应物发生了碰撞，同样诱发了“拉扯和排斥、塌陷和隆起、遮盖和凸显、拥挤和踏空、扭曲和变形等现象”，在这些现象的影响下，至少带来了三个方面的话语形态的变化，也可以说形成了三种新的语言结构形式，一是日常口语的形态变化（内容构成变了），二是内心独白的形态变化（表达能力变了），三是修辞声音的形态变化（感情色彩变了）。

　　首先，日常口语发生形态变化的内在机理是这样的，"现实世界"旧的存在要素和现象，反映在语言上就是以旧的世界观念和宗教信仰为主体的民间话语，与"未来新世界"的存在要素和现象，表现在语言上则是以新的革命学说和真理认知为主体的新型话语，发生了碰撞，一些很少接触过也从来没使用过的生词、大词、新的思想和物质概念等，冲击并挤进了人们的精神意识，跟一些同类的或相关联的旧词和表达习惯硬性地拼接粘连在了一起。并且，旧的日常表达在遭遇新的话语内容时，显得有些胆怯和懦弱，仿佛时刻在躲避或打算逃逸，故而呈现出要么在装腔作势地吓唬，要么是结结巴巴地讨好或笨嘴拙舌地退缩。

　　比如小说中经常会碰到这样一些"怪异"的词语搭配，"给矿藏施肥"、"喂养繁殖铁、金和煤"、"零机器技术"、"新自然的建筑师"、"大地的肚脐"、"紧密无缝、完整一体的人民"、"技术的终点"、"社会主义形式的家产"、"疏远共产主义"、"主要的生活"、"想出自己的世界观"等等。这些词语组合给人感觉，"语词仿佛迷了路，它远离了自己的日常状态，它们的内在形式根本发生了变化，似乎在四下逃逸。"（恰尔马耶夫语）

　　再比如，我们还会读到这样一些"奇特"的语句，"孩子比贫穷更重要和强大得多"；"在辩证唯物主义哲学的驱动下，历史前进的车轮正在切切实实地改变着方向"；"愚蠢的生活把人们弄得伤痕累累，而科学就是用来医治创伤的"（《以太通道》）；"可要是从上面往下看，这人民啦，倒也平平整整的一般儿齐，谁也不见得比谁更金贵"；"革命啦——她就是一种自由，跟财产啦归属呀什么的，压根儿就不搭界——像过去一样，总会停下来的"

（《驿站村》）；"他对近在咫尺的未来有着强烈的预感，那刚刚被资本主义掠夺走的幸福生活，如今正在向自己招手和走来"；"若是眼下挂在天上的这颗太阳不够用了，或者实在令人腻味和不漂亮了，那么干脆就点燃一颗新的太阳"（《幸福的莫斯科娃》）；"您应该知道关于人的一切，甚至那些，连他自个儿都不知道的东西……"（《美好而粗暴的世界》）这样的表达对读者来说，"我们感受到的不仅仅是可笑和遗憾，更多的是逻辑上的触目惊心和痛苦经历，让人体会到了个人生活上的可怕荒谬和魔幻景象。"（科尔尼延科语）

其次，内心独白的形态变化之原理在于，人的心灵在"蜕变"过程中，无论是其思考的能力还是说话的能力，一切都仿佛才刚刚开始，他们在触摸新事物、新现象和新说法，并尝试着学习思考和表达，其精神结构在破裂，思想意识出现了暂时性混乱，内心的声音如同在牙牙学语，经常会出现词不达意的尴尬，犯语法颠倒的错误，甚至产生"神搭配、神逻辑"式的奇思异想。比如，他们似乎意识到，"应该为这样的人而活着，那些正在创造未来的，正在被沉重的思想所折磨的，正在整个人本身都在变成未来、变成一种速度和追求的人。"（《以太通道》）似乎要张口呐喊，"思想念头不是唯心主义，而是确定且万能的物质！"（《以太通道》）似乎有所醒悟或察觉，"我不是故意要来到这个世界的，只是一种偶然和意外，可这世上所有的一切，都得为此而忍受我，而我，将再也不会痛苦和难受了。"（《驿站村》）"既然人目前还是一种自制的，功能尚不够强大的，设备也不够完善的生物体——没准儿只不过是，某种更加高级而有效的生物之比较原始且模糊的胚芽和原型。"（《幸福的莫斯科娃》）又似乎在感慨，"历史这个老娘们，都把咱们给搞残废了！"（《幸福的莫斯科娃》）"我看这个世界看习惯了，也以为是在看着它，可当时我看到的它，不过是在脑子里，在自己的想象中"；"哪怕是瞎子——也照样是一个完整而平等的人。"（《美好而粗暴的世界》）这些粗犷、尖锐或深奥的、读来并不十分顺畅的心声表明，人们"仿佛仍在学习怎样说话，但同时其言语中却拥有绝对的无法表达的对世界的认知"（俄学者乌尔班语），"彰显了人民在追求和谐的新世界道路上所发生的'可怕的心路历程'"。（瓦西里耶夫语）

第三，修辞声音的形态变化。这一变化是普拉东诺夫内心执念最直观的显化和反映，他对"未来新世界"实在过于钟情和偏爱了，以至于凡是与"未来新世界"的物质和精神结构相一致的存在，或者说"叠合"之后，"现实世界"的存在与"未来新世界"的存在取得高度重合的那部分，诸如一些事物、人物、自然环境和景象甚至抽象的概念等，作家对之都怀有特殊的感情，在书写描绘时，其笔触常常借用比喻、比拟、通感、夸张和移用等修辞手段，展现出一种格外亲近和钟爱的姿态。

如此，我们才不难发现这样一些"奇俊的"形容，"不会言语的、但却非常用心的交谈者"、"不堪重负哀嚎呻吟的窗户"、"丝毫没有翻身机会的垃圾"；"缠绵纠结、黏稠不堪的思绪"、"茫然失措的精力"、"日益膨胀的大脑"、"可怜巴巴又危险万分的灵魂"、"现成而又空闲的心灵"、"空心人"、"一个早就开了头、却又远未结束的家伙"；"处子般的草原"、"平稳而舒缓的大平面"、"静默肃然也悠闲的天地"、"开阔而空旷的夏日"、"蓬勃而伟岸的清晨"、"令人窒息和心慌的黑暗"；"狭窄而沉闷的寂寞"、"黑暗而拥挤的孤单"、"轻松而愉悦的疲倦"、"紧密而狭窄的幸福"、"坚硬如铁的真理禁区"、"剩下的多余时光"等等。这些词藻生动地表明,作者似乎在与他所描述的对象深情地打着招呼。

也不难发现一些更为倾情的秀美表达,比如,"稀薄的空气中,夜风挥舞着冰凉而无情的双手,忽起忽落";"焕发出惊人朝气的骄阳笑容满面地倾洒着自己的热情,鼓舞着早已疲惫不堪的大地努力从事生产"(《以太通道》);"萧瑟阴冷的海风扇拍着威尼斯样式的窗子,抢进屋来,寒气阵阵逼人,越发显得孤寂凄凉";"北国大俄罗斯的冬天,过得总是这么漫长而蹒跚"(《叶皮凡水闸》);"他看见,大地庞然的身躯里,一颗火热忙碌、沸腾喧闹的心脏,正隐隐远去,躲进那无尽黑暗的深处,不停地战栗,直待清晨,方得自由";"驿站村,如今是一副愁眉不展、苟延残喘的样子——那战争的炽热,已渐渐烤干了驿站车夫们舒适安逸的生活"(《驿站村》);"屋里的家具摆设,看上去没花国家几分钱,显得很是单调和陈旧,使得这些物件的思想性透出了几分冷漠和冰凉";"这夜晚,长得如同一根立着的棍子似的"(《幸福的莫斯科娃》);"我们这架机车的干劲儿和威力,完全比得上那雷电的威风";"随后我们冲进了倾盆大雨中,不过很快就钻了出来,开到一片消停下来的漆黑草原上,空中那团乌云一动不动,十分安静和温顺,显然是累坏了"(《美好而粗暴的世界》)。凡此种种灵气逼人的语句,让人读来,不免觉得作家在向那些非生命物什和自然景象优雅地致以问候。

总的来说,普拉东诺夫用"反文学的语言"进行艺术创作,可谓用心良苦,异常形象深刻地揭示和证明了,在那个具有先验真理性的"未来新世界"的诱惑和指引下,人这一要素在蜕变,人的心灵和精神的载体语言，也在发生变化。另一方面，"未来新世界"自有其完满的物质结构和精神结构，有与其物质和精神存在要素一致的语言结构和话语体系，包括新的称名对象、新的知识观念、新的世界认知、新的哲学思想甚至新的情感表达方式等等。"那人和那世界"在接近并希望长入"未来新世界"时，必然要认识、学习和掌握其语言，以便成为这个世界的一种结构甚至其本身。

离开了"未来新世界"的非凡魅力，离开了"世界叠合"式的审美建构，普拉东诺夫的艺术世界恐怕就不会如此独特和成功（就像他改编的一些童话故事那样）。而对于这颗星球上，正在走向并立志进入且最为接近那一"未来新世界"的国家和民族，我们似乎比别的人民，更加迫切地需要"结识"这位作家和了解他的作品。

是为序。

淡修安

2020 年夏于重庆

目录

美好而粗暴的世界

(马尔采夫司机)

1

在托卢别耶夫机务段，亚历山大·瓦西里耶维奇·马尔采夫是公认的最出色的司机。

他不过 30 来岁，却已拿到一级司机的资格，并且早就开上了快车。我们机务段下来第一辆"约斯"型大功率客运机车那会儿，段上就指定由马尔采夫来操作，这绝对是正确而英明的。而跟马尔采夫搭档的副司机，是段里一名上了点岁数的钳工，名叫费奥多尔·彼得罗维奇·德拉班诺夫。只是，这人没干多久，就考上了司机，被派到另一辆机车上干活去了。我呢，接替德拉班诺夫，受命到马尔采夫的班组当他的副手。这之前，我干的照样是副司机的活，不过开的却是那种旧式的、小功率的家伙。

对于这次调动，我自个儿是美滋滋的。"约斯"型机车，我们全段当时就这么一辆，单是那长相，就叫我激动和振奋；我可以就那般久久地望着它，一时间，心里格外舒坦和欢喜——这实在是太美妙了，活像小时候第一次念着普希金的诗那样。另外，我也盼着到一级机师的班组里干一阵子，好将他那驾驭重型快速列车的技艺学到手。

亚历山大·瓦西里耶维奇对于我调到他的班组里这事，态度不好不坏，甚至有些冷淡。看样子，谁来当这个副手，在他来说都没啥关系。

出车前，我跟往常一样，全部零件都要挨个儿检查一遍，所有的操作装置和辅助设备也都试着捣鼓一番，直到觉得车子可以上路了，心里才踏实舒坦。我好一阵子忙活，亚历山大·瓦西里耶维奇就在边上看着，神情还很是专注，可我完事儿之后，他却又亲自动起手来，重新检查了一遍车况，好像不放心我似的。

亚历山大·瓦西里耶维奇一而再，再而三地插手我的分内之事，这让我不免恼火，却又不好吭声，后来也就渐渐习惯了。不过通常来说，只要我们一旦上路，我心里的不痛快也就不翼而飞了。我一边留意着那些与飞驰的机车状况息息相关的仪器仪表，忙乎着查看左机的运转情形和前方的路况，一边还时不时地瞧一眼马尔采夫。他开起车来，活像一个本领超凡的大宗师，信心百倍、勇猛果敢，又如同是位才华横溢的演员，神情专注、酣畅淋漓。那整个的外部世界，仿佛都融进了他的内心体验，他可以牢牢地将其掌控和予以统帅。亚历山大·瓦西里耶维奇目视前方，眼神松弛而散漫，仿佛空空如也，可我知道，前方的整条道路，扑面而来的整个大自然中的一切，他都看得清清楚楚——甚至，一只麻雀，一只被气流从道砟山上卷入行进的车列中的麻雀，他也能发现，并且还饶有兴致地回头看上一眼：我们开过之后，它会不会有事，又飞到哪儿去了。

我们从没因自身的原因而晚点；恰恰相反，有好些中间站，我们本应该正常通过的，却经常被拦下来停在那里，只因我们提前到达了，只好拖延拖延，以便将我们重新纳入运行时间表。

通常，我们干起活来都是不说话的；只是间或，亚历山大·瓦西里耶维奇会拿扳手敲那么一下锅炉，也不扭头看我，以示我该注意机器运转的某种异常状况了，或者提醒我机器要发生剧烈变化了，让我有所警觉。我总是很好地领悟到了这位老同志师傅无言的指令，尽心竭力地干着活，可他对我的态度却始终没啥改观，依旧那么生分冷淡，跟对那名加油兼锅炉工一个样，到站后照样要检查检查压力润滑器，看看车轮连杆的螺丝拧紧了没有，试试主动轴的活塞是否还灵光，等等。要是我刚好检查完某个摩擦部件，并给它上好了油，那马尔采夫则紧接着跟在我后面，又把那个部件再检查一遍，又再上一次油，就仿佛我的活路不管用似的。

"亚历山大·瓦西里耶维奇，这个十字头联轴，我呀，已经检查过了。"有一次，在我检查完之后，他又开始了，我于是对他说道。

"我呀，就想自己动手。"马尔采夫微微地笑了笑，那笑容中含着一丝忧伤，这令我着实有些惊讶。

后来我就明白了，他在忧伤个啥，也搞懂了他为何对我们总是那么冷冰冰的。他觉得在我们面前，自己要高明得多，比我们都更懂机器，要透彻得多；他也不相信我或者什么别的人，可以将他那份得天独厚的神秘本领学到手，那个既能够同时看清沿途的麻雀和前方的信号，又能够同时感知察觉路况、车重和机器给力状态的神秘本领。当然，马尔采夫认为，在勤奋用功上，在卖劲儿干活上，我们甚至是可以超过他的，但他从没想过，我们会比他更热爱火车，会比他驾驶得更出色——更出色的，他觉得，根本就不可能了。正因为如此，马尔采夫跟我们在一起的时候，就显得特别忧伤；他对自己的天才本领感到苦闷，就仿佛他在因孤独而惆怅，他不知道，要如何跟我们讲，我们才能够理解。

而我们呢，确实也没办法搞清楚他的那份能耐。有一次，我请求亚历山大·瓦西里耶维奇，让我独自驾驶一阵子列车；他倒是答应了，准许我开 40 来公里，自个儿则坐在了副司机的位置上。我刚开了 20 公里，就慢了 4 分钟，在一段连续上坡路段，我怎么整，时速也没超过 30 公里。然后轮到马尔采夫来开；上坡的时候，他的速度稳定在 50 公里；转弯时，他也不像我那样控制不好机器。没多久，他就将我耽搁的时间追了回来。

2

我给马尔采夫当了将近一年的副手，从头年 8 月到第二年的 7 月，待得 7 月 5 号这天，马尔采夫作为特快列车司机，出了最后一趟车……

我们接了一列 80 轴的客车，到手的时候已晚点 4 个钟头了。调度员专门跑出来，到车头跟前拜托亚历山大·瓦西里耶维奇，无论如何都要尽量压缩一下列车晚点的时间，哪怕压到 3 小时也好，不然他就很难将空车安排到旁边的车道上了。马尔采夫答应他将尽量往前赶时间，然后我们就上路了。

那会儿正值傍晚 8 时许，不过，夏天的时日较长，太阳还带着初升时的那股暖洋洋的劲儿，明晃晃地照着。亚历山大·瓦西里耶维奇吩咐我，全程都要将锅炉里的蒸汽压力，保持在离极限值只差半个大气压的水准。

半个小时后，我们闯进了一片草原，一块平稳而舒缓的大平面。马尔采夫将车速控制在 90 公里，非但一直都没降下来过，反而在一些平直路段和缓坡地带——将车速提高到了 100 公里。上坡的时候，我把火箱的燃烧值开到了最大限度，要是自动输煤机赶不上趟了的话，就招呼锅炉工亲自用手帮忙，不然我那蒸汽就要降下来了。

马尔采夫开着车往前赶，一刻也不曾放松，将调速杆拉得满满的，回动手把也彻底松开放空了。我们这会儿，正朝着一大片挂在天边的乌云行进。从我们这方看，那乌云在太阳下熠熠生辉，可在其内部，则有那一道道凶猛而愤怒的闪电，在疯狂地肆虐撕扯。我们眼瞧见那一把把电剑，是如何直杠杠地扎进远处那片寂然的大地，我们也正对准那片大地疯狂地飞驰而去，就仿佛急着要去拯救她似的。这番景象，看样子似乎迷住了亚历山大·瓦西里耶维奇：他老远就把头探出窗外，直直地盯着前方，一双早已习惯了烟尘、火光和空间的眼睛，这会儿闪烁着兴奋激动的光芒。他觉得，我们这架机车的干劲儿和威力，完全比得上那雷电的威风，甚至，他心里没准儿，还为自己的这个想法暗自得意。

不久，我们发现一股尘土飞扬的龙卷风，正从草原上飞速地向我们冲了过来。看样子是风暴，正卷着一团雷雨云，朝我们迎头扑面地盖了过来。四周的光线都暗了下来；不断有尘土和草原上的沙粒从我们身边呼啸而过，打得机车的钢铁身板喀嚓喀嚓地响个不停，完全无法看清了，我于是发动了照明用的直流发电机，打开了车头顶上的探照灯。驾驶舱里，不断有热乎乎的沙尘暴钻了进来，在飞驰的机车的助力下，是越发地坚硬和猛烈，再加上炉膛里漫出的浓烟和笼罩在我们四周的昏暗的晨光，一时间让我们都快呼吸不过来了。列车带着呼啸声，从一片令人窒息和心慌的黑暗中挤了过去——冲进了那道车顶的探照灯光劈开的缝隙。车速已降到了 60 公里，我们一边干活一边看着前方，如同置身于梦境。

突然，一颗巨大的雨点撞在了挡风玻璃上——转瞬就让热风给吸干了。接着，一道飞速的蓝光，从我的眼睑毛前一闪而逝，扎进了我心惊肉跳的心坎里；我一下子抓住了注水器的龙头，然而心里的那股疼痛却已经过去了；我立刻朝马尔采夫那头瞅了一眼，发现他——正稳稳地看着前方和开着车子，面色如常，没什么反应。

"刚刚是咋回事儿？"我问锅炉工。

"一道闪电，"他答道，"想给我们来那么一下，就差一点点，没打着。"

马尔采夫听见了我们的谈话。

"什么闪电？"他吼了一句。

"刚才那个。"锅炉工说。

"我没看见。"马尔采夫说了一句，然后就又把头朝向了外面。

"没看见！"锅炉工惊讶不已，"我还以为，锅炉要爆炸了，差点儿就被点着了，他居然没看见。"

刚才是不是闪电，我也拿不定。

"那雷声呢？"我问起来。

"雷声遭我们给跑过了。"锅炉工解释道，"雷声总是在闪电发作之后。雷响之前，空气被推搡晃动之前，响声在这里那里落下之前，我们已经飞速地跑过它了。乘客们，没准儿，听见了——他们落在了后面。"

随后我们冲进了倾盆大雨中，不过很快就钻了出来，开到一片消停下来的漆黑草原上，空中那团乌云一动不动，十分安静和温顺，显然是累坏了。

四下里一片漆黑，夜色安静而幽深。大地潮湿的气味儿，被暴风雨洗礼、吃饱喝足的庄稼和野草散发的清香，阵阵向我们袭来。我们开着车飞速前行，继续赶时间。

我发现，马尔采夫这会儿开起车来大不如前了——过弯道时，我们被摇得东倒西歪的，时速一会儿上到 100 多公里，一会儿又下到了 40。我判断，亚历山大·瓦西里耶维奇没准儿是累惨了，因此啥也没跟他说，哪怕在机师的这种操作下，我已经很难再维持火箱和锅炉的最佳状态了。不过，再过半个钟头，我们就该停下来加水了，那时，到了站上，亚历山大·瓦西里耶维奇应该会去吃点东西和休息一会儿。我们已经往前赶了 40 分钟，而到我们这趟行车区间的终点，我们至少还可以追回不少于 1 个小时的时间。

马尔采夫的疲劳驾驶，让我实在不敢掉以轻心，不由得亲自上阵，双眼紧紧地盯着前方——一边看路，一边看那些信号。从我这边，左机的侧上方，挂有一盏电灯泡子，用以照亮摇杆装置的转动情况。起先，左机稳定而紧张的工作情形，我瞧得清清楚楚，可没多久，上方的灯就失去了神采，显得苍白无力起来，活像一根蜡烛似的。我回身进了驾驶室。那地方，所有的灯泡都快熄了，亮度不及平时的四分之一，也就勉强能看见那些仪表。奇怪的是，出现了这种异常状况，亚历山大·瓦西里耶维奇这会儿竟然没给我敲扳手示意和提醒。事情明摆着，是直流电机的转速没达到设计要求，导致电压下降了。我于是借助蒸汽管子，开始调控起直流电机来，前前后后忙乎了好一阵子，可电压就是不见上来。

这时，一团模模糊糊的红色光晕，从仪表盘上面和驾驶室的顶棚一晃而过。我朝外面瞅了一眼。

只见前方，一片黑暗中，也不知是远是近——根本就看不真切，有道红光，横在我们的道上直晃动。我搞不清楚是怎么回事儿，但却知道该咋办。

"亚历山大·瓦西里耶维奇！"我大叫一声，接连拉了三响停车的汽笛。

这时，只听见车轮下面，连续响起好几声响墩雷管的爆炸声。我立刻冲向了马尔采夫。他回过脸来望了我一眼，眼神空洞而平静。速度表上的指针显示，时速在 60 公里。

"马尔采夫！"我大声叫喊，"我们压着响墩雷管了！"接着就抓向了操纵杆。

"滚开！"马尔采夫大喝一声，一双眼睛里隐隐发亮，倒映着速度盘上方那盏灯的幽暗光芒。

他猛地摁下了紧急制动刹车，向后扳了一把回动手柄。

我一下子被推到了锅炉上，只听见下面的车轮子，响起一片铲过钢轨的刺耳嘶叫声。

"马尔采夫！"我说道，"把汽缸的龙头打开吧，这机器要遭我们给毁了。"

"用不着！毁不了的！"马尔采夫回了一句。

我们停住了。我一边摇动注水器往锅炉里加水，一边朝外面看去。在我们前方，大约 10 米开外，停着一辆火车，尾部的煤水车正对着我们。那煤水车上，站着一个人，手里拿着一根长长的火钩子，顶端烧得通红，放着光芒：那人就是挥舞着这根火钩子，想让快车停下来。这辆停在行车区间的机车，是一列货车的后推车头。

也就是说，在我捣鼓涡轮直流发电机，没功夫往前面看路那会儿，我们的列车先是开过了黄色信号灯，接着又过了红灯，可能还不止一次，错过了那些巡路工发出的警告信号。可到底是怎么了，马尔采夫愣是没发现这些信号呢？

"科斯佳！"亚历山大·瓦西里耶维奇冲我喊道。

我来到他跟前。

"科斯佳！我们前面是咋回事儿？"

我给他解释了一遍。

"科斯佳……下面的路就由你来开吧，我的眼睛瞎了。"

第二天，我把空返列车开回了我们站，将机车交给了段里维修，有两对车轮的轮箍稍微有点变形了。我把这次事故向段长作了汇报，然后扶着马尔采夫往他家走去；马尔采夫自身很是内疚和难受，也就没去跟段长打照面。

马尔采夫家的房子在一条杂草丛生的街上，我们还没走到那屋子跟前，他突然跟我说放他一个人回去。

"不行，"我没答应，"您啦，亚历山大·瓦西里耶维奇，是个瞎子了。"

他看了我一眼，眼神明亮而坚定。

"这会儿我看得见，你回家去吧……我眼里一切都瞧得清清楚楚——那不，我老婆出来接我来了。"

马尔采夫家的大门口，真的站着一个女人在那里等，是亚历山大·瓦西里耶维奇的妻子，一头松散的披肩发，在阳光下闪闪发亮。

"那她头上包着有什么没有？"我问道。

"没有，"马尔采夫答道，"谁是瞎子——你还是我？"

"那好吧，既然看得见，那就看吧。"我想了想，也就离开了马尔采夫。

3

马尔采夫落了官司，交由法庭审判，随后就开始了调查。侦查员传唤了我，问我对这次特快列车事故有什么看法。我回答说，我认为——马尔采夫没有过错。

"他被一道近距离的闪电，给打瞎了，"我对侦查员说道，"他被震伤了，控制视力的神经，受到了损害……我不知道要如何讲，才能把这事儿说得更准确些。"

"我明白您的意思，"侦查员说道，"您说得很准确了。这事儿完全有可能，但却不是事实。连马尔采夫自己都说，他没有看见闪电。"

"可我看见了，加油工也看见了。"

"那是不是说，闪电打下来，离你们比马尔采夫要更近一些，"侦查员推断道，"那为什么您和加油工没有被震伤，没有失明，而唯独司机马尔采夫，视神经被震伤了，瞎了？您觉得呢？"

我无言以对，随后想了一下，说道。

"马尔采夫根本就不可能看到闪电。"

侦查员很是惊讶，我接着说，

"他不可能看到闪电。他瞬间就瞎了——遭电磁波打瞎的，电磁波总是走在闪电光的前头。闪电的光，是放电的结果，而不是闪电的起因。在闪电亮起来那会儿，马尔采夫已经瞎了，而一个瞎子，是不可能看到光的。"

"有意思，"侦查员笑了笑，"要是这会儿马尔采夫还是个瞎子，那他这案子我也就不再追究了。可是您也晓得，他如今跟咱俩一样，眼睛好着呢。"

"确实能看见。"这我得承认。

"那他是瞎的吗，"侦查员继续问道，"当他开着快速列车高速冲向一列货车尾部的时候，是吗？"

"是的。"我很确信。

侦查员盯着我看了一眼。

"那他就不将列车交给您来开呢，或者至少，没叫您把车停下来吧？"

"我不清楚。"我回答道。

"这不明摆着，"侦查员说，"一个意识清醒的成年人，开着一辆快速列车，赶着数百号人去送死，本难以幸免，只不过因为意外情况而免于灾难，然后就证明说，他眼睛瞎了。这叫什么事儿呢？"

"可他自己本人也是要死的呀！"我争辩道。

"也许吧。可我更在乎那数百号人的性命，而不是他一个人的生死。没准儿，他有他自己找死的道理。"

"没有的。"我很坚持。

侦查员的脸色垮了下来；他对我已经有些不耐烦了，像是在看一个傻子。

"您呐，什么都知道，就是不知道要害，"侦查员慢悠悠地寻思道，"您可以走了。"

离开侦查员，我去了马尔采夫的房间。

"亚历山大·瓦西里耶维奇，"我对他说，"您眼睛看不见时，干吗不叫我出手帮忙呢？"

"可我看得见呀，"他回答道，"那又干吗要叫你出手呢？"

"可您看见了些啥呀？"

"啥都看见了：线路、信号、原野上的麦子、右机的运转——我全都看见了……"

我有些无语了。

"那您到底是咋回事呢，弄成那个样子？所有的警示信号，您都开过了，直直地对着另一辆列车的尾巴冲了过去……"

这位昔日的一级司机，陷入了沉思，神色阴郁，然后呢喃自语似的回答我说：

"我看这个世界看习惯了，也以为是在看着它，可当时我看到的它，不过是在脑子里，在自己的想象中。而实际上，我已经瞎了，可是我却没反应过来……我连响墩雷管的爆炸声也不确信，即便我也听见了：心想，是不是听错了。你拉响停车汽笛又冲我叫喊那会儿，我眼里看到的前面是绿灯，也就一下子没领会到你的意思。"

这下子我算是搞清楚马尔采夫的状况了，只是不明白，他干吗不对侦查员说出来——就说眼睛瞎了之后，有好一阵子，他在自己的想象中，看到了这个世界，并且相信自己看见的就是真实的。就为这事儿，我还问了问亚历山大·瓦西里耶维奇。

"我跟他说的了。"马尔采夫回答我。

"那他咋说的？"

"他说，这个嘛，不过是您的想象；没准儿，您这会儿还在想象着什么呢，这我不清楚。他又说，我呢，是要查明事情的真相，而不是您的想象，或者什么疑神疑鬼的东西。您的想象呢——有过还是没有过——这我没办法查证，那只是您脑袋里的东西；这话呢，不过是您的说辞，可列车失事，也就差那么一点点——倒是确凿无疑的。"

"他说的在理。"我说道。

"是在理,这我知道,"马尔采夫司机没有反驳,"可我也在理,我也没有错呀。这个事儿,往后该如何了?"

"往后呀,你得坐牢了。"我明确告诉他。

4

马尔采夫被收了监。我还是当我的副司机,不过是给另一位司机打下手。这位是个胆小怕事的老头儿,离着黄灯怕得有1公里开外,就开始刹车,待到我们凑近了,那黄灯已变成绿色的了,这老师傅又才拖着列车继续前行。这根本不像干活的样子:我有些怀念马尔采夫了。

冬天那会儿,我去了趟省城,看望了一下我的弟弟,一名大学生,就住在学校宿舍里。交谈的时候,我弟弟告诉我,他们学校物理实验室里有一台特斯拉装置,可以制造人工闪电。当即,我脑海里就冒出了一个想法,还比较模糊,也不太能确定。

回到家之后,关于特斯拉装置这事儿,我反复琢磨着自己的那个想法,最终想通了,觉得自己的想法可行。于是,我给当初审理马尔采夫一案的侦查员写了封信,提请对犯人马尔采夫,做一次放电作用承受效应的试验。那样的话,要是能够证明近距离的放电,可以干扰到马尔采夫的心理机制,或者影响到他的视神经发挥作用,则马尔采夫的这个案子就须得重审。我给侦查员讲明了,那套特斯拉装置在什么地方和应当如何对人体进行试验。

很长一段时间里,侦查员都没有给我回话,不过后来却通知我，省检察长同意了我的请求，在大学物理实验室里举行一次鉴定式的试验。

过得几日，侦查员给我发来一张传票。我满怀着激动的心情去了他那里，早早地就觉着马尔采夫的这个案子，应该有个令人愉快的结果。

侦查员跟我打完招呼，却一直不说话，只是在那里慢腾腾地看着一份文件，眼神有些沮丧；我顿时觉得失望落空了。

"您坑害了您的朋友。"侦查员开口就来了这么一句。

"咋了？是维持原判吗？"

"没有。我们批准放了马尔采夫。释放令已经下了，没准儿这会儿，马尔采夫已经到家了。"

"非常感谢。"我站直了身体对侦查员说道。

"可我们却不会感谢您。您出了个馊主意：马尔采夫又瞎了……"

我双脚一软，一下子瘫倒在椅子上，心里顿时一阵刺痛，像烧焦了似的，只想喝水。

"没有预先通知，专家们把马尔采夫带到了特斯拉装置下，屋里一片漆黑，"侦查员告诉我，"打开电流，产生了闪电，响起一声猛烈的重击。整个过程马尔采夫都很平静，可是如今，他又见不着光明了——这是法医做出的鉴定，客观公正，确凿无疑。"

侦查员喝了口水，又补充了一句。

"眼下，他又只能在自己的想象中，看到这个世界了……您是他的同事，得帮帮他。"

"说不定，他的视力又会恢复的，"我还怀着一线希望，"就像上回，机车事件之后……"

侦查员想了想。

"这可未必……上回是首次受伤，这回是第二次，同一个地方，是伤上加伤啊。"

这时，侦查员失态了，猛地站了起来，在屋里十分激动地转来转去。

"这是我的错……我干吗要听您的，非坚持试验不可，简直是个猪脑子！我是在拿活人去冒险，可他根本就经不起这样的冒险。"

"您没有错，您也谈不上什么冒险，"我安慰起侦查员来，"哪样更好——一个自由的瞎子，还是一个明眼的、无罪的囚犯？"

"我不知道，我干吗非要用祸害人的手段来证明一个人的清白，"侦查员痛陈道，"这个代价实在是太大了。"

"您是个侦查员，"我劝说他道，"您应该知道关于人的一切，甚至那些，连他自个儿都不知道的东西……"

"我明白您的意思，您说得对。"侦查员弱弱地叹道。

"您也别太自责了，侦查员同志……这事儿呢，显然是人的那些内部因素在起作用，而您呢，只是从外部在找原因。不过，您能够意识到自身的不足，在对待马尔采夫这件事上又表现得非常高尚。我很敬佩您。"

"我也很敬佩您，"侦查员坦诚道，"您瞧，您完全可以来给侦查员当助手嘛……"

"谢谢，我可没那工夫：我如今正干着特快列车的副司机。"

我走了。我不曾是马尔采夫的朋友，他呢，对我也从来不在意和关心。不过，我是真的想帮他摆脱那悲惨的命运。我憎恨那些突然爆发又冷酷无情的、毁灭人的劫难力量；我感觉得到这股力量神秘而隐蔽的算计——正是它们，对准了马尔采夫进行加害，而没有，比方说，对准我。我明白，在自然界不存在我们人类数学意义上的算计，但是我目睹了眼前发生的事实，这就证明，确实存在一种危及人的生命的，充满敌意的致命情形，而这些致命的力量，正在摧毁那些出类拔萃的卓越人士。我决定毫不示弱，因为我觉得在自己身上有某种，自然界的外部力量和我们的命运中都没有的东西——我感觉到了自己身上那份生而为人的特殊性。尽管我还不知道，究竟该怎么办，但是我决定横下一条心，坚决抗争到底。

5

第二年夏天，我通过了司机资格考试，开始独自驾驶"行囊"系列机车，负责本地铁路局段内的客运工作。每当我开着机车向站台上的列车车厢靠近时，几乎每次都能见到马尔采夫坐在站台的油漆板凳上。他两腿间立着一根拐杖，一只手搭在上面，望着机车的方向，一脸的激动和跃跃欲试的样子，可眼神却是空荡荡的；他贪婪地闻着煤渣和润滑油的气味儿，竖起耳朵仔细听风泵运转错落有致的声响。我拿不出什么话来安慰他，径直将车开走了，他一个人留在了那里。

夏天一天天过去。我开我的列车，时不时能见到亚历山大·瓦西里耶维奇——不单单是在月台上，在街上也能碰到，那会儿他正拄着拐杖探路，缓慢地拖着步子。最近一段时间，他明显瘦了也老多了。他生活上倒是不用怎么担心——单位给他批了退休金，妻子也还在工作，又没有孩子；只是那份长时的哀愁和苦闷，那样一种死气沉沉的人生，着实折磨得他不轻，也就日渐消瘦了。我偶尔会跟他聊上几句，不过看得出来，他对闲扯生活上那些细枝末节的事情不感兴趣，也反感我好言好语的拿话安慰，显然，哪怕是瞎子——也照样是一个完整而平等的人。

"走走走，一边儿去！"我好心好意地说完了，他却不耐烦道。

我也是个有几分脾气的人。有一次，跟往常一样，他赶我走的时候，我忍不住对他说道：

"明天十点半，我把车开来。要是你能老老实实地待着，我就带你上车。"

马尔采夫答应了。

"行啊。我会规规矩矩的。到时随便给我手上塞个什么家什——要不就把一阵子操纵杆吧：我不会乱动的。"

"你可不许乱动！"我反复强调，"要是你敢动一动，我就给你手里塞一块煤炭，然后从此再也不带你上车了。"

这瞎子不作声了；他实在是太想再登上机车了，也就在我面前老实了下来。

第二天，我招呼他上机车，又跳下来把他从油漆板凳上扶起，帮着他登上了驾驶室。

我们于是向前动身了。我让亚历山大·瓦西里耶维奇坐在我那司机的位置上，将他的一只手搁在操纵杆上，另一只手把着自动刹车器，然后我的双手又分别按在他的手上。我的手该怎么操作就怎么操作，他的手也随之而动。马尔采夫一声不响地坐在那里，听凭我指挥，那机器的运转、打在脸上的风和手上的感觉，让他很是享受。他干得十分投入，浑然忘了失明的痛苦，那张枯瘦的老脸上，露出了一抹微微的笑容，对他这个人来说，摸一摸机器，就是莫大的幸福。

返程路上，我们还是采取老办法：马尔采夫坐在司机的位置，我站旁边，弯着腰把手压在他的手上。如此操作，马尔采夫已相当熟练，只要我轻轻一按，他的双手就非常准确地感知到我的意图。这位从前真资格的大师级司机，正在努力克服自身视力上的缺陷，用另一种方式感受着这个世界，实实在在地干着活儿，证明着自己生命的价值。

到一些平缓的路段，我完全松开了马尔采夫，只是从副司机的角度瞧着前方。

我们已经快到托卢别耶夫站了；我们这一趟列车也即将顺利结束，并且准点无误。只是，在最后的一截路段上，我们前面亮起了黄色信号灯。我并没有开始提前减速，而是给足了蒸汽继续前行。马尔采夫坐得稳稳当当的，左手握着操纵杆；我望着自己的师傅，心中暗暗地期待起来……

"关汽！"马尔采夫对我说道。我没有说话，内心却激动万分。

只见马尔采夫从座位上站了起来，把手伸向了调整阀，关掉了蒸汽。

"我看见了黄灯。"他说着，并把刹车手柄朝自己这边一拉。

"这恐怕，又只是你的想象吧，以为自己看见了这个世界！"我对马尔采夫说道。

他转过脸来对着我，哭了起来。我走到他跟前，吻了他一下，鼓励他：

"把车开到底吧，亚历山大·瓦西里耶维奇：这整个的世界，你现在都看得见了！"

　　我再没有出手帮忙，他将车开到了托卢别耶夫站。下班后，我同马尔采夫一道上他家里，从傍晚起，一直陪他坐了整整一宿。

　　我不放心将他一个人留下，就像不放心自己的孩子一样，害怕他遭到我们这个美好而粗暴的世界里，那股突发的、恶狠狠的力量袭击时，没有防备。

叶皮凡水闸

献给玛·亚·卡升采娃

1

伯特兰弟，兄甚挂记！那方天地，奇妙神异，盖自然之伟力！天高地厚，万物风流，穷最强大之心神而难以企及，举最显贵之才智而不可洞察！虽重洋远隔、虚幻缥缈，你可见得，为兄之陋室竟藏于亚细亚大陆幽深之怀抱？我早料知，你有所疑惑和难以想象。我也早料知，你为欧罗巴之繁华所心醉，为纽卡斯尔之喧嚣而神迷，那生我养我的故乡，那航海家心之所向、神之所往的乐土和天堂。

思乡之情，越切越痛；游子之意，愈明愈伤。个中酸楚，唯余自知。

罗斯乃性情温和、恭顺而坚韧之民族，无惧长时而繁重之劳作；却也野蛮而粗俗，少于先进文明之教化。我之渊博学识，于此竟无张口之机，唯时常闭口沉默。每每因工地事，我示之暗号以诸甲长，彼等则高呼大喊命之其手下。

此地之物产甚为丰饶：条条之江河，茂林如坚船列阵，静若处子般安适，沿岸绵延而下；平原森森，几为巨树所蔽，幽远而无际。兽与人相齐，唯饥时方思猎食，贪婪凶残，使得乡野之民平添几多惊恐和不安。

尽管我之思念纽卡斯尔，时常痛彻心扉，但此地谷粮和肉食之产却极为丰富，口腹之欲老怀大偿，令我不免增了些许斤两。

今次之信不同往日，恐难言详尽。只因去往亚速、卡夫和君士坦丁堡诸城市之商估，业已修缮完毕其船舶，启程在即。此包裹之中另附一图示，我欲将其一并随彼之商船同行，使之早达纽卡斯尔。而众经略内外商事之巨贾，如此匆忙，皆因塔纳伊德河旱季欲涸之故，彼时将难以担承诸货船之行。我所托之事甚微，你当可胜任之。

沙皇彼得，威武雄壮之辈，虽时显糊涂混乱，偶也莫名暴躁咆哮。其才智与其国之风貌相近：丰厚深邃隐其迹，却粗野蛮横显于形。

然则，彼之待异域之船主水手，豪迈赏识与雷霆怒火并举，无不尽显其直率慷慨。

在沃罗涅日河口，假吾之手，筑有一道带岸墙之双闸室水闸，以利船舶之陆上修缮，使之免受严重之损伤。我亦筑一大岸墙，并兼施一闸室，内中置有闸门，闸室之巨正适河水之出入。既而，修构另一闸室，其内备设二宏大之闸门，以适大型船舶之出入。但凡得船舶之入，则可应时而闭门，并据岸墙之围而封此室之域，其后将水逐之，以利船舶之出。

彼工程耗时长达十六月之久。事毕，再接另一工事。沙皇彼得于我之辛劳甚为满意，遂命之筑另一水闸，于前工程之上风，欲增沃罗涅日河之能，以使备八十巨炮之舰能通达其城市。吾身负如此重任，奔波十月有余，却毫无建树，甚尔一筹莫展。水闸立址处，非则河床之底泥松软，兼之有巨泉奔涌。于诸涌泉，德式水泵之力有所不逮，狂饮豪吞六周有余，却几无寸功。既则如此，吾等另制一机器，某具每分钟吞没十二大桶水量之能，并使其连续工作八月之久而无停歇，方见功效，陆貌始现，吾等亦顺抵床底巨坑之深处。

终此繁重枯绝之劳作，彼得以吻礼相谢，并酬之以重金，计有千余银卢布。沙皇另嘉勉励，谓之曰，此工程之豪举，乃水闸之发明者，列昂纳多·达·芬奇之所不能比也。

而吾意甚为严肃郑重，旨在召唤汝至俄罗斯，是为吾之至亲兄弟伯特兰也。该国待工程师甚为宽厚慷慨，而沙皇彼得亦对诸工程之事报以宏愿巨谋。吾曾亲闻其言称，欲筑一运河，使之沟通顿河与奥卡河。此二者，乃彼蛮荒之地之强大河流也。

为使连通波罗的海、黑海和里海，沙皇意欲构筑一畅通之水路通道，以克梗阻于印度、内陆诸国和欧罗巴间之广阔陆地。此意图，既得贸易便利之需，又合商贾呈请之要，彼等概以莫斯科及诸毗连城市之商事为生；兼之，国家之财富多藏于内陆深处，却苦于出口之困，必得经重重运河连通诸大江大河，方能往来自由，可经由波斯而达圣彼得堡，或经由雅典而抵莫斯科，再则沿乌拉尔河而至拉多加湖，终深入卡尔梅克草原及以远。

然则，为此雄图大业，沙皇彼得之困在于，亟须精业之工程师。终归顿河与奥卡河间之运河一事非同小可，此事所需心力之巨大、知识之浩瀚，故所难见也。

故此，我即允诺沙皇彼得，定招吾弟伯特兰从纽卡斯尔来俄，而吾已疲惫，兼之于吾所爱之未婚妻甚为想念。吾居蛮夷之地长逾四年，心神业已枯竭，才智早为耗尽。

假此之机，吾则良言相劝，务成此行，见吾之信，汝须得去一信函以示汝之决定。此行之未来虽艰，然则至多五年，尔将满载而归故里，汝之余生必将平安富足。如此，付出再多辛劳又何忧之有。

请转达吾之所爱和所思于吾之未婚妻安娜，并告之，吾不日将归返。吾如今唯寄命于对她之思念而生，此况也请一并转告之，并嘱其以耐心待我之归。末了，请与我告别吧，借你之眼，代我深情地凝望那迷人之大海，那欢乐之纽卡斯尔，那魂牵梦萦之故乡英格兰之风土人情吧。

汝之兄亦汝之友
工程师威廉·佩里
1708 年夏，8 月 8 日

2

1709 年春，伯特兰·佩里首次漂洋过海来到圣彼得堡。

他从纽卡斯尔出发，乘坐老字号客轮"梅丽号"而远赴行程，此船经常往来于澳大利亚和南非的诸多港口。

下船前，苏德兰船长紧握着佩里的手，为他祝福，希望他在那个可怕的国家一切平安，祝愿他早日回归故里。伯特兰向船长表示了感谢，就踏上了那片土地，——奔向那异邦之城、那广袤之国而去；那里，艰苦的工作和异乡之孤苦在等着他，甚至，可能还有英年早逝。

伯特兰年仅 34 岁，但阴郁而忧愁的面容和两鬓之白发，令其显得都上 45 岁了。

在港口，俄国沙皇的使臣和英国国王之领事双双到场迎接。

彼此间略略寒暄了几句干巴巴的场面话，之后也就各自辞别而去：沙皇的使臣赶回家喝他的荞麦粥，英王之领事归往自己的办公寓所，而伯特兰则被带去一个靠近海军军需库的下榻之处。

居所倒也幽静、宽敞和干净，就是过于清静和闲适了些，令人不免忧郁苦闷。萧瑟阴冷的海风扇拍着威尼斯样式的窗子，抢进屋来，寒气阵阵逼人，越发显得孤寂凄凉。

一张低矮而结实的案几上，摆着一封盖有几枚印戳的公文。

伯特兰拆开公文读了起来：

奉全俄之君主神圣沙皇之诏命，科学管理委员会恭请英吉利海洋工程师伯特兰·拉姆斯·佩里之光临，我等于科学管理委员会运河司敬候阁下台身，鄙司所在于绕城大街之显要建筑是也。

沙皇陛下圣意浩荡，于沟通顿河与奥卡河间工事之雄图大计甚为关切——事关伊万湖、萨奇河及乌纳河诸水体间之换接通达——是故，诚望阁下速至鄙司，以善策谋勾勒之事。

虽则阁下当可即日速来科学管理委员会，然因远洋航程之艰辛，权且稍作歇息，如此方使身心俱得滋养调和。

此令自科学管理委员会之主席、主司令暨大法官：

根尼赫·沃尔特曼

伯特兰手持信函，置身于宽大的德式沙发中，不经意间竟睡了过去。

屋外起了风暴，急切地烈烈袭来，推搡得窗扉呜咽直响，惊醒了梦中人。街上昏暗一片、人迹空无，密密麻麻地飘着厚湿的雪花，一阵紧过一阵。伯特兰点上了灯，就案而坐，案几正对着那不堪重负哀嚎呻吟的窗户。一时无所适从，不由神思踌躇。

时间漫漫而逝，夜色姗姗来迟。偶然间，伯特兰一阵恍惚，猛地回过头来，心生向往，犹似身在故乡纽卡斯尔的家中，而那窗外景色如故——人声鼎沸、温暖和煦的港湾，天际尽头，欧罗巴大陆之一隅，隐隐约约依稀可辨。

只是，那屋外的劲风、夜色和飘雪，还有这屋内的凄凉和孤寂，——无不在向伯特兰晓示，如今他已然是栖身于这广阔的异域空间。

心事积重、流连忘返，唯愿不再记起，可却偏偏飘然而至，惊扰了美好的畅想回忆。

梅丽·卡尔波隆特，他那年方二十的未婚妻，想来，如今正身着轻盈的短衫，插一抹洁白的丁香，在纽卡斯尔条条青草芬芳的街道穿梭漫步。兴许，别的男人正牵着她的小手，在耳边亲昵温存，信誓旦旦地吞吐着爱情的花言巧语——，于此，伯特兰显然是永远也不得知晓的了。他在大海上漂游了两个星期才来到此地，而这期间，他那脑袋充满幻想、内心狂热躁动的梅丽，会安分守己地不做点什么吗？

难道，世上竟有那样的女子，与自己的丈夫天涯相隔、容颜不见，五年或者十年，仍痴情不改、苦恋相候？恐怕未见得。倘若果真如此，那这皇皇大千世界早就处处祥和安宁了。

假使人走茶不凉、别离情无恙，那么，举手则能揽天、抬步即可登月了！

伯特兰给烟斗添上了产自印度的烟草。

"不过，梅丽是对的！她干吗随随便便地就嫁给一个批发商，又岂能跟了一个普普通通的海员就了事？她多么聪明机巧，直令我魂牵梦绕……"

伯特兰暗自思量，思绪缓缓，内心越发地清晰和明了。

"我的小梅丽，你当然是绝对有理的……你浑身上下透出的那股青草味儿，我又岂能忘怀。记得你曾说过：我的男人，当如那神圣的征服王伊斯坎达尔，要像那席卷四野的铁木尔大帝，或似那桀骜不驯的匈奴王阿提拉。就算是个海员，也须比得上伟大的航海家亚美利哥·韦斯普西……梅丽，你知道的可真多，简直是个女中豪杰！……你真是再正确不过了：对你来说，如果丈夫比生活还重要，那你要的男人，可不就得比生活本身更有意思也更为罕见！如若不然，你岂非要成天都愁眉苦脸起来，那样的不幸结局，还不得把你给憋死。"

伯特兰狠狠地吸了几口烟，长长地吞吐着烟雾，自言自语道：

"是啊，梅丽，你就是心智开得早，太过机巧玲珑了些！而我，恐怕本就不配拥有这样的妻子。不过，能够时常抚摸着这样一颗聪颖的小脑袋，那感觉实在是美妙难耐！一想着，自己妻子的发辫下藏着颗火热欲飞的心灵，内心就莫名地激动愉悦！……既如此，那咱们就走着瞧吧！……为了争口气，我可是远涉重洋来到这无限忧伤、万分凄凉的巴尔米拉城！威廉区区的那封来信，又岂能决定我的命运，不过，倒是对我拿定主意，起了些作用……"

伯特兰冻得快僵了，打算上床睡下。正当他想着梅丽并言语连连之时，圣彼得堡上空，袭来铺天盖地的暴风雪，接着，阵阵撕扯楼宇，片片呼啸而过，令居室越发地阴冷冰寒。

伯特兰蜷缩在床，紧紧地裹着棉被，上面再搭着海军硬邦邦的呢子大衣，不停地哆嗦，淡淡的哀伤涌上心头，难以停歇，赫然间心神失守，徐徐浸透那具干瘦精健的躯体。

屋子外，寒风凛冽，刺耳惊心，恰似坚冰袭船，道道甲板片片断裂；伯特兰努力张开双眼，欲侧耳倾听，可却难抵内心的酸楚，意识渐渐模糊，便就睡了过去，是夜再也没有醒来。

3

次日，伯特兰前去科学管理委员会，以探知彼得的构想和打算。那份雄图大计，才仅是刚刚起了个头。

沙皇的旨意，归结起来在于，意欲于顿河与奥卡河间筑起一道绵延不断的航道，假此水路，整个顿河流域与莫斯科及至伏尔加河沿岸诸省则可通达自如。为此计，则须得施行浩大的运河工程和水闸作业。而伯特兰，正是应策谋勾画诸运河水闸之需，方从不列颠征召而来。

接下来的第二个星期，伯特兰陷入一些勘察材料的熟悉和研究中，以备展开雄图大计之具体勾画事宜。不经意间，时间就这般悄然而逝。诸材料俱中规中矩，显见是出自行家里手：经由法国工程师特鲁松少将和波兰技师车兹克斯基上尉二人而成。

伯特兰感到甚为满意，皆因上佳之勘察材料，实有助于尽速肇启后续之建设工程。伯特兰还暗怀着一份隐秘的心思，早在纽卡斯尔之际，他就很是仰慕彼得，着迷得不得了，梦想与其共成大业，以开创那野蛮而神秘国度文明之先河。如若功成，届时，兴许梅丽就甘愿接纳其为夫君了。

昔日，征服王伊斯坎达尔攻城略地，航海家韦斯普西大陆新开，而如今，当属于工程建设拔地而起之盛世——艺高思敏的工程师，代替了那血迹斑斑的神勇士和疲惫不堪的冒险家。

伯特兰干得很是辛苦，可却也快活——那份离别心上人儿的苦楚，在忘情的工作中，已是渐行渐远，隐没无痕。

居所如故，甘之如饴。伯特兰洁身自好，形形色色海军的或民间的舞会，从不光临；对结识那些太太和其先生们，也毫无兴致。尽管有些台面上的妇人们，对这个孤独的英国人生出了些兴趣，甚尔呼群结党意欲做些勾当。伯特兰专注于工作，像一艘行进之舰船，——小心翼翼步步为营，思路精准动作敏捷，不时迂回规避，躲让着那些航海图上或有或无的险滩暗礁。

当得七月初时，雄图大计勾谋完毕，方略概图也已誊写而就。一应方案图纸悉数呈报沙皇，彼得大为赞许，特令嘉奖伯特兰 1500 银卢布以示勉励，并委之以整个水闸及运河工程之首席技艺师暨建造家，往后将予以每月千数卢布的薪俸，以务求顿河与奥卡河之联结。

此间，彼得另下旨责成运河水闸工程沿省总督及军政守备，但凡伯特兰这位总工程师有所需求，务必予以及时而充分的支持和援助。同时，伯特兰本人也被授予将军制权，仅受沙皇和总司令衙门辖制。

公事公办的场面话完毕后，沙皇站起身来，对伯特兰专门交代起一番言语来：

你就是，伯特兰先生！你有个兄长叫威廉吧，我知道他，是个相当不错的内河航运家，操弄摆布起那些江河水力来，手段高明、近乎技艺。不过，你大可不必同他一般，必以精密之头、卓越之智胜长，以助我帝国之盛举，实现数世纪以来将帝国境内之主要江河连为一体之韬略，以大倡和平之贸易，更得武事之方便。此番若得功成，则经伏尔加河而联结诸古老的亚洲王国，经里海而沟通文明的欧洲世界，俱必将大为便利，如若可能，则再互结姻亲，岂非大妙。即便商贾之流，于此举世之买卖中只得蝇头小利，然则我之人民将尽悉异域之技艺，亦为美事。

当下，我则命你，即刻前去放手施为——于此航道攻必克、事必成！

另则，但凡有刁难阻挠你者，你可嘱信使而告知于我，我必修理之——必使迅捷而有效之手段拿下。喏，此乃吾之手——亦为汝之臂也！凡事，善其始，则必利其势——，事若成，我必亲谢之；如若视皇恩如草芥而误事者，逆沙皇之意志而胆敢犯上者，定当通通砍了！

这当口，只见彼得三步并做两步，闪身而至伯特兰跟前，直端端地抓住他的手，握了握。那灵活、那敏捷，于其肥壮而笨重的庞大躯体而言，实在难能可贵和大违常理。

之后，彼得转身而走，直奔自己的寝宫而去，一路猛声咳嗽、痰沫横飞，气喘吁吁不已。

彼得的那番言语，通过翻译，伯特兰获知详情，倍感荣幸和激动。

在伯特兰·佩里的设计中，全部工程之构件颇多，分为好些部分：要用常见岩石和石灰石修筑33道水闸；要开挖一条运河河道，以贯通萨奇河岸之柳波芙卡村与顿河岸之波布利科夫村，计有23俄里之距；要疏浚并加深顿河水道，以备船只在波布利科夫村与盖伊村间自由航行，工程量长达110俄里；此外，顿河所流经的伊万湖，则成为天然的运河通道——须得沿湖四周皆筑堤修坝加土围子，再呼拉着把水给赶来圈上。

拢共来看，当得修筑总长达225俄里的航运水道，其一端启自奥卡河，另一端则为110俄里长的运河，长长地扎进顿河之中。运河水道其宽须得增至12俄丈，其深——则要求到2俄尺。

至于工程的管理衙司，伯特兰早早地就确定妥当，拟设在图拉省的叶皮凡镇，因之此城正好是整个工程中段时，各方必将汇集于此的交接点。

根据上面之命令安排，随伯特兰一道的，理应另有 5 名德国工程师和 10 名文书员。

出发日期定于 7 月 18 日。是日上午 10 时，为克深入荒野且漫长旅途之艰辛，而专门备下的数驾代步马车，原本应已抵达其居所，伯特兰就可登车而入，朝着那名不见经传的地方——叶皮凡那旮旯地儿，绝尘而去。

4

人生在世，欲念有多大，苦难亦多深。

佩里和那五个德国人大包小包地带上了一堆的吃食，打算日日夜夜都把自己填得满满的。

倒也的确如此，他们把肚子塞得个鼓胀胀的，琢磨着好生赏玩一番昔日俄国那尚且羸弱不堪的广阔天地。

在启程前，佩里最后把一包烟草放进翻盖儿大箱子里，原本已收拾妥当。几个德国人也已然写好家书，而最小的那个，名叫卡尔·贝尔根的，突然放声痛哭起来，想着那仍旧属于自己的年青又漂亮的妻子，越想越伤心，一时难以自持。

这时，响起一阵猛烈的敲门声，那气壮山河、耀武扬威的架势，依常理：要么是来逮人的，要么是来转达暴君的慈心仁意的。

幸好，来人只是驿使司的急差。

这位信使向众人请教，要找英国工程师伯特兰·佩里上尉。于是，一众德国人把手一挥，齐齐地指着那英国人，个个手上的斑点胎痣清晰瘆人。

这差使绷直了腿，怪模怪样地向前射出半步，恭恭敬敬地捧给佩里一封信件，上面盖有5枚印戳。

"长官先生，此乃泱泱大国英吉利之信札，劳您大驾，敬请收讫！"

佩里向窗边挪了挪，避着德国人，看起了来信：

纽卡斯尔，6月28日。

伯特兰，亲亲的好人儿！想不到我会给你写信吧。让你伤心难过，我真是好难为情；看来，对你的感情还真是难以割舍呀。但也过去了，如今我又爱上了别人，狂热得不得了。想当初，我是多么小心翼翼地讨好着你，为得你的垂怜，那患得患失，那担惊受怕，想起来就心酸。

可恨，你这个天真的傻瓜、冷血的呆子，尽想着做那横财梦，跑那么远去刨什么金子，图些个啥子虚名，竟然无视我如饥似渴地贪恋着柔情蜜意的青春，是你，亲手葬送了我对你的真情真心。我一个女人家，没有你的呵护，娇弱得如同春天里的嫩芽，只好把这副鲜嫩的身体交给别的人家啦。

我亲爱的小伯特，那个叫托马斯·赖斯的，你还有印象吧？现在，他成了我的丈夫。你很不爽，是吧，可你说句老实话，他是不是很可爱，对我也是非常温顺和专一！过去，我钟情于你，曾经拒绝过他。可是呢，你却把我丢下跑了。而他呢，在我担惊受怕的时候，常常来安慰我；在我因你而迸发出来的热情快要熄灭和枯萎的时候，又时时来慰藉我。

别伤心、别忧郁，我的小伯特！我心里也可怜你得紧嘞！你以为，我真的需要什么马其顿·亚历山大大帝那样的男人吗？你错了，我的丈夫，只要对我忠心，宠着我爱我就好。哪怕他是个在港口拉煤运货的，哪怕他只是个普普通通的水手，无论他飘游到那海那洋的何方，只要心中始终在为我吟唱，在念叨着我，就好。你说，一个女人家，她图的、她想要的，不就是这个吗，伯特兰，你说你是不是真的很傻！

就在两个星期前，我把自己给嫁了，跟托马斯办了婚礼。他现在呀，幸福得要死，我也照样快活。瞧瞧，恐怕我肚子里都有小宝宝了，好像有动静哦。想不到吧，确实太快了些！那是因为，托马斯真的很爱我，一刻也不愿和我分开，可你呢，说走就走，要去开什么疆拓什么土，——你呀，就去抱着那疆土过日子吧，我呢，守着我的托马斯就好。

不说了，再见吧！别伤心哟，身体要紧！要是回到纽卡斯尔，——记得来看我们哟，我们会很开心的。要是你死在了外面，——我和托马斯会为你哭泣哀悼的。

梅丽·卡尔波隆特-赖斯

佩里，脑子一时转不过弯来，把那封信翻来覆去、里里外外地看了又瞅、瞅完又看，整整弄了三个来回。然后，扫了一眼那扇刺眼的宽大窗户：砸了吧，却又怪可惜的——那玻璃到底来之不易，是用真金白银从德国人手上换来的；把桌子戳个窟窿吧——一时半会儿身边又莫得称手的重家什；朝那德国人的嘴脸上招呼几巴掌吧——尽又是些手无寸铁的软货，甚至还有一个哭得是稀里哗啦。愤怒在佩里胸中涌荡，呼之欲出，他不断告诫自己，要理智、要冷静，只见他脸青面黑，咬牙切齿不已。

"佩里先生，您嘴巴的位置可不对呀！"几个德国人朝他嚷道。

"是吗？"气得透了，佩里浑身乏力，丝丝悲伤之情爬上心头，有气无力地回道。

"快把嘴巴擦擦吧，佩里先生！"

佩里把嘴里的烟斗狠狠地一拔，上面显出一排深深的牙印来。原本死死地咬着烟斗的那些牙齿，倒也安然无恙，森森地在嘴巴里各自呆着，可牙床却未能幸免，给扯破了，鲜血顿时就冒了出来。

"没事儿吧，先生？家里出事儿了吗？"

"没事儿。都完了，伙计们……"

"先生，什么完了？请您，说来听听！"

"血流完了，牙床也就要长好了。上路吧，直奔叶皮凡！"

5

沿着驿道，经莫斯科可抵达喀山，其上行人虽稀稀落落并不多见，但这确是人们常熟的走法。出莫斯科不远，驿道一拐口处，连接着卡尔梅克草原古路——昔日蒙古鞑靼人进入罗斯之通径，沿顿河右岸，顺流而下。古路未尽，当得又是一转，再接伊多夫斯基大道，又经窝尔都巴扎尔要径，最后翻越重重立有界标的小路，就到叶皮凡了——那是这一行人今后落脚的地方。

风迎面扑来，一呼一吸、且行且走间，渐渐吹散了佩里胸中的苦痛和哀伤。

佩里满怀敬重和尊崇，打量着眼前这方天地自然，几多的富饶丰沛，几多的闲适温顺，却也几多的贫瘠荒凉。绵延无际的土地——片片沃腴如淋膏脂，可却无事生养，稀稀拉拉地长着些植被：几棵清瘦而优雅的白桦，数株悲鸣又哀吟的山杨。

甚至到那夏季，这方天地即便多了些闹热和声响，却也难言有什么生气，仿若飘荡的，不过是些虚幻的魂灵。

间或，林间会孤零零地冒出那么一座小巧的教堂——木头搭的，有些简陋，却也显出鲜明的拜占庭风格来。当在特维尔城时，佩里甚至发现，有座小木庙居然透出些哥特式建筑的风貌，端端地保持着新教简易而清贫的风骨。两相对照，想起自己的故乡，佩里心中不免一阵窃喜——自己祖祖辈辈的先人们，对那些虚幻缥缈的仙神鬼佛事儿，从来也没怎么敬奉过，反倒是传下了精打细算过日子的务实信条。

树林下方，笼罩一片巨大的泥煤沼泽，顿时迷住了佩里的双眼，让他感到口干舌燥起来，那惊人财富的肥美滋味，悄然地就隐没在这方黑油油的泥土下面。

德国人卡尔·贝尔根，——就是在圣彼得堡时，对着家书放声痛哭的那家伙，——也有这样的感觉。出发后，一来到空旷的郊外，他就回过神来，也渐渐地有些兴奋了，把自己年青的婆娘一时就给忘了，瞅着这方沃土，吞了口唾沫，向着佩里解释道：

"英国佬——就是挖矿井的乌面鬼；俄国佬——则是刨煤炭的泥腿子！我说得对吧，佩里先生？"

"对对，对极了。"佩里一边回答，一边把脸转了开去，却发现头顶的这片天空，简直高远得可怕，这在大海上，在不列颠的那些狭小的岛屿上，却不曾见过。

有些时候，不过也属常事儿，行人在路，温饱吃食，不过逢村吃村见寨靠寨，难以讲究。佩里却有个不小的嗜好，一路下来，一罐接一罐的克瓦斯汁儿，喝得没个消停，既在意那番滋味儿，也借以消磨路上的时光。

走过莫斯科，身后的城市已渐渐模糊，可工程师傅们的耳边，却久久地回荡着那悠扬的钟声；还有那克里姆林宫处处拐角上耸立的座座囚塔，其空旷幽静，却也难以忘怀。那圣瓦西里升天大教堂，令佩里赞叹不已，——想那笨手笨脚的艺术师，得费多大的劲儿，方能领悟那自然经纬之细妙，和那天地方圆之神异，——这巧夺天工之作，岂非上天的恩宠和赐予。

时不时地，他们就会碰上，一片又一片看不到尽头的草原和衰草遍野的大地，这时，哪里还寻得见道路的痕迹。

"那驿道呢，哪去了？"德国人向驭马的车夫问道。

"喏，那不就是。"车夫们向空旷的四周扬手一指。

"哎，哪里分得清楚哟！"德国人瞪大眼睛盯着地下，大呼小叫起来。

"那古道呢，也就大致有个方向，那专门打夯压路的机器可来不得这里，来了也没用！这古道呢，就这么端端地摆着，一直通到喀山，——这四下里，全是一个样儿！"车夫们，费着老劲儿地向这些外国人解释道。

"嗨哟，这可太有意思了，也太那个好玩了！"德国人嘻嘻哈哈地笑起来。

"那还能咋样，可不就这么着！"车夫们频频点头，神情一脸地严肃，"就这么个方向，宽宽达达的，一点儿也不费眼神！老话说，看见草原——喜泪涟涟！"

"这也太神奇了，简直难以相信！"德国人很是惊讶地叹道。

"是啊，可不就是这样！"车夫们讨好地附和着，可那密匝匝的大胡子下面，尽是些不屑的冷笑，幸好藏得严实，也就没冲撞了别人。

梁赞古城，巴掌大的一块儿地方，却是备受战火的蹂躏，怨气冲天，招人讨厌。如今城外，也是人烟罕见。在这里过活，提心吊胆不说，还清苦乏味得紧。还是鞑靼人的时候，这里的人，就传下了那份恐惧，对外来过路的，眼里总是藏着几分畏惧和害怕，内心灰暗、性子腼腆；但凡小东小西的，总喜欢收着藏着，也不见值几个钱，却也收捡得妥妥帖帖的，仿佛随时都在防备着什么，这种有备方安的生活，已然成为一种习惯。

伯特兰·佩里很是有些诧异，仔细打量着那些中间嵌有小庙堂的堡垒，这个样儿的还真是少见。如今，那些个土围子城墙四周根脚下，落着些当地居民的小木房子，一堆一堆的，显得杂乱。看来，这里居住的，应该是些后来迁入的新住户。从前，那还是鞑靼人，但凡水草生长之地尽皆策马而入的时候，也就顺着那草原来到此地，那时，这里的土城堡尚且结实，四周林木茂盛如墙，与外相隔，环境也还适宜。甚或，曾几何时，这个土城堡里，官家的差役和王公大人们的走狗比比皆是，尽是些胡作非为不干正事儿的家伙，而非老实巴交勤勤恳恳的庄稼人。现如今，到这里来安家谋生的庄户人家日渐增长，总算是多了些生气。别看眼下正处沙皇四处用兵之际，一会儿跟瑞典人宣战，一会儿跟土耳其人开打，搞得国家疲弱不堪，可这里每到秋天，那集市却也人声鼎沸，相当的闹热。

过梁赞城不久，就得转而踏上卡尔梅克草原古路了——这也是昔日鞑靼人顺着顿河沿岸入侵罗斯的走法。这一日，快到晌午时分，车夫猛地凭空挥响了鞭子，嘴里大声地呼哨起来。马儿渐次停了下来。

"快看，塔纳伊德河！"卡尔·贝尔根从马车里探出半个身子，尖声地惊呼起来。

佩里待车马停稳，也走了出来。极目远望，水天相接，几达天际深处，波光粼粼，水雾弥漫，好一方摇曳的银色梦幻世界，宛若皑皑雪山般洁白。

"是她，神奇的塔纳伊德河！"佩里一阵心旷神怡，又想起彼得的那个图谋打算，心下骇然，不由得打了个哆嗦：眼前这方土地，竟如此的雄伟壮丽和广袤无垠，这周遭的自然，又是这般的绚烂神妙，当真应该起条水道，使舟船于其中穿梭无碍，以达四方。想那圣彼得堡，清清楚楚地显在航海图上，去之也不难；而此地，到这塔纳伊德河岸，不过半日的路程，却让人绞尽脑汁，煞费周章，实在是艰辛不已。

虽则大海大洋地都曾见过，但佩里却为眼前这片干枯而落后的大地所震撼不已，恣意而任为地静静躺在那里，却那么地神秘奇异，那么地宏大伟岸。

"走啰，上萨克玛古道啰！"领头的车夫突然叫道，"照那割得光秃秃的草地，轧过去吧，准没错！赶紧的，天黑前必须赶到伊多夫斯基大道，得在那里过夜！"

一时间，人急马慌，一匹匹淡黄色的马儿，精神抖擞，可着劲儿地跑了起来，众人也是好一番手忙脚乱。

"拉得太长了，都靠紧点！"领头的车夫扯着嗓子又喊起来，还一个劲儿地挥舞着鞭把儿，朝后面的队伍不断示意。

"这，这，发生什么事儿了？"几个德国人恍若大梦初醒，急忙问起。

"我们忘带个当差的警哨子了。"一个车夫解释道。

"那又是咋发现的呢？"德国人放下心来，又问了一句。

"前不久，在外面过夜的那回，他要到那山沟沟里面去拉屎，那急得呀，——可往队伍尾巴上一瞄，就傻眼了，愣是没人！"

"你呀，人家好歹也是个村长，还像模像样地留着胡子，说话留神点儿！"另一个车夫好心劝道。

"呵呵，那又咋啦，别看他头光光亮亮的像个老爷，还不是差点儿就被这草原，给剥得个光溜溜的。就剩一块破布片儿了，还死死地拽住，那模样，也真是的！"那个头里发话的车夫，脸上略起了些愧色，又说出这番自我宽慰的话来。

于是，一行人又堪堪上路了，直到晌午，队伍也还算整齐有序——朝着伊多夫斯基大道和窝尔都巴扎尔要径赶去，再从那里，——顺着叶皮凡的那些小界标，接着往下走。

6

一到叶皮凡，工事立马就拉开了。

乡下方言土语，颇费口舌耳力，加之百姓冷漠疏离，行事古怪稀奇，令佩里不由心生绝望哀伤，仿若与世隔绝，身陷孤伶之渊。

唯有专事于工作之际，满腔的热血和全部的心力，方得宣泄耗散，甚尔有时，他会莫名其妙地大发雷霆，于是，就被手下人取了个绰号，戏称为"遭罪主事"。

叶皮凡的守备把辖区内的庄稼汉们悉数组织了起来，纷纷作了安排：谁谁采运水闸之条石，谁谁挖掘运河之沙土，谁谁清理萨奇河之腹谷。

"等着瞧吧，梅丽！"深夜，在叶皮凡的起居室里，佩里一边踱步徘徊，一边喃喃自语，"这点苦难，算什么，还打不垮我！只消我心里还有那么一股热乎劲儿，——自当振作崛起！一旦运河克尽功成，沙皇必将赐下大笔钱财，那时我就——去印度……哼，梅丽，你别得意，有你哭的时候！……"

只是此间，那生活之苦痛艰辛实在难熬，兼之思想包袱无比沉重，折磨得人头痛欲裂，时常语无伦次；又则多余精力无处发泄，使人更为焦躁如焚。这般下来，佩里每每睡得很不安稳，仿佛巨石临身、拼命挣扎，于睡梦中大呼小叫、愁眉难展，状若孩童。

堪堪初秋，彼得驾临叶皮凡，对工程进展甚是不满，龙颜颇为不悦：

"你等，如欲速成此盛世之壮举，不可痴心妄想，更不得心怀慈念，当施雷霆之手段，以铁血驭使之。"

倒确也如此，甭管佩里有多严厉，工事仍慢吞吞的，毫无起色。百姓们想方设法逃避劳役，但凡有点脑袋机灵些的，都跑得无影无踪了。

当地一些胆大妄为的民众，冒死给彼得上了一份请愿书，历数本地长官之种种丑恶罪行。彼得下令彻查，尽得守备普罗塔西耶夫之贪腐罪状。此人收受巨额贿赂，以助家产殷实的大户人家之壮丁免除劳役，又在虚报种种支出款项和领款清单上大做文章，侵吞国库为己用，数额高达上百万卢布之巨。

彼得当即下令对普罗塔西耶夫施以笞刑，然后将其流配至莫斯科以待后续之审讯裁决。而此人却命与天年不齐，一到莫斯科，则因劳心苦思和羞愤难耐，早早地就死掉了。

彼得前脚刚走，那件闹得风风雨雨的丑事儿尚未平息，叶皮凡之工程上又传来令人大为光火的不幸消息。

那个卡尔·贝尔根，本在负责伊万湖方面的工作，也即将此湖筑堤修坝加固围之，以使湖中之水位增至利于船舶通行之高度。

是年9月，佩里收得他的一份书面报告，内容如下：

> 我主仁慈，但凡外来者，尤其莫斯科之队长管事及波罗的海之匠人师傅，几近病倒。外来之人，水土不服，本已虚弱不堪，加之伤寒肆虐，全身浮肿，离死不远也。而本地之庶民，尤是能抗，幸免染疾。然则，成天立于泥水沼泽，工事繁忙、劳动艰辛，如此一近秋日，水温大凉，百姓恐欲激发暴动。我敢断言，长此以往，恐无可用之管事和匠人，我等之事必陷泥泞。为此，恳请全权指挥之总工程师大人速作指示。

佩里业已探知，在萨奇河和乌纳河水域工区，那些波罗的海的手艺人和德国的技师们，不单是生病倒下和死去那么简单，他们还侵吞了大笔的钱财，借助秘密渠道，私自溜返回国去了。

佩里很是担心春汛的到来，只因那些刚上马的和脆弱的工程，经不起它的冲刷和破坏。他想方设法做出些应对，以便初春开河时，尽量降低河水泛滥带来的损失和危害。

不过，事情却并不顺利，——工程的技术管事们，是死的死，逃的逃；而当地的民夫们，更是犯起浑来，整村整村地拒绝出工。光靠贝尔根一个人单打独斗，要对付这群桀骜不驯的汉子，那是痴心妄想，他也绝对没法子理清这摊子乱成一锅粥的麻烦事儿。

于是，为使诸多麻烦总有一头得以解决，佩里向整个建设队伍和周边的全体军政守备下了一道死令：无论是挖沟渠的还是修水闸的，凡是外地来的匠人师傅，尽皆严令不得擅自外出行动，各方不得提供通行之便利，不得为此类人员打点行装，既不得售予交通之乘骑，亦不得发放借贷之款项。

同时，为使此令更具威严和更有效用，佩里在敕书上盖印了沙皇彼得的印章：沙皇目前尚在沃罗涅日训练舰队，以为日后开赴亚速海而作准备；即便料定事后会招来他的一通责骂，但也不必为取其手令而专程去沃罗涅日走上一遭，这来回的路程，可得花上两个月的时间，岂能荒废。

可是，就这番威胁恐吓，也未能使得那些匠人师傅们有所收敛罢手。

这当口，佩里才发现，他所采取的种种急功之策和近利之方，纯属白搭，要使如此众多之务工的、当差的和动脑袋的，尽皆吸引过来听命行事，岂非徒劳。此项工作，原本就应该在节奏上有所把握，舒缓紧急，皆应合符情理，惟此方能使得民众和工匠们渐为适应，并乐于接受。

当是到了十月里，整个工程竟全线停工哑火了。德国工程师们使出了浑身解数，想要组织些仆役警卫，以守护工程设施和备用物资，可却连这档子事儿，竟也毫无进展。到这般境地，一众德国人些，稍逮着机会，就给佩里捎来呈书，尽皆请辞退出，并言明，要是沙皇来得此地，一旦怪罪下来，砍了头颅，岂不冤枉。

某次，正逢星期日，叶皮凡之守备来找佩里。

"伯特兰·拉美西斯先生！这回我可逮到个大家伙了，瞧瞧，这帮家伙在搞些什么险恶的勾当！胆大包天、胡作非为，简直是反了天了！"

"怎么回事儿？"佩里问道。

"你自个儿看看吧，伯特兰·拉美西斯先生！你把着这东西先仔细掂量掂量，我呢，就先在你这儿坐会儿……那上面说什么来着，说你是个无家无室的光棍，丝毫不通人情，活该找不到老婆！伯特兰·拉美西斯先生，你说说，有这么骂人的吗？！还说什么——在你眼里，我们这儿的婆娘都不是女人。照我看呀，还真没说错，就我们这儿的那些婆娘，哪算什么女人……"

佩里展开那份文件一看：

全俄之君主、万能的沙皇阿列克谢伊奇·彼得一世陛下，

万岁万万岁！

我们这些，你忠实的奴仆们，日子不好过呀！伟大的君主陛下呀，自打那年你的那些挖沟修渠筑闸坝的工事开工以来，我们这伙庄稼佬，就被死死地套在上面了呀！播种子、打粮食、割草料，这哪一件事儿缺得了人手呀，可我们却没有时间，哪怕是回去看看自己的狗窝窝！就这会儿，我们都还在上工。为了这档子工事儿，秋收没人管，春播也无人干！如今我们哪，马无一匹，人无一口，这巧妇也难为那无米炊，泥菩萨也过不得那清水河呀，还种啥子地哟，为哪个种，又种些什么！我们这些庄稼佬和一帮伙计们，前些年头，那零零碎碎的麦麸子、米粒子什么的，倒也存下了一些。可如今呢，无上荣光的君王呀，你手下那些到叶皮凡来干活的什么工人呀，什么头头脑脑呀，一个子儿也不给，都快把这点儿吊命的口粮给抢光啰。就算没抢光，那可怜巴巴剩下的丁点儿粮食，可上帝呀，也给那该死的耗子吃个精光啰！陛下呀，那些外来的师傅大人们尽欺负人啦，一堆堆的伤心事儿数也数不尽呀，我们这些老实巴交的泥腿子和庄稼佬，都快家破人亡了呀！还有我们那些丫头片子，她们可都还是些未成熟的青果子呀，挨个儿地被拿去开荤打牙祭，都快给那帮畜生糟蹋光了呀！

"伯特兰·拉美西斯先生，啥滋味儿呀？"守备问道。

"您是怎么搞到这东西的？"佩里很是有些吃惊。

"这个嘛——碰巧罢：我手下有名文书官，最近两个星期来，一些些服劳役的贱民们，老是向他打听那个墨水什么的，还有些些整了点子火腿肉，向他一个劲儿地讨教，想整明白那墨水是咋样制成的。而我那个手下呀，是个机灵的滑头鬼，自个儿也是个不大不小的地主老爷，有那么点儿才干，他呀，——弄了点墨水给那帮子人，然后就偷偷地跟踪监视。这不，就这么着，就把这事儿给摸出来啦，把这份子公文也就搞到手了……真还甭说，要是没有我们这些守备的命令，在叶皮凡这旮旯哪见得着墨水呀，就更别扯什么闹明白咋整这东西了！……"

"难不成，咱们把那些老百姓，真的收拾折磨得有这么狠？"佩里有些不解地问道。

"你这是什么话，伯特兰·拉美西斯先生！那些家伙，不过是些爱胡闹耍赖的混犊子和爱顶杠的二愣子罢了，哪有个老百姓的样子呢！你可犯不着跟这种人认什么真、较什么劲儿——这号子人哪，他晓得个屁，公文咋写、墨水咋弄，他懂吗？还老整出些请愿书什么的，想告御状呀，不就是发发牢骚诉诉苦嘛，尽在那儿瞎折腾！我看都是在瞎活……哼哼，有他们的好日子过的，等哪天呀，我把这帮家伙全逮啰，统统给关黑屋子！想作对搞乱子，起什么幺蛾子搅得陛下也不清静，我就让他们尝尝厉害……这帮家伙，还想反了天了，这不是让我主遭罪嘛！这帮子家伙，那嘴巴哪配说话呀，压根儿就不该教他们怎么张口，对不？既然连份子公文咋写也整不明白，那还要那嘴巴啥用，封上，统统地封上！……"

"守备大人，您这意思，是伊万湖那边有人告密啰？可那地方，一列一列的劳工队伍们，尽是些没有牛马脚力的无马户哇，还有就是那些人力大车，您能把这些家伙咋地，难不成还想带着你的那帮小警察们，把这些个人呀车呀什么的，统统从叶皮凡赶了出去？"

"就那帮家伙，扯得上什么队伍哟？那帮子人手，不就是救主节前我派过去的吗？你可扯得太远了，伯特兰·拉美西斯先生！我这里呀，那一个村警呀，差不离儿像十个但尼尔那般——人手缺得厉害，可管的范围不小，责任又很是重大呀！那管起事儿来，还不就顾了这个、丢了那个，上蹿下跳地一阵子忙乎。他说呀，那些没有脚力的无马户们，都逃到雅伊克河和霍皮奥尔河去了，丢下些留下来的家人们，说句良心话，在叶皮凡这旯旮周围，那真真是只有挨饿受冻的命了哟。那些娘们们，我可是眼睁睁地瞅着的，还真不是些懒货，硬是要得。可除了这些婆娘外，那剩下的——全他妈是些饭桶，除了会打点小报告，四下里摇尾乞怜外，哪干了什么正事儿呀，还想把我制得服服帖帖的，那歪脑筋算盘打的……"说到这会儿，只见那守备掏出一块破布片儿，在自己那张老脸上抹了几把。"伯特兰·拉美西斯先生，您不知道，就咱们那位陛下，我可是时刻提心吊胆着呢！这说不准哪天，他老人家突然就来了，这要犯在他手上，——那可是真的下狠手往死里打呀。伯特兰·拉美西斯先生，真到那时候，你可得帮兄弟一把呀，请你一定要求求你那英吉利的大神们，怎么着也得保佑保佑我呀！……"

"好说，好说，我会出面的，"佩里点了点头，"那，这么说，在伊万湖那边，是有马拉着大车在忙乎着喽？……"

"瞧你说的，这怎么可能，伯特兰·拉美西斯先生！就拿马来说，也不知咋地就露了风声，抢在了那些步兵前头：统统地散了个精光，那偌大的草原，跑了开来，那偏远的村子，藏了进去，你说，这上哪儿去找呀？要单是这样，那还算不幸中的万幸——那些被拉去上了工地的马呀，回头到地里就找不着北了，耕地时全都傻眼了，一到草原里烧火开荒的时候，好多马愣是给烧死了……眼下呀，伯特兰·拉美西斯先生，也就这个样喽！"

"天啦！"佩里大叫一声，双手紧紧地抱着脑袋，使劲儿地挤压起来，那头颅是那么地消瘦和干硬，可此刻，却是一个头、两个大，都快要炸开了。

"守备大人，那眼下你打算怎么办？"佩里问道，"人手，人手，我就需要人手，知道吗！甭管你想什么办法、使什么招儿——马上给我弄些人手和马匹来，不然，一开春，那些水闸可就叫河水给冲垮啦，沙皇陛下是绝对不会放过我的！"

"那还能怎的，伯特兰·拉美西斯先生！要不，你把我这颗脑袋给摘了吧，——现如今哪，叶皮凡这地儿，留下的是清一色的娘们，而归我管的别的地儿呢，——除了成天嗷嗷叫的强盗土匪子，哪还有人手呀。要在我管辖的区域找到可用的人手，——那是门都没有哇！如今我呀，过的可是没有出路的独木桥哟：我这颗脑袋，就算老百姓手下留情，——那沙皇也得把它给摘啰！"

"别扯这些，关我啥事儿！那个守备是吧，当务之急，你的任务就是，在一星期内：为伊万湖工区派 500 个人手、100 匹马；杜布罗夫卡哨岗村的水闸工地，要 1 500 个人工和 400 匹马；纽霍夫斯克水闸，要 2 000 个人力和 700 匹马；还有，柳波夫斯克运河，就是萨奇河和顿河间的那个，弄 4 000 个人工和 1 500 匹马，再有加耶夫斯克水闸，也要安排马匹百许、人手 600 多。喏，这是给你的手令单子，拿去吧，守备大人！记住，我刚才说的这些，这所有的用工力量，一星期内必须到位！要是完不成——我就上报沙皇陛下！……"

"我，伯特兰·拉美西斯先生，你听我说！……"

佩里有些不耐烦了，抢口道：

"什么也不用说了，我也懒得听。你别跟我哀哀怨怨地叨叨，也别给我灌什么迷汤，扯那些都没用，——我又不是头一回上花轿的大姑娘家！别跟我叫苦连天地，拿人手来说话！回你的辖区去吧，把那些活蹦乱跳的人人马马些，赶紧给我整出来！"

"好吧，伯特兰·拉美西斯先生，遵命，我的老爷！这算哪门子事儿呀，关我屁事儿呀，你把那帮生孩子的娘们当木头哇，要整找她们整去……"

"滚，滚回你的辖区去！"佩里怒目圆睁，可气坏了。

"那，伯特兰·拉美西斯先生，我打算在开春前，把那在野外采运石头的活儿给停下来，这你可得答应哈！"他心想，这样的话，倒可以吓唬吓唬那帮乡巴佬，去骗些人手来，——要知道，那活儿可不是闹着玩的，那石头可老重老重了，再说，左近的柳托尔采村，那地儿眼下可采不着什么石头……

"这事儿准了。"佩里应道，心想，反正这会儿也没什么别的事儿好干，正适趁机准备准备，以应对那春汛。"只是你这个守备大人，赶紧走吧！你呀，简直就是个喋喋不休的话包子，可办起事来呀，一点也不动脑子，也太老奸巨猾了！"

"为那石头，真是感谢呀！告辞了，伯特兰·拉美西斯先生！……"

那守备又再小声地嘟囔了几句，然后就离开了。

临走前他叨叨那几句，尽是些叶皮凡当地的土话，佩里压根儿就没听明白。要是佩里懂的话，就晓得那准不是些什么好话。

7

快入冬的时候，那五个德国工程师全都跑到叶皮凡来了。这几个家伙，满脸胡子巴拉的，半年下来老了不少，看上去跟个野人似的。

一想着自己的德国小妻子，卡尔·贝尔根内心就很是难受，好似有无数的虫子在上面啃食爬游。可他也没办法，与沙皇签下的是为期一年的合同，早一天离开也不成：在那会儿，俄国的管制和镇压是出了名的残酷和血腥。这么一来，这个德国小伙，内心备受思乡之苦和担惊受怕所折磨煎熬，也就没那心思干啥活了。

别的几个德国人，如今也是一副吊儿郎当的样子，个个后悔不已，真不该为了那一沓沓的钱财，就这么来到了俄罗斯。

唯有佩里，最是坚韧，丝毫也不后悔自己的决定。而那因梅丽而引起的苦痛和伤害，也在激越迸发的工作热情中，得以释放和消散。

佩里同几个德国人一起开了个技术会议，算是搞明白了，那些尚未完工的水闸，目前的状况有多么糟糕。一旦春汛来临，一应设施工体势必被河水冲刷得一干二净，尤其是柳托尔采和穆罗弗梁的这两处水闸，将难于幸免，这两处工地，早在八月间，一应的工人们，跑得就没影了。

叶皮凡的那位守备官儿，并没依照佩里头里的那道手令行事，一应要求俱未完成：不知是心怀恶意故意为之，还是实情就是如此，反正，——要想赶些工人来，那是不可能的了。

谈论了半天的工作，工程师们是白忙活了，到底如何防汛保闸，也没拿出个章程。佩里曾听说，那些在彼得堡造舰船的工程师们，沙皇彼得只一纸令下，全都给穿上送死人子上路的黑色丧衣。要是新船下水和试航时，游得顺当、表现上佳的话，那沙皇就会给这些水手-工程师们予以奖赏，100到数百卢布不等，视舰船的吃水吨位而定，并亲自把他们身上那催命的丧衣取下。而要是那船给整出漏水了，或是无缘无故地朝一边歪了，还有更傻眼的是——靠着岸就给沉了，那么，沙皇陛下就会毫不客气地把那些家伙，一律地判个斩立决——当即就把脑袋给砍了。

佩里倒不怕自己掉了脑袋，即便真要弃了这颗头颅，却又如何向那帮德国人开得了口。

北国大俄罗斯的冬天，过得总是这么漫长而蹒跚。叶皮凡这会儿，冰天雪地，弥盖如银，四里八乡是万籁俱寂，了无生气。晃眼一看，似乎这里的人们活得是那般地沉闷愁苦，那般地悄然哀伤。可实际上，——日子却也还算不错。逢年过节，走亲串友，倒也频繁；整点家酿的红酒，配上些酸白菜和渍苹果，其乐融融；再有，要是见面就对上眼了，就谈婚论嫁起来，很是干脆。

日子易熬、寂寞难耐，其中一个名叫皮特·傅赫的德国人，在圣诞时节，就娶了叶皮凡当地一位显达人家的金玉小姐，出身殷实富裕的盐商家庭，芳名叫做克谢尼亚·塔拉索夫娜·罗季翁诺娃。新娘的父亲手下有 20 号人手和 40 辆大车，组成的盐贩子队伍，常年在莫斯科和阿斯特拉罕这两个城市间往来，贩运些盐料以供这朔北之诸省。而年轻那会儿，那位塔拉斯·扎哈罗维奇·罗季翁诺夫先生，自个儿也曾干过贩运盐粮的勾当。婚后，这个皮特·傅赫，也就搬到岳丈家住去了，没过多久，许是日子舒坦、伙食殷勤的缘故，也就发起福来，富态了不少。

在佩里的带领下，一应的众工程师们，直忙活到欧历的新年当天，在累累的施工图纸上写写画画个不停，很是辛苦，预估了物料的花销，还得计算人手的配备，就这般，总算把春汛的河水如何妥妥帖帖地处理好，种种手段方法差不离儿弄出了个七七八八。

佩里给沙皇上书了一份报告，内中仔细备述了开工以来的始末巨细，对因人工短缺带来的致命危害也无所隐瞒，一并也提及那最终的结果，实在是好坏难料。就这份报告，佩里另制一副本，送给了驻圣彼得堡的英吉利使臣——算是给自己留了条后路。

这年二月，宫里的信使来到叶皮凡，给佩里捎来一封沙皇的手谕：

顿河-奥卡河流域间叶皮凡诸水闸及运河之首席建筑工程师，伯特兰·佩里，见字如晤。

近日，尤在汝之呈文传来之先，吾已听闻汝之事有所不顺也。于此不幸之事，吾以为，叶皮凡当地之刁民贱奴及其逆利而行之举，不过事之起因而已，而根本之要旨在于，尔本当坚决遵从吾之意志，强施果断之策，加配得力之耳目助手，如此，无论异域之匠人，抑或乡间之草民，方能驱使如手臂而不至抗命违令也。

于此叶皮凡水闸工程事宜，各方意见纷纭，兼顾众家之良言，吾今定之先策，务使其于今夏之季提早告竣。

尔处之守备，吾当撤换之，并将予以长期之严惩——令其驻守滩渍之地，操持布防之趸船，往来奔波于亚速与沃罗涅日两地间。然，吾已为你另择一新守备，不日将至，名为格里戈里·萨尔蒂科夫者是也，——其人吾甚为熟知，果毅而聪慧之士也，于诸刁民恶徒，常擅迅疾手段镇压之。是以，此人必为你之首要臂膀之才，文武兼备不可多得也。

另则，吾意诏示天下，指认叶皮凡辖区为战备之地也，如此，但凡匹夫之辈，尽皆可纳为壮丁而从军入伍也！其后，吾将为汝选配一批中高级校尉，实乃精锐之将官也，彼等将率叶皮凡之诸新兵连队及后备军连队，以助汝之事也，而汝亦将被委任为全权之将军而制辖之。此外，吾亦将择选得力之官员，某等俱不次于诸将官之品质也，以为汝之左臂右膀，以顺工事之管理，得善匠艺之施为也。

此间，比照汝之工地之景况，诸毗邻之军政省区，吾亦将之定为战备之局也……

当则，如若到今夏之期，诸水闸及运河之事未能克尽功成，——届时，汝就自求多福吧。即便汝乃不列颠之人——也定当没什么好果子可吃也。

彼得的这番回复，令佩里略感欣慰。在叶皮凡工程事宜上，大张旗鼓地搞这么一番改革举措，那么日后取得巨大的进展和成就，如今倒是令人满怀希望和甚为期待了。当然，关键是来年的开春时节，春天的雨水别要那么着力地捣蛋使坏，别让那往日的辛苦白白地打了水漂才好。

三月份的时候，佩里收到了一封从纽卡斯尔的来信。看完那信，内中的言辞如今已再难引起他内心的涟漪，那曾经逝去的情感和错过的命运，不过是过眼云烟，那颗伤痕累累的心灵，如今已锈迹斑斑，尘封如故。

你好，伯特兰！

　　我的儿子，我最亲亲的头生仔儿，在新年那天没了。他那小小的身板，如今仍在我的眼前时时浮现，想与不想，念与不念，都让我揪心揪肺的痛啊。实在不好意思，又给你写信了，对我的生活来说，毕竟你如今也算是个不相干的外人了。不过，你也曾相信，我的片片真情痴心。还记得不，我曾经跟你说过，——一个女人，把初吻给了谁，她就会记谁一辈子。这不，我就把你给记着了，所以也就给你写起信来，向你倾诉我痛失爱子的悲伤——那是上帝恩赐给我的礼物啊，他还那么的娇嫩幼小，可就这么没了。我的亲儿，我是多么地怜惜他呀，他比我的丈夫，比对你的想念，甚至比我自己，都要稀奇和珍贵。哦，不，他是我的宝贝疙瘩，比我生命中最最宝贵的东西，都要好上千倍万倍！写到这里，我真不想再跟你继续说他了，我的心和我的眼一直都在哭泣，再不打住，这写给你的第二封信恐怕是完不成了。头一封信，我上个月就寄给你了。

　　如今我的丈夫，对我来说，不过是个陌生的路人。白天老是在外面忙活，到了夜里，也不回家，整晚整晚地泡在水手俱乐部里。而我呢，就孤零零的这么一个人，守着空荡荡的屋子，好生寂寞呀！如今，我唯一的慰藉，——就是看看书，和给你写写信，要是你不厌烦的话，我就经常给你写哈。

　　亲爱的伯特兰，再见了！你真是我这辈子的好人，我知心的朋友，又似远方的亲人，我许多的回忆，都珍藏在你那里，时常想起，感觉很是温馨和甜蜜。给我写写信吧，你若能来信，我真的会非常开心和高兴。如今，对丈夫的那份感情和对你的思念，是我继续活下去的唯一理由和借口。可是，我那个不幸夭折的小家伙，常常跑到我的梦里来，哭着喊着叫我妈妈，要我去分担他的痛苦和死亡，要我跟他一块儿升天去。

可我，却仍然还活着，我真是个没心没肺而又胆怯懦弱的母亲。

梅丽

另注：这会儿，纽卡斯尔是温热的春天。在阳光明媚的天气里，隔海相望，仍旧可以清楚地看见，海峡那头欧罗巴的海岸。那道海岸，令我时常地想起你，由此，却更增几分烦恼和忧伤。

很久以前吧，你在给我的一封信里曾写过一句小诗，也许你如今早已不记得了吧！

……热情在心内燃烧，无尽的挣扎煎熬，此心何往，情归何方——

上天垂怜，伊人霓裳，唯愿把赤心，全都托付给她的心房……

真不知道，这是谁写的诗句？还记得不，你第一次给我写信时，就向我求爱来着，说得是那么地直接和坦率。也许是你觉得害羞吧，当着我时，你可没那么多要命的甜言蜜语。那时的我呀，觉得你好有男人的魅力和勇气，是那么地风度翩翩，那么地谦逊和气，就这样，我就给你迷住了，喜欢上了你。

合上了信，佩里心里不禁泛起些许的同情，还有那丝丝温馨的宁静和略略无愧的安心：也许，梅丽的不幸，让他不免有些得意，——如今，他俩的命运也算是扯平了。

由于在叶皮凡这地方也没个亲近的人，佩里就时常到皮特·傅赫家去做客，喝点茶水，吃些樱桃果酱，再同傅赫的妻子——克谢尼亚·塔拉索夫娜说会子话，摆谈摆谈那遥远的纽卡斯尔，回忆回忆那温暖的海峡，扯扯那欧罗巴绵延的海岸线，要是日子清朗、空气通透的话，在纽卡斯尔也尽可遥遥地望见。只是，他从不跟任何人提起梅丽，那是他独有的秘密和念想，他内心最为脆弱的那一点谦和善良，最为难得的那一丝柔情蜜意，全都珍藏在她那里，是源头也是宿地。

到得三月，叶皮凡当地的人们开始吃斋禁欲；处处东正教堂里传来的钟鸣，满是凄凉和忧郁，四下的山岭高地，也已露出黑色的土泥。

这些日子，佩里的心情不错。他没有给梅丽回信，不知道要说些什么，况且还会招来她丈夫的反感；而尽谈些不痛不痒的客气话，又非他所情愿。

佩里把那些德国工程师，悉数打发到一些险情较为紧张的水闸上去了，让他们好生主持那里的工作，以求让春汛的河水平平安安地通过。

如今，那些乡巴佬们，尽皆从军入伍了。至于那位新来的守备大人，那个格里戈里·萨尔蒂科夫，倒是凶狠彪悍，把个辖区制得死死的，发起威来一点也不心慈手软；但凡有桀骜不驯违命反抗者，统统给关进了监牢，如今那里也早已是人满为患；还有更狠更绝的一招，又被叫作"反省小舍"，那里，每天都动静不小，使劲地鞭打那些犯事儿的，好让他们长长记性，那屁股蛋子上啊，深深的伤痕触目惊心。

工地上的人手，甭管是有马的还是没马的，眼下倒是满当当的足够数了。不过，佩里却发现，这光景恐怕大为地不牢靠：说不定哪会儿，那暴动也就一触即发了，到那当口，不单是人全跑光了，连带着那些设施工事恐怕也难以幸免，恨意难消的工人们，兴许连踢带踹地顺手就把它给灭了。

可这地儿的春天，总有些那么不顺畅：白天断断续续的，零乱又没有章法，可到了夜里，却又一股脑儿地给冻上了，丝毫也不得动弹。那雨水，拢共也没多少，流过那些水闸时，就好似穿过裂了缝的水桶，涓涓细流，毫无气势；就这般，那些在水闸处值守的德国人和工人们，倒也来得及用些刚软和下来的泥土，把那一处又一处的泄洪道所裂开的口子，那些湿漉漉的缝隙给堵上，也就没发生什么棘手的垮塌现象。

这般景况，令佩里甚是欣慰满意，于是乎，隔三岔五，就到傅赫那口子家里去走走逛逛，如今她也是一个人呆在家里闲着。顺便，再跟她父亲聊一聊那些盐粮贩子的逸闻趣事，或者侃一侃鞑靼人打过来时的掌故传说，也叨一叨那杂草丛生的古老草原上青草的甘甜香味儿。

终于，乡下春天的美好走到了尽头，堪堪燃起了初夏的火热，大自然生机勃发的青春也就此掩息了躁动。夏天来临，透着些热血沸腾的野性和蓄势待发的激情，大地上，万物欢悦，各自竞风流，对对齐折腾。

佩里决定，入秋前就结束全部的水闸和运河工程。他有些思乡情切了，他想着那大海，想着那故乡，还有那住在伦敦的老头子父亲。

父亲思念儿子的忧愁有多深，得看他烟斗抖落的灰烬有多厚：一想起儿子来，他就把那烟哪，使劲儿地抽个不停。在为儿子送行的时候，父亲是这样跟他告别的：

"伯特！你说，在你回来之前，我得抽掉多少烟哪……"

"很多，父亲，会很多吧！"伯特兰回道。

"嘿，臭小子，你以为还有啥毒药毒得倒我呀，我就抽给你看！也许，要不了多久，得嚼烟叶子啰……"

初夏的时候，工程进展倒是很快。慑于沙皇的威压，乡巴佬们干起活来倒也卖力。不过，仍有些信旧约的禁欲派分子，壮着胆子逃跑了，远远地躲进隐修院里藏了起来。还有一些脑袋灵光点的，私下里交头接耳，捣起些鬼来，蛊惑了整一个连队的人马，跑到乌拉尔山里和卡尔梅克草原上去了。也曾派人尾随其后予以拦截，可却无一次得逞，每每总是无功而返。

六月里，佩里巡视了整个工地。所到之处，工程建设的速度和成就，在他看来，八九不离十，倒也在预料之中。

而那个卡尔·贝尔根，却给他带来了分外的惊喜。伊万湖工地处，在最为低洼的湖底，卡尔·贝尔根发现了一眼深不见底的泉洞。里面泉水汩汩，直往外涌，要是碰上干旱少雨的年份，这备补的水量，也足以支撑运河之用了。只是目前，当得把伊万湖去年建好的土堤，再撒些泥添点土，加高那么一俄丈才好，以便在湖里多围些泉水，然后，一旦碰上必要的情况，就通过那排水口，把水给放到那些运河里去。

对贝尔根搞出来的这个新花样，佩里是大为称道和赞许，当即就下令，让人用泥浆泵把那口泉眼周围清扫干净，并植入一根又粗又大的铁管子，底端还加了一席网罩，免得淤泥把那泉眼再给堵塞上了。这些锦上添花的工作要是顺利，到时伊万湖就可以流出更多的湖水来，那这条水路，即便在干旱时节，也不会干涸和枯萎了。

在返回叶皮凡的路上，一份深深的后怕和浓浓的疑惑之情，蜇痛了佩里那颗自鸣得意的心。在彼得堡做的那些宏图大略和规划设计，忽略了当地的自然条件，尤其是没考虑到干旱的状况，而这东西，在这地方可是司空见惯的事儿。很显然，一旦到了干旱的夏天，要是运河里的水量不足了，那么这整条水路势必化作一线满是泥沙的干旱之道。

一回到叶皮凡，佩里就开始重新计算自己手上的那些数据。然而，得出的结果却更为糟糕：当初的那些规略，是依据当地1682 年的数据而定的，而那一年的夏天，恰好雨水又极为丰沛。

于是，佩里找当地居民和傅赫的岳父更为深入地了解下情况，他估计，这地方，即便在平常年份，把那雨雪之水尽皆都算上，运河的水量也是少得可怜，要在上面行船，那是痴人说梦。而倘若碰上个干旱的夏季，那就更没指望了，——那运河的槽道里，爬满的除了沙粒尘土，也就没什么别的了。

"看来，我呀，要想再见父亲一面，恐怕是不成的了！"佩里心想，"纽卡斯尔，也是回不去的了，那欧罗巴之海岸，也没眼再瞧上一瞧了！"

如今，那唯一的希望，就指望着伊万湖底的那口泉眼了。要是那口泉眼能涌出大量的水来，碰上雨水稀少的年份，兴许还能滋养滋养那些运河。

不过，贝尔根的这个发现，终究还是难以平抑佩里内心那份破漏的宁静，自梅丽的那封来信所偶得的丝丝快慰心情，是一去也不复返了。其实，暗地里，佩里自个儿也不相信，伊万湖里的那口泉眼，会冒出大量的水来解得了这个困局，不过，权且死马当作活马医吧，希望再小，也总好过绝望，多少还有个盼头。

眼下，伊万湖上，正在建造一座专用的木井台，准备从上面往水下的泉眼钻孔，以便探得再深一些，然后把那粗壮的铸铁管子，端端地给插进去。

8

八月初时，军政守备萨尔蒂科夫来找佩里，并带来一份卡尔·贝尔根的业务报告，见面就说道：

"大人阁下，拿着吧，有人给你整了道便条子。我的那帮弟兄们说呀，前儿个，塔丁村搞水闸的那些乡下蝼蚁们，偷偷地都给遛爬啦。看来，我得替你好好收拾收拾，让那地儿清静清静：明儿个，我就把那跑了的乡巴佬们，把他们的婆娘们，统统丢进塔丁村的那个小房子里去反省反省。那跑了的，一旦叫我给逮着，通通地押上战地法庭。我呀，要不摘几颗脑袋，那帮家伙也整不明白事理儿。看来，还就得这么办！……"

"萨尔蒂科夫，你瞧着办吧，我没意见！"佩里心事重重，铁灰着一张脸，有气无力地说道。

"嗬嗬，好嘞。不过大人阁下，你看，这些死刑令，是不是请你大笔一挥，也签发一下？我说呀，你可别客气，现如今啦，这叶皮凡大大小小的事儿，还不得你说了算。"

"好吧，我签就是……"佩里点头道。

"还有哇，将军大人，明儿个是小女相亲的日子。对象是莫斯科城里人，家里是搞买卖的，贼嘻嘻地就看上了我家的费克卢莎，非要娶回家去不可。这不，我也得风风光光地办一台不是。请你一定要赏个脸，来喝杯喜酒哈……"

"你太客气了。有时间的话，一定去道个喜。感谢哈，守备大人。"

然后，萨尔蒂科夫就回去了。佩里在他走后，火急火燎地就把贝尔根的那件公文袋子撕了开来。

天知地知你知我知！

你好，佩里，我的同事！

7月20到25日，伊万湖里，一直实施着水下钻井作业，围着那个泉眼凿打，以求将其拓宽、加深和清理干净。按照您的安排，如若顺利完成，原本接下来伊万湖里就会涌出大股大股的地下水。

不过，当打到九沙绳深处时，钻井作业就因为下述情况和缘由，不得不停了下来。

7月25号当天，晚上8点左右，泥浆泵抽出来的不再是黏乎乎的稀泥，而是干巴巴的细沙。发生了这种状况后，我坚守在工地现场，寸步也不敢离开。

我让人把那临时钻井木台的缆绳解开，让它向岸边漂移，以备不时之需，这时候，我发现湖面探出了一棵水草，这在以前可是从来也没见过的。到岸后，踏上坚实的陆地，有只狗突然狂吠起来，那叫声令我心惊肉跳不已。本是只相熟的小狗，我们那儿的人都叫它伊柳什卡，平常就跟士兵们一锅子养活着，不知咋地，竟是叫个不停。尽管我是信上帝而不信那些怪异之事的，心里却也瘆得慌，有些惶惶不安起来。

工兵们跟我指出，从晌午直到这会儿，湖里的水位一直在下降。水下的那些水草是越发地显眼了，甚至湖中央还冒出了两座小岛来。

士兵们都很恐慌，纷纷嚷嚷起来，说是咱们那根管子把湖底给捅穿了，这湖水眼见着是慢慢枯萎和虚弱起来了。

情况确实不妙，从岸边的水线痕迹来看，从昨儿个到现在，湖水水位下降了得有半俄丈那么多。

我再次下到钻井木台上，守在船舷，命令工人们停下打眼活动，并当即开始向那口泉洞进行回填作业。起初，我们把一口直径尺许大小的铸铁盖子放了上去，可眨眼间就被深深地吸了进去，消失不见了。后来又把一根塞满黏土的套管插了上去。可没过多久，这个大家伙也被拖了进去，越陷越深几不可见了。整到眼下这会儿，那泉洞好像没个底似的，一直吸吮个不停，那湖里的水，争先恐后地挤了进去，可却就此一去不复返了。

这事儿呢，那原因说来也简单。那操作泥浆泵钻眼的，一时不察，把湖底的不透水黏土层给打穿了，于是这伊万湖偌大一汪的湖水，就有些托不住了。

而在那层黏土覆盖的下面，却是些早就饥渴难耐的干沙，如今不仅狂吞猛饮着湖水，甚至连那些铁制的家伙也不放过，全给吃了进去。

这接下来要如何善后，我是没辙了，特向您汇报如上，并请多多赐教和指示。

此刻，佩里那颗无所畏惧天不怕地不怕的心灵，也禁不住哆嗦起来，难逃人的本能和天性。这突来的巨大痛苦，把伯特兰一下子击倒了，不由得失声哀嚎起来，额头抢桌，悲楚不堪。

真可谓造化不济，霉运当头，种种不幸，尽让他给赶上了：离乡背井，梅丽不再，如今连这工程上，也出了这么大的纰漏。他心里清楚，自己怕是难以再活着走出这个宽宽阔阔的山谷了。那魂牵梦萦的纽卡斯尔，那梦幻般缥缈的欧罗巴彼岸，那慈祥的父亲手中颤抖的烟斗，那初情难忘的梅丽，这一切的一切，怕是再也不能见上一面了。

低矮的房间，空荡荡的四面，只有佩里在独自痛哭，咬牙切齿，咔哧作响。桌子掀翻在地，屋子越发狭小了些，佩里像一头受伤的野兽，没头没脑地在那里一个劲儿地乱转，嘴里哀嚎不已，也难以宣泄胸中喷涌而出的滚滚伤痛，所有的矜持和坚守都顾不上了，整个人都垮了下来，全然没个样子。悲痛如火，越烧越炽，深深地灼痛了他的心扉，再也难以抑止。

痛得够了，心情随即也平息了下来，佩里不禁讪然一笑，为自己那番绝望中的窘迫难堪，一时羞愧不已。于是，他从皮箱子里掏出一本书，细细地读了起来：

阿尔图尔·切姆斯菲尔德著，

长篇小说《贝蒂·雨柯夫人的恋情》，

第3卷第40集。

高贵的夫人！我的心内激情荡漾，情火燃烧煎熬，爱恋婉转呻吟，痴痴地乞求您的垂怜，唯日月可鉴：世上男子纵有万千，您可愿我倾心相伴；若您愿意，只须檀口轻启，这满腔的热血，火热的痴心，任您予求予取，哪怕滚烫烫地吞下去，我也甘之如饴！

我的脑海，汹涌澎湃，思念如潮水，铺天盖地；情欲似漩涡，排山倒海；热血若松香，如炽如焚！贝蒂夫人，你的芳心，莫非就真的这般绝情，容不下我半点的身影？你的高贵，远离着我的卑微，可我却真情痴心无悔，即便就此死去，那墓碑上也刻满哀怨的相思，难道这样，也引不起你的丝毫忐忑和担心？……

贝蒂太太，我心里清楚，只要我前脚一踏进您的房间，雨柯先生就会用他那把雄风不再的老枪，再装上些老得掉牙的弹药，将我射杀。但是，我何惧之有！既然命运要审判我，那就让它来得更猛烈更火热些吧！

我就是一名刺客，要刺穿和熄灭那独守空闺的幽怨！只是，我的心在寻觅，那可人儿的倩影，那飘飘长裙下的无限风景，那山峦起伏亭亭玉立的酥胸中，火热温馨的美玉心灵！

我是个下流的恶棍！可是却要在您神气得意的丈夫面前，讨好卖乖摇尾乞怜！

牛马牲口，我心何欢？世间万物，于我何干！唯有那集天地灵秀于一身的尤物——楚楚动人的女子们，才是我的追逐和眷恋……

到这里，佩里竟不经意间就酣然入梦了，睡得香甜入迷，一动也不动。那书无力地滑落在一旁，——篇章难再尽，趣味犹盎然。

到了傍晚，屋子里变得阴冷昏暗，唯有那幽远而神秘的天边，洒落下的惨淡余晖，在凄婉地叹息和飘散。

9

漫长的秋时，窒息的冬季，羞涩而又奇丽的春天，一路走来，就这般过了非凡却也神异的一年。

终于，丁香花又再悄然灿烂，芳香如故，——她是俄罗斯外省的玫瑰，装点着几分羞涩的篱笆栅栏，寄托着多少乡间的前程梦想。

当此之际，那号称为"国立顿河-奥卡河水上航道"的系统工程，也就全线竣工了。

憧憬在望，那千帆竞流、万舟争渡的盛景，经年不息，必将与这陆上王国的宏伟气势，交相辉映，争奇斗艳。

堪堪五月，暑气逼人。初时，田野上嫩绿的花草，犹自散发着沁人的清香。可没过多久，一入六月，田野里，竟就满眼的枯枝败叶，风吹过，只激起片片凌乱；热浪席卷，焚炙了鲜花的娇艳，遍野枯萎凋零，阵阵酸腐的气味儿，浓烈呛人：这番景象，真是好一个滴雨无降，寸草不生。

为测试这大大小小的水闸、运河之能，沙皇差遣法兰西工程师特鲁松将军亲自上阵，和 4 名随行一道组成了一个特别的检测委员会，内中个个是行家里手：3 名海军上将和 1 名意大利工程师。

"工程师佩里听令！"特鲁松宣唱道，"奉帝国之主沙皇陛下诏命，特提请阁下速速准备，以使由顿河而至奥卡河沿线，于一周内进入全面通航之态！蒙圣上垂青，得全权之委托，我如今有幸验查诸水体工事之备全，务求明珠不落尘埃，良弓勿失弃捐，以彰沙皇之雄图大略，以报陛下之眷顾恩典。"

"遵命！"佩里回道，"四日后，定将航道准备妥当！"

"哦，口气不小嘛，了不起！"特鲁松笑容满面，大肆赞扬，"快去执行吧，工程师大人，仔细点，可别误了我等返回圣彼得堡的行程！"

四天后，工程沿线的泄水闸口，洞门大开，只见众水闸的深水区域，河水是潺潺而入，渐次汇集增长。只是，那水势却是微弱难堪，最深处也不过勉强尺许左右。此外，当得河里的水流，因水闸闭锁之效用，刚一些微增添了点水位，那河道中的地下涌泉，就此停止了扑腾喷吐。只因那新来的河水，如同一条厚重的被毯，扑灭了那涓涓泉流微弱无力的呜咽。

到得第五日，诸水闸间的全部水域流段，河水竟全然熄了增长。再加之，雨水不降，酷热难当，条条山谷干涸如炙，往日地下的暗河潜流早已是灰飞烟灭，不见丝毫踪影。

从萨奇河的穆罗弗梁水闸处，放下一艘装载着木材，吃水仅1.25 俄尺的兽皮艇，前行不过半俄里，端端地就在航道中央搁浅了，困坐僵立，动弹不得。

特鲁松和他的检测委员会一行乘坐三套车，沿水路一线来回巡视。

那些农夫，除了必须去干活的外，被严禁靠近水路沿线两岸。而那些乡巴佬，也不曾指望那叶皮凡的困境从此就解了，那干巴巴的天地从此就湿润了，也就压根儿没打算到那水里去凫游戏耍；当然，凡事总有例外，也许，要是谁喝高了，借着酒性，要蹚水横渡而过那么一回，也是有的，但这也应是有回数的，毕竟走亲串友喝酒助兴也不是那么容易的事儿：那个时候，为着小孩子好养活，按教里的习俗，相互打打干亲家，虽是常事儿，但邻里不作亲，却是惯例，——婆娘们打不拢堆，不好惹呀，所以要作那干亲家，一般都选在 200 俄里以外的人家。

见着这情况不妙，特鲁松就老是骂人，法语骂完了，又改口用英语骂，可却一点也显不出什么威力来。而要用俄语来喷喷，他却又不会。这样一来，连那些水闸上干活的，对这位将军大人，也不怎么害怕，——只是搞不懂，这位外来的俄国将军大人，在那里一个劲儿地大喊大叫些啥，还满口地唾沫横飞，样子还真是滑稽。

要说这水，压根儿就多不起来，准定也浮不了什么东西，这个道理，叶皮凡的那些娘们儿，早在一年前就晓得了。所以呢，本地所有的居民们，都以为这码子工事，不过是沙皇陛下的一场游戏，和那些外国佬们寻开心的娱乐玩耍，可要把这实情说出来——说他们在愚弄折磨老百姓嘛——那谁又敢呀，岂非是自个儿跟自个儿找不自在。

只是，叶皮凡的一应婆娘们，对那个愁闷阴郁的佩里，不免有些同情和惋惜，私下里扯起些闲言碎语来：

"瞅着他吧，人和和气气的，长得也挺顺眼的，咋就跟个木头人似的，也不见得就老成那个样子了吧，可却没啥调调儿，大姑娘小媳妇一堆是一堆的，愣是不沾不惹，好像打个情呀骂个俏呀，要死人似的。你们说，他是不是被哪个娘们伤透了，不行了呀，要不就是宝贝他家那口子，守得紧呗，——这要是谁，晓得他是咋回事儿呀，也真是的，也不透个信儿……哎呀，你看他呀，老是板着一张脸，苦哈哈——还真是有些怕人哈……"

第二天，就找了一百个庄稼汉去试试水的深浅，测量测量。这伙子乡巴佬，直接下到水里就蹚了开来，也就在水闸坝子正下方的位置，还装模作样地游了那么几下子，过后的地方，那水浅得，光着脚蹚过去就行了。这帮家伙，手上都拿着根竹竿子，十人一组，领头的为甲长，在竿子上砍出了些记号，好看出水的深浅。然而，大半的测量者，试水时，都用腿肚子来丈量深浅，然后纷纷比划出四分之一俄尺长短的样子；而剩下的那些人，比划出来的四分之一这个数儿，竟有半俄尺那么长。那会儿，只见得有人五指大张，不停地比划着，使劲儿地上下挥舞，表示不用测量了，水太浅了。

折腾了一周，整个水路总算是都测出了个深浅，特鲁松于是就那么算了一算，结果发现，要乘舟驾船四通八达，那是办不到的，甚而有些地段，连木筏子也漂不起来。

可是，沙皇陛下原本想要的深度是，这水道得撑起装备有10门火炮的战舰，并使之能够自由出入和航行。特鲁松的专委会起草了一份测试情况报表，并对着佩里和他的那些助手们——德国人，当面进行了宣读。这份报表说得很清楚，说是由于缺水的原因，那些运河，包括水闸围起来的道道小河沟，既不便行船，也不适走舰。这种种的花费和累累的功夫，算是白费了，一点用也没有。最后，报表中还提出要呈报沙皇，听凭圣意裁决。

"瞧瞧，"特鲁松的那帮子跟班中的一个海军上将叫嚷道，"就这也叫水道，整的是啥玩意儿！这简直是滑天下之大稽，绝对地劳民伤财！……是对沙皇陛下彻头彻尾地讽刺和侮辱，——这码子窝心事儿，一想起我就鬼火冲！……看看，德国佬，瞧瞧你们干的好事儿！还有你，英国佬，创造奇迹的哪门子神手，等着吧，有你好果子吃的，一顿好打是跑不了的啰——要是就这样，那还算好的啦！……要是把我们手上的这些鬼消息，往沙皇陛下那里一送，——那可是赤裸裸地打他的脸啦，那下场，哼哼！……"

佩里无言以对。他心里清楚，那水闸的方略设计，还不就是依照特鲁松这家伙的勘查资料来做的，可那又如何，再怎么着，眼下是谁也救不了他了。

第二天，太阳刚冒出个头来，特鲁松就带着他那帮子人，早早地离去了。

一时间，佩里无所事事，不知道如何打发自己那有些茫然失措的精力，于是大白天地，整个儿地就在草原上瞎逛，到了晚上，就看看那些英国小说，不再是那本《贝蒂·雨柯夫人的恋情》了，而是别的一些。天天如此。

特鲁松走后，不过十来天，那些德国人就纷纷消失得无影无踪了。那个守备萨尔蒂科夫，也派了些人马去追赶，想要捉了回来，可前去的兵丁，一时半会儿也不见回来。

几个来到叶皮凡的德国人，就傅赫一人，那个在这儿结了婚的，留了下来，舍不得自己的婆娘，倒算个像样的爷们儿。

那个守备萨尔蒂科夫，暗中派人把佩里跟傅赫都监视了起来，不过，这档子事儿，佩里和傅赫俩都清楚，只是心照不宣。萨尔蒂科夫好像在等彼得堡那边的什么消息，躲着佩里，一直也不照面儿。

佩里内心空荡荡的，一片漆黑，思绪寂然，百般无奈，啥事儿都没了兴致。心里也明白，如今就单看沙皇要如何收拾惩罚他了。不过，他一时性起，就给驻彼得堡的英吉利使臣写了封求助信，请其出手帮一把，救救他这个英王治下的臣民。可是，他料到，那个守备根本就没把他那封信，让那顺道的给捎出去，要不就是塞进了哪个公文包里，直接送去了彼得堡的中枢衙门里。

又过了两月，彼得派了一位差使来，带着他的密诏。沙皇的这位信差大人，乘坐四轮马车而来，后面跟了一群撒着脚丫子疯跑的野小子，激起的尘土是四下飞扬，着那傍晚的夕阳一照，显得是五光十色，状若彩虹。

这会儿，佩里正立在窗前，看着这与自己命运攸关的偌大一条人流，呼啦啦地风驰电掣而来。他一下子回过神来，明白这使臣信差是要来干什么的了，于是就爬上床去睡下，好打发掉那剩下的多余时光。

第二天，也是日出时分，佩里屋子的门就响了起来。

守备萨尔蒂科夫走了进来。

"兀那英吉利臣民，伯特兰·拉美西斯·佩里，皇帝陛下有旨，你听好啰：即刻起，你不复将军之名，只一介平民，甚尔罪人也。即刻押送至莫斯科，以候陛下裁决。伯特兰·拉美西斯，速速交出公家的房子，拿上你的东西，请吧……"

正当晌午时分，俄罗斯中部的广阔大地上，佩里一边赶路，一边打量着沿途的花草。身无长物，就一口袋在肩，两旁是负责押送的兵差。

道路漫漫长长，无可期许。押解的差人倒是和善，没有恶言，也无暴行，也就省了那份操心。

两名差兵是地地道道的叶皮凡本地人。二人告诉佩里，明儿一早，那个德国人－自留者傅赫，就要被拖到那间刑讯的小房子里，去吃鞭子受拷问了。至于惩罚，沙皇似乎也不想拿他怎么着，就一通好打了事，然后再赶回德国去。

这去莫斯科的路程，好似没了止境，越走越远，佩里早已是疲惫不堪，都不记得这是要上哪儿了，尽想着早一刻去到尽头，好砍了头完事儿。

到了梁赞城，就替了叶皮凡的兵差。新的押解告诉佩里，同英王国的仗好像告吹了，没打得起来。

"那是咋回事儿？"佩里有些好奇。

"听说，沙皇彼得陛下，在皇后那里把个情夫逮了个现成，还穿着睡袍子呢，好像就是那个英国公使来着，这叫什么事儿呀！彼得大帝呀，当场就把那家伙的头给砍咯，用那丝袋子一裹，就摔给了皇后，这事儿也就这么闹起来啦！……"

"难不成真这么干呀？"佩里问道。

"那你以为呢？"一位差兵说道，"见过咱们的陛下没？那可是高大威猛的伟丈夫，真爷们！听说呀，咱们那位陛下，当场把那个公使呀，硬是赤着一双手，就把那脑袋给拧了下来，像是揪了只小鸡仔儿似的！邪乎不，这事儿？我还听说呀，沙皇陛下可不愿为了个女人，就劳师动众地，让他的人民呀，去开战……"

走到后来，快到了的时候，佩里的双脚都麻木了，肿得老大，走起路来，跟穿了双厚重的毡靴似的。

最后一宿，那位上了点岁数的兵差，有一搭没一搭地跟佩里扯起些闲话来。

"我们俩呀，这是要把你往哪里领呢？也许吧，是把你往火坑里送哟！咱们头上的这位沙皇呀，那收拾人的手段，可是一套一套的……要是我的话，就算是有八只眼睛盯着，逮着机会，立马也偷偷地溜啰！照啊！可你这家伙，一路走来，跟个小鸡仔儿似的，一点动静也没有！兄弟呀，你那骨子里，缺少血性呀——本想，总得给你点厉害瞧瞧吧，抽上那么几鞭子，可你这样，叫人又怎生下得了手，更何况，都是要上断头台的人了！……"

11

佩里被带到了克里姆林宫，然后移交给了一处囚塔，就关了进去。一路都悄没声息的，也没人跟他说什么，要何去何从，佩里听天由命，自个儿也懒得啰唆。

昂着头，透过上面那扇狭小的窗口，佩里凝望着那辉煌灿烂的夜空，整晚都一动也未动——繁星似火，跳跃闪烁，高远缥缈，自在不拘，无法无天，令他着实有些惊奇。

那番自在，那般恣意，与佩里的心思暗合，令他不免暗暗得意和心旷神怡，不禁倏地笑了起来，就站在这低矮而幽深的囚室，神往那高远而无际的天空，这头顶的苍穹，仿佛就是那无尽星空的王者，幸福地主宰着那片轻风拂面、繁花似锦的广阔天地。

突然间，佩里倏儿醒了过来，倒想不起，何时竟睡了过去。却也不是自个儿醒来的，这是有人来了，就站在他的面前，还小声地说着些什么，没打算叫醒这坐牢的人。不过，他却嗅出了来人的气味儿，也就醒了过来。

"伯特兰·拉美西斯·佩里者，"当中的那位文书官掏出一张小纸片来，指名点姓地念出声来，"奉皇帝陛下之诏命，兹判处你以极刑，斩去头颅。就这些，别的上面也没写，我也不知道。去吧，再见了。上帝保佑，早日升天。怎么说，你也是一条人命嘛。"

说完，那文书官就离开了，到了外面，想把牢门再扣上，不想铁门太紧，一时竟也没能如愿，还加了把力气才成。

另有一人，倒是留了下来，——凶神恶煞的样子，十足的无赖，上面光着，下身短裤，浑身横肉，绷得扣子鼓鼓的。

"把那裤儿脱了。"

而佩里却先脱起衬衣来。

"耳朵灵性点，你这贼子，——我命令你，把裤儿脱了，放好！"

那刽子手，双目放光，闪烁着癫狂的野性和莫名的兴奋，猴急躁动，眼珠子渐渐变了颜色，原本浅蓝，如今倒黑乎乎的了。

"你的斧头呢，在哪儿？"佩里问道。内心平静，如若止水，只是微微地皱起眉头，有些不适，觉得这人似乎要把他往水里扔，那水却很是冰冷。

"斧子嘛！"那刽子手说，"没那把家伙，照样收拾你！"

佩里冥冥中觉得，像是有一股异样而阴森的凉气袭来，扎进了他的脑海，好似那锋锐的刀刃在切割身体，犹如子弹扎进了跳动的心脏，很是怪为难受。

这隐隐的感觉倏尔就踏实了，一把斧子落在脖子上：他那渐渐暗淡失神和麻木呆滞的双眼中，最后一道余光被那鲜血照映，正是无尽的赤红。刽子手鬼哭狼嚎般大吼一阵，佩里的脑袋就在他的怀里，耷拉下来，没了生息。

一个钟头后，那文书官使劲儿敲了敲囚塔的铁门，擂得震天响。

"完事了吗，伊格纳季？"隔着门，那文书尖声尖气地问道，耳朵就俯在门上，努力地想要听清楚里面的声音。

"马上，真他妈难脱，龟儿子的！"囚室深处，传来刽子手咬牙切齿的嘀咕声，嘴里嘎嘣着响，喘息粗重呼哧。

"真是个恶魔呀！"那文书官喃喃自语，"从没见过这样子的。那股子凶残的狠劲儿没过去前——这要进去的话，还不把人给吓死！"

遥遥传来，阵阵"称你为有福"的祷告声，钟鸣大作，往复荡漾，——看来，清早的晨祷这就要散了。

那文书官顺道去了教堂，拿了块儿小圣饼，当作头一份早餐，又揣了些蜡烛在兜里，——以备晚上独个儿人的时候，看点啥。

* * *

那年八月，快到苹果节了，叶皮凡的守备萨尔蒂科夫，收到了一个邮包，贴着异域王国的邮票，还飘着香味儿。上面写着些什么，却不是我们的文字，不过，倒有三个字儿识得，用的是俄文：

伯特兰·佩里，工程师（启）

这件写着死者名字的邮包，可把萨尔蒂科夫给吓坏了，一时不知如何是好。于是，就把这包东西，放在了消灾避难的神龛后面，——就这样，被那残酷的剥削者，所永久地流放了。

以太通道

在顿河上游、奥卡河、茨纳河和波利诺伊沃罗涅日河这众多流域，遍布着处处悄没声息的农垦区，栖息着种族繁杂、语言更是各异的诸多民族。要说在这片平原和森林交织地带生活的全是纯种的俄罗斯人，却是无甚道理。这里的居民是古时野蛮的朝圣者，因疲惫不堪而驻留于此所传下的后代。那些古时的先人们，为严酷的自然和贪婪的君主所迫害驱赶，带着对生活的渴望和热情，满世界地去找寻幸福，从那遥远的国度飘荡流落至此。

这片土地上的庄稼人，他们的父系先辈追溯起来，有斯基泰人、萨尔马特人、布加尔人、斯堪的纳维亚人、切列米斯人、鞑靼人，甚至还有伊朗和印度人。他们的身上至今还残留有先祖们的特征和烙印。时常会碰到眼睛窄小、颧骨高耸的人——显见是东方血统；也常见一些眼眸呈深灰和湛蓝色、鹅蛋脸型的人——源于北方和冰洋血统。

长久以来，在这里定居和栖息的人们，如同一个民族，如今倒也种上了黍子，好徒步路行，不再纵马驰骋，喜欢上了这份安居乐业生活的舒适和甜美。

20世纪初叶，德国的东方主义学者（东方学家）盖泽尔教授曾到访过这里的一些小村镇，他在一份国外发表的报告中，记述了此次差旅之行，见闻如下：

"散布和栖身于前述诸江河流域的人民，论其种族根源，真是漆黑模糊和混杂难辨。无论语言风俗，还是古迹文物，皆难以考证其族群源流是否一脉相承，也无从辨明那血脉延续是否清晰完整。反倒是，理应这样来看，栖身在这片地域的人民，来来走走几多回数，每次均遗留下些许孤寡人家。

"如此，种族各异的不同民族，随历史变迁，渐渐把自己的样貌和身影烙印在了这片土地上，然后，逐步向荒瘠的欧洲区域漫延和开枝散叶，并慢慢消散和隐没在了混浊的历史长河之中。不过，从生活于此地的后代身上，仍可以捕捉到其父系先祖们传下的显明特征，性情温和，意志刚毅，和向往自由自在、丰衣足食生活的不变热情。

"毋庸置疑，这里延续下来的先祖品征，是极为难能可贵的。惟此，那些过往的先人们所赋予的品格——对劳作、生活、感受和拥有的炽烈热情，如今已深刻烙印在此地民众内在的天性中，并且成为他们身上牢不可分的整体特质，血肉相融，代代递承。

"如今这里的人民，其内在的心理结构，可以这样来判定和理解。祖先的积极勇进演化成了后辈的智慧聪颖；好斗喜战的野性蜕变为强大健壮的心灵，故而，战士也就转身成为了农夫。历史上，此种心理类型的转变曾经发生过，那么，相反方向的转变也是有可能的：袖手旁观者消极散漫的性子也可能演变成野蛮战士的粗犷意志。唯有发生某种巨大的外部灾难，或者猛烈的外部冲击，那么，内心世界就容易再次引发变换……"

这番言语是盖泽尔教授在1901年时写下的，因而，不少地方有些言过其实了。

对教授写下的这些东西，米哈伊尔·基尔毕奇尼科夫并没怎么弄明白，却也信以为真：看来，在血缘关系上，我也是源自文中所说的那些人。不过，如果一个人开始漫无目的地四下乱窜，如果他的内心满是烦闷和忧愁，他那日益膨胀的大脑尽是痛苦和哀伤，那这些话又有什么用呢，简直一文不值，什么也帮不上救不了。

晚饭后，基尔毕奇尼科夫出了门，去了破烂不堪的外城，路过郊外小村帕尔舍夫卡，来到了夏日傍晚的田野上，地里的湿气开始蒸腾而起。一眼望去，整个小镇尽收眼底——端端地坐落在修长峡谷的环抱里，不远处，砖瓦厂森严井然地矗立着，白天，基尔毕奇尼科夫就在那里干活。

白天繁重的计件工作干得太过猛烈，耗干了基尔毕奇尼科夫的体力，于是，每到夜晚，他就忘情地沉迷于思考和想象中。

那是1923年间。基尔毕奇尼科夫既善识文断字，性子也开朗谦和，却总是几乎没有志同道合的伙伴。这个小镇里，弥漫着某种浑浑噩噩的生活，日子枯燥乏味又低俗下流，很是憋闷。

诚然，也果真如是——沿着小镇的土围墙，零零散散地摆布着一些房子，仿佛是用随手捡来的东西堆搭而成：要么是些从铁路上偷来的火车厢板，要么是些从流送木材的河上捞起的散木，要么是些土砖坯瓦，甚至干脆是些莫名其妙的、偶然兴起碰见的物料。落落小屋静默林立，扇扇窗板如哑口张开，贮藏密室里瓶瓶罐罐、圆桶方缸随处可见，腌制、浸渍着些备用的食物，够得上今后两个年头的用度。看来，这里的居民们，被前不久某种可怕的灾难惊吓得够呛，把自家封扎得严严实实的屋子里的残羹剩饭，都吝啬地收藏了起来。院子里，几只家犬很是神气，整晚都吠叫倾诉个不停，显见是吃饱了撑得慌，又找不到对手无所事事所致。镇上的女子都漂亮迷人又寡言文静。这里的女子，比那些男人更显厚道仁慈和有人情味儿；她们，大概，既不眷恋自己的丈夫，也不喜欢这个生活波澜不惊的乏味小镇。

基尔毕奇尼科夫坐在湿漉漉的草丛上，昂首向天，本能而随意地让脑子里的血液顺流而下，以便让缠绵纠结、黏稠不堪的思绪得以稍许停歇。

小镇上，鸣钟人敲响了彼得保罗教堂钟楼里的时钟，一个老头，一只木槌，懒洋洋慢腾腾地敲打着。

长夜漫漫，夜色掠过小树林，林间干涸的沟壑稀疏，时隐时现；稀薄的空气中，夜风挥舞着冰凉而无情的双手，忽起忽落。

过了一个钟头，又一个钟头。一声尖细的鸣叫响起，又好似在痛苦地呻吟，一辆快速列车，迎着空旷压抑的原野，呼啸而来，未作片刻停留，从小镇旁一闪而过。列车发出的咣当声，在夜晚单调的原野上久久回荡，并最终消散在了远处的熟荒地中，模糊难辨、几不可闻。

于是，基尔毕奇尼科夫起了身来，突然想到，他如今也有 20 岁了，活得既随意也偶然，那过去的岁月是一去再也不回头了。难道，那曾经走过的短暂岁月，就这样打水漂儿白白地浪费了？生活最后的那根救命稻草，他都没能死死地抓住不放？是否，他就错过了生命中最宝贵的财富，也没有闹明白活着就是最纯粹和简单的奇迹这个道理？不过，非要弄个清楚明白，那也是愚不可及的事儿。该做的是，要直面那生活中一切难以驾驭和掌控的财富，勇敢地去征服和占有。基尔毕奇尼科夫打量了那郊外的小村庄一眼，内心蓦地释然和高兴起来。

回到家中，基尔毕奇尼科夫吃了点粥，拿了本书就躺下了，顺手还把油灯掐小了点。书籍，会转移或消散他内心的片刻宽慰和些许幸福：于是，基尔毕奇尼科夫把书塞在枕头下，然后就熄了灯。

他的心跳越来越快，好似预感到将要发生些什么，一时竟难以入梦；突然，基尔毕奇尼科夫惊慌不安起来，从床上弹身而起，抓了件遮挡的物什，就冲了出去。不过，此刻镇子上倒是一片宁静，那个老头儿，不停地敲打着手中的梆子，很是忠于自己的职守。

"真是见鬼了。我年纪轻轻的，"基尔毕奇尼科夫心想，"当然容易冲动。那些少女姑娘们，不也老是莫名其妙地就哭哭啼啼起来了！"

* * *

一大早，法捷伊·基里尔洛维奇·波波夫就乘坐廉价火车来到了尔扎夫斯克市。他是个物理学博士，曾发表过一篇学术文章，名字怪怪的，叫作《恐怖地狱的毁灭者》。他在"新阿丰"旅馆住下，每宿半个卢布。

清晨 5 点，法捷伊·基里尔洛维奇在莫斯科自家的寓所中醒来，感觉有些气愤。屋子里整晚亮着灯，几只肥硕的家鼠时常发出刺耳的吱吱声。

难以再入梦了，法捷伊·基里尔洛维奇起身披上西服背心，晃了晃晕沉沉的脑袋。他凌晨 1 点才躺下，勉勉强强就了会儿枕头，就又提前醒了过来。

"好吧，法捷伊·基里尔洛维奇，看来咱们又得加油了，"他自言自语道，"那些令人疲乏困顿的微生物该满足消停了：我对它们是绝不怜悯容情的！"

他将钢笔插进墨水瓶里，挑出只死苍蝇，哈哈大笑起来，"明白不，这可是绝妙的捕蝇器呀！对付这些黄色公民，我就用这招，钢笔插进去，绝对不会错过。墨水 —— 水坑陷阱，纸张 —— 裹尸包布！上帝呀，这太令人吃惊了！……"

这些不会言语的、但却非常用心的交谈者的存在，使得法捷伊·基里尔洛维奇老是认为家里人口很稠密。加之，他疯疯癫癫的，常把那些默不做声的物什当作活生生的玩意儿，更别说这些跟他一样的生命了。

显然，还有些犯困迷糊，他蘸了点墨水，看着那张未写完的纸页，说道："结束吧，你这个刺儿头！我得去躺下睡会儿。"

长年的孤独和压抑，久时阴冷、潮湿和乱糟糟的屋子，使法捷伊·基里尔洛维奇变得像个脑子生了锈又上了点年纪的马大哈。

法捷伊·基里尔洛维奇工作时总要喃喃自语，时常大声地与自己争辩着那些设计方案和思想念头。

老鼠安静了下来，因为法捷伊·基里尔洛维奇又开始叨叨了："快干呀，法捷伊！再快点，我心中那个魔鬼！毋庸置疑，要是……，要是每俄亩土地的产量是 500 普特①，而不是 40 普特，还有……，如果钢铁的产量也开始增加，那么……这些东西，立马会被那些女人和她们的汉子们当成自己的拿走，就又会繁殖出许多人来，这样一来，无论是粮食还是钢铁就又不够啦，又会变得贫穷起来……晓得不，你，法捷伊·基里尔洛维奇，曾经有那么一个名叫马尔萨斯的红发英国人……"不过，法捷伊·基里尔洛维奇是嘴里说着一套，笔下却是另一套；说的是"马尔萨斯"，写的却是"电子"，还标了个神秘莫测的希腊符号……"瞧瞧，这个马尔萨斯，就是这样教育年青人的，你们啦，不要再生了，他可着劲儿地劝啦，而年青人呢，一旦长熟了，就娶了漂亮的老婆，就生儿育女了，对生命生育，那欢呼膜拜，那热闹庆贺，气势

---

① 普特：俄国计量单位，1 普特为 16.38 千克。

汹汹地在向贫困宣战了……法捷伊，这些年青人可比你要勇敢呀，他们就敢说，孩子比贫穷更重要和强大得多！他们以为，只要操弄操弄，大地也会像自己的妻子那般肥美多产……那我们就走着瞧吧！……哎，法捷伊，你可真是个怪东西，拼死拼活地为这些年青人工作——从不炻什么躐子。空气是用不完也吸不尽的，世人都这般说，也都这么信。这自信，得有多愚蠢呀！拉倒吧你，法捷伊，要是你搭上自己的性命，能够让每个人的血液中都增添些毫米见方的红色球球，那也……够了，不要再唠叨了，蠢货，你妨碍我思考了！"

就这样把自己怒骂一通后，法捷伊·基里尔洛维奇冷静下来，开始努力地工作，就像在上书法课一样，罗列出了一组排列得规则整齐的符号。

莫斯科城也醒了，电车发出了响亮的长声嘶鸣。电车的集电杆时不时地被电缆弹开，激起阵阵电花，点亮了晨雾。

"一群白痴！"法捷伊·基里尔洛维奇出离愤怒了。"到今天都没安装上科学合理的集电杆：电缆在沸腾燃烧，白白地浪费着电能，还让行人十分着急和厌烦！……"

晨雾终于消散了，令人意外却又神圣的一天亮堂起来了。法捷伊·基里尔洛维奇擦了擦浸满眼泪的疲惫双眼，仿佛带着仇恨似的，用指甲使劲地挠了挠自己的腰窝子。

"这肯定是哪个坏蛋整晚不停地在啃咬！不过幸好，也就那么一点儿小小的伤口！只是，做人怎么就老是这么难呢！……"

这时，一阵敲门声传来：是莫克里达·扎哈罗芙娜，一个老婆子，给法捷伊·基里尔洛维奇·波波夫送早餐和收拾房间来了。"嗨，怎么样，扎哈罗芙娜？一切都还正常吗？人们还没有死光光吗？世界末日的大混乱难道还没有开始吗？你帮我瞧瞧，我的脊背还在后面吗？……"

"瞧你说的，法捷伊·基里尔洛维奇老爷，这是哪跟哪儿呀？老爷，你就醒醒吧——那可是没影儿的事儿！坐一坐，学一学——可着劲儿地学，人也就越来越聪明啦！快吃吧，我的小鸽子，得歇会儿啦，不然你的心脏会受不了的，脑子也会用废掉的……"

"好吧，扎哈罗芙娜，好吧，莫克里达！好吧，好吧，好吧！我再说三遍，好吧！那再来一次，好吧！喏，把你那香甜可口的食物拿过来吧。我们就把这些腐烂的微生物送进十二指肠里去吧，让它们在里面紧紧地活着吧！……那么你呢，老太婆，快走吧！我可没那工夫歇息，晚上再来拿你的锅子吧，也顺便收拾收拾房间。晚上那会儿我要出去。"

"哎哟，法捷伊·基里尔洛维奇老爷，你可是越来越奇怪和难以侍候了，你是想折磨死我这个老太婆吧！……我看我还是等您一会儿吧？"

"不用等我了，你只管走你的，就当我已经死了好了！"

匆匆地吃完了饭，法捷伊·基里尔洛维奇抽了口烟，突然又叫嚷起来："又鲜活了，敏捷了，也舒服了。"

"哈哈，看你往哪里躲藏，你这个怪物、杂种和至上派分子！往上爬吧，你这个上帝的宠儿！快呼吸吧，你这个醒醒的呆子！快活过来吧，你这个小娘皮！跳吧，法捷伊，转个圈，常言道，把轮子向左转动一下，你就能改变整个历史前进的方向！噢，我的青春！万岁，孩子们！万岁，可爱的新娘和湿软热情的嘴唇！打倒马尔萨斯和国家生育政策！向生命疯狂而飞速的进化致敬吧！……"

这时，法捷伊·基里尔洛维奇停了停又说道："你呀，法捷伊，上岁数了，又是个傻瓜蛋！你呀，就是个自恋的畜生，刚有点觉悟，就想着当大善人了！快坐到桌子边来，让工作把你这个长癞的孬种彻底毁灭吧！"

骂够了，法捷伊·基里尔洛维奇顿时觉得脑子变得出奇地空荡起来，那些工作上的思绪仿佛如泉涌般奔洒向果实累累的土壤，他那创造的激情和才思，像野草般疯狂而不可抑制地冒出来了。于是，他开始写起私人信件来。

致维也纳，斯塔乌菲尔教授：

名满天下的同行，您好！毋庸置疑，您应该早已不记得我了。21年前我曾经是您的学生。您大概还记得吧，维也纳那个五月喧嚣的夜晚，异样的空气中竟也弥漫着对科学盛宴的渴望，那时整个世界都展现在我们的眼前，是多么地充满青春活力和令人神往！也许您还记得吧，我们四人，您，两个维也纳人，和我这个俄罗斯人，沿着民族大道共同漫步。我就是那个一头棕发且充满好奇的年轻人！您肯定还记得，您曾经说过，生命，从生物学角度看，是科学已探知的整个宇宙的最为基本和普遍之特征。我，因为年轻，请求您进一步说明和解释。您和蔼地回答说，众所周知，原子就是电子的集合体。而电子，不应该局限于物理学层面的理解，而应该将之纳入生物学领域来看待，电子——其本质也是一种微生物，有其鲜活的机体。如果把电子从某种动物身体的深渊中分离出来，那么作为微生物的电子跟人其实在本质上是一样的！您的这番话我从来没有忘记过。甚至您也没有忘记：我拜读了您今年在柏林出版的一部著作，名叫《作为生物学范畴的阿尔法元素的门捷列夫系统》。在这部令人赞叹的书中，您首次非常严肃且怀着真正的科学态度，又十分肯定地证实，电子是生命的馈赠，他们同样在运动、生活和繁殖。因此，对电子的研究，理应从现今开始将其从物理学范畴剥离出来，转而进入生物学领域。我亲爱的同行和尊敬的老师！读完您的这本著作后，我兴奋得三天三夜都未能入眠！在您的书中有这样一句话："现在技术工人们生产铁、金和煤就像畜牧工人在饲养猪一样。"我不知道，这一伟大理论的出现，是否如我的感受那样，让世人也感到震惊！亲爱的同行，请允许我得到您的同意，把拙著献在您的名下！拙著完全是以您非凡的理论阐释和天才的科学实验为基础的。

法捷伊·波波夫博士

于苏联莫斯科

法捷伊·基里尔洛维奇将手稿和信件装进信封，手稿的名称看起来有点那么不科学，名叫《恐怖地狱的毁灭者》。然后很快就用一些书和一些散乱的手稿把箱子塞得满满的，机械地、完全是下意识地披上了外衣，出了门。

傍晚降临，城市开始灯光闪烁。欢声笑语的街道上，充盈着些许的关切、劳作的紧张、繁杂的格调和暗藏的轻浮。

法捷伊·基里尔洛维奇叫了辆出租车，给司机交待了去远方火车站的路线。

到火车站后，他买了张去尔扎夫斯克的火车票，第二天早上就到了。

尔扎夫斯克的火车站离城市有3俄里，法捷伊·基里尔洛维奇就这样向城里走去，他喜欢俄罗斯静默肃然也悠闲的天地，喜欢俄罗斯的十月，这时一切都是那么神奇和多变，仿佛是处于整个世界都面临地质灾难的前夕。

看来，法捷伊·基里尔洛维奇不怎么尊重和亲近人。这可能与他年少时的一段经历有关：那时，面对他的追求，他心仪的女孩回绝道："我要找的不是什么先生老爷，而是丈夫，是活生生的、可爱的和属于我的丈夫，而您，却太理性冷血和中规中矩了，而爱情，那是奔放的野性，甚至是，疯狂的毁灭！"那会儿，被巨大的痛苦撕裂得遍体鳞伤的法捷伊·基里尔洛维奇，跑到了旷野上，躺在草丛中，拽着一棵小草，问道："怎么，你活得艰难不？"接着又安慰它："真是个小傻瓜，激动些啥呀！世界那么大，那么深邃丰富，这点诱惑好奇就受不了了吗？这世界的神秘诱惑，比你我的痛苦，要宏大和强烈得多！比那折腾磨人的生活，要精彩和迷人得多！"

于是乎，从构成这个世界的一些最简单的概念上，比如大小、深浅、新旧及至万事万物的多样性；从与那恼人的微风和荒野上的枯草的些许沟通中，法捷伊·基里尔洛维奇平复了自己的心灵，爱情的创伤和苦痛也渐渐愈合消散了，并开始变得是那么地遥远、迷人和可笑，就像孩子们的希望和梦想一样。

来到尔扎夫斯克的街道上，法捷伊·基里尔洛维奇一边走一边读着，那些栅栏和门牌上写着的奇奇怪怪的东西，诸如什么"车皮""毛重""西南""受伤""私宅路"和"失效的制动装置"，等等。看来，那些铁路工人师傅们建设这个城市时，是把工作上能带回来的材料都用上了。

末了，法捷伊·基里尔洛维奇看见一个门牌上写着"新阿丰"的名字。起初，他认为这是头等车厢镶了边的那部分，后来，他又注意到，那窗户上贴着把纸剪的茶炊，一个其貌不扬的人，身着旧时农民式的厚呢子外衣，光着脚丫来到门口，堪堪地候在那里。这时，法捷伊明白过来，这里可能是家旅馆。

法捷伊·基里尔洛维奇问那个打光脚的："有空房间吗？"

"有的，这位公民，房间绝对干净、舒适和暖和！"

"多少钱一晚？"

"个把卢布、1 卢布 20 戈比和 1 卢布 50 戈比的都有！"

"那就给我来间半个卢布的吧！"

"行，请上楼。"

经过那位值守者的座椅时，法捷伊·基里尔洛维奇发现上面放着一本书，书名叫《五月里晒晒地——会有一个丰收季》。波波夫想道："人啦，总得动动找点事儿干，果戈理笔下的彼得鲁什卡会去看那日课经书，也就出于好奇，却非觉得管用。"

* * *

中午的时候，法捷伊·基里尔洛维奇去了区执委，他想跟执委会主席约定单独会面的时间。

执委会主席当即就答应了。这个执委会主席是一名年轻的钳工，长相很普通，眼睛里闪烁着强烈的求知欲望，控制全区人力物事的野心也很大，就这，他多次被州执委点名批评过。他的双手令人惊奇，尽管原先是干粗活儿的，巴掌也不大，手指却修长灵巧，还有些不耐烦、着急和瘙痒抽搐，动弹个不停。他的脸色总是很平静，可那双手却诚实地暴露了他内心的想法。

一听说有一位物理博士要同自己谈话，他很是吃了一惊，欣喜若狂，当即吩咐秘书赶快开门欢迎，并将前来汇报栽种蓖麻事宜的土地部主任，提前赶了出去。

法捷伊·基里尔洛维奇拿出几家科研院所和国家计委某部门的证明文件，上面有其作为科研人员的介绍，给这位主席看了看，便直截了当地说起了正事。

"我想要做的很简单，也无须任何证明。我的请求是有根据和令人信服的，不可能遭到反对。5 年前，您管的这个地区，在寻找磁铁矿藏方面有着较大的发现，这件事情您应该很清楚。这个矿藏被发现位于地下 200 米处。在这个深度，如果要开采，按目前的科技水平来看是很不经济的。所以到今天，她都静静地躺在那里。我来此是要做一些实验。我既不需要资金，也无需人手。我是希望你能明白我的计划，并且能为我划出 20 亩土地的区域，当然，位置偏僻一点也没什么关系，具体位置等我乘车绕着矿区观察一下后再定。那么，为了表明我到您这里来不是在开玩笑，我必须得说明，我这项工作的目的，这么说吧，就是要给这个矿藏施肥，使之出现增长和膨胀，直到某一天能够自动钻出阳光明媚的地面，那时再开采，就唾手可得了。出于科学经验，我确信这项事业一定能实现，但请暂时予以保密。三天后，我选好区域再来找您。不知您是否明白我的计划，能否给予支持和帮助？"

"我完全明白，您就大胆地动手干吧！我们将全力支持！"

法捷伊·基里尔洛维奇很是满意，忍不住说道：

"您，是个明晓事理的人。谢谢！可这些神幡信符是怎么回事？您需要的，是铁矿，而非宗教。"

"这个嘛，教授，您可就不在行了！请相信一句话：在咱们这个时代，这东西跟铁矿差不多，一样需要。哪天晚上有空，我带你去看看，没这些'神幡信符'，无论费多大的劲儿，矿也是开不出来的！……"

"是吗，也许吧，不过，我却不信，这决不可能！再见吧！"

"您可别不信呀。我可是对您的矿石言论深信不疑哈，投桃报李，您怎么着也得信我一回吧。祝您好运！"

当天，法捷伊·基里尔洛维奇就乘车去了矿区——去寻找科学院院士拉扎廖夫勘察时留下的有一定高度的标记，他当时勘察过的那个区域，磁铁矿的矿舌从地面一直延伸到地下170米的深处。第二天，波波夫在矿区的边缘找到了一根锈迹斑斑的铁柱子，上面刻画了一些字母和数字"Э. М. А. 38，24，168，46，22"。

* * *

一周后，法捷伊·基里尔洛维奇和一名土地测量员来到那个地方，测量员的任务就是要划出20亩大小的地段，同来的还有米哈伊尔·基尔毕奇尼科夫。

基尔毕奇尼科夫是个相当沉着和稳重的人，区执委主席推荐他来当助手，而法捷伊·基里尔洛维奇·波波夫也感到没个助手还真不方便。不过，要是来个指手画脚讲大道理的家伙当助手，岂不更妙，那样的话，他就可以当会儿白痴了。

三天后，波波夫和基尔毕奇尼科夫从10俄里外的特诺夫卡村，运来间拆散了的农舍，并把它在这个新地方又搭起来。

基尔毕奇尼科夫问波波夫："法捷伊·基里尔洛维奇，我们要在这里呆多久？"

"我的朋友，恐怕至少得 5 年以上，确切来说，要 10 年左右。这有什么问题吗？反正别问我，是否每周星期天都可以回去享受愉快的俱乐部时光……"

接下来的日子是令人难以想象的。基尔毕奇尼科夫每天都得工作 12 小时以上。把房子拾掇打整出个样子后，他就开始在峡谷底挖起矿坑来。波波夫干得一点也不比他少，同样熟练地抡起了斧头和铁铲，这也是物理博士的一种才能。于是，在这个偏僻的平原深处，在这份庄稼汉（勇敢的地球漫游者的后裔）的天地里，两个陌生的异乡人在劳作忙碌：一个有自己明确而清楚的目的，而另一个也在挣口吃食的过程中，渐渐努力地弄明白了那位学者在找寻些什么——一个人短暂而偶然的生命，如何才能够转变为对宇宙奇迹的永恒控制。

波波夫时常沉默无语。有时他整天都行走在 11 月里泥泞的田野上。有一次，基尔毕奇尼科夫远远地听见，他那生动并饱含快乐能量的歌声。但波波夫回来时却黑着一张脸。

12 月初，波波夫派基尔毕奇尼科夫去了趟省城，他开了张清单，要买一些书籍、电气设备、仪器和用具。

一个星期后，基尔毕奇尼科夫回来了，然后，法捷伊·基里尔洛维奇就开始制造某种小型但却复杂的仪器。

唯有那么一次，一个深夜，当基尔毕奇尼科夫正在往油灯里灌煤油，波波夫来找他："哎呀，真是无聊又烦闷，基尔毕奇尼科夫！给我说说吧，你是个怎样的人，有没有未婚妻，你生命的目的是什么，你有过痛苦和忧愁吗？诸如此类，你随便说说吧。难不成，你就单单是个类人猿？"

基尔毕奇尼科夫定了定神，说道："我没什么好说的，法捷伊·基里尔洛维奇！我一无所有也没什么打算，我只是想弄明白您在干些什么，可您却从来啥也不说。我知道我这么说没什么意义，我最好是老老实实地干活就成。说句实在话，法捷伊·基里尔洛维奇，我会弄明白的！"

"够了，打住吧，你什么也不可能明白！好吧，没什么可说的了，去睡吧，我再坐会儿……"

* * *

惯常地，法捷伊·基里尔洛维奇又出去散步了。外面，田野已经上冻了，已是了无生气。为了加固矿坑，基尔毕奇尼科夫砍了几根木架子，然后就进屋拿火柴，准备抽支烟。来到桌子边，他拿起火柴正准备点烟，瞄了一眼昨晚波波夫写的稿子，刚看了几句，立即就被吸引住了，既忘了点烟，也忘了是身在何处，甚至连自己姓什名谁都忘了。

我亲爱的同行和尊敬的老师！关于我寄给您审阅的手稿的第八章，我有必要作出如下补充：

"从对以太性质的所有描述来看，应该得出一些必然的结论。如果说电子是一种微生物，也即这是一种生物现象，那么以太（就是我手稿中称之为'集合体'的东西）就是电子的坟场。以太是那些将死的或已死的电子聚合在一起形成的物理质量体。以太是由电子这种微生物的尸体混合而成。另外，以太其实不仅是电子的坟场，同时也是电子的生命之母，这是因为死电子是活电子唯一的食物。电子是以自己先辈的尸体为食。

"借用您的术语——阿尔法生物，即电子微生物，它们的生命周期与人类的生命周期是不相匹配的，这就给观察它们的生命形态带来巨大的困难。因为，电子的寿命大约是5万到10万年，这个寿命远远大于人类的寿命。因此，相较于人类这种高级有机生物而言，电子微生物就像那些更为古老原始的生物一样，其生命进化的过程非常缓慢，因而其进化的显性特征也极为不明显。甚至可以说，电子微生物机体的生物进化过程缓慢得令人震惊和可怕，以至于即使用最为先进和灵敏的仪器，都不可能观测到它们的进化过程。这种情况下，在人类看来，自然的物质世界就是没有生命或者死去的东西。对不同物种来说，这种生命周期的差异性是相当可怕的，甚至可能是导致自然灾害的根本原因。一种生物的生命存在仿佛经历了一个纪元，而另一种生命则仿佛只存在了一瞬间。这种'多重时间'是横贯在不同物种间的一道厚重且牢不可破的城墙，所幸如今人类开始用科技的重炮正努力地轰击并试图打破这道城墙。科学技术的作用如今已开始具备了伦理道德的价值和意义：科学技术正在把生命的悲剧转变为美好的抒情诗，因为她将把如同人类和电子微生物这些不同的物种，通过生命的本质统一性予以联结和使之接近。

　　"不过，如果能够消除那些导致电子微生物生命周期漫长的现象，那么就可以加快电子微生物的生命进程。这里，有一个前提得作出说明——以太，就像科学所证明的那样，是一个特别具有惰性、基无活性反应和丧失了基本物质属性的领域。以太的这种不可感触性和不可知性用'同类相识'原理能够解释，但相对于人类和电子微生物坟场——也就是以太，此类具有巨大的差异性的东西来说，则是难以理解和说明的。可能，正是由于以太'丧失'了它的物质属性，则人类与活的微生物—电子之间，包括与以太之间，就具有了根本性的差异。前者——是活体，而后者——则是死物。我想指出的是，以太的这种'不可知性'更多地具有心理学方面的价值，而非物理学层面的。

"以太，作为一种'坟场'，内在没有任何的积极性。因此，那些以其为食物的存在物（电子—微生物），就处于永恒的饥饿状态。它们的食物主要依靠外部某种偶然的力量所驱赶来的新生的以太物质。这也是电子微生物生命漫长而缓慢的原因所在。对这种生物来说，它们的生命活动不可能激烈，因为它们的食物来源是如此的缓慢。这也导致电子微生物生命机体进化和演变的进程变得迟缓。

"显然，加快食物提供的节奏，就能够提高电子微生物的生长速度，进而促使它们快速地繁殖。只要提供足够的食物来源，那么电子微生物的生命机体就能够飞速增长，其内在的生物变革也将变得相当容易，如此，则原子缓慢的生理成长速度也将轻易得到改变。

"不过，这种食物条件的改变，必须使引起电子微生物的全部生命活动迹象至少达到如此强度，即可以让人较为容易地观测到它们的生命活动状态。当然，这种生命活动强度同时也能够缩短电子微生物的生命周期。

"上述全部的科学猜想之意义和目的在于，要缩小人类和电子微生物之间生命周期的差距。那样的话，电子就将迸发出巨大的产能，从而被人类所利用。

"但是，如何给电子提供更为自由和丰富的以太食物源？如何用技术建造一个以太通道，也即通向以太之路？……

　　"出路很简单——电磁轨道……"

　　波波夫的手稿至此就断了，显然他并没有写完。波波夫所写下的东西，基尔毕奇尼科夫并不是都能理解，但他却抓住并把握了其全部内在的思想。

　　法捷伊·基里尔洛维奇很晚才回来，然后倒头就睡了。这种表现于他而言，可是从来没有过的。基尔毕奇尼科夫又坐了会儿，读了读一本名为《论矿井设备》的书，可他压根就没明白里面到底写了些什么。

　　有一些思想，天生就会指引人并控制其头脑，那么这人，是有所求还是无所求，也就没什么分别了。基尔毕奇尼科夫了无睡意，感到有些气闷和焦虑。波波夫打起鼾来，不断发出梦呓声。

　　基尔毕奇尼科夫从箱子里拿出自己那本旧日记本，那是他用一些笔记本串在一起而成的。他打开日记本，默默地读了起来：

　　　3月20号，晚上9点，母亲和孩子们穿着旧衣服直接睡在了地板上，什么也没盖。母亲一条精瘦的腿裸露在外面，让我感到伤心、羞愧和心痛。哺育了11个月后，他就断了奶，靠浸软的面包养活。多么低贱的一条生命呀！难道，我天生就是这样的一条贱命吗？难道我就不能改变我这低贱的命运的前进方向吗？为何我要让这命运去折磨孩子，还有母亲……应该为这样的人而活着，那些正在创造未来的，正在被沉重的思想所折磨的，正在整个人本身都在变成未来、变成一种速度和追求的人。这样的人很少，他们可能消失了，甚至可能根本就没有这样的人，但我就是为他们活着并继续活下去。那些为追求个人享受而白白浪费自己生命和心灵的人，我不会为他们而活着。

基尔毕奇尼科夫走出屋子，抓起一根原木，像扔棍子一样扔进了峡沟。随后，他牙齿绷得紧紧的，嘎吱作响，又哼哼了几声，拿起斧头砍在了门槛上，苦笑了起来。院子里只有一棵柳树，基尔毕奇尼科夫走上前去，紧紧地抱住树干，与柳树一起在夜风里摇曳和颤抖。

＊　＊　＊

早上，法捷伊·基里尔洛维奇正吃着烤土豆，突然放下手中的食物站了起来，看上去很快活和满怀希望，一副偷着乐的样子。

"地球哟！将不再是我的居所！飞船哟——风驰电掣，带我去那高远的天堂！"

他神经质地突然冒出这么一句，令人觉得十分可笑，连他自己也变得茫然失措起来。

然后，他又叫道："基尔毕奇尼科夫！说吧，你究竟是个令人讨厌的虱子，是个杂种败类，还是个勇敢的弄潮儿？快说，你这个凡夫俗子，我们现在是在飞船上还是在农舍里？啊哈，我们当然是在飞船上，不要在土台上流眼泪，赶紧地，用你厚实的双手把舵稳住！闭嘴，你这只蟋蟀！我知道航向和位置……按住！朝那个方向，前进！……"

基尔毕奇尼科夫一直沉默无语。波波夫生病了，得了痢疾，睡觉时一直在胡言乱语，白天醒着时嘴里也没一句好话，偶尔还会怪怪地笑出声来。狂热的脑力劳作把他身体里的血液都快榨干了，他那干枯的躯体日渐不支，情绪也时好时坏。基尔毕奇尼科夫看在眼里，不由为波波夫担忧起来。

无尽的孤独、没日没夜的忙碌、不达目的誓不罢休的狂热和偏执，等等，这些日渐摧残着波波夫的心灵，与他共事是越来越难了。尽管其母亲15年前就去世了，可如今，法捷伊·基里尔洛维奇却对她产生了强烈而绵长的思念。他在房间里徘徊，思念着母亲那放在棺材里的鞋子，思念着母亲那裙摆和乳房的气息，依稀看见了母亲那温柔的双眼，那令人无限痴迷的温暖怀抱，和那永远如同迷人的故乡般令人神往的身躯……在基尔毕奇尼科夫看来，波波夫病得相当严重和奇异，但他却无能为力，只好沉默无语。

就这样过了一两个月。法捷伊·基里尔洛维奇越来越难以干活了，终于，到1月25号的时候，他早上甚至都没有起床，只是对基尔毕奇尼科夫说道："基尔毕奇尼科夫，打扫一下屋子，收拾好自己的东西，赶紧滚吧！我要陷入沉思了！"

收拾完屋子，基尔毕奇尼科夫出了门。

暴风雪起来了，屋外卷起漫天大雪，笼罩着草原。

基尔毕奇尼科夫下到了山谷底，盖上矿坑口子，波波夫已经开始在那里安装仪器了。暴风雪越发猛烈了，院子里的器材都发出了呜呜的嘶鸣声。四下里无处可去，于是，基尔毕奇尼科夫爬上了堆满杂物的屋顶小阁楼。风雪无情地撕打着屋顶，突然，基尔毕奇尼科夫仿佛听见了一缕怪异而忧伤的乐音，这乐音他好像很久以前曾经听过。这乐音让人禁不住想哭泣，一种对死者满怀悲伤的情绪爬上了他的心头，无尽的悲伤和怀念仿佛毒药般迷醉了人的身躯和心灵。一时间，这种情绪让基尔毕奇尼科夫觉得全身疼痛无比，这可是从来没有过的感受，他无力地倒下了。他仿佛忘记了严寒，身体还在颤抖哆嗦，却竟然也睡着了。

那乐音也跟随着飘进了他的梦乡。基尔毕奇尼科夫突然感觉传来一股沉重而缓慢的凉意，他的意识因这股凉意开始波动起来，开始为苏醒而奋力地战斗着，却又因惊恐和压抑而感到疲惫不堪。

基尔毕奇尼科夫突然惊醒过来，好似有人在耳边发出了一声尖叫，又好似什么东西猛然坠落下来，触地之际又戛然而止，引起了令人惊心的震动和难受的刺耳声响。基尔毕奇尼科夫立即翻身而起，撞到了屋顶，溜身而下来到院子里。暴风雪疯狂肆掠着大地，撕裂了天际，露出了地平线的尽头和漆黑的茫茫原野。风雪铺天盖地，笼罩着山谷深处。基尔毕奇尼科夫发现房门开着，门口风雪呜咽。他走进屋子，发现了一堆雪丘，法捷伊·基里尔洛维奇正躺在雪丘上，而不是在床上，下半个身子都埋在了雪里，霍然已经没了气息，胡须向上倒卷着，那件熟悉的西服背心毫无生气地贴在躯体上，惨白的额头上显出无尽的萧索和失意。

稳定下心神，基尔毕奇尼科夫把法捷伊的遗体夹在胳肢窝，拖到了床上。法捷伊·基里尔洛维奇的下牙已经脱落，遗体顺势滚动了一下，侧躺在床上，脑袋耷拉着垂下，仿佛要极力靠近地心。基尔毕奇尼科夫关上了门，抖落掉身上的残雪。他发现了小半瓶残留的粉红色毒液，将剩余的药水倒在了雪堆上，雪堆冒出了青烟，并发出了咝咝的声响，积雪消融，毒药开始腐蚀着地板。

桌面上，墨水瓶底下，一页手稿未尽，上面写着，"出路很简单——电磁轨道……"

＊　＊　＊

"基尔毕奇尼科夫同志，您是共产党员吗？"区执委会主席
问道。

"我是预备党员。"

"那就对了。说说看吧，这是怎么回事？我想您是明白的，这
是一件糟糕透顶的事情。问题的关键倒不在于责任，而是确实死
了一个罕有且价值巨大的人。您发现什么笔记没有？"

"没有。"

"那好吧，说说详细经过吧。"

基尔毕奇尼科夫开始说了。办公室里，除了有执委主席在
场，还有区党委书记和国家政治保安局的特派员。

当基尔毕奇尼科夫说的时候，他们都非常认真和专注。基尔
毕奇尼科夫对所知道的一切和盘托出，甚至包括波波夫那未完成
的手稿中的内容，也谈到了暴风雪是如何疯狂地撞开了房门，谈
到了波波夫的脑袋奇怪地耷拉下来，那姿势活人可做不出来，进
而还说到波波夫死时跟他活着没什么两样，对他来说，死亡似乎
很稀松平常，如同是家常便饭。

基尔毕奇尼科夫就说了这些。

"居然有这种事，真是不可思议！"区党委书记说道。"波波
夫是个十足的颓废主义者，是个完全腐化堕落的家伙。当然，他
是个天才，但是生养他的这个时代容不下他，导致他过早地死
去，他的天才也就此终结，还来不及做出什么实际的贡献。神经
紊乱，心灵颓废、沮丧和玄奥的形而上理论，这一切都同波波夫

的天才矛盾地统一在同一躯体内，因此，他会有今天这个结局，是迟早的事情。"

"正是如此，"区执委主席说道，"事实摆在眼前，毋庸置疑。科学是神圣而强大的，可这个搞科学的却是个杂种和败类。看来，是时候让那些内心强大且目标坚定的新人顶上来了……"

"那你如今对此事是确信无疑啰？"国家政治保安局特派员问道，"兄弟，你真是个奇怪的人！我认为，这件事情现在应该有个结论了。这样吧，如果大家对基尔毕奇尼科夫的说法没有意见的话，那么就让他继续在此看管波波夫的科研基地。不过，无论多少，应该给基尔毕奇尼科夫一些报酬，"他看着区执委主席，"你呢，一定要安排地方财政解决这个问题！另外，得向派出波波夫的科研机构通报一下情况，目的是希望他们能够派来接手此项研究的人手……同时，这里的一切东西都必须严加看管！我会派人来对这里的东西逐一进行登记，要知道，这里的科学仪器和波波夫的手稿都很宝贵，还有这样那样一些器材和财物……"

"那是当然，"区执委主席说道，"就这么处理吧。我去召开区执委主席团会议，把整个情况都通报一下，并把我们今天的这个决议定下来。"

一周后，收尾工作结束，波波夫的遗体被送去了莫斯科，而基尔毕奇尼科夫也被任命为波波夫研究基地的看守，每月工资15卢布。

基尔毕奇尼科夫拿到了一份清单副本，尔后，就一个人留在了基地。

让人略感忧郁和凄凉的早春来临，这是阳光开始发起勇敢攻击的时刻，也是冬天开始缓缓消退的时节。

接替波波夫的人终究也没来。基尔毕奇尼科夫反复研读了波波夫的书和手稿，仔细琢磨他亲自制造的那些仪器，于是，他面前出现了一片广阔的天地，那是一个顽强而严苛的生命，在追求梦想、释放威力和拥抱知识的世界。基尔毕奇尼科夫开始感受那生命的气息，并看见生命中那充满神秘野性的深渊，里面隐藏着全部欲望实现的满足和所有目标的归宿及终点。

"啊哈，真是太美妙了！"基尔毕奇尼科夫心想，"波波夫死得可真不值，他自己都写出来了，可就是没有真正弄明白。而他真正应该明白的是——世间万物，无不都在渴望活着……"

夏天来临。一切都还是老样子。接手波波夫科研工作的科学家仍旧没有着落。基尔毕奇尼科夫不知因何，开始抄写起法捷伊·基里尔洛维奇的手稿来，这倒让他对波波夫的思想越发地理解和明白了。

7月间，终于来了两位莫斯科的专家，把波波夫留下的所有东西都收走了——连那些手稿和仪器。

基尔毕奇尼科夫回到了砖瓦厂，周围的一切，对他来说，又归于平静和沉寂了。不过，他那开始醒悟的头脑里，那些奇奇怪怪的念头，却合着生活的节拍，不断地敲打着他的心扉。他隐约看见了某种可以改变宇宙星辰之轨迹，能够慰藉内心世界的事物，这事物将以食物满足众生之口，将以幸福完满万灵之心，将以智慧丰富世人之脑。而全部的现实生活如今都成为他追求最高愿望的绊脚石，但他知道，如果他能够嗜血般疯狂地汲取知识养分，那么这个绊脚的东西，兴许将成为他取得成功的源泉。

基尔毕奇尼科夫去找区执委主席，提出想去学习的打算，希望能够派他去工农速成中学。

"你这家伙，是想踏着波波夫的足迹继续前进啰？不错嘛，挺有出息的路子，去干吧！"他给基尔毕奇尼科夫开了张派得上用场的便条。

一周后，基尔毕奇尼科夫就去了远在150俄里外的省城，去上工农速成中学。

正值8月间，田野里农事热火朝天，公路上牛羊成群、尘土飞扬，焕发出惊人朝气的骄阳笑容满面地倾洒着自己的热情，鼓舞着早已疲惫不堪的大地努力从事生产。

鱼儿在小河湾里嬉戏，树木轻摇着发黄的枝叶，辽阔的大地一片淡蓝，绵延无际而永恒，那远方的国度和未知的时代，在向基尔毕奇尼科夫招手，那里，将有如歌似曲的美好时光。

* * *

8年时间过去了，这么长一段时日，足以完完全全地改变世界，也可以让一个人从头到脚都发生焕然一新的变化。

米哈伊尔·叶列麦叶维奇·基尔毕奇尼科夫，成了一名电气工程师，是电子生物研究所的科研人员。这一机构是波波夫死后，在其工作成绩的基础上设立的。

基尔毕奇尼科夫也结了婚并当了父亲，有两个儿子。他的妻子，曾是一名乡村教师，跟她的丈夫差不多，同样对通过物理方式快速改造世界的科学理想坚信不疑。他们相信可爱的科学最终能在世界范围内取得胜利，这种幸福的信念让他们挺过了那些令人窒息的学习、生活和被别人嘲笑的年代，也给了他们勇气生育了两个儿子。他们确信，那个面包多如空气的时代终将到来。基尔毕奇尼科夫的大脑感觉到了那个自由自在无限美好时代的临近，那时，人的双手将从劳动中解放出来，心灵也不再会阴郁，定将重新塑造这个世界。

这是个贫穷而又幸福的家庭。当时正处于社会主义建设和工业化的时代，物资的供应相当匮乏紧张，而好日子则深深地寄望于明天和未来。

起初，基尔毕奇尼科夫的科研工作刚上手时，并没有到研究所去，为了锻炼自己，他决定去干一些实践性工作。基尔毕奇尼科夫有良好的高等教育经历，有丰富的社会工作经验，还是一名坚定而真诚的共产主义者。作为一个智慧而诚实的人，作为一名曾经的制瓦工，他知道，离开了社会主义，任何科学工作和技术革命都是不可能的。这个认识仿佛就像真理，在他那个时代，是不言而自明的道理，但在活人的身体里，其内心的脉动却并非坦诚。

从波波夫死的那一天算起，已过去 10 年时间了。这说起来很轻松，但在这 10 年时间里，要死上那么十次也许是件更为容易之事。您可以试着这样来描述这 10 年，里面充满了舍本逐末的斗争和建设，还有绝望和非常稀罕的宁静。仿佛是那么无助——衰老如期而至，你在走向死亡，可却结束不了那黑暗。你也可以在这个野蛮的人类森林里留下生机、智慧和率直，但这些同样是那么苍白和羸弱。正因为如此，才 31 岁，基尔毕奇尼科夫就已是两鬓见白，一道道皱纹悄然地爬在了脸上。

应其从事实践性工作的请求，基尔毕奇尼科夫被派往下科雷木斯克冻土区——担任一项垂直隧道工程的工地主任。该工程之目的，是为了采集地球深处的热能。

基尔毕奇尼科夫把家人留在了莫斯科，只身一人就出发了。

这项热传导垂直隧道工程是苏维埃雅库特政府的试验性工程。就目前的工程进展来看，该工程将从整个亚洲大陆一直延伸到北极地带，将在这片区域建成一个巨大的隧道网络，然后用统一的能量传输装置将这片区域的地下热量集中控制起来予以利用，最终，借助这套能量采集、控制和传输系统，可以把人类的文化、工业和人口向北冰洋推进及至覆盖。

在冻土地带展开此类活动的内在根本动因在于，在冻土平原上有人们想要寻找的未知的伟大国家及其文明遗迹。在那片冻土地带的土壤和基岩中，埋藏的并非古地质时期形成的物质，而是蕴藏着一片片的冲积层。并且，这些冲积层就像一座座坟墓一样，遮盖着整个远古时期的人类文明体系。这个致命的覆盖层，它包裹着那些神秘文明的遗迹，因其变成了永久冻结状态的薄层，那些掩埋其中的远古人民和文明，如同保存在罐头中的食品一样，是完整、新鲜和无害的。

那里工作的科学家们，在一处冻土层塌陷地偶然地获得了一些发现，而这些发现具有无可估量的巨大价值，并引发了世人史无前例的浓厚兴趣。他们找到了远古时期的四具男尸和两具女尸。女尸依旧面颊绯红，衣着轻便、洁净，散发着淡淡的幽香。在一具男尸的衣袋里，发现了一本色彩斑斓的小册子，里面密密麻麻地爬满着某种优美的文字符号。学者们初步破解了那些文字，其内容主要记载着如何用先进的科学技术获得永生的原理和方法。书中详细描述了通过科学实验延缓某种小动物生命周期的做法和过程：那种动物的生命周期原本只有 4 天，其生命活动的各种样态（包括进食过程、活动区域和身体状态等），都被某种电磁波系统持续不断地冲击和作用，而这个电磁波系统中的每一种电磁波，都在不断地发挥着不同的作用，从而有效地清除着那一动物身体中的有害细菌，这样，这种动物在其生命活动的各种样态中，始终都处于绝对干净和安全的环境，从而使得其生命周期上百倍地获得了延长。

后来，人们又发现了一根远古岩石制成的锥形柱子，上面明显留有车床加工的痕迹，不过，令人惊奇的是，这根柱子居然高达 40 米，底部也有 10 米粗。

那些被发现的远古遗体脸上肤色黝黑、唇泽艳红，额头位置较低但却十分宽阔，个头不大，胸部肌肉发达，面容安详、平和，好似一直都在微笑。显然，从面容上的神色来看，这些远古人类，可能是突然间死去的；又或者更确切地说，对他们而言，死亡可能是我们所无法认知和理解的另一种感受，别样的存在。

冻土地带的这些发现，点燃了全世界的科学热情，社会舆论也推波助澜，冻土地带日益为世人所熟知和关注，舆论压力的导向要求全面恢复那远古世界的原貌，它静静地躺在那冰封世界的土里，或许，还延伸到了北冰洋底。

对知识的渴求成了一种固有的新感情，它是如此地不可抑制、猛烈和丰富，就如同那炽热的目光或者疯狂的爱情。

这种感情悄然地代替了那些不容置疑的经济规律，甚至还隐然在替代着人们对美好的物质社会的追求和渴望。

这就是在冻土地带建造第一口垂直热力隧道的真正原因。

这个隧道系统应该成为冻土地带经济和文化发展的基石，同时还是通向地下神秘世界之门的钥匙，在那神秘世界中则埋藏着一个未知的伟大国度，而揭开那神秘国度被无尽岁月所封存的面纱，将具有无可比拟的宝贵价值和无限深远的巨大意义，其价值和影响将远远超过蒸汽机的发明，也远胜于登上科学的勃朗峰之巅的镭元素发现。

科学家认为，我们未来近一两百年内科学、文化和工业发展的某个片断，可能就现成地埋藏在冻土地带中。只要掀开那层冻土——那么，人类发展的历史必将向前飞速跨越一两个世纪，然后才会又回归其原本前进的节奏；然而，就是因为这份不劳而获的馈赠，未来的 200 年里，人类将节约多么巨大的劳力和时间呀！这在人类发展历程中是史无前例的，没有哪次历史发展机遇能与其相媲美！

为此，只需在地上凿个窟窿，深达 2 000 米就成。

基尔毕奇尼科夫来到冻土地带后，兴奋地握紧了自己的拳头，觉得自己所要完成的任务和奋斗的目标，是如此伟大和神圣，就如同是全世界、全人类的胜利，更好似远古的世纪将要与今日的时代接轨和联姻。

在冻土地带凿出那个声名显赫的钻孔，意义绝非那么简单——人啦，自己痛苦，也折磨着别人；犯着错误，又把这错误传给他人；会死去，也将复活——因为，他终归要走向并攀越那历史和自然的屏障。

不过，垂直隧道总算是建成了。工程师基尔毕奇尼科夫写了份报告，情况如下：

致下科雷木斯克冻土地带 67 度线垂直隧道工程指挥部之劳动苏维埃中央：

1934 年年度工作总结报告

今年 12 月 2 日，1 号垂直热力隧道将竣工。这条隧道，按照既定要求，将用于采集我们这颗星球的地心热能，同时，所采集的热能将转化为电能，以直接为即将开发的北极区域新的人类定居点，"陶伦"地区方圆 1 100 平方公里的居民服务。"陶伦"地区当前的首要任务是致力于全方位地挖掘冻土地带的地表覆盖层。

垂直隧道成锥体状向地心延伸，其轴心与地球赤道横截面成 62 度的夹角，纵深达 2 080 米，地表直径约 42 米，地心直径约 5 米，底部温度高达 184 摄氏度（在底部位置安装了热电力蓄电池）。

根据劳动苏维埃的规划和设计，1 号垂直隧道工程于 1934 年 1 月开始动工，定于当年 12 月 2 日完成。

垂直隧道的井坯作业，没有按照设计的要求采取爆破方式，而是采用了电磁波的方式，而电磁波则是根据地球内部电子的微观物理结构来予以调控的。振荡器内的电磁波，其波长和频率调控到与周围土壤里原子中电子的自然振荡相精确一致；这样，在额外的外力作用下，电子的振幅增加了，则原子内部的运动轨道就遭到了破坏，从而引起原子核的分裂重构——转变成了别的元素——也就起到了破坏的作用和效果。

我们在地面安装了功效强大的、可实施大范围调控的共振器；我们通过实验，获取了在地下碰到的每一岩石的平均波长，那些岩石易于破坏（确切地说，是易于雾化、软化）——这样，垂直隧道所贯穿的全部横断面，其井筒内的一切物质都被我们所粉碎了。

然后，我们用载重 5 吨的金属铲斗，铲土机上的那种，将之用钢缆固定，把隧道中所形成的泥浆物质挖取出来处理。不过，在电磁波作业之后，隧道中残留的泥浆物质并不多，大部分的土壤成分和地下物质都变成气体挥发掉了。泥土、水、花岗岩、铁矿石——这些物质统统都变成了轻灰尘和气体。

挖出的固态残渣共有 40 万立方米，有 64 万立方米的气态物质挥发掉了。

所形成的圆锥形隧道口（形状并非那么精确完整）共穿透了 7 个无压含水层层位，第五层位是海水，而第六、七层位则为原生的地质压缩水，这种水里面的碳酸气密度较高，富含对健康有益的高疗效物质。

为回抽隧道井中的这些地下水，我们在隧道里面弄出了 7 个圆形平台（采用爆破的方式——要求断面定位精准），并在上面安装了一些带电力传动装置的卡梅伦水泵。这些水泵每小时抽排的水量总计为 12 万立方米。排空隧道井内的积水（这是隧道工程作业的最大障碍），这项工作进行得相当彻底，从而使渗出的水量和抽排的水量之间取得了平衡。

这之后，（到 8 月份时）就着手对垂直隧道井坯按设计要求进行作业。由于温度较高，人只能下到 1 000 米深度进行作业，超过这个深度就只能依靠钢缆进行了：实施安装水泵、在平台上挖掘排水沟和蓄水池、操控隧道井坯内的铲斗运转等工作。垂直隧道底部和井体均被绝缘物质所覆盖，绝缘层（在土壤表面）最初只有 2 厘米厚，最终达到 1.25 米厚。

垂直隧道井体竣工后，我们把在地面上组装好的热电蓄电池组整件，连同电缆一起，用钢缆吊放至井底并进行安装——电池组叠电池组——足足有 12 层。

经过一个月的调试，热电蓄电池组具备了不间断输电、年产量达 172 800 千瓦时的能力，也就是说，这种电池组的功率达到了 28 000 马力。

电缆终端固定在耸立于地面的支架上，里面的电流正在等待它们的用户。

一旦向冻土地带的土壤层输入电能——冻土地带就将开始融化，这是冻土地带在覆盖和保存那个神秘而伟大的世界后，首次面临融化，正是为了那个世界，按照劳动苏维埃中央的指示，地球内部的热能才被人们所采获。

专此报告。

> 垂直热电隧道工程总工程师——弗·克洛霍夫
>
> 工地主任——工程师米·基尔毕奇尼科夫

（第 2 号 A 报告）

> 1934 年 11 月 4 日

* * *

在工地呆了整整 18 个月后，基尔毕奇尼科夫于次年 4 月份返回了家中。

他觉得自己简直累坏了，准备带着妻子和儿子到乡下找个地方去休息一下。

有那么一种人，不知不觉生活就合上了自然的节拍；如果自然意欲有所为，那么这种人就会用自己的满腔热情和全部心智，去搭搭手、帮帮忙。

也许，这种情感是自然和人之间和谐统一情感的延续，此时自然与人血肉一体水乳交融。

基尔毕奇尼科夫就是这样一种人。如果到了春天开始沸腾的时节，春雪消融，候鸟归返，一路伴着淙淙的溪流声快乐地歌唱，这时基尔毕奇尼科夫就非常的满足和惬意。如果什么时候，风雪、严寒和阴郁沉寂的冬日的天空突然又回来了，那基尔毕奇尼科夫就会十分沮丧和紧张。

基尔毕奇尼科夫一家在4月28号去了沃洛什诺，一个沃隆涅什省边远地区的农村，他的妻子玛丽雅·基尔毕奇尼科娃曾在那里当过乡村教师。

那里，有玛丽雅少女时的所有回忆，有孤独的童年，有身心日渐成熟的甜美日子，也有内心初次迸发出为生活理想而奋斗的勇气。玛丽雅·基尔毕奇尼科娃所神往的家乡就在沃洛什诺偏僻的田野尽头。

沃洛什诺之所以让米哈伊尔·基尔毕奇尼科夫如此神往，除了有对妻子的爱恋和对她那过往悄然经历的沉迷，还在于离沃洛什诺不远的科楚巴罗夫村，他所认识的农业工程师伊沙克·玛基森就住在那里。当年，在大学学习时，基尔毕奇尼科夫就认识了玛基森，并经常与他探讨彼此感兴趣的技术问题。玛基森在电工技术学院上二年级时考上了农业科学院。在基尔毕奇尼科夫看来，玛基森这个人相当有意思，他认为对科学技术来说，最大和最有效的工具就是人本身。这一与机器不相干的科技理论让基尔毕奇尼科夫很感兴趣。玛基森是个诚实、高尚的人，思想单纯、性格坚毅，终生的愿望就是实现自己的思想。

如今，玛基森是科楚巴罗夫村土壤改良试验站的负责人。基尔毕奇尼科夫已经有6年没见过玛基森了，不知道他是否取得了些什么成就，但他坚信并确定，玛基森不达目的是不会罢休的。

动身去沃洛什诺时，基尔毕奇尼科夫想着能见到玛基森，内心就按捺不住地暗自高兴。

他仿佛明白，对那个曾经在尔扎夫斯克生活过、在砖瓦厂工作并追求真理和梦想的基尔毕奇尼科夫来说，值得回忆和留恋的，真没留下些什么。曾经追求的理想日渐变成了某种科学理论，而那科学理论又演化为人类的某种生存意志，并逐步地成为现实。而真理，已不再是内心的默默追求，而是变成了实实在在的征服世界的行动和成就。

但却有那么一件事情，始终困扰着基尔毕奇尼科夫，不断驱使着他四处劳心费神地去追求和寻找，在书籍里、人群中和他人的科学工作中。这件事就是对完成死去的波波夫未竟之事业的渴求，以求人为地繁殖电子微生物，在技术上建成波波夫的以太通道，以太食物就能够源源不断地流入微生物之粮仓，从而激发其内在疯狂的生长速度。

"出路很简单——电磁轨道……"基尔毕奇尼科夫时常反复地念叨着这句话，那是波波夫临终前留下的只言片语。为解开那神奇的"以太通道"之谜，基尔毕奇尼科夫在这种现象或那种思想里，徒劳无果却又孜孜不倦地寻找和探索着，以期获得些指引或灵感。他深深明白，那神奇的以太通道能够给人类带来些什么：在以太通道的作用下，自然界的物质体能够疯狂且无限地增长。比如，如果把一块1立方厘米的铁块置于以太通道中，那么铁块就能以肉眼可见的速度开始增长，最终将长到亚拉拉特山那么高大，其原理就在于，铁块中的电子微生物在极速而剧烈地繁殖和增长。

　　为了那该死的思想，尽管多年来基尔毕奇尼科夫费尽心思地一直在探索、寻找和思考，但以太通道的方案却始终没有着落。在冻土地带热力隧道工作时，北极地区那漫长、宁静而阴森的夜晚，基尔毕奇尼科夫始终在沉迷和纠结同一个问题中度过。在波波夫没有解决的问题中，还有一个谜令他疑惑和糊涂：物质中带正电荷的原子核究竟是什么东西？

　　如果说带负电荷的纯电子就是微生物也即鲜活的生物体，那么，原子中带正电荷的物质细核又算是怎么回事呢？

　　这个问题没有谁清楚和明白。在那些科学著作中，对这个问题有一些模棱两可的说明和数百种假说，但没有哪一样说明或假说让基尔毕奇尼科夫满意。他要寻找的是实际可操作的实践性方案，是客观的真理，而不是为了那首次接触到科学猜想所引起的心灵快慰和满足——也许，那猜想本身精彩而奇妙，但与自然界的物质结构却并不相称。

　　基尔毕奇尼科夫是驾着自己的车去沃洛什诺的，在他那个年代，小汽车已成为普及性的交通工具。尽管沃洛什诺距离莫斯科其实有相当的距离，有900公里之遥，而且也通火车，但基尔毕奇尼科夫仍决定亲自开车去。他和妻子一起上路，选了一条鲜为人知的道路，晚上就在沿途的村庄过夜。北国平原上的环境幽雅而清静，微风时而拂面，一切都是那么的美好和迷人，那个生机勃勃的世界展现在眼前，绵延向远方寂寥的天际，令人遐想翩翩，只觉无限渺小和孤独。

　　旅途中，基尔毕奇尼科夫的"阿尔贡达-09"款轿车静静地行驶在路上，石棉路面的水泥公路上只听得见轻弱的沙沙声。如今汽车用的都是列宁格勒约弗科学院发明的晶体蓄电池，早在5年前就替代了汽油发动机。"阿尔贡达"款轿车的蓄电池仅重10公斤，但却足以行驶上万公里的路程。

眼目所及，仿佛整个神奇的天宇都环绕在身边，那遥远的宇宙深处，是人类思辨道路的终点，是无数世纪以来的哲人们所神往的地方，也是人类文化发展和追求的指向。那些往昔的僧侣佛陀，那些逝去的古埃及和阿拉伯的智者们，还有苏格拉底、柏拉图、亚里士多德、斯宾诺莎、康德，直到柏格森和斯宾格勒，等等，这些哲人先贤们无不毕生都在探索和猜测宇宙是怎样的存在。但在真理到来之前，一切的猜想都是那么的徒劳和苍白。不过，当整个世界在人们勤劳的双手中开始变得温顺和良善时，人们将无不自豪地宣言真理即将到来。而这样的时代，就始于18年前兴起的、至今仍蓬勃发展的那场革命的哲学。

要想弄明白，就必须去感受、体会和适应。那一革命哲学，基尔毕奇尼科夫深信不疑，全身的热血都因此而燃烧，让他的内心变得更加的丰富，让他的意志变成了战斗的武器。

基尔毕奇尼科夫一边开着车，一边微笑着惬意地打量。这个世界早已变了，已不再是他在偏僻的格罗波夫斯克①的童年所记忆的那个世界。四周的田野里，各式各样的机器发出了隆隆的轰鸣声。刚开了200公里的路程，沿途从大功率的供电中心牵拉出来的高压电线，基尔毕奇尼科夫就碰见了6次。农村如今是面目一新，那些往昔四下散落和常见的稻草、围栏、粪便和建筑用的弯曲小原木等等，统统都消失不见了，取而代之的是随处可见的青

---

① 应是前文提及的尔扎夫斯克。——原注

砖碧瓦、铁骨钢架、水泥道路和油毡壁墙，当然，也有木料，不过却是用特殊的耐火材料浸制过，非比寻常。人们不再骨瘦如柴，开始健康地胖起来，性子也日渐乐观和开朗。在辩证唯物主义哲学的驱动下，历史前进的车轮正在切切实实地改变着方向。以莫斯科为中心，人造灌溉系统向四周不断延伸和辐射。人工降雨机就如田里的犁头，时时处处都能见到。远离莫斯科的北方，不再是人工降雨机的天下，这里控制气候的是大型的通风排水机械系统。无论是降雨机还是除湿机，外观看起来跟拖拉机没什么两样。

基尔毕奇尼科夫心情愉悦地听着，妻子在给孩子们描绘社会主义国家那壮观而生机勃勃的经济地理图景。曾经痛苦的生活似乎已飘然而逝，沿途的景象让他感到震惊和满足，也品味出了那份简单的快乐。

折腾到第五天，他们一家子才到沃洛什诺。

他们住的地方，有一个樱桃园子，树枝已抽出嫩芽，但离披上那洁白而神奇的盛装还有一段时日。

天气暖和，阳光明媚，让人觉得幸福而安详，仿佛跨入了人类千禧乐园之大门，好似在享受那一缕尘世天堂的曙光。

一天后，基尔毕奇尼科夫去找玛基森。

对他的到来，伊沙克·玛基森一点也不激动，见面有些生硬和淡漠，他显然想解释些什么，说道：

"每时每刻，我都醉心于观察和琢磨那些极为罕见和新奇的东西。"

谈了近一个钟头，玛基森才回过神来，变得轻松和愉快起来。

"嘿，小子，结婚了哈！变得多愁善感起来了哟！不过，兄弟，对我来说，工作就是最大的财富，比生儿养女强多了！"玛基森笑了笑，那笑容让人不寒而栗，光秃秃的脑门上爬满了皱纹。看得出来，他早已不习惯笑了，那笑容比日食还罕见。

"那，就给我讲讲，也让我看看，你靠什么活着，在忙乎些什么，又爱上谁了？！"基尔毕奇尼科夫笑了笑。

"呵呵，还是那么好奇！好家伙，我就欣赏和喜欢你这点！不过，先说好，我只给你讲我最主要的工作，只谈那些我已经完成了的。别的那些，我不会讲，你也别问！"

"你明白的，伊沙克！"基尔毕奇尼科夫说道，"我就是对你那个零机器技术感兴趣，对不？你难道把这个问题给忘了吗，还是你对它已经失望了？"

玛基森眯缝着眼，本想说点俏皮话打趣一下他的这位好友，却又好似忘记了要说些什么，徒劳地叹了口气，皱起了那张习惯性僵硬的脸，径直说道：

"正好，基尔毕奇尼科夫，我的同行，我想给你看的也正是这个！"

他俩经过一片种植园，来到一条狭窄的山谷处，谷中有条小溪。玛基森站直身子，抬头远望，好似在打量那山坡上成千上万的听众，并对基尔毕奇尼科夫声明道：

"我尽量说简短点，但你会理解的，毕竟你是电气工程师，这可是你擅长的领域！只一点要求，别打岔！咱俩都挺忙的，你呢，得去找你的老婆，"玛基森又笑了笑，激动得皱起了秃头，那张僵硬板直的脸，唯有嘴巴在张合嚅动，"而我，得去伺候我的土地。"

基尔毕奇尼科夫想了想，禁不住问道："玛基森，可你的那些仪器设备呢？我可不是来听讲座的，我是来看你的实验的！"

　　"诺，这些不都是吗，基尔毕奇尼科夫，这些，你看看，那些，你再看看，所有的仪器设备不都在吗？！如果你发现不了也看不见它们，那你也就什么也听不见，什么也不会明白！"

　　"我听着呢，玛基森！"基尔毕奇尼科夫有点不耐烦了。

　　"呵呵，既然你在听，那我就说道说道！"玛基森捡起一块小石子，使劲儿扔向小溪的对岸，说道："那边，看见了吧，如果一个物体发生某种震荡或变形，那么这个物体就必然会放射出电磁能。这是很显然的，对吧？而物体的每一次变形，确切点说，这种变形是独一的，且不可重复的，那么，相应地，就必然会引起该物体的整个电磁系统放射出具有一定波长和振动周期的电磁波。一句话，如果你想要产生放射，那么起决定作用的就是你拿来实验的那一物体的变形程度。再进一步说，思想，作为对大脑进行刺激的过程，它使大脑在电磁波场域产生了放射。"

　　"不过，思想确实是因具体的思考而产生，由此也就决定了脑结构会发生多大程度的变形。而通常来看，脑电磁波的产生也正是由于脑结构或脑状态发生了变化。思考着的，或者受到刺激的大脑产生了电磁波，并且因情况不同产生的电磁波也各异，这就得看是什么样的思想在刺激着大脑。这些，你都明白吧，基尔毕奇尼科夫？"

　　"明白，"基尔毕奇尼科夫点了点头，"你接着说！"

　　玛基森在草丛中坐下来，揉了揉疲倦的眼睛，又开始说道：

　　"对于某一成型的思想到底与哪种电磁波相匹配，我已摸索出了一条成功的路子。我这样概括和使用这些概念，是为了让你更好地理解，这点你可得明白。实际情况要远比我所说的复杂得多。情况是这样的。我制造了台万能共振接收器，这台机器能够捕获并记录下任一波长和振动周期的电磁波。不过，我告诉你，甚至那些最不易察觉的、一闪而逝的思想，都会引起整个极其复杂的电磁波系统发生变化或波动。"

"但是，就是那些思想，我们常说的，那种'邪恶的力量'（你可还记得这个革命前的双关语？），与那一通过试验已经确定且明确的电磁波系统是相匹配的。即便换一个人，这个系统的差别也几乎是可以忽略不计的。"

"这样，我把万能共振接收器接在一个系统上，这个系统由继电器和各种具备相应功能的仪器和设备组成。这些仪器和设备，在技术上是有些复杂，但使用和操作起来却较为简单和完整。不过，这个系统得再琢磨和完善。当然，要适应各种用途，就得把这一系统遍布整个地球。而如今，我也仅是在一小块土地上安装了这一系统，仅能满足一些较为确定的且功能较为相似或单一的思想要求与活动。"

"眼睛睁大啰，仔细盯着！看见了吧，河对岸我种了些白菜秧子，由于没雨水，都快干枯了。请注意：我现在要清楚地想出一个念头，甚至会发出声来，尽管听起来可能未必会是那么回事：灌—罗—溉—稀！脑袋伸远点，你看看，瞧瞧对岸！……"

基尔毕奇尼科夫仔细地望向小溪对岸，突然发现，那边有一个半封闭式的小型水泵灌溉机和某种看起来很简陋的仪器，像一根根木桩子林立在那里。他想，那可能就是共振接收器了。

玛基森话音刚落，（灌溉），小水泵就转动起来，从小溪中把水抽上来，通过喷灌器的喷嘴喷出一股股细小的喷泉，空中弥漫的小水滴顿时洒向整片白菜地。阳光闪耀，菜园子上挂起了彩虹，一片热闹非凡又生机盎然的景象：小水泵哒哒哒地叫着，小水滴沙沙沙地唱着，泥土时不时地冒个泡、打个饱嗝，柔弱的菜苗秧子也绿油油地鲜嫩起来。

玛基森和基尔毕奇尼科夫静静地看着20米开外那一神奇的独立王国。

玛基森狡黠地看了看基尔毕奇尼科夫，说道：

"看见了吧，人的思想会带来些什么？这绝对是理性意志的重拳出击！难道不是吗？"

这时，玛基森那呆滞的脸上露出了略显伤感和心酸的笑容。

基尔毕奇尼科夫感到心中和脑子里涌出了阵阵炽热而沸腾的波动，就好似与自己未来的妻子初次见面时那般激动。进而，他有些莫明地羞愧和悄然地胆怯起来，觉得自己像个谋杀犯，为了整个世界的利益，竟然在搞谋杀。照基尔毕奇尼科夫看来，玛基森显然是对大自然使用了暴力。这是在犯罪。错就错在，无论是玛基森还是整个人类，都还没有摆脱人比自然可贵这一观念。其实，自然始终要比所有的人都更加深邃、丰富、机智和多姿多彩。

玛基森解释道：

"这事儿其实相当简单！在这种情况下，人，确切地说就是我，是置身于那些待命的机器设备中，而他的念头（比如，'灌溉'）带着某种可能实现的计划，一旦作用于那些机器，那么这事儿也就成了。思想念头——灌溉——共振器收到信号。这一思想念头与那一严密而独一的电磁波系统是相匹配的。而恰恰是与思想念头'灌溉'相匹配的、具有一定波长和振动周期的电磁波，驱动着继电器运转起来，而继电器又连接控制着那些待命的机器，使之开始了灌溉。也就说，只要直接控制住电流的开关，那么也就控制了电动水泵-发动机的运转。因此，只要脑子里一冒出'灌溉'这一念头，那么水流瞬间就会浸透白菜的根部。"

"这项尖端技术的作用在于，可以把人从繁重的体力劳动中解放出来。只要有足够的思考力，那么这项技术，就能够改变星球运转的轨道……不过，我的最终打算是，不需要用到那些待命的机器，完全不经过任何中间设施，大脑纯粹的思想波动能够直接作用于自然界。我始终坚信零机器技术一定会成功。我知道，自然与人之间绝对有一个接触点，那就是思想，通过它我们可以控制世上一切的物什！你懂了吗？……我再说明白些。你看，每个人的身上都有那么一个点，也就是心脏所在的位置，如同一个开关，只要这么一扭，那么你的整个身体就活动起来了：可以想干什么就干什么！而只要对身体在恰当的位置给予适度的刺激，那么它自个儿就会按你想的那样动起来！因此，我认为，只要全力以赴地去思考，那么大脑里所释放的电磁能，完全可以任意地摆布大自然，那么这个圣女玛莎就将变成我们的……！"

基尔毕奇尼科夫要告别了，握了握玛基森的手，又拥抱了一下，十分激动和绝对真诚地说道：

"谢谢你，伊沙克！非常感谢，我的朋友！你可知道，你的发明如今也仅有一项技术能与之媲美！可那项技术目前还是个问题，而你的却几乎已经成功了……再见吧！再次谢谢你！人们都应该像你一样，带着卓越的智慧和冷静的心灵，去工作！再见了！"

"再见！"玛基森说道，靴子也没脱就下了水，朝着小河沟的对岸走去。

* * *

正当基尔毕奇尼科夫在沃洛什诺休假的时候，一则惊人的消息震动了世界。戈莫诺夫教授的探险队在大湖泊冻土带挖出了两具干尸：一张保存完整的地毯，裹着一对抱在一起的男女。地毯呈蓝色，上面没有任何图案，唯有薄薄的一层某种未知动物的毛皮露出。两人衣着呈黑色，一种做工精细的长袍，上面绘有一些修长而优雅的植物，端头有花，花开两瓣。男子年长，女子年幼。看来，是一对父女。面部和身体的长相跟下科雷木斯克冻土区发现的那些人一个样。面容同样是那么平静：似笑非笑、些许遗憾、略带思虑，就好似一名战士，在攻下一座牢不可破的碉堡式城市后，置身于那些雕像、楼院和不知名的建筑中时，带着疲惫和惊奇，突然倒下死了。

男子紧紧地护着女子，仿佛是要让那女子平静而完整地离开人世。在那张裹着这对远古冻土地带居民的尸身的毯子下面，发现了两本书籍：一本书上的文字，同下科雷木斯克冻土区发现的小册子一样；而另一本书上的却是另一种符号。这种符号并非文字，而是某种象征符号，而每一符号所代表的意义却又相当明确和恒定。那些象征符号的数量实在是庞大，足足花了 5 个月才有所破译。这之后，在语言科学院的监督下，翻译出版了这本书。只是，原书的部分页面因有所损坏而无法破译：可能是地毯上的某种化学物质，给那些珍贵的书页造成了致命的伤害，变得黑乎乎的，上面的那些符号痕迹模糊，根本无法辨识。

那书主要是谈抽象的哲学的，也涉及些社会历史。不过，无论是其主题还是绝妙的风格，这本书都引起了世人浓厚的兴趣，短短的两个月，就再版了 11 次。

基尔毕奇尼科夫也订购了 1 本。为解开以太通道之谜，他是无所不用其极，随时随地都在寻找助益。

从玛基森那里返回的路上，他的脑子里突然迸出了某种灵感，他刚有点兴奋，却又一闪而逝地消失了。基尔毕奇尼科夫发现，玛基森的研究与他那个磨人的问题，实在是相去甚远。

那本书到手后，基尔毕奇尼科夫立马一头扎了进去，一门心思沉浸于字里行间，想要从那些模糊的暗示中找到解决问题的答案。为了在大湖泊文化中找到揭开以太通道之谜的蛛丝马迹，他甚至有些狂野和疯魔了，几乎是一口气读完了那位远古哲人的著述。

那篇文章叫做《阿尤纳之歌》，却没有署名，其思想内容如下：

　　……信念是创造的原动力；知识即为创造的直观观照，迟缓而僵滞的信念——就是疑惑。

　　这第二句惯语俗话也就是霍尔斐伊国精神的外在显现和实质形态，那是个对我们来说，仍历历在目却注定要灭亡的国家。其实，无论怎样书写，也无论如何绞尽脑汁，这些活生生的言辞（因其真实性）是泯灭和摆脱不了的：创造即为信念，而知识——则是疑惑、将信将疑、创造的终点和生命的熄灭。

　　知识——也即创造的残渣废品，是人类隐秘的内在之腐烂僵化的弃物。知识，一经我所制造，于我而言也就不再喜爱，因为，我已使之完善和终结；信念——创造，是我之所爱，爱其我所无有，爱其我所不知，也爱其所不离不弃和如影相随。创造，它是一种偏好，是对未来、未知和未在之物的终极追求。创造者的心灵，应有绝对的宁静，该是一种清晰而森严、稳固且完满的形态：他处于混沌——也即未来和未在，之对立面，并将之具象化和现时化——使其成为稳固的事物团块形态——这便是世界。艺术家的心理应比世上所有物事都坚硬和顽强。艺术，它也许就是时间，而非别物；它是混沌之变体和演化，是混沌的局限性之所在，是时间流变之后的空间显态，或者说，它是混沌的局限性——某种显化的形式，为意识所感知和捕获而得之产物。混沌，如同严冬之冰原，而艺术家——则是暖流，能让冰雪融化，得使草长莺飞。一旦混沌——这只漆黑而幽静的雀鸟，被捕获并投进笼子里，则就成其为了世界，一个备受孕育之苦、跨越虚空之距、成为过去之后的世界；而人对待这世界的态度，可能唯此一种——那就是去认识和了解它。只是，千万别回头顾盼：否则将停滞不前！创造，它就是朝着虚无挺进的羽翼和足迹，指向未知、未在和未解，迎接那未来的必然遭遇和注定结局。或许，创造，就是对拯救、对目的、对停滞的深刻反思和巨大疑惑，也即对终极死亡的狂热追寻。命运——是艺术的共生和伴奏，无论灵魂和精神如何燃烧与迸发，这奏鸣、这同在，永不停歇，因为创造的命运就是创造的自由。那未来的、将要的，就是时间，那过去的、曾经的，即为空间。或者：空间就是逝去而凝固的时间；时间则是未曾诞生和降临的空间，是一种混沌，是艺术家火热而虔诚的心灵，在事物团块形态中的未转化状态。

唯有作为艺术家的人，是站立在中线，处于时间和空间交界之动荡而激越的边缘，并义无反顾且孜孜不倦地，把时间的炽热熔岩转化和构筑成坚硬而冰冷的岩石——即空间。

如今，在霍尔徘伊，一本光芒万丈的巨著四下流传，那是尊-佐伊加所著，描绘了霍尔徘伊的黄昏和落幕，讲述了霍尔徘伊之阿尤纳时代的没落和终结。在霍尔徘伊，崇拜和诅咒尊-佐伊加的人比比皆是，但就连诅咒者，也是悄然地热爱着他。我曾在书上见过这么一句话，艺术是爱情之母，而这位尊-佐伊加，则显然是强大的思想艺术之先驱。尊-佐伊加，是霍尔徘伊国无与伦比的思想家，在用那复杂得骇人听闻的现代琴键，演绎和述说古老的霍尔徘伊之阿尤纳时代时，从不迟疑和困惑，总是那般地自在如意和怡然自得。数学和宗教，音乐和政治，历史掌故和工程技艺，凡此种种，其笔墨所指，其巧手所向，皆挥洒自如、奏唱弥合，共同演绎和阐释着他所钟爱的不变思想：霍尔徘伊近在咫尺的灾难。尊-佐伊加，是语言的演奏大师，其述尽悲欢离合的灵动辞藻，其令人窒息崩溃的犀利风格，其时而惊鸿一现的锐意笔法，令人叹为观止，在这方面，也唯有莫拉文德能与之相媲美。若言辞是有机地联结在一起，那么所有的语词就是鲜活而灵动的，如同鲜花盛开，令人不得不信服；若言辞是机械地凑在一处，则它们就是一盘散沙和谎言。在尊-佐伊加的笔下——皆是有机而非机械的言辞；他的哲学思想——就是一首动听的歌谣，而非精确的逻辑技巧。显见，尊-佐伊加——是个可怕的人物。他驾驭和表演语言的技艺如此高超，哪怕随便写下些胡言乱语，却也演绎得活灵活现、逼真可信，其落笔仍然精彩纷呈，可谓妙笔生花，众人对他仍然充满信任和拜服，而他却在背后尽情愚弄和嘲笑。不过，就连他也没有料到，并非所有的人都经受不住美的诱惑——总有比美更重要和迷人的事物。

尊-佐伊加的著作——自始至终都是一部诚实的书，是一部勇敢者的著述，他直面甚至拥抱自己的死亡和毁灭，不相信也不需要任何拯救。

霍尔徘伊的毁灭和灾难——这就是他那部著作的主要格调。"阿尤纳（大概相当于贤明、高深的文化、人民的天赋。——编译者注①）时代将变成利塔（与死去的纯理论知识、技艺、寻常意识同义。——编译者注）时代，利塔时代就是阿尤纳时代的毁灭和终结。"对那些不太知晓和明了的人，尊-佐伊加如此言辞凿凿而又轻言细语地说道。

阿尤纳时代——泛指意义上的阿尤纳时代，而非专指霍尔徘伊国的——其存在，意指那时，人、人之民族和种族在借助外部世界塑造内在的心灵。

利塔时代——其出现，意谓着那时，人之内在心灵的塑造已经完成和铸就，完满的心灵之力开始转向外部世界，并试图按照自己的意愿去改变它。

阿尤纳时代——其时，世界在塑造心灵。利塔时代，其时，丰盈、充实而强大的心灵在改造世界。当处利塔时代，人或者人之种族，也即人类中的一小撮，意欲将整个世界改造成自己内在而隐秘的心灵；而当处阿尤纳时代，人只是想

---

① 引文中所有的编译者，均指《阿尤纳之歌》的编译者。

将世界撕裂出那么一块，那一块自己所需要和亲近的世界——也就是心灵。

阿尤纳时代——它是艺术性的，而利塔时代——则是技术性和水力化的。这一结论，并非尊-佐伊加的思想，而是我的观点。对我们的邻居——霍尔徘伊，也即借其势，尊-佐伊加本身也成其为一部完满的著作之国家——要对其现时的阿尤纳时代作出分析和预测，那么我必得回到原点，从头说起。

可能需要一整套的系列书籍方可完成此事——唯此才能成功，毕竟摆在面前的问题太过宏大、复杂和迷茫，而快刀斩乱麻之举却并非明智，也不是为了让所有的人都明白才这么干——因此，理应遵循其恒一的线索将整个事件渐次地展开。

在尊-佐伊加那里——其思想如汪洋，每一份思想均很少被解析和理解，不过，应该将其思想的点点滴滴都吸收进自己的脑海，让其融入自己的情感中，去反复地体会和感悟，并使其超脱己身而获得复生和新义。尊-佐伊加究竟是何方神圣——是先知吗，抑或仅是位艺术家，还是意识的神圣祭司？阿尤纳的问题，当然，不在于尊-佐伊加本身，不过，毕竟尊-佐伊加——集中地描绘和表现了霍尔徘伊的阿尤纳时代，这也就是他的价值和意义之所在。要知道，如果霍尔徘伊的努阿利们（大概，是指奴隶们。——编译者注）一时半会儿不挺身而出，那么穆安尼亚国（作者的国家。——编译者注）的阿尤纳政权也就不会到来。这个，我将在下一部书中予以述说和演绎。

尊-佐伊加不相信接触沟通，也不相信继承延续，或者甚至不相信独立存世的阿尤纳人民拥有遥远的血脉关系。每一个阿尤纳时代的人，都是一个独立存世的个体；他降临于世，绽放生命，然后熄灭消逝在利塔时代，没留下丝毫足迹，未激发丁点回音，也没有过往的历史和永恒的未来。尊-佐伊加在这方面的论述振聋发聩、扣人心弦，其言辞如下：

"无有永生不死的创造。最后一个阿尤纳人和最后一具波伊亚（大概，是指乐器。——编译者注）在将来某一时刻都会变成碎片和尘埃，那些仅仅几年前出自我们之手，也独独为了我们自己，所编撰的诗歌和乐曲，其所描绘构织的那个绚丽世界，对我们来说不过是昙花一现和过眼烟云，正在沉寂和消散。霍尔徘伊国在旋律学与和声学方面所取得的卓越成就，在未来的阿尤纳人看来，不过是一些古怪的乐器在发出白痴般的嘶哑呜咽之声而已。维尔纳伊和李斯特列伊的画作很快就会腐烂成灰了，那些残余的精神和意志也将终成绝响，对他们来说，这些画作的命运也仅是，其画面越大，碎裂成的彩色破布片就越多而已。如今，有谁还明白索尔贡纳（某个被遗忘的远古国度。——编译者注）的抒情作品呢？又有谁知道，有谁能明了，对索尔贡纳世界的人民来说，它又意味着些什么呢？"

利塔时代，是否就是灭亡的阿尤纳时代，是否就是毁灭的心灵，是否就是阿尤纳时代的居民们、建设者们和各式各样的存在者们，所僵化的尸骨和粉身碎骨的尘埃呢？或者——并非如此吗？是否正好相反呢？抑或问题真正的答案，尊-佐伊加也无所知晓呢？是否是都毁灭了，是否是注定要死亡，后世所有的阿尤纳人对此毫无记忆；是否有可能，在霍尔徘伊仍残留有阿尤纳时代的种子呢；换而言之，是否有可能，在霍尔徘伊，努阿利们发生起义，阿尤纳时代得以复活，就如同在我们的穆安尼亚所发生的那样！……

有三张书页拆解不开也无法破译（损毁非常严重），下文是后面较为清楚的部分。

     ……历史之相待自然，就如同时间之相待空间。历史根本就不是仅限于人类范畴内的概念：如果真是这样的话，那么，世界就可能是由彼此不相干的事物堆积而成的一个大块头，而非我们所知晓的，那个历经无数沧桑演变、生机盎然而又绚丽多彩的有机体。

     自然是历史之影，是其弃物和试验品——曾几何时，那些生机活泼和自在欢跃之物，诸如时间、虚空、未来等等，如今则变成了过去、空间、物质、形式和弃路上被遗忘的孤石。

     我们应该重新审视和评价历史与自然：我们应该将一段历史视作已在手或被认识的事物；而把自然抛诸脑后，置于一旁，视若废物，当作那一时间，那为历史所掌控和吞食的时间，它被历史演变成了空间——变成了幽暗而狭窄的牢狱，成为了死寂、空旷而惨白的囚室。而身处自然-空间的人类——就是寒冬旷野中饥肠辘辘的饿鬼：他所需要的不是自由的风和单纯的求死意志，他需要的是食物和温暖舒适的居所。历史中的人类——就是渴求一切、无所满足的存在，他的灵魂和意志无拘无束，并装置有不知疲倦、强大威猛的羽翼。严谨的规则，精确的形式，历经沧桑的和谐依从关系，微妙的平衡，这些——不过是远去的自由之遗痕和足迹，是其之所弃，是其化作朽木的试验品。而自然——它就是规则，就是历史唾弃的选择，就是曾几何时，人类火热跳动的心灵所历经的道路。自然——就是曾经的历史，就是往日的神话。历史——它是未来的自然，是通向未知之物的那条小路。其实，未知之物，也就是那尚不曾降生的宇宙所蕴含的无限丰富和多姿多彩，是那人类有限的目光所尚未企及之物——也正因为如此，它就是无限的可能，也是真切的自由：具备无所不能的可创造性，拥有永不枯竭的创造形式选择的任意性。

这样看来，是历史，而非自然——无论古今，它皆应该成为我们思想之所指，之所欲所求；因为，历史就是远顾之目光，就是变幻莫测的未尽命运；历史就是时间，而时间——就是尚未定型和实现的空间，也就是未来。而那自然，不过是过往逝去的，形式固化的，和在空间状态下停滞冰冻的，时间。因此，我们本不应该去认识自然，我们本来就应该去遭遇和理解的唯有历史，因为历史就是我们的命运，而命运——它就是我们智慧和才能的指针，就是我们之目的和终点的使者，或者，它就是另一种永恒之在的开端和起源。

于我们而言，历史就是缩减的时间，是命运本身的一种锤炼和经历。自然——它就是时间的终结，这终结性就在于，时间停滞不前了；而停滞的时间就是空间，也即为自然的内在本质，是一副惨白僵死的面孔，之中了无生机，也因而缺乏神秘。神秘不再的斯芬克斯雕像，尽显狰狞和阴森。（之所以神秘，皆因之拥有命运。自然中是没有命运的。——编译者注）

不过，人类并非生活在空间——自然中，也不生活在历史——时间——未来中，而是活在它们彼此的交接之点上，于此交接点，时间在转换成空间，历史在演变成自然。人的内在本质相当于一个异物或它者，甚至根本上看，其既是时间也是空间，它就存在于时空交结的边缘，是第三种存在的形式；只是让那火热而沸腾的熔岩——即时间，穿透了自己的身躯，回眸一望，那火之混沌在燃烧和升腾，如同龙卷风一样，不断地向上旋转和攀升——然后，开始下降和减弱——从自由自在和全能万象之态变为羸弱多病和身陷桎梏之状——也即变成了空间、自然和意识。

这些思想，在穆安尼亚最新的科学技术里面，可能会找到类似的说法或认知，然而，在有些地方，我的认识并不充分和有所局限。

远离那自然——去向那自由之所，拥抱那辉煌的诗篇，奔向那世人恒久传说的虚无缥缈的美妙国度——也即，去欢呼和融入那历史吧！历史难以认清，也不可预测：任何预测都是有限和僵化的，是非自由性的，必将扼杀和扑灭任一希冀企及或实现它的愿望。如今，历史却将要被准确地预测了，人类前进的道路也将因此而变得轻松和明确起来。可是，此种现象——绝对不是真正的历史。这是一种错觉，是历史的偏移和崩塌，是那时间中新生不久、尚未冷却稳固和平衡通达的自然之下落断层（由此就好比，根据石块下坠之状态，可以提前预见到其坠落之轨迹和地点。——编译者注）。我们之所认知和接受的历史，并非真正的历史，非其之本真——仅是冷却固化和形式显现的自然，是其演化过程中剩余多出、额外附加和混淆真伪的那部分。我们应该一而再，再而三地，对那些稳坐在穆安尼亚的科技殿堂中、存在于人类日常生活的观念认知中，老神在在的仙神们，予以执著地批评和谴责。这批评谴责，也就是人类用双手在对世界进行改造和重塑，使之适宜并符合自己的需要；那新生的人类越是奇特别致和稀罕少见，那世界就越发难以与之相适应和匹配，就越是有必要改造和修整之——那人、那种族必将改造其世界……因此，总而言之，人类进步之目标就在于——摒弃那现实之强大而森严的专制独裁，让那规则定律与奇迹——与自由相生相伴。

尊-佐伊加有句话很精辟：历史就是外象繁华而灿烂的世界。的确，毕竟那外象具有运动性和变幻性的特质。而变幻性，它就是一种奇迹和自由，是唯有历史和生命才具备的特性。至于自然——它不过是呆滞石化的外象，甚至她也并非外象，而是某种无象：外象不可能是死气沉沉之物，它——是一种游戏和运动。

这样，我们就触及那一根本的、更深层次的问题：那新兴的、经由努阿利起义所诞生的人类，其阿尤纳时代又将是怎样一番光景；甚至，是否这阿尤纳时代已经开始，成为了一种现实。在下一部即将面世的论及努阿利和利塔时代的书中，这一问题之谜将彻底揭开，我们将预测，并且也已经预测到，从那新兴人类的胸中将迸发出怎样的旋律和歌谣，那新人类已经用有机体替代了机械体，他们已经在那地球的外缘为自己构建了结实而稳固的居所，并将自己的双手和思想，伸向了大地的深处，伸向那大地温暖而隐秘的内核，也伸向那些仍自由飘荡和跳动的星球。

从那将死的、用尸山血海铸就的穆安尼亚国中，诞生成长起来的，带给人类无上光环、同时也注定要将之终结的阿尤纳时代，她代表着一个全新的时代的来临——冲向并征服宇宙，不再是过去那种人对人的征服和冲击——这就是意识的奏鸣和欢唱，一首意识的交响乐……

至此，现代人——学者们从《阿尤纳之歌》中揣摩和挤榨出来的东西，就全部结束了。

"没有，"基尔毕奇尼科夫读完后说道，"的确很精彩，却也很是空洞和幼稚：这个尊-佐伊加的思想，我们这里随便一个少先队员都可以瞬间看穿和掌握！人们需要内心的真理，也就是那份宁静，而我需要的却是那能够生养和繁殖铁的以太！真是无聊啊！"基尔毕奇尼科夫咕哝道："远古冻土地的人们压根就不想什么发展道路问题！里面全是些情情爱爱的东西，什么艺术创作呀，什么心灵相通呀，可哪里有提到过面包和铁呢？……"

*　　*　　*

基尔毕奇尼科夫深深地忧愁起来，因为他是人，而人有时的确是会忧郁伤感和犯愁的。他已年满 35 了。那些为建设以太通道的仪器设备仍静静地摆在那里，基尔毕奇尼科夫感到十分迷茫。

在做试验的时候，他老是念叨着波波夫的那句话，"出路很简单——电磁轨道"，但一切的努力好像都不过是一些把戏，而那电子微生物的以太食物通道却仍旧没有着落。

"看来呀！"基尔毕奇尼科夫毅然决然而又恶狠狠地对自己说道。"是该试试别的路子了！"然后，他仔细听了听妻子和孩子们的呼吸声（正当夜深人静入梦时），点了一支烟，听着窗外特维尔市深夜的响动，突然觉得过往的一切都是浮云。"是时候出去四处走走看看了，基尔毕奇尼科夫工程师，你真是烂透了！家又怎么啦？妻子嘛，还很漂亮，会有男人来陪伴的；孩子们都很健康，国家富起来了，能够养活，也会长大的！这是唯一的出路，别的，都是死胡同——如同法捷伊·基里尔洛维奇的末路：大门洞开，死在了雪堆上！……好吧！基尔毕奇尼科夫，就这么弄事儿吧！"

基尔毕奇尼科夫无限伤感地吸了口气，面色真诚而痛楚。

"瞧我，到底干了些什么？"深夜里，他又轻轻地自言自语起来。"简直一事无成。冻土地带吗？也就小菜一碟的事儿：有没有我，人们一样搞得定。克洛霍夫比我更有天赋。那个玛基森——是位真正的科技工作者！他真的用思想发动了机器！可我……而我却拥抱着生活，小心翼翼地捧着她，讨好她，可却无论怎样使劲儿，也没能让她开花结果……似乎人只要一结婚，自己刚有点男人的样子，就开始对妻子有所隐瞒了……"

这时，基尔毕奇尼科夫猛然回过神来：

"我的老先生，您在思考些什么哲学问题呢？难道就绝望了吗？打住吧！啊哈，兄弟，我的神经全都串起来想明白了：那种简单而平常的生理组织，主观上是不会感觉到痛苦的……既然如此，你又在那里痛苦些什么呢？"

突然，电话铃声响了，来得真不是时候。

"你好，基尔毕奇尼科夫！我是克洛霍夫。"

"你好，什么事儿？"

"我呢，兄弟，接手了一项任务。得去费伊苏罗夫斯克大西洋造船厂，去那儿制造世界上第一艘海浪喷射艇。这可是一种全新的设计理念——船航行的动力竟然来自海浪本身！设计者是工程师弗柳韦内别尔克。"

"哦，听说过，那我，去那儿干吗？"

"你在磨叽些什么呢？闹心闹糊涂了，是吧！你这个坏家伙！我去那儿当总工程师，你呢，就来做我的副手！我可是学造船专业的，咱俩一起绝对能成事儿。而且，弗柳韦内别尔克也会亲自来！怎么样，一起去吗？"

"不，不，我就不去了。"基尔毕奇尼科夫回答道。

"为什么呢？"克洛霍夫有些沮丧地问道，"你有地方在忙活着吗？"

"没地儿。"

"嗨，瞧瞧，你这家伙！这闹心的毛病犯得可不轻，真是怪可怜的！说好了，我就等你一个星期。"

"就别等了，我是不会去的！"

"那，就随你的便吧！"

"再见！"

"晚安！"

基尔毕奇尼科夫进了卧室，在门边默默地站了会儿，然后穿上旧大衣，戴上帽子，拿了个包，就永远地离开了这个家。为了自己那份前路迷茫的坚持，他不顾一切、毫无怜惜。他只明白一个道理，那就是：以太通道装置将能够使他揭开以太之谜，就如同这个世界的宏伟躯体，既能够创造诞生一切，也可以吸纳包容一切。那时，他将极其专业地从技术层面，也就是说真真正正地，揭示并控制整个宇宙，并为自己和人们找到那生活火热而伟大的意义。这项事业很古老，很早就开始折磨着过去的那些先人们。只有那些人类中的败类和混蛋才会叫嚣：生活没有，也不可能有意义，里面只有吃饭、干活和沉默。不过，如果人的大脑已经完成了进化，真正地成长了起来，那么，它还会像人的身体那样，迫切地要去寻找食物吗？那将会是怎样的情况呢？到那时，人的进食管道将会自动萎缩和脱落，而对此，人们却无能为力。

看来就是如此！您将会发现，人已不再依赖食物了！显然，基尔毕奇尼科夫是到了一个大脑迫切需要营养的时代，这种迫切就如同饥肠辘辘的肚腑在呼唤食物，就好似烧灼煎熬的情欲在渴望伴侣！

人啦，说不定什么时候，不经意间，身体内核可能就会诞生一个奇妙绝佳的新生体，这新生体，唯有理性的意识才能控制其情感，别的都不行！也许，这就是进化和发展的方向吧。而这种新生体的第一个受难者和代表，就是基尔毕奇尼科夫。

基尔毕奇尼科夫徒步来到火车站，坐上了开往故乡格罗波夫斯克市的火车，那个他早已忘记和日渐模糊的城市。他已有 12 年没回去过了。此行，基尔毕奇尼科夫并无明确的目的。他一直沉迷于思考中，努力去捕获那开启以太通道的灵感。怀着无助的希望，想在外省那空荡荡的世界里，收获些什么莫名的感觉。

不知不觉地进了车厢，基尔毕奇尼科夫顿时觉得自己不再是工程师了，而是一个来自偏远农村的庄稼汉子，操起熟练的乡土口音同周围的邻座交谈了起来。

*　　*　　*

10月某天的清晨 6 点，俄罗斯沟壑起伏的原野上，演化出梦幻般的景象，如同古时启示录书中描绘的那般神奇。潮湿的云层低垂，峰峦影影绰绰，山色朦胧而杂乱，不时传来阵阵潺潺流水声，雾气弥漫如墙，却又是那么单调和乏味，令往来的行人不免气闷和恼火。这种天气下，在这个国家里，如果你在乡村睡下，噩梦可能会不请自来。

还真是如此，路上来了一人，好似刚从附近的村庄醒来。谁知道他是干吗的。既像是异教徒，又像是顿河上游的渔夫，还是一个别的什么人。来者年纪不大，可能是个小伙子。他行色匆忙，步伐凌乱，不时揉搓下瘦弱潮湿的双手。山谷边有个小水塘，那人顺着黏土山坡滑了下去，就着甘甜的塘水大口地喝了起来。这可真有点怪异和罕见。这种 10 月的天气，空气潮湿而阴冷，连跑步的都不会口渴，更何堪那般地狂吞猛饮。而那人却喝起来没个完，那香甜和饥渴的样子，仿佛不是在滋润胃肠，而是要浇湿和冷却那发烫的心。

那人恢复了神情，仿佛受到惊吓般打量了下四周，就又上路了。

走了差不多两个钟头，那行者在泥泞的乡间小路上艰难而费力地迈着步子，期待着这初秋的道路尽头突然冒出个小村庄。

眼前渐渐显出了平原的影子，丘陵沟谷断断续续，露出了尽头，显得有些荒凉凌乱和气势已尽。

可过了许久，连个不起眼的小村落的影子也没见着。这时，那小伙儿在一座被风吹得光秃秃的小土包上坐了下来，想要歇口气。看来，他是个沉默寡言的好人，有一颗逆来顺受的心。

跟往常一样，四周渺无人烟。不过，雾气升腾之后，田野的尽头，露出了一簇簇毛绒绒的耷拉着脑袋的向日葵，昏暗的天际透出了些许的光亮。

那个年青人看着一块从山谷里冲刷出来的鹅卵石，不禁对它的孤独心生同情，哀叹它此生恐怕都得呆这个倒霉的地方了。这时，他突然站了起来，又上路了，满怀沉甸甸的同情，哀伤于泥泞的田野上那些莫名的物什未知的命运。

地势越走越低，没过多久，就露出一个小村子，大约十五六间农舍的样子。

行者来到村头的院子，敲了敲门。见没人应答，他就径直走了进去。

院子里坐着位岁数不大的农民，须发稀疏几不可见，一脸疲惫，显得要么是劳作过度了，要么是荒唐过狠了。这家伙好像也是刚刚回到这个院子，累得像个死猪样，一动也不动，也就没有回应那敲门声。

那位来自格罗波夫斯克州里的小伙子，仔细盯着坐着那位的一副苦瓜脸，说道：

"费奥多西，你也是刚到家呀？"

那位坐着的抬起了头，眼里闪烁着狡黠和机智，回答道：

"坐吧，米哈伊尔！我也是刚回来。要找个让人顺心的地方，难啦！身板儿在外面，而心却在内里，这个连傻瓜都晓得。谁能安慰那颗受伤的心呢，是苦是甜只有自己尝哟……"

"那啥，在阿丰城那儿过得还好吧？"米哈伊尔·基尔毕奇尼科夫问道。

"还不错，那里田地倒是丰润和肥沃，可人却有些懒惰和混账。"费奥多西说道。

"那眼下你有什么打算，费奥多西？"

"甭提了，哪里还谈得上什么打算哟！先看看再说吧。整整6年时间都打了水漂，眼下可得忙着讨生活啰！你呢，米哈伊尔，这是要上哪儿？"

"去美国。先到里加，然后坐船去！"

"真是够远的。看来，你是要去干什么大事吧？"

"那是当然！"

"看来，是件很要紧的事儿啰？"

"那是绝对的！什么都不管不顾了，孤家寡人的，要去过苦日子啰！"

"看来，你的这事儿麻烦还不小哟？"

"是呀，的确挺难的。我这一路，也没带什么吃的，就靠打点零工过活！"

"米哈伊尔，你的这事儿可真够艰巨的……"

院子空荡荡的，没有什么人气儿。乌黑的窗子看上去冷冰冰的，仿佛在对人劝说：留下吧，哪儿也不要去了，就在这个僻静的地方，默默地过活吧！

米哈伊尔和费奥多西脱下了靴子，晾起湿漉漉的包脚布，点上了烟，半眯着眼，疲倦地趴在桌上。

"起风了！米哈伊尔，门老是吱呀响，关上吧！"费奥多西说道。

米哈伊尔关上了门，然后问道：

"想必阿丰山上的修道院①这会儿肯定其乐融融吧！那里的日子应该好过吧。你咋从那群修士堆里跑了回来呢？"

"得了吧，米哈伊尔，我多少还有些追求，可不想在那里混吃等死。我本想从阿丰城出发去美索不达米亚的，据说那里还残留有天堂的尾巴，可后来又改主意了。一年一年的老啰，也就没那兴致了。只是有时想起孩子们，心里怪难受的。还记得吗，那年夏天，我的三个孩子都没了？……唉，一晃都 20 年了，想必坟堆堆里就剩下些骨头和毛发了吧……唉，我这心里可真堵得慌啊，米哈伊尔……晚上就别走了，明早再动身吧，黑天黑地的，道上又滑又臭……"

"好吧，就不走了，费奥多西。反正也赶不到里加了！"

"那里还有些土豆，你自个儿煮吧！填饱饿肚子，咽下苦果子，活着熬日子，这人啦……"

睡得早了些，费奥多西和米哈伊尔半夜里就醒了。院子里的火也熄了；屋外静悄悄的，连个鬼影儿也没有。原野上好似有些动静，大地仿佛要醒了，可才凌晨 1 点，离天亮还早，就寂寂无声了，像人一样，也躺下入梦去了。

见米哈伊尔醒着，费奥多西就问道：

"你去了美国后，还打算回来吗？"

"当然，去了就是为了要回来的。"

"不见得吧，可老远了！"

"这有啥，去学点有用的东西，然后就回来。"

---

① 最古老的东正教修道院。

"隔行如同隔山，求人不如求己。"

"理是这个理儿，我的那事儿沉甸甸的，不容易搞定呀！"

"到底是啥事儿呢？"

"这么说吧，费奥多西，你呢，也是个爱折腾的人，去过阿丰城，到过外国，去找那天堂，可最后不也啥都没捞着……"

"说的也是，人各有志嘛！"

"咱爷们儿，一辈子哪怕就干成一件事儿，也就够啰！就说那麦田吧，无论你下了多少种，施了多少肥，可日子不还是过得紧巴巴的，你不得还是要天天去伺候它。这年头，能出 20 戈比的麦子就顶了天了，可这还不是你的收成！不也就够了！"

"那你，到底有啥打算呢？"

"听说过玫瑰油没？"基尔毕奇尼科夫自己也没想到，怎么就突然冒出这么一句来，内心惶惶的，好似想起些什么，很早以前曾听说过的。可眼下，这句没头没脑的话，倒的确让他如释重负：毕竟，若要问起这次行程的打算，他还真是无言以对。

"听说过。为了迷人，那些希腊人老把这东西往身上抹。"

"这倒是真的！就为了那股香味儿。很多名贵的药材都是用玫瑰油制的，吃了那些药，人就不会衰老，血液也更有活力，头发还会重新长出来，这些我在本小册子上看到过。我时常带着那本小册子呢。在美国，一大半的土地上都种有玫瑰，一年的亩产量纯利润高达上千卢布！那里呀，费奥多西，简直就是乡巴佬们的天堂……"

米哈伊尔眯缝着眼，神采奕奕地说着，但却一门心思想着别的什么事儿。他看了看外面，发现天渐渐亮了，就下了炕，收拾收拾准备去美国了，可不想再白白浪费时间了。

"你上哪儿去？"费奥多西问道。

"该走了，路途还远得很。歇也歇了，该上路了，否则一耽搁，我又得开始难受了！"

"天还早着呢，咱们熬点粥，你吃点再走吧。"

"不了，我这就走了，这日头可是越来越短了！"

"好吧，你想怎么着就怎么着吧……你，看来，是打算在美国弄明白如何做玫瑰油的啰？"

"这不明摆着吗？难道你以为，我去那儿是学做蜡烛的呀？我们的土地最适合种玫瑰了！我们这儿的黑土地，就应该遍地都种上玫瑰！费奥多西，你想想看，那将是多么地芬芳迷人，哪还会生什么病哟！……"

"是啊，你的那事儿可真够浪漫和艺术的！好啦，走吧，去创造奇迹吧，咱们啦，就活着也盼着！将来呀，要多少就种多少吧！要早些回来哈，可别掉进海里淹死了！"

基尔毕奇尼科夫出了门，很快就消失在了田野的尽头。在费奥多西家过了一夜，他觉得还不错。费奥多西，为了寻找那传说中纯洁正义的圣地，18 年来不见人影，如今看上去，简直就是个泥瓦匠。跟他聊天，倒是挺开心的。不过，聊天时，还真道出了一个事实，基尔毕奇尼科夫的确是要去美国，想在那里发现些什么生活中的稀罕事儿，一想到这个，他的心里就美滋滋地乐呵呵起来，人也莫名地觉得轻松快活了。

穿越苏联的欧洲部分，米哈伊尔来到了里加。他整整走了 4 个月。路途遥远倒没什么，只是得时常停下来，要去那些庄子里打打短工，以便挣些口粮。通常，他干上一个星期，就不再理会雇主的好心了，果断地离开直奔波罗的海而去。

到了里加，米哈伊尔·基尔毕奇尼科夫转过神来，复苏了，觉得自己又是工程师了。那些坚固牢实的房子让他感到很震撼：无论经受多少风雨都完好无损，恐怕只有地震才能晃动一下这些铜墙铁壁了。一来到里加，米哈伊尔立马就嗅到了外省乡村那特有的生活气息，是那么地动荡不安和空虚缥缈。在莫斯科时，出于某种原因，这样的生活是他所难以想象的。更令他吃惊的是，这个城市里，建筑是那么地坚固整齐和奇妙庄严，人也是那么地健壮结实和安详从容。尽管是住在莫斯科，也在那里受的教育，可基尔毕奇尼科夫身上，仍然保留着对那些普通物什好奇的本能和天赋。突然，他不禁想到，在那玫瑰的故乡古老的波罗的海沿岸，用那闻着香、尝了醉的美妙玫瑰油，的确可能造出永远牢固结实的房子，里面住的也是绝对伟岸的大丈夫。

这样，不知不觉，基尔毕奇尼科夫的脑袋里就生出了另外一个念头，好让先前的那个主意歇下来。

在平坦的水泥路面上，一辆辆整洁的小汽车飞驰而过，余下橡胶轮胎的沙沙声响，拉着一帮大老粗们到那些干亲戚家里做客，一去就数百里以远。费奥多西，那时可能已经结了婚，买上百把俄担汽油，就乘车去往了美索不达米亚，想看看那死去的神灵所残留的住所。

未来多美好。清晨醒来，只要插上插头，扭启开关，热腾腾的早餐，香气宜人的茶水，自动运转的吸尘器，都近在眼前，手上还捧着书美美地读着。女人们都舒适地闲下来了，不再为生活而忙碌奔波和困扰煎熬。那时，田野里都栽种上了玫瑰，而不是麦子，女人们的脸上也就焕发着玫瑰般艳丽的容光。那时，女人们将生养出强大的后代，他们将四处奔波和劳作，要使这个世界更加健康且祥和。那时的女人，跟冻土地带刨出来的那些女子，也就形同姐妹了。

米哈伊尔漫步在里加，微笑着欣赏这座城市，感到十分满足和惬意，心中那要使全人类都富足和健康的想法也越来越坚定和执着。他游逛了很多天，直到带的伙食都吃完了，才去了港口。

基尔毕奇尼科夫最终确信，唯有玫瑰，才是人们未来幸福生活的源泉和福祉。就算在苏维埃国家，要想让所有的人都富起来，也还有很长的路要走。

荷兰的"印度尼西亚"号轮船，满载着靛蓝、茶叶和可可，这些货物卸下来，换上了苏维埃的木材、伐木机械、大麻和各种工业制品。从里加出发，这艘船先要去阿姆斯特丹，在那里对轮机稍作修复，再启程去旧金山，驶向美国。

米哈伊尔·基尔毕奇尼科夫找了份临工，给司炉工打下手——帮忙添添煤，为此他同意只拿一半的报酬。

十来天后，"印度尼西亚"号拔锚出海了。米哈伊尔·基尔毕奇尼科夫的眼前，展现的是一个幅域无边无际、气势磅礴神奇、水意汹涌逼人的新世界，这是他所始料不及的。

海洋是变幻莫测、难以言表的。很少有人去真正地感受过它，去体会它那独特的情感。海洋像一种我们无法听见的宏音，其音域之广阔嘹亮，已远远超出了我们的听觉所能感知的范围。世上的确存在一些这样的奇迹，为我们的感官所难以企及和容纳，那是因为我们的感官根本就承受不了，而如果非要去尝试一下，则人非崩溃完蛋不可。

大海的样貌让基尔毕奇尼科夫再次确信，必须要找到以太通道并让生活富足起来，而海水永不停息的荡漾涌动，让他觉得精力充沛和斗志昂扬。

在基尔毕奇尼科夫的意识里，以太已经同玫瑰花产生了联系，并且，为使玫瑰的形象更加鲜明和突出，他的脑海里时常构想着，在那以太蔚蓝幽远的深处，有一朵玫瑰在散发着迷人的芬芳。

到了旧金山，有人建议基尔毕奇尼科夫去加利福尼亚，那里有个里弗赛德市，到处都是柠檬果园和种花人。那个地方有家大型工厂，正在从事玫瑰油的蒸馏提炼和生产。

这样，基尔毕奇尼科夫就沿着美国游历。

在一家农场，基尔毕奇尼科夫找了份清理花园的工作。那家人有个女儿，对米哈伊尔很着迷，时常在他面前露出甜美的微笑和诱人的魅力。女孩儿名叫鲁菲。鲁菲干活很勤奋，双手结实而灵巧，会驾驶"福特"车。她甚至会操作和摆弄农场所有的机器和工具，还能代替抽水站的机师，负责向花园抽水和浇灌。鲁菲有头淡褐色的头发和一双蓝汪汪的眼睛，性格像俄罗斯女孩，热忱善良而又严肃认真。

于是，基尔毕奇尼科夫就打算在农场留下来。鲁菲的父亲很看重米哈伊尔的勤奋，对他相当不错，甚或，还起了长久留用的心思。因为，在这家农场，既没钳工也缺铁匠，而米哈伊尔正好这些都会。

可是，一天深夜，米哈伊尔醒了过来。屋外，水井里的抽水机还在突突作响，不断向花园输灌着水。整个庄园都进入了梦乡，米哈伊尔突然觉得很忧伤和恐慌。他想起了玫瑰和俄罗斯，想起了费奥多西和波波夫，想起了以太通道和涌动的海洋，于是就穿戴整齐出了门。他身上带着钱，有 20 美元。他穿行在冰凉的午夜，农场外是一片漆黑，远方丘岗上，不知是哪座城市的明亮夜色，时隐时现，红彤彤的，很是神奇。米哈伊尔静静地向加利福尼亚走去，向着那柠檬飘香的里弗赛德市。

从离开尔扎夫斯克那天算起，十年时光一晃而过。初夏的清晨，空气清新而空灵，米哈伊尔行走在加利福尼亚处处嫩芽初上的玫瑰山林，朝着路途遥遥的里弗赛德市行进，那里柠檬成丛、遍野花香。

基尔毕奇尼科夫扪心自悟，觉得心中充满了沸腾的血液，那鲜血中饱含着对未来的希望，那是苏维埃未来千百年岁月的幸福时光，玫瑰花香飘大地，以太铁滋养人间。

基尔毕奇尼科夫快速地在那些农场间穿行，越过无数成群的牛羊，经过一座座在春季里盛开着白色鲜花，散发着沁人心脾香味的樱桃园。加利福尼亚的风土人情有点像乌克兰，基尔毕奇尼科夫不由回忆起自己的童年时光，那里的人们同样健壮、魁梧和红润。可古老的棕色山地又让他终究明白，故乡很遥远，那里如今，可能满是忧伤和思念。

尽管，内心时不时涌起阵阵绝望失落、凶猛狂野和羡慕嫉妒的悸动，但基尔毕奇尼科夫那结实的双腿，一直支撑着他坚定地前行。他健步如飞，只为早日赶到那神秘的里弗赛德，去拥抱那漫山遍野玫瑰花争艳的海洋，去品尝那玫瑰花朵的娇嫩和温情，去感受那玫瑰精华的晶莹和珍贵。也许，就在那个地方，他可能受到某种刺激，迸发某种灵感，去走近他那梦寐以求的以太通道。

米哈伊尔没日没夜地走了整整 4 天。途中，他有些没找到方向，绕了五十来公里的路程。

终于，基尔毕奇尼科夫抵达了里弗赛德市。整个城市也就一千来座房屋，可却无比精致和美好，有点典型现代都市的模样，街道、水、电、气，一切都那么井井有条，让人觉得舒适而周到。

在一处栅栏上有块招牌，上面写道，

"各位游客，格伦-巴普科克的《异国他乡》酒店，提供独一无二的服务：一尘不染的衣服（有真空吸尘器）；里弗赛德最优质的矿泉水；严格消毒的食品，品质绝对有保证；配有电加热器和 X 光理疗器的卧室，助你夜夜甜美入梦。"

基尔毕奇尼科夫略懂一点儿英语，故而此刻，对那些纷纷杂杂的宣传也生出了一些兴趣。

"美国公民们！在华盛顿，你将会拥有卓越的智慧！在纽约，你能够获得无上的荣耀！在芝加哥，你可以尝遍天下的美食！在里弗赛德，你必然收获俊美的容颜！美国公民们！强大和富有是你的实力，但健康和美丽更是你的魅力：赶快行动起来吧，成千上万的本地特产里弗赛德牌香粉正在向你招手，错过就等于失落！"

"弗里斯科，那是我们舰艇的故乡；里弗赛德，这是我们女人的圣地！美国的妇女同胞们，去告诉那些男人们，我们的国家，不仅需要战舰，更需要鲜花！美国的妇女同胞们，赶快加入国民花场自愿促进会吧，地址是：里弗赛德市 1 街区 A - 34 号。"

"玫瑰油——本州的致富之路！玫瑰油——国民的健康之

魂！美国公民们，让你健美的躯体尽情地拥抱那神奇的玫瑰香精吧，健美百年青春不朽！"

"在亚洲，那神奇的美索不达米亚，天堂不再！到美国，这迷人的里弗赛德城市，乐园重现！"

"这里就是天堂，它无处不在：

"美食——豪宅——甘露：格伦-巴普科克应有尽有；

"华服——美貌——高贵：卡兹曼佐霓裳街梦想成真；

"艺术之意蕴——论争之机智——宗教之神圣——言行之规范——荣耀之永恒：星球托拉斯联盟包罗万象；

"宁静的墓地：神秘的'骨灰盒'公司向逝者致敬；

"欢娱休闲之地、醉生梦死之乡：'夏娃之树'欢迎来自远方的过客；

"'性病'性药：请找贝尔克曼、肖特鲁阿，还有森某。"

"到斯克雷加鞋城来走一走、瞧一瞧，世上别家的鞋袜何以再配你的脚！"

"恐怖大碰撞，胆颤又心惊！站住！前面就是世界末日！欢迎光临'开天辟地'冒险屋！"

"先生们！舞蹈，是人类的情爱之源和生命之母！歌舞厅就在对面，跨出一步，精彩十分！艺术大师马因里季——驰名欧洲50年的著名舞蹈家，与你不见不散！"

"快来祷告吧！保一辈子平安无事！上帝显灵在即，众生岂能犹豫！欢迎来到'全能教'礼拜殿！无需门票。清一色纯洁少女组成的唱诗班！栩栩如生的全真上帝塑像！庄严的仪式、神圣的颂诗、心旷神怡的乐章、芬芳馥郁的祷告室，美轮美奂、静穆典雅！神幻电影诠释着现代，奇妙魔术沟通了古今！来时心神接受洗礼，去时灵魂得以荡涤！"

"星球的旗帜，就是天神的旗帜！哈利路亚！"

"游客们，自动擦鞋器和汗液狐臭净就在你的脚下！"

"人生一世，吃喝二字！有进有出，不容耽误！每个设施齐全、下水到位的里弗赛德街区拐角，等你来！各人的肠肚各人清楚！"

"飞机零售，免费打包：请找埃普通·加根"。

基尔毕奇尼科夫不禁哈哈大笑起来。他不知在何处读到过，说是那美国人的智商，就跟12岁的小孩差不多。从在里弗赛德的所见所闻来看，这倒绝对是个事实。

四天后，基尔毕奇尼科夫在一家抽水站找了份机师的工作。那家抽水站负责把魁北克河的水抽上来，浇灌附近的柠檬果园。在玫瑰油加工厂，他没找到工作，也不知什么时候才能找到，只好再等等看。

日子单调而乏味，转眼就个把月了。周围尽是些呆头呆脑和无聊透顶的人，成天就知道干活吃喝睡、夜夜狂欢醉，和对上帝的绝对信奉，以及对本民族的盲目自大！好奇心还很泛滥！基尔毕奇尼科夫冷眼打量着身边形形色色的人，像个沉默无语、孤独倔强的过客，一个朋友也没交。

一路下来，尽管基尔毕奇尼科夫既没透露自己的住址，也没留下什么只言片语，但他去了美国这一消息，在他的故国还是不胫而走。平常，基尔毕奇尼科夫喜欢看报纸，很是仔细和认真，这一习惯多年不变，即便身在异国他乡。一天，他在《芝加哥论坛报》上看到这样一则声明：

玛丽雅·基尔毕奇尼科娃请求自己曾经的丈夫米哈伊尔·基尔毕奇尼科夫，如果还在乎自己妻子的生命，请速速回国。三个月后，如若未归，来生再见。此非虚言和威胁，而是请求和预告。冻土地带的远古先民们曾开启过以太通道。

　　这时，基尔毕奇尼科夫猛地弹身而起，扑向机器，拉下阀门。水泵停了下来。

　　很快，一个电话打了过来：

　　"喂，机师，怎么回事儿？"

　　"快找人来顶班！我要走了！"

　　"喂！喂！什么情况？您要去哪儿？蠢货，开什么玩笑？马上打开机器，出了问题，你赔得起吗？！喂！喂！听见没有？还不快点！不怕罚款吗？！我要叫警察了哈！"

　　"见你的鬼去吧，你这个智商只有12岁的蠢货！你听好啰，老子不干了！什么狗屁工钱，去他娘的！"

　　基尔毕奇尼科夫飞速跑过平底船浮桥，身后抽水站的机器设备静静地立在船尾。沿着魁北克河谷向西，他不顾一切，一路蒙头盖脸而下。天气酷热、炎阳炙人。重重山峦连绵天际，山间片片如云的种植园依稀可见。只是可惜的是，这些大地的馈赠和恩赐，最终都将被人类在纵情声色犬马和狂饮烂醉时糟蹋作践。

＊　＊　＊

　　日子一天天过去，老调重弹的样子，为糊口辛苦地打着短工，个中辛酸和惊险，纵使千言万语也说不尽、道不明。如果说连普通人平凡的一天都能写成一本书的话，那么基尔毕奇尼科夫的一天——起码够写成四本书了。生命，不过是有机分子的活性运动。人生运道，谁人明了？！体内那些有机分子的存在，是否暗合了什么悲剧和灾难，神鬼莫测；一呼一吸、一饮一啄、千般思虑、万种惆怅，是否隐藏着什么危机和苦果，难以预料。想来，应该发明一种新的科学方法，让那锋利的器械工具能够穿透人的身体，精确地扎进五脏六腑里，去看看那些有机分子到底在进行着怎样的活动。

再次出海，可基尔毕奇尼科夫已不再是船上的锅炉工了，而是一名真正的乘客。还在纽约时，他经常饿肚子，几番死去活来。一直没找到工作，他没被饿死纯属偶然。当年，还是在上大学的时候，他曾经突发奇想，发明过一种精密的电压控制器。一个星期没吃饭，他实在饥渴难耐，挨家挨户找那些企业和公司推销自己的发明。

最终，一家名为"西方工业公司"的购买了他的整体设计，但却要求他把电压控制器全部零部件的制造图纸都画出来。为此，花了他足足两个月的时间才忙完，也挣得了 200 美元的报酬。这些钱算是救了他的命。

这次，基尔毕奇尼科夫乘坐的是"汉堡—美国航线"的客轮，平均航速约为每小时 60 公里。基尔毕奇尼科夫很了解自己的妻子，他深信，如果自己不能按时回家，她一定会死的。他估摸着，自杀应该是不会的，可这事儿究竟又会是个什么状况呢？他曾经听过，古时候那些爱得死去活来的悲剧故事。如今，这种事情在世人看来，不过是个笑话。难道他那性格坚毅、勇敢，对一切有趣的事都乐呵呵的玛丽雅，会为了爱情而死？如今那些按古老而传奇的模式相爱的人都不再殉情，而她又何必要至死方休呢？

越想越苦恼，基尔毕奇尼科夫就这么在甲板上徘徊着。远处，探照灯光闪现，有艘船迎面驶来，他便站住望去。

"就听天由命吧。其实，往开了想，殉情就真的那般难堪，那么不可取吗？难道，非要寿终正寝才算是最好的了结？！非要等到你的身体已腐朽不堪，你的活力已倦怠枯竭，才最为满意？！不，爱情，她既是贪婪的也是慷慨的，比那副日渐衰弱的臭皮囊，比那些吞噬摧残身体的细胞，要强大和神圣得多。她抵死而贪婪地纠缠着青春，将之折腾得死去活来；而那年迈苍老上了岁数的，还不轻而易举就被她拿下！"

突然，一阵刺骨的北风袭来，顿时寒气逼人，一座冰山遮天蔽日地盖了过来，眨眼间就撞上了船头，一时间人仰马翻、物什横飞。轮船也快翻了，成 45 度角倾向海面。基尔毕奇尼科夫还算幸运，没被倒出去，而是单脚支腿地骑在了舷窗上。

狂风呼啸、巨浪滔天，掀起铺天盖地的扫荡，撕裂着船体、大海和天空。

惨叫声、哀号声、尖叫声，响成一片。一些妇女死死地抱住男人们的腿，哀求着救命；那些男人照着她们的头一阵捶打，就独自逃命去了。

灾难瞬间降临，来得是那么地突然和致命，什么纪律号令、绅士风度和勇士精神，统统都不管用了，一片混乱不堪。无论救人还是救船，一时间根本就没人回过神来。

这风暴和巨浪本身，基尔毕奇尼科夫并不感到震惊，真正令他震撼的，是那风浪的侵袭，像道闪电，转眼即逝。刚刚半分钟，就又风平浪静了，天海一线再度重现。汽笛长鸣嘶吼，广播刺耳尖叫，开始打捞和救援落水的乘客了。风暴眨眼间过去后，轮船不再剧烈晃动，渐渐恢复了平衡。

海面再开，千米外，一艘欧洲的海轮正快速赶来救援，探照灯直射事故海域。

基尔毕奇尼科夫浑身湿漉漉的，完全是下意识地，冲向了救生艇，爬了上去。发现救生艇的发动机失灵了，他使劲儿捣鼓起来，想要尽快修复。只是，海水里数百人在挣扎，都快呛死了，必须得立即放下救生艇了。不到一分钟，基尔毕奇尼科夫就把几个氧化了的电接触器清洗干净了——问题的症结也就出在这儿，马达终于发动了。

基尔毕奇尼科夫立即爬进救生艇的驾驶室，大声喊道："放滑轮，快！"

这时，突然冒出一股浓烈刺鼻的煤油烟气，瞬间弥漫全船，顿时伸手不见五指，基尔毕奇尼科夫眼前一片漆黑。就在这当口，一道耀眼的红光闪过，他看见那日渐西下的残阳绽放出蓄势已久的光芒，脑海里一声轰鸣之后，那一刻，他仿佛听见了天上银河神奇而玄妙的吟唱。歌声飘然而逝，只余下基尔毕奇尼科夫深深的惋惜和遗憾。

* * *

苏联电讯社从国外传来《纽约时报》的官方通告：

今年9月24日11时15分，在北纬35度11分、东经62度4分，美国"加利福尼亚号"客轮（含船员共计8 485人）和前去救援的德国"克拉拉号"客轮（包括船员总计6 841

人)同时沉没。事故确切原因不明，两国政府正在进行相关调查。这次灾难无人生还，也没有任何目击证人。不过，据可靠迹象显示，导致两船双双沉没的主要原因在于：一块巨大的陨石从天外飞来，正中"加利福尼亚"号，直接把船砸入了海底，产生的巨大漩涡把"克拉拉号"也吸了进去。

　　根据事故调查和水下搜寻工作的进展，本报将随时发布全面而详尽的后续报道。

全世界的各家报纸都转载了这则消息。这起灾难的发生，最痛苦的不是那些遇难者的孤儿、恋人、妻子和亲人，而是伊沙克·玛基森，这位正在中央黑土州沃罗涅日区沃洛什诺村附近工作的，科楚巴罗夫村土壤改良试验站的负责人。

　　"呵呵，瞧这脑袋，了不起呀！实力超群、威能惊人——这一发威，全世界都在颤抖，你就得意忘形去吧！"玛基森喃喃自语道，看上去相当地平静和坦然，并不那么悲痛欲绝。然而，只见他的双手在桌上不停地掰着面包，把面包碎屑搓成一团团的小疙瘩，一一地弹落到地板上，扑扑叭叭地响个不停。

　　"显然，事实上也绝对地，我可没搞什么名堂。我只是尝试着用新的方法来操控这世界，完全没想到，天竟然塌了下来！"玛基森起了身，来到小院里，屋外夜色正浓。他朝那只狗吼道："小狼崽儿！你个坏东西，成天就知道到处发情！"那狗跑到他身边，不停地摇尾乞怜，玛基森一边抚摸一边嘟囔："小狼崽儿，你觉得，咱们这颗心啦，是不是得什么病了啊？对不，啊？再说，那伤感和心痛，算不算是思想在枯萎和衰亡呢？那是，绝对就是这样的！那咱们就把这些矛盾和烦人的毒瘤，统统地砍掉和粉碎！

让这脑袋清醒清醒，好去睡觉！"

玛基森隔着篱笆，朝着空旷的原野，狂啸一通，要吓吓那些未知但定在的敌人。小狼崽儿也跟着呜咽哀嚎了一阵。然后就各回各的窝，睡觉去了。

庄子里寂静无声。山谷里，小溪静静流淌，溪水缓缓绵绵，向往远方的海洋。科楚巴罗夫村上，发电站的烟气儿也渐渐熄灭了。人们也安然地入梦了，这里，无论是"加利福尼亚号"上，还是"克拉拉号"上，都没有他们的亲人。

玛基森也睡着了，脸色苍白如死，心跳微弱无力，嘴里散发出阵阵难闻的怪味儿。他从来都不注意洗漱卫生，也不在意自己身体的健康。

黎明时分，玛基森醒了过来。村子里公鸡的打鸣声隐约可闻。他觉得，自己没什么可遗憾的了：也就是说，那颗心彻底地死了。他突然明白，一切都没什么意思了，他努力探索的东西也不重要了——连自个儿他也都不再需要了。他已晓知，心灵的力量在滋养着大脑，而死去的心灵也将熄灭智慧的火花。

这时，一阵敲门声响起，大清早地就有人来访。彼得罗帕夫卢什金走了进来，是位相熟的农民。

"您好，伊沙克·格里戈里耶维奇！我代表咱们公社来找您，您可别觉得降低了您的身份，有什么委屈。我呢，论头衔讲技术，好歹也算是个助理农艺师，而且还一点儿都不迷信！……"

"别啰啰唆唆地，有啥事儿？"玛基森有点儿不耐烦了。

"我上您这儿来呀，是这么回事儿。您呢，知道一些特别神奇的词儿，动动嘴就能指哪儿打哪儿，想干成啥也就干成了啥。我们呢，就想知道，您那思想到底是如何让机器开动起来的……"

"嗯哼，爽快点，到底啥事儿？"

"您可不可以，就那么地开动脑筋想一会儿，让那地里的庄稼也疯狂地长起来……"

"办不到，"玛基森立即打断，"不过呢，要是单单帮您本人的话，我倒是可以试着，开动那么一下。瞧好啰，我让石头从天而降，要砸到你的脑袋啦！……"

"这可犯不着，伊沙克·格里戈里耶维奇！如果您能让那石头砸着了我的脑袋，那头上的天可都要掉下来砸着地了……"

"掉不掉得下来天、砸不砸得了地，倒是无关紧要……"

"伊沙克·格里戈里耶维奇，我看到了那么一个消息，说是天上掉下了石头，把船在海上给弄沉了。这事儿不是你在帮那些美国佬的忙吧？"

"我吗，彼得罗帕夫卢什金同志！"玛基森含含糊糊地回答道，语气却有些不善。

"瞧把您急得，这是哪儿跟哪儿呀，伊沙克·格里戈里耶维奇！这可不关我的事儿，我想啊，那肯定也是别人瞎猜的！"

"彼得罗帕夫卢什金，我也知道，那是没影的事儿！但那话是怎么说来着？过去的那些沙皇、将军、地主和资本家们，还记得不？如今呀，新政府宣布说，他们是些有学问的。所以呀，一块顽石还能长出花草，再贫瘠恶劣的土地也不会荒着，是好是坏，谁能说得清楚！"

"我可不是这意思，伊沙克·格里戈里耶维奇！如果那些搞学问的，发发善心，再多用点心，拾掇拾掇，我说呀，那荒地也长得出鲜花来。而邪恶的科学技术呢，就算肥沃的良田也会被它变成荒漠。"

"不是这样的，彼得罗帕夫卢什金，越是科学的东西，无论好坏，就越应该感受它。如果要验证我的科学，那么整个世界就需要经受痛苦。而这就是知识的破坏力和可怕的邪恶之处！我先把它破坏和弄残啰，然后才出手救治。当然，如果可能的话，最好是不搞破坏也不弄残废，这样的话，也就不再需要治伤的药了……"

"难道单单是科学搞出的破坏和残废吗，伊沙克·格里戈里耶维奇？这简直是瞎说。愚蠢的生活把人们弄得伤痕累累，而科学就是用来医治创伤的！"

"嗯，话虽是这么说，也是这个理儿，彼得罗帕夫卢什金！"玛基森有点激动。"但那又怎么着！而我，当然知道，石头是如何从天上掉下来的，我还知道其它一些比这更糟糕的事！但是，究竟是什么东西在阻止我这样干呢？我能够给全世界带来恐慌，然后控制它，成为这个世界的主宰和帝王。要不然，我就把一切都给揉碎了，然后再一把火给点了！"

"那你的良心呢，伊沙克·格里戈里耶维奇，你的社会道义呢？你的理性和智慧呢？都见鬼去了吗？！没有别人的帮助，你能活到现在？！甚至你如今搞的这个科学，大家都是出过力、帮过忙的吧！难道你是从石头缝里蹦出来的，还是从天上掉下来的？！难道你一生下来就什么都知道了，把一切都搞明白了？！"

"嘿嘿嘿，彼得罗帕夫卢什金，至于吗？！就为这，你就跟我掐鼻子捏脸红眉毛绿眼睛的，犯得着吗？！难道我就是那么的邪恶不堪和坏蛋透顶？"

"邪恶的坏蛋是变不了聪明的智者的，伊沙克·格里戈里耶维奇！"

"可是，我认为呀，所有的智慧——都很邪恶！全部的劳动——皆是罪恶！智慧和劳动，无论是吃喝拉撒还是爱恨情仇，都需要；而善良，只有在怜悯同情和哭泣悲伤时，才管用……"

"伊沙克·格里戈里耶维奇，您说得太绝对了，不公道呀！我真被您给弄糊涂了，还真是难以适应呀，脑袋里嗡嗡作响，完全是一团浆糊了！……哦，想起来了，伊沙克·格里戈里耶维奇，我们公社想请您帮个忙！实在是田地太贫瘠了，怎么施肥都没用。您就对着那些田地开动一下脑筋、给出那么点儿念头，这又不是什么难事儿，而我们却就靠这个活命了！全指望您了，伊沙克·格里戈里耶维奇，您就行行好吧！您看啦，您就这么迈一迈步子，就那么动一动念头，那些机器自动就把水给抽上来了，您这是多有魅力和面子呀！您要是一出马，对我们庄稼人来说，那田土就会像刚生下娃的小媳妇那样，奶水多得呀咕咕直往外冒！我就先走了，回见哈！"

"好吧。永别了吧！"伊沙克·格里戈里耶维奇回了一句。

"这人还有点智慧，倒是会说话，"玛基森想了想，"我差点被他说服了，还真以为自己就是个坏蛋孬种了！"

然后，玛基森穿齐衣服，进了旁边的房间。一张 4 米长 2 米宽的长条矮桌上，摆放着些仪器。玛基森走向那最小的仪器，按下开关，接通了蓄电池，然后躺在了地板上。一时间，他的眼前一片模糊，神志渐失，撕心裂肺的痛楚侵袭全身，快要晕死过去，脑袋几欲爆裂。血液里浸满了毒剂，血管变得乌黑；体内整个免疫系统、全部的健康组织、所有的潜在力量都疯狂地运转起来，同那冲向脑部的致命毒液展开了殊死搏斗。而他的大脑，在桌子上那台仪器发出的电磁波的冲击下，是那么地脆弱，几乎瞬间崩溃。

在电磁波的刺激下，玛基森的脑子里涌出了一些特殊的思想念头，如同球形的电磁炸弹，急速而猛烈地射向宇宙，仿佛落向了银河系的深处，刺入了行星的心脏，打断了它跳动的脉搏：一颗颗星球脱离轨道，纷纷坠落和毁灭，像一个个烂醉的流浪汉，步履摇晃、意识飘浮。

玛基森的大脑像台神秘的机器，在太空深处引发了一个巨大的漩涡，那桌上的仪器源源不断地为它供给运转的能量。普通人的思想念头，正常情况下大脑的运转，是不可能直接作用于外部世界的，只有脑细胞粒子在某种刺激下，就像玛基森那样，形成脑力漩涡，才有可能如同风暴般横扫外部的物质世界。

玛基森并不知道，他的这次实验，对大地和天空的冲击是多么巨大。那大脑产生的电磁冲击波，其威能是史无前例的，其结构是奇异莫测的，也是他自己都难以控制的。这电磁冲击波，正是由于结构的特殊，才带来威能的无穷；而恰恰正是由于它击中了外部物质世界最脆弱和娇嫩之处，那撕裂的痛楚让这世界很快就丢盔弃甲、缴械投降了。不过，只有在那种致命仪器的作用和刺激下，人那鲜活的大脑才能够产生结构如此复杂的电磁冲击波。

一个钟头后，那台特制的时钟本应该自动切断电流，使桌上激发脑电磁冲击波的仪器停下来，实验也就可以中断了。

可是，那钟却停止不动了，因为玛基森忘记在实验开始前给它上发条了。于是，那仪器乐此不疲地运转着、嗡鸣着，电流也就不休不止地流淌而出。

两个钟头多了。随着时间的不断流逝，玛基森的身体开始渐渐融化，其趋势比时间快了差不多一倍。脑子里的血液绵绵流淌，汇成一条血红细胞尸横遍野的黏稠的血色熔岩。体内的平衡彻底被打破了，自我修复的速度已跟不上损坏的节奏。最后时刻，玛基森脑子里那片苟延残喘的脑海中，一个梦魇般的片断闪现，令人难以置信的神奇和可怕。仁慈的致命毒血涌进那残存的脑海，画面碎灭，痛苦消散，漆黑的宁静无限弥漫伸展。在残破的静脉血管中，黑色的血液奔涌而过，像一阵风暴冲进大脑，肆虐席卷了整个脑海，掐灭了那颗争强斗胜的顽强心脏。不过，玛基森弥留之际，眼中最后浮现的画面却充满了仁爱的光芒：眼前，那已经远逝的，饱经风霜、历遍苦难的母亲，活生生地站着，两眼血泪滴下，痛苦而绝望地看着儿子的折磨煎熬和生命熄灭。

早上9点，玛基森身上生机泯灭，直挺挺地躺在地上，双眼惨白圆睁，指甲深深地嵌进地板，留下道道疯狂的抓痕。

桌上那台仪器一直不停地发出嗡鸣声，直到傍晚时分，当蓄电池里的能量耗尽后，才停了下来。

那天，成群结队的马匹和三三两两载重一吨半的小货车，时不时地从玛基森的房子旁边经过，几来几往，从草地不停拉回日后喂养牲口的草料。

彼得罗帕夫卢什金开着辆小货车，脸上挂着微笑，打量着田野上那一望无际而又充满生机的空旷，心里美滋滋地想着，对那仁慈而多产的科技满怀无限期待和打算，还真把自己当成个不大不小的搞科技的了。

* * *

两天后，《消息报》的"环球瞭望"栏目刊登了一则来自国家天文台的消息：

在猎犬星座，已经连续两个通透的夜空下，没有发现阿尔法行星的踪迹。

在银河系第 4 银心估距段（第 9 象区）发现一处真空地带——一条真空裂缝。该地带与地球之间的夹角为 $4°71'$。武仙星座位置有所偏移，受其影响，整个太阳系的运行轨道也将产生变化。这一异常现象，破坏了千百年来的太空结构，充分证明宇宙空间是相对较为脆弱和易碎的。本天文台将对此天文现象展开深入研究，以期早日解开其中的奥秘。

在这则消息后面，附加了一条下期栏目将刊登韦特曼院士访谈录的预告。这则消息刊出后，各种电报一时间纷纷扬扬，在地球四分之一的区域内（当时苏联的国土面积）穿梭驰骋，但却无一提到或言明，这次的星系剧变和灾难，到底给地球带来了什么东西。直到有一天，一则来自堪察加半岛的、用小号铅字印出的消息，才让此事有了些眉目。

从太空飞来一直径约 10 公里的天体，落入了群山之中。该天体的结构目前暂不清楚，其外形呈椭圆形。那天体飞临此间的速度并不是很快，较为平稳地降落在了山顶。借助望远镜，从远处可以看见该天体表面的巨大晶体。当地自然科学爱好者协会组织了一支科考探险队，将对这一神秘的天外物体进行初步研究。由于山路遥远而艰险，科考队抵达目的地相当困难，因此难以很快得出科考结果。海参崴不断地请求给予飞机支援。今天，由数架日本飞机组成的小型航空中队直奔太空物体而来。

第二天，这则消息就引起了巨大的轰动和反响。为此，韦特曼院士还专门写了足足300行字的独家分析，以宏大的篇幅来探讨此次天降奇物的怪异事件。

同一天，《贫农报》登出了农艺师玛基森逝世的讣告，正式宣告这位毕生致力于研究土壤灌溉最佳方案的著名科学人士的离去。

惟有那位科楚巴罗夫村的农艺师助理，那个彼得罗帕夫卢什金，在一丝不苟地抄录《消息报》和《贫农报》上的条条报道时，脑子里突然冒出了一个莫名的念头，将这三条消息之间存在的某种联系相互勾连了起来：玛基森之死——小行星飞降堪察加半岛——星球坠落和银河爆裂。但谁又会相信这种乡下农夫的胡话呓语呢？

玛基森的葬礼庄严而隆重。整个科楚巴罗夫农业公社的全体社员，几乎都来为玛基森送葬，向他告别。自古以来，庄户人家就喜欢那些四海为家的行者和行为怪异的圣愚。从玛基森身上大家都显明地感受到了：一向沉默寡言、独来独往的他也正是那样的人。大伙儿抬棺材时，笨手笨脚地，又用力过猛，玛基森脑袋上残留的那一小撮头发，突然散落开来。顿时，在场的老乡们都惊呆了，内心对玛基森越发地尊敬和怀念。

玛基森下葬的时候，由美、德两国政府派出队伍，寻找沉没的"加利福尼亚号"和"克拉拉号"的水下搜寻和考察工作，也接近了尾声。

撤离海难现场时，科考队分别向纽约和柏林发送了这样一份电报：

　　根据精确的科学勘探和考察表明，一颗流星巨大无比的破坏力把"加利福尼亚号"和"克拉拉号"砸进了海底，这颗流星本身也淹没在了海床核心深处。在海难现场，形成了一个直径高达 40 千米左右的巨大漩涡，其深度更为可怕，以最初形态的海底面计算，这一深度有 255 千米之巨。仅凭海面下不停翻涌旋转的海水，就可以清楚地判定，这三个物体的埋藏位置和深度："加利福尼亚号""克拉拉号"和流星体本身。三个有待进一步搜寻的物体即将发生剧烈的变形，这一点是毋庸置疑和值得期待的。

对这则电报，两国政府一致回电如下：

　　"打穿海底。一应经费在所不惜。"

为展开水下钻探作业，科考队临时抽调了一艘船，去补充和增添必要设备。两周后，水下钻探作业开工了。

彼得罗帕夫卢什金成了《贫农报》的一名乡村通讯员。轰动一时的消息引发了世人的震惊和恐慌，科学技术以其辉煌和伟大征服了这个世界。每天，有关科技探索发现的公告和消息连篇累牍地不停发布，几乎占据了每家报纸的半壁江山。曾几何时：勇士们欢呼胜利，然后是达官显贵们庄严而神圣的庆典。而如今，则是欢呼科技英雄和迎接知识爆炸的时代。神圣历史的伟大起源就根藏于科学发明之中。

面对科学，无须忍耐。于是，彼得罗帕夫卢什金果敢地向《贫农报》写了一篇通讯，以畅抒内心那份对参与全球科学发明的喜悦，和那份感同身受的心满意足。

整整 9 天时间，彼得罗帕夫卢什金都在劳心费神地揣度和猜测，并最终收获了令他倍感欣慰的坚定信念，脑海里一时暖意盎然。

这篇通讯名为《一个人同整个世界的会战》，内容如下：

> 凡看过报的，想必都知道了，学者型工程师和农艺师伊沙克·格里戈里耶维奇·玛基森，前些天去世了。是他，发明并发出了那些思想念头，能够让流星自发地抛投向地球。伊沙克·玛基森死前，那身子骨儿还鲜活地冒着热气儿时，亲口告诉我，他要做的还不单单是这件事儿。美国轮船沉没事件也是他一手造成的。我曾经劝过他，他那样干将会引起更大的灾难。可他却听不进去，反而嘲笑一名半科技工作者的健康思想（我的职级是作物栽培方面的助理农艺师）。可我就是这么认为，银河系的破裂正是由伊沙克·格里戈里耶维奇的思想念头造成的。说起来倒也有些荒唐可笑，但他自个儿也是死于这种致命的力量。他脑袋里的血管都破裂了，出现了大面积的溢血。除银河外，伊沙克·格里戈里耶维奇还永久性地毁坏了一颗行星，并把太阳连带着地球都挪动了位置，使它们都偏移了平稳而光滑的轨道。就是这么个原因，我就想到，那颗行星肯定是因为这么回事才飞降到堪察加半岛上的。

但这些都是过去的事了。如今伊沙克·格里戈里耶奇也死掉了，连同他对这个世界永远牢固的结构的损伤和破坏，也成了白搭。而原本他还是可以做点善事的，只是不晓得是什么原因，他却不愿意，然后便死掉了。

作为这一整件事情的见证人，我把这个世界性的事实说出来，是希望并要求大家对他充分地信任。我手上有证据——那就是在伊沙克·格里戈里耶奇孤独地离世之前，我同他之间事先进行的那次谈话。

我把我的推测和猜想告诉大伙儿这些稀里糊涂的，就是要大声地把事实吼成事实。

打倒冷酷邪恶的神秘，热忱善良的科学万岁！

乡村通讯员和作物栽培助理农艺师：彼得罗帕夫卢什金。

对死者如此这般地告发，让《贫农报》编辑部感到啼笑皆非，于是，就给彼得罗帕夫卢什金同志去了封措辞温和亲切的信，满是说服和规劝，并表示要给他寄一些适宜的书去，以有助于尽快治愈他那胡思乱想的毛病。

彼得罗帕夫卢什金深感委屈和受伤，决定再也不写通讯稿了。不久，他又幡然醒悟过来，义愤填膺不已，就写了一张明信片：

公民们！编辑-出版商们！一个半学者型的人告诉了你们一个事实，而你们却不相信，觉得我压根儿就不是一个学者。我请求你们，哪怕是能有一个对日的清醒和信任也好，思想念头不是唯心主义，而是确定且万能的物质。那全部的宇宙世界看似很牢实，事实上它却是如同悬在发丝上一样。如果没有谁去扯断那些发丝，那么这个世界也就照样完整。而只要思想念头的物质体动弹一下，那么这全部的宇宙世界就会断裂崩溃。干吗要喋喋不休地浪费口水和嘲笑事实呢？宇宙世界对你们来说可不是一张书面报纸。谴责无限，奈何纸短。——前乡村通讯员，彼得罗帕夫卢什金。

* * *

玛丽雅·亚历山德罗芙娜·基尔毕奇尼科娃在"加利福尼亚号"遇难者名单中，看到了自己丈夫的名字。她知道，他是要赶回来与自己团聚的，如今又明白，这个世上再也没有他这个人了。

她已经，有整整 12 个月没见过他了，而现在，永远也见不着了。

"生命结束了！生活完蛋了！"她大吼一声，就来到窗前。

"怎么啦，妈妈？"五岁的儿子正在逗弄着小猫，听见后便问了一声。

"夏天要结束了，乖儿子！你看，那些树叶都掉到地上了！"

"可是你怎么哭了？爸爸不回来了吗？"

"要回来的，我的小乖乖！……"

"你心疼他吗？那本大大的书给他买了吗？"

"你的那首小诗快忘了吧？快，背给我听听！"

小男孩从地板上爬了起来，专心致志地背了起来，生怕忘记和接不上了：

有个司机顶呱呱，

车车飞快又可怕。

棕色头发随风扬，

叔叔伸手把钱拿……

从卢比杨到剧场，

客车飞驰雷声响，

人仰马翻笑断肠。

少先队员胆子大，

无忧无虑闯天下。

　　小男孩一本正经地背诵着，暗自以为，他就是那名司机。母亲开始抱着他，哄他去睡觉，以便晚上好有个消停。小家伙不想睡，就开始讨好起母亲来，热烈而执着，像个大人似的。

　　"快躺下，睡吧，乖儿子！爸爸很快就回来了！"

　　"妈咪，你又骗我！我都睡着好多回了，可他却老是不回来！"

　　"好啦，听话，快睡下去，躺好啦！再不听话，我就把你送到外婆那里去，就像列瓦奇卡那样，让你见不着我，看你咋办?！想去外婆那儿吗?"

　　"不想！"

　　"为什么?"

　　"我在那里无聊死了，要是我不在的话，爸爸回来了可咋办呢！"

　　小家伙总算睡着了，母亲知道，定要这么折腾下子才行。玛丽雅·亚历山德罗芙娜看着孩子：他的小脸很是安静却又无比生动，惹人无限怜惜，怎么爱也不够。也许，只要他醒来，一切都将又是新的开始，母亲不会让他受一丁点儿委曲。但这只是一种可爱的假象，那个睡梦中看起来很是娇弱的小家伙：只要他醒了过来，这个家伙又是一个小土匪和捣蛋鬼，家里哪样东西不让他折腾个够才算完，这屋里的家具免不了会被他搞得疲惫不堪。

平静下来后，玛丽雅·亚历山德罗芙娜心中暗自发狠，一定要勇敢而坚定地活下去。但是，她明白，如今自己所有的意识和全部的力量，都应该去安抚和宽慰那颗正在痛哭的，充满了无穷爱恋却又失去了所有真情的，破碎的心灵。唯有心完整了，那时她才能坚定地站着，不然，真的会在睡梦中死去。

她不敢睡下，害怕萦绕在心头的不幸那可怕的梦魇不断浮现眼前，要撕裂她歇息下来无助而脆弱的大脑。她很清楚，人只要睡着了，那些可怕的东西，就会像无人打理的荒野上的杂草那般，密密麻麻地冒出来。

临近深夜，她越发莫名地恐惧起来。

作为一个女人，跟平常人一样，她也盼望和希求，哪怕能拿到自己丈夫遗体化作的骨灰，就那么一小撮也好。海底那空洞而虚无的坟墓，怎能够让人相信，就真的已经远去，但女人朦胧的本能和直觉让她明白并确信，她的米哈伊尔再也呼吸不到地球的空气了。

望着睡梦中的叶戈鲁什卡，她仿佛依稀看见了丈夫的幻影。只是没有那疲惫的双唇上的皱纹和折痕。

玛丽雅·亚历山德罗芙娜不完全理解自己的丈夫：她不明白他究竟为何要离家出走。她不相信，一个活生生的人，愿意拿温馨而实在的幸福，去交换抽象而孤单的思想，那空荡荡的冰凉。

她心想，人要找寻的只能是人，而且不相信，那找人的道路，会通向那蛮荒旷野的无尽严寒与凄凉。玛丽雅·亚历山德罗芙娜认为，只要那么几步，人们就会分离。

可是，米哈伊尔到底还是走了，而后来又在远航途中死了，就为寻找他内心暗藏的那些想法的真谛。当然，玛丽雅·亚历山德罗芙娜，很清楚，她的丈夫在找寻着什么。她理解，那个意欲发明繁殖物质的想法。并且，在这件事情上，她也希望能够对丈夫有所帮助。她给他买回了那部沉甸甸的巨著，一买就是10份。那书是冻土地带发现的古籍的破译本，书名叫《总经》。在阿尤纳人生活的时代，阅读，应该是非常普及和高度发达的：因此才有了这样一部书，其中详尽地描述了阿尤纳人长达八个月的漆黑之夜，和孤寂哀苦的生活。

在建设冻土地带的第二条垂直隧道时，那时基尔毕奇尼科夫已经失踪了，工人们发现了4块花岗石板，上面雕刻有密密匝匝的象形符号。那些象形符号同早先发现的《阿尤纳之歌》几乎如出一辙，因此很快就被翻译出来了。

那些石板-浮雕，很有可能，是阿尤纳人的某位哲人的纪念碑和遗言，可里面却有不少关于自然之内在本质方面的思想。玛丽雅·亚历山德罗芙娜把整部书都通读了一遍，并发现了一些显明的暗示，很接近她丈夫跑遍空荡荡的全世界，努力要去寻找的那些东西。很早就死去的人，给她的丈夫，一位学者和游子，带来了帮助，也对一位妇人和母亲的幸福有所助益。

也就在那个时候，玛丽雅·亚历山德罗芙娜在美国的五家报纸上发出了那份声明。

她把《总经》中那些有用的东西都背了下来，害怕那些书页不知什么时候就意外地损坏了，也担心见到米哈伊尔时，不能给他最大的惊喜。

　　只有生者，才知晓生者——阿尤纳人写道——死者是不可理解也不可思议的。真实可信的东西是丈量和估测不了难以置信的东西的。正是由于这个道理，我们才清晰地认识和理解了那遥不可及的东西，比如阿恩（相当于电子。——破译者和记述者注），反而对近在咫尺的物什，比如马马尔瓦（相当于物质。——破译者和记述者注），却不甚明了。其缘由就在于，前者，是活物，如同你是活着的那样，而后者——却是死的，如同木伊亚（含义不明的某种形象。——破译者和记述者注），是死去了的那样。当阿恩在普罗伊（相当于原子。——破译者和记述者注）中产生和出现后，我们先是看见了那股机械的力量，然后又欣喜地在阿恩身上发现了生命的迹象。但普罗伊的核心处，尽是些马马尔瓦，乃是千年未解的神秘之所。在我的儿子最终确定之前，其中的奥秘尘封如故。我的儿子发现，普罗伊的核心同样由那些阿恩们组成，只不过都是些死去的。并且，那些死去了的，就成了活着的的食物。多亏了我的儿子，是他把普罗伊的核心从里面抽离了出来，不然所有活着的阿恩就都会被饿死。如此看来，事情就基本清楚了：普罗伊的核心就是一个储藏粮食的仓库，对那些活着的阿恩们来说，他们牧居于自己祖先的尸体所形成的这个隐修院周围，就是为了吞食那些遗体。整个马马尔瓦的原貌和实质，就这样异常简单却又无比真实地揭示出来了。我的儿子，永生难忘。他的名字，世人常悼！

他那疲惫的身影，必将万世敬仰！

玛丽雅·亚历山德罗芙娜早把这段内容背下来了，就好比她的儿子，牢牢地记得那首赞美一位神气的棕发司机的诗。

《总经》其余的部分记述了阿尤纳人的历史：其之所始和其日渐临近之所终，包括阿尤纳人何时在时间和自然方面进入了全盛时期；何时全部的三种力量——阿尤纳人、时间和自然——达到了和谐统一，它们三位一体的存在共同奏响了美妙的乐音。

对于这些，玛丽雅·亚历山德罗芙德就不太感兴趣了。她想要找寻的只是自己个人幸福的平衡点，而非要去真正了解和把握陌生的阿尤纳人之奥妙。

只是，那书最后的几页，却令她震惊不已和忘乎所以。

……如今的情形跟当初相比，其可能性依旧，那是我的故乡还处于先初的时代。那时，母亲洋（北冰洋。——编辑注）激荡起了凶猛的漩涡，冰冷刺骨的海水裹挟着巨大的冰块，开始冲刷淹没着我们的土地。海水退走后，而冰块却留了下来。它们长期攀爬在那些山体上，四周是我们宽阔平坦的土地，如果不把它们抹除解决掉，那我的故乡将变成颗粒无收的荒原。最为肥沃的土地在山里，却被冰块割裂和封锁了，人们只能呆在残破裸露的荒地。不过，悲苦警世、多难兴邦，如果一个民族的血脉，不能在这大地上得到蓬勃繁衍和长久生养，那就是最为可怕的灾难和悲剧——而这一灾难和悲剧，也势必成为使其民族众志成城、万众一心的强大动力。那时的情形就是这样：寒冰摧残了沃土，剥夺了我们先祖的食物和繁衍，人民头上被死亡阴影笼罩。大洋中，一直温养滋润着故国的暖流，开始向北方漂移远去；大地上严寒肆虐，阴森浓郁的致命雾气弥漫如霾。在北方，残破的冰雪世界混乱不堪，把我们阻隔在外；在南方，丛林如墙，里面：黑压压的凶兽如乌云密布，种种毒虫，面目恐怖狰狞，叫声刺耳惊心，荣德拉（巨蛇的粪便。——编辑注）的毒液污染了条条大河，纵横交错，如蛛网覆地。而阿尤纳人民，是勇敢的人民，无比珍惜自己民族的命运。他们开始勇敢而有序地结束自己的生命。同时，把那些祖祖辈辈最珍贵的馈赠——书籍，埋在了地里，并且，书脊串之以金线，纸页浸之以花蜜，以期亘古长存和永不腐烂。

有一半的族人都被死亡埋藏了，变成了尘封的尸体。这时，艾伊亚出现了，他是书籍的保管者和守护人，曾经四处游历，行走于空旷的道路和残破的居所。他告诉大家：养育我们大家的——大地母亲甘甜的乳汁，被剥夺了；空气温暖的怀抱，也冰封了。坚硬的寒冰，爬犁刮刷了我们家乡；无尽的痛苦，熄灭了智慧和勇气的亮光。我们如今只剩下了太阳的光芒。我造了台仪器——看，就是它！苦痛教会了我忍耐，在人民绝望哀伤的那些黑暗年代，我学会了如何去进行卓有成效的创造。阳光，是粉碎马马尔瓦（物质中发生变化的物质。——编辑注）的力量；阳光，就是阿恩生存的环境；阿恩的能量是令人震撼的。我的仪器，将把大量太阳中的阿恩大军转变成热量。而且，不仅是阳光，甚至连月光和星光，借助这个简易的机器，我都能把它们转变成热量。我能够获得的热量，其数额之巨大，足以焚山煮海。从此，我们不再需要暖流，也能够温养滋润我们的大地！

于是，艾伊亚就成了阿尤纳人新生活的领路人和新历史的开创者。他发明的仪器，由复杂的镜子组成，可以把天上的光转变成热量和金属（可能是指电子。——编辑注）的活力，并且直到今天，仍然是人民生命繁衍和生活富足的源泉。

故乡的平原又再鲜花似锦，新一代的孩子们欢歌飘扬。"恩时代"（指非常长的一段时间跨度。——编辑注）过去了。

人的机体耗竭干枯了。甚至，身强体壮的年青男人也不能播撒种子了；就连最活跃的智慧也产生不了思想了。最后的失落和绝望，阴沉沉地弥漫笼罩着故乡的田野山峦，阿尤纳人的未来是无尽的黑暗和迷茫——人哪，自临绝境，走进了自我毁灭的深渊；我们心中的太阳，永远地落下去了。如此凄惨景况，过去的那些坚冰，算什么；那寒冷——有什么了不起；那死亡——又算什么东西。人哪，剩下的，惟有对自己深深的憎恨和厌恶。什么爱恋，什么思考，他都不再会了，甚至连痛苦也做不到了。生命的源泉在身体内核中枯萎，已经被汲尽喝干了。我们的食物，丰富得堆积如山；我们的居所，舒适似奢华宫殿；我们的藏书，累累如繁星密布。可是，我们，不再有接续的命运，不再有活力生机和炽烈热情，不再有丝毫希望。人哪——就是一口矿井，一旦矿挖完了，留下的，只有空空的井坑。

宁愿漂洋过海被淹没，不要山珍海味来撑破。

这样过了很久。整整一代人不识年少青春。

后来，我的儿子里伊戈找到了出路。自然不赐予，人力来开辟。他对自己采取了些办法，鲜活的头脑仍保持部分清醒，并告诉我们，我们的命运快到头了，但生活的那扇大门仍可能打开——我们将重见天日。出路很简单，就在于：电磁轨道（原文为：传输金属活力的管道。——编辑注）。

里伊戈搭了一条从空间传输食物的线管，直通我们日渐衰亡的身体中的阿恩，借助这条线管把那些死去的阿恩（相当于以太。——编辑注）引流进来，而我们身体中的阿恩，获得了额外的食物，就重新活了过来。就这样，我们的大脑，我们的心灵，和对女人的欲望与情爱，也都复苏了，我们阿尤纳人就得救了。然而，还不止此：孩子们飞快地成长起来，速度是过去的两倍；他们脉动的生命力异常强大，如同一台强力运转的机器；他们的意识、情感和爱欲，这些东西，都远超常规地极度膨胀，令父辈们惊讶不已。历史发展的节奏骤变，不再是稳步前行，而是开始高速地向前飞奔。于是，迎面而来的命运洪流，含杂着惊涛骇浪般的思想和行为巨变，冲击席卷着阿尤纳人毫无防备的身躯。

我儿子的发明，如同所有出色的发明一样，碰到了灰暗的瓶颈。里伊戈把两个普罗伊的核心——里面充满了阿恩的尸体，植入进了一个普罗伊。于是，那个普罗伊中活着的那些阿恩们，开始飞速地繁殖起来，短短的 10 天时间，这个普罗伊就长大了 5 倍。原因很明显，也寻常：由于食物储备成倍增加了，阿恩们也就吃得更多了。

于是，里伊戈就培育出了一簇又一簇，吃饱喝足、快速成长、超常繁殖的阿恩族群。然后，他拿出了件很普通的物体——一小块铁，一些族群里繁殖起来的、吃饱喝足的阿恩们，像条水流从铁块旁边经过，刚一碰到那铁，就开始朝着星空方向辐射逃逸。这些吃饱喝足的阿恩们，不再为了吃食去截获先辈们的尸体（也就是以太。——编辑注），故而在不经意间游离着飘向了那铁块，里面有一群饥肠辘辘的阿恩正等着它们。然后，铁块就以人们肉眼可见的速度膨胀起来，如同植物在地里生长，好似胎儿在母亲肚里发育。

这样，我儿子就开始饲养和繁殖起物质来，他的办法使人类得以复活和拯救。

可是，成功从来都是为失败而准备的。

人工喂养的阿恩，拥有更为强大的身体，它们开始攻击并吞食自然生长起来的活阿恩。

由于物质的每一次转变，无可避免地都会有所损失。因此，被吞食的小阿恩，并不足以使大阿恩身体增长的分量，达到小阿恩生前的分量。于是这样一来，这里的物质也好，那里的物质也罢，只要人工喂养的阿恩（即电子，后文统一用此现代术语。——编辑注）落下的地方，那里的物质就会减少。里伊戈的办法未能解决整个大地的食物通道问题，于是，一些物质就开始慢慢融化和消失了。唯独在建有电子尸体流传输通道的地方（以太通道。——编辑注），物质才在生长。借助以太通道，我们生活所需的主要物质才能得到补给，我们的人民和土地也才有了保障。除此之外，其余的一切东西，数量都在开始减少，物质在枯萎和消散。我们是活下来了，代价是星球的日渐残破和衰败。

里伊戈从家里出走了。母亲洋里的海水开始消散，里伊戈知道是什么导致这水体的消失，要去会会那背后的始作俑者和对手。一天，他所喂养和培育的电子族群，随着时间的推移和经过自然淘汰，里面的每个电子，体型都大如云团。

母亲洋上沸腾咆哮，卷起千层浪，好似地动山摇；呼啸声震耳，恰如雨骤风狂——只见，一团团电子乌云，从大洋深处奔涌而出，一路疯狂凶狠地肆掠而过。阿尤纳人，将被它们像喝水一样，吞没得一干二净！里伊戈倒下了。再也不能忍受那些电子凶残的目光了。被惊吓而死固然卑微且可耻，但是，阿尤纳人却不再有活命的机会。里伊戈早就消失了，如同石子掉进了井塘，无影无踪了。那些太空野兽来得看似非常缓慢；但它们从普罗伊体内那么微小的存在，变成如山岳般巨大的怪物，这一下来得又实在是太快了。我觉得，它们穿破并陷入大地，就像掉进了豆腐里，因为它们的身体远比铅铁还重。也许，里伊戈并非无故消失和白白倒下，而是找到了问题的答案，有了战胜这些原始低级的不明物什的办法。自然淘汰依旧疯狂地进行着，电子的力量仍然快速地增长着。也许，它们的弱点就在于，其内心世界和生理结构都极为简单，这是很明显的，因此，就容易暴露其脆弱而致命的缺陷。里伊戈对此应该是了如指掌，可惜他，壮志未酬身先死，被电子那沉重如山崖、坚硬似钢铁的魔爪，给撕裂和毁灭了……

玛丽雅·亚历山德罗芙娜合上了书，神色沮丧。叶戈鲁什卡睡得很安稳。时钟敲响了12声，已是午夜时分。最是夜深人静时，孤独的人深陷囚笼煎熬，幸福的人沉迷欢乐梦乡。

"难道，把人养活，就是如此的艰难吗？"玛丽雅·亚历山德罗芙娜不禁喊出声来，"难道，成功永远都是失败的先驱吗？"

莫斯科宁静安详。末班电车急匆匆地驰向停车场，顶上碰出串串刺眼的电花。

"那么，我丈夫那苦闷阴郁的死亡，什么样的胜利，能够补偿？失去了他的爱情，只剩下空荡昏暗的孤独和凄凉，什么样的心灵，能替代我的愁肠和心伤？"

阵阵悲恸涌上心头，如炙如焚；泪水在流淌，比鲜血更快地，把身体卷荡。双眼模糊、意识迷惘，噩梦在她的心田浮现：恶魔般的电子咆哮着，撕裂了智慧而脆弱的阿尤纳人；条条被荣德拉绿色的毒液污染了的河流，侵蚀了鲜花簇簇的冻土地；那绿色的一汪水中，米哈伊尔·基尔毕奇尼科夫，在漂游沉浮和受苦受难。那是她唯一的知己，却永生永世地消失了。

* * *

火葬场的旁边，一片银色的松林中，有一栋外观柔和的屋子。屋顶呈球形，似苍穹盖地，顶下五根巨大的石柱耸立，恰似隔开了天与地的距离。屋顶正中，巨大的望远镜筒直指高天，好似一根伟岸的刑柱，无尽的阴森威严，意欲惩罚那幽暗的自然世界，只因它剥夺了生者之生机，扼杀了恋人的爱恋；又像是承载希望的指针，仿佛指引着人们借助那日新月异的科技力量，去拯救那宇宙牢狱中逝去的先人，使他们得以复活和重生。

这就是"忆屋"，里面安放着那些逝去的人们的骨灰盒。

一位头发灰白，历经岁月沧桑而更显美好的妇人，和一个年青人一道，走进了那屋子。

巨大的厅堂里，他们静静地朝远端走去，四周思念和哀伤的光芒幽幽，如蓝色的海洋，静寂安详。

骨灰盒排排林立，如同盏盏冥灯，透出微微亮光，依稀照在通向莫名时空的路上。

骨灰盒上镶着块块纪念灵牌。

  安德烈·沃古洛夫。失踪于一次研究大西洋的水下科学考察活动。

  骨灰盒中没有骨灰，只有一条血迹斑斑的领带，是他在太平洋底工作受伤时留下的。这条领带取自他的女友。

  彼得·克列伊兹科普夫，首颗月球登陆弹的制造者。乘坐自制的登陆弹飞向月球，一去不回。骨灰盒中没有骨灰，只有他儿时的一件衣服。向伟大的科学和勇敢的意志——致敬!

华发妇人脸上阵阵惊容显露，牵着那青年一路向前走过。

两人在最里端的骨灰盒前停了下来。

  米哈伊尔·基尔毕奇尼科夫，致力于研究繁殖物质之技术的探索者，物理学博士法·基·波波夫的助手，工程师。遇难于被陨石击中失事的"加利福尼亚号"上。骨灰盒中没有骨灰。保存的是他所从事的人工饲养和培育电子的论著，和一绺头发。

往下还挂有第二块灵牌：

为了找寻喂养电子的食物，他丢了自己的性命也伤了伴侣的心灵。逝者的儿子会完成父亲的事业，以安慰母亲那颗被父亲耗尽而憔悴的心。永远铭记和爱戴这位伟大的探索者！

岁月不老、青春常在：总是期待在迟来的神奇生活中迎来新生。

玛丽雅·亚历山德罗芙娜·基尔毕奇尼科娃的青春已悄然流逝无痕，如今，那对丈夫的爱恋不再，转而对 25 岁的大儿子伊戈尔，内心怀着无比强烈的母爱之情。小儿子名叫列夫，仍在读书，英俊乖巧，却不如伊戈尔，令母亲更加地怜惜和疼爱，更加地寄予希望。

伊戈尔的脸很像父亲，其貌不扬，白皙而沧桑，但却暗藏惊人的威严和刚毅。

玛丽雅·亚历山德罗芙娜，仍把伊戈尔当成了个小男孩，牵着他的手，向出口走去。

"忆屋"的门厅上面，挂着一块方方正正的金色牌子，有一行银灰色的铂字：

对那些作用并毁坏机体的生理元素，如果缺乏足够的认识，就会面临死亡。

那屋子大门上方，立着一道拱环，写有这样一句话：

满怀柔情地怀念吧，不要痛苦和悲伤：科学将会复活逝去的人，以慰藉你受伤的心。

那妇人和青年走了出来。生机盎然的大地上，夏日的阳光灿烂欢喜。停步张望，一个崭新的莫斯科尽收眼底：这个奇迹般的城市，文化繁荣强大，人群忙碌、生活喧嚣，充盈着满满的幸福。

阳光直射，明亮而匆忙。人们可着劲儿的欢笑，忘情劳作、醉心爱恋。

太阳的恩赐，惠泽众生。正是这太阳，曾几何时，也照亮了米哈伊尔·基尔毕奇尼科夫前行的道路，去向那柠檬飘香的里弗赛德市。垂垂老迈的太阳，闪烁着令人心惊肉跳的兴奋和快乐，如同天灾即将临世，好似宇宙孕育着杀机。

* * *

伊戈尔·基尔毕奇尼科夫毕业于罗蒙诺索夫学院，是一名电力工程师。

做毕业设计时，他的选题为：《地球电子环境下的月球爆发》。

母亲把父亲全部的书籍和手稿都给了伊戈尔，连同米哈伊尔·基尔毕奇尼科夫亲自整理的法·基·波波夫的遗著。

伊戈尔阅读了波波夫的著述、阿尤纳人的珍贵文献，钻研了关于喂养和培育电子的全部现代科学猜想。电子是一种活体存在，这一点世人已不再怀疑。电子领域如今已被严格地确定为属于微生物学科的范畴。只是，离取得有实际价值的成就仍有较大的距离。阿尤纳人里伊戈的实验，在现代实验环境下又重新来了一遍，却没有获得什么理想的结果。显然，阿尤纳人的文献中存在某种不准确性。某些关键的细微之处，被里伊戈的父亲忽略了，致使电子不能像在里伊戈那里一样，可以喂养繁殖和膨胀增大。

伊戈尔把探索宇宙的终极奥秘，作为自己毕生的事业和追求。但不像他的父亲，不愿盲目地在星际空间中，在构成以太的电子们的神秘生命中，去探寻那世界的本源内核。

他认为，根据阿尤纳先哲的著述去喂养电子无助于问题的解决，并宣称和阐明，按照阿尤纳人那不精确的传输方法所进行的实验并不成功。

伊戈尔觉得，除了采取生物学的方法外，还可以用电子技术的方法人工繁殖物质。而要找到和掌握这种方法，就要用自己从未沾惹过女人之爱的青春，所拥有的全部热情和创造力，去实现和完成。

这个夏天，伊戈尔早早地结束了在玛兰特教授实验室里的工作。他在"以太结构"教研室给玛兰特教授当助手。

五月的时候，玛兰特教授赴澳大利亚访友去了。他的朋友叫托夫特，是位天体物理学家。伊戈尔打算彻底放松休息下，好好享受下这个夏天，放飞一下自己的那些奇思妙想。

"休息，比创造更为有益。" 在给玛丽雅·亚历山德罗芙娜的一封信上，伊戈尔的父亲曾经这样写道。那时，他的父亲还在冻土地带的垂直坑道工地周边，到处行走游逛，也曾担任过一段时间工地主任。

一早，伊戈尔就出了门。他乘坐地铁，穿行于地下，地面一路经过红色凯旋门大道和五车站广场，远远地来到了郊外，在新索科涅尼克镇下了车，扑向那空气清新的树林。漫步林间，伊戈尔静心地感受着身上血液的沸腾，陶醉于思想的徜徉和意识的静谧，也深深地沉浸在爱情即将袭来的苦恼之中。

世事无常。一天，伊戈尔醒来，外面已是阳光明媚，好一个伟大而庄严的夏日。母亲还在沉睡，昨夜，她看书从傍晚直到深夜。穿好衣服，伊戈尔读了会儿晨报，听见外面城市又紧张而惊人地热闹起来，于是决定出去走一走。从自己的父亲或远古的祖先那里，他继承了一些习性，比如好运动游逛，喜欢徒步丈量大地，也乐于亲眼见识世事万物。可能，他的远祖们，曾几何时，背着口袋、拄着棍子，从沃罗涅日走向基辅，去那里朝圣，要说是为了拯救心灵，到不如说是对异域他乡充满了好奇；可能，还有什么别的——不为人知的原因。而即便是在区里这么一个狭小的地方，四下里走走，这样的力所能及之举，伊戈尔也照样心满意足。

地铁把伊戈尔送到奥斯坦基诺，将他一个人孤零零地留下了。伊戈尔来到杂草丛生的田间小道，脱下帽子，开始喃喃地哼吟起快要忘却的诗句，那些他曾在母亲的书上看到过的：

> 人潮人海中，我忽近忽远、亲疏莫辨，
> 迈步行走间，我无欲无求、离合难言。

后面的他不太记得了，可却想起另外一首来：

> 你的爱人，命丧遥远的他乡，
> 如同石子，掉入了井塘。
> 骨灰盒里，惟一绺卷发静躺，

他的头颅，不知在何方。

伊戈尔的母亲嘴里时常念叨着这首小诗，那一时刻，对丈夫的思念，无比痛苦地揪着她的心，她想从孩子的身上，从这首普通的小歌谣里，获得些许寄托和安慰。

"那么，"伊戈尔自言自语道，"可是，以太到底孕育着什么呢？"在草地上，他躺下身来。"那真是只有鬼才知道了！"

阳光轻抚着毛绒绒的大地，大地扬起她独有的生机：绿野红花，丛林密盖，风起云涌，山崩地裂，和北方绚丽的极光。

伊戈尔漫不经心地望了望天上的太阳——突然，一股热流从胸膛涌出，直达脑海。

他站了起来，一时间愣在了那里。

就好像，被一个迷失的可爱女子，突然从背后给抱住了，匆匆然，倏尔又跑开了。

那一刹那的温存，令他心中荡起层层涟漪，一时间思绪纷飞、头晕目眩，好似流星划落天宇，令人神魂荡漾。这一刻，是如此的奇妙和疯狂，就宛若婴儿噙住了母亲的乳头，也仿佛少女受孕着胎的瞬间。无尽的陶醉和沉迷浸透他的心田，如同怒放的花朵，向大地母亲，撒落孕育生命的粉末。

这股莫名其妙的感觉消散后，伊戈尔甚是懊恼和沮丧，大吼了一声，径直从这个偶遇之地站起来，走了。

可是随后，那些模糊不清的思想和念头，又渐渐回聚他的心头，就像一些顽皮的孩子，在外面玩累了，精疲力竭的样子，可又心不甘情不愿地应和着母亲的召唤。

* * *

元月 4 号，《知识工作者报》上刊载了这样一则简讯：

生命的发电站

　　经过连续数月的不间断工作，在玛兰特教授的以太实验室，青年工程师格·基尔毕奇尼科夫在人造以太领域，进行了很有意思的实验。基尔毕奇尼科夫工程师的实验思想是，通过改变或转换电磁场的高频率，能够杀死物质中的活电子；众所周知，正是这些死电子，组成了以太的躯体。为杀死电子，需要发生转换的电磁场，在 1 秒钟内，进行不小于 10 的 12 次方数的高频振荡。一斑窥豹，由此可见，基尔毕奇尼科夫工程师技术手段的尖端性，实在高明非凡。

　　太阳本身，就如同一台基尔毕奇尼科夫式的高频振荡器，在其具有强大干扰能力的复杂表层系统的作用下，光线被分解成了能量组合元素，如压力机械能，化学能，电能，等等。

　　凡此种种能量，基尔毕奇尼科夫仅取其一，那最需要的——电能，并把这一能量，通过由菱形滤色镜和微电流导流仪组成的特殊装置，聚集在一个非常狭小的空间内，并使之达到实验需要的振荡频率。

　　电磁场，其本质就是电子集群的场所。基尔毕奇尼科夫强制性地使电磁场发生快速振荡，从而使构成电磁场的活电子开始死亡；这样一来，电磁场就转变成了以太——大量死电子躯体构成的力学意义上的介质体。

制造出一定数量的以太场域后，基尔毕奇尼科夫便将某种普通的物体（比如自记式瓦特计）放入其中，结果这一物体3天后就膨胀增大了两倍。

在该自记器物质体内，其变化过程是这样的：自记器体内的活电子，以其周围大量的死电子躯体为食，结果就快速地繁殖起来，其数量也因此急剧增长。而这就引起自记器这一物质体本身发生膨胀和增大。活电子吞食完以太后，其繁殖活动和数量增长也就停止了。

在自身研究的基础上，基尔毕奇尼科夫确信，太阳的山岭中诞生了数量多得令人难以置信、格外活跃的活电子；不过，正是由于这些数量异常庞大的电子聚集在了相对狭小的空间，因而彼此间为了争夺食物，引发了可怕的争斗，进而导致活电子大量死亡，几乎所剩无几。电子间的口粮之战使得太阳的活动异常频繁和激越。太阳的物理能量，可以说，有其社会原因，即活电子的相互竞争。太阳山岭中的活电子存活的时间仅有百万分之一秒，电子之间的战争是残酷无情的弱肉强食混乱状态，当一些电子被比其壮实的敌人消灭时，那些敌人则可能被更为强大的对手击毙，如此循环往复。一些电子刚刚吞下敌人的尸体，瞬间就被杀死了，而获胜的凶手将其吞下时，连同其体内未来得及消化的先前被杀死的电子尸体也一并吞食了。

太阳内部电子的活动异常激越，致使大量的电子被挤压了出去，飞入了宇宙空间，时速高达每秒30万公里，从而引发了光线效应。不过，太阳内部如火如荼的战争，似闪电惊雷，如毁灭地狱，以至于所有被挤压出来的电子，均是死物，并且要么沿着它们活着时运动的惯性，要么因由其敌人的打击之力而飞行。

不过，基尔毕奇尼科夫坚信，尽管极其罕见——亿万年难遇，活电子能够活着逃离太阳。如此，那一活电子周围就存有一个以太——一个食物丰沛的场所，而这枚电子也就成了新的行星之父。接下来，基尔毕奇尼科夫打算大量地制造以太，生产地主要选择在高空大气层，那里更接近太空，电子也就没那么活跃，便于用更少的能量去攻击它们。

基尔毕奇尼科夫成功地获得了人造以太的新方法，其中的关键就在于电磁轨道，里面充斥着足以杀死电子的高速振荡频率。高频电磁轨道从地球发射到天空中，如同一根管子连接着天与地，管道中，由于太阳光线的压力而被挤压出来的死电子，形成一股洪流，直奔地球表面大地而来。在地球表面，安装了一些特殊的设备，来收集以太。然后，将这些收集到的以太，用于喂养那些需要体积增大的物质。

基尔毕奇尼科夫工程师还进行了反向实验。在高频电磁场对某一物体的作用下，他似乎是打算消灭这个物体，并最终让那物体完全消失了。显然，通过击杀物体内部物质中的电子，基尔毕奇尼科夫消灭了物质最内里的本质核心，毕竟只有活电子，才是构成物质的粒子，而死电子则就成为以太了。借助这种方法，基尔毕奇尼科夫把不少物体转变成了以太，其中就有他最初"喂养"的自记式瓦特计。

总体来看，基尔毕奇尼科夫全部的实验表明，在他的发明中，人类获得了多么巨大而惊人的创造力和毁灭力。

在基尔毕奇尼科夫看来，只要不间断地向地球提供从太阳中流出来的以太，地球就能够不断地增长，其物质体的体积和比重都会不断变大。这样，人类的进步就有了保障，历史乐观主义也就有了物质基础。

基尔毕奇尼科夫说，他的发明是对太阳作用于地球之活动原理的全真模仿，他只是对太阳的活动过程进行了加速而已。

这些震撼人心的发明，令人不由得想起法·基·波波夫的名字，他给我们留下了惊人的科研成果，同时还有，最直接也是最后的一位，那就是发明者的父亲，奇异而悲剧地死去的工程师米哈伊尔·基尔毕奇尼科夫。

* * *

曾经，在大兹拉托乌斯金斯基胡同，坐落着农民中央大厦的地方，如今，高高地耸立着一幢很有趣的房子：外墙为棕色，屋顶呈穹形——像倒扣过来的玻璃杯，风格庄严而肃穆。

这幢房子里，各种各样的居民都有，其中就有伊戈尔·基尔毕奇尼科夫一家：加上他的母亲和弟弟一共三人。经过数月的艰苦奋战，基尔毕奇尼科夫巩固了自己所取得的劳动成果。他亲自绘制了一卷又一卷的图纸，架起的以太通道也越来越精确，越来越容易。那源自古老的阿尤纳人几近实现的梦想，承载着他的父亲拼命追寻的希望——这通道终于成为宇宙中最强大的传输装置，它一头钩挂连接着地球，与之呼吸同在，与其生命共舞，拖着她以宇宙速度漫步和飞旋。

基尔毕奇尼科夫工作时，仿佛在弹奏美妙的乐音，也好似坠入了爱河，感觉自己对那缥缈神异、难以把握的温柔躯体充满了无限的渴望，那令人抵死缠绵和迷恋的以太。在写一篇名为《论给电子额外提供食物的可能性和规范》的说明性文章时，他感觉饿得慌，一时间胃口大开，年轻而厚实的双唇不由自主地嚅动了起来，红润鲜亮，馋涎欲滴。

他拒绝了新闻报刊记者的采访，许诺近期会把自己的一些科研成果公之于众，并将公开演示一下自己的实验。

某天，伊戈尔·基尔毕奇尼科夫趴在桌子上睡着了，可突然又醒了过来。正是午夜时分——天色幽深而神秘，夜空如常，笼罩着生命脉动的大地。在这个令人紧张而压抑的时刻，不由忆起不知是谁写下的一些诗句：

> 阵阵电流划过脊梁，
> 心内专注而又慌张，
> 这夜色荡漾着迷乱，
> 温润而神秘的浪漫。

此时此刻，正当是人搞点创作，或是传宗接代的良机，有人敲响了伊戈尔的房门。显然，来访者是一位亲近或重要的人，甚至获得了一向严肃的母亲的许可，在儿子工作和干活时，她向来要求保持绝对的安静和禁止打扰。

"进来吧！"伊戈尔略略地转了下身。

来了位稀客——瓦莲金娜·克洛霍娃，克洛霍夫工程师的女儿，他是伊戈尔的父亲在冻土地带打垂直隧道时的同事和朋友。瓦莲金娜年方二十，这是个需要作出决定的年龄：到底要做些啥呢？是找个人谈恋爱，还是把自己爱的力量狂热地投入对世界的认识？抑或，是否生活对你太过恩宠有加和多姿多彩，打算成为左右逢源的宠儿呢？

我们对此不太明了，想必应该是那么回事。科学成了生命的生理激情，是每个人都无法摆脱和回避的本能，就像性爱一样。

瓦莲金娜·克洛霍娃一脸的困惑，何去何从，实在两难。躁动不安的青春，焦渴难耐的眼神，轻盈放飞的心灵，却迷失了目标和中心，唯有紧绷的肌肉和沸腾的血液，暗藏着压抑的力量和激情。瓦莲金娜·克洛霍娃是如此美丽和迷人。少女的脸庞，些许灵动和迷茫，思绪空灵而漂移，神色变幻莫测，时而毅然决然，时而犹豫慌张。这青春，多么的绚烂和闪亮。

"哦，瓦莉娅，是你呀，有什么要跟我说的吗？"伊戈尔问道。

"也就随便聊聊呗！你是不是一直都很忙啊？"瓦莲金娜回了一句。

"没有，跟平常没什么两样：说忙也不忙！我过得懵里懵懂的；自个儿也不明白，我到底能成啥事儿呢！"

"你的成就很大呀，伊戈尔！你实在是太谦虚了！"

"不是这么回事儿，瓦莉娅，真不是这么回事儿！我还发现了某种东西，那真是令人心悸和窒息呀……"

"什么东西？还是跟以太通道有关吗？"

"不，完全是另外一码事儿。以太通道——压根儿就不值一提！……那个，就像宇宙一样，瓦莉娅，诞生出来了，并且还正在成长，就如同物质，于混沌的深处、游离的边缘和世界的原点，开始有了呼吸和命运！瞧瞧，瓦莉娅，这种感觉，多么神奇和美好！不过，我也只是有那么一点点感觉而已，目前还是一无所知……唉，不说这个了！你父亲如今在哪儿？"

"父亲在堪察加……"

"什么，人们还在那颗倒霉的小星星上打孔吗？真是活见鬼了，甚至我都厌烦那颗该死的流星了！自她从天而降以来，这都多少年的事了，那时我父亲还在世！……"

"是呀，都还在打着孔呢，叶戈鲁什卡！"

"哦，那他们发现些什么没有，你父亲的信上说了吗？"

"说了，发现了由多种金属构成的合金，只是，那些金属人们早就知道了。"

"这样啊，信上还说了些什么？"

"还有就是，找到了某种圆形的物体……"

"哦，什么样的？快告诉我！……"

"那颗圆球，可顽固了，任何机械加工都拿它没辙，所有的化学试剂对它都无用。不动不响地绝对中立，自始至终死硬到底！"

"哟呵，还有这事儿！瓦莉娅，你是搞化学的，你觉得，那是个什么东西？"

"啊呀，我那点本事，可当不起，伊戈尔，你就别逗我了，好吗？我是想问你来着。"

"鬼才知道那是个什么东西！那个深坑里，甭管有没有什么东西，没准儿哪天就迸出万丈光芒，兴许还飞出成群结队的流星来！"

"那，伊戈尔，你打算什么时候将你的以太通道公之于世呢？"

"这有什么，随时都可以。我得先把这本小册子弄完再说。"

"你打算把它献给谁呢?"

"那肯定得献给我的父亲,工程师米哈伊尔·基尔毕奇尼科夫,向这位朝圣者和电气师致敬!"

"这实在是太好了,伊戈尔!真的好神奇呀,这简直就是传奇故事嘛——向朝圣者和电气师致敬!"

"是呀,瓦莉娅。我不记得父亲的样子了,只知道他是个沉默寡言的人,起得也很早。就那么奇奇怪怪地死了,要知道,以太通道在他手上,差点儿就搞成功了!"

"是呀,伊戈尔!你母亲如今也成老大娘了!……你可不可以,送我一程呢?是有点晚了,可夜色正美——我可是专门悄悄地溜到你这儿来的。"

"我送你,瓦莉娅。只是,不想走远了,我想多睡会儿觉。还有两天,这本小册子就得交稿付印了,我却才完成了一半。写写画画,真是非我所好呀,倒是情愿干点什么实实在在的事儿……"

他俩穿过门厅,乘坐电梯而下,来到了户外。夜风蹒跚,疲惫绵软,四下缓缓游弋。

高天之上的月亮在静静地漫步。或许,此时,工程师克列伊兹科普夫冰封的躯体就躺在那里,永远孤零零的一个人。

伊戈尔和瓦莉娅手挽着手,并排而行。身边这位迷人的姑娘,多么地温柔善良和甜美芬芳,伊戈尔心中不由荡起阵阵涟漪,一时浮想联翩,但很快就又平息了,如同漆黑的旷野上刮过的一阵乱风,刚欲起却又飘散了。不过,伊戈尔不光是用脑袋在思考和创造,连同他的心脏和血液也是如此,所以,瓦莲金娜,在他那里,不过是引起了些许心烦意乱的愁绪而已。他内心的力量不在这里,而是要投往他方。

莫斯科进入了梦乡。远处依稀传来机器模糊的轰鸣声。月亮清醒地高挂天穹，在向人招手致意，呼唤去那星际深渊飞行、遨游和尽情呼吸。

伊戈尔握了握瓦莉娅的手，张了张嘴想对她说点什么，那姗姗迟来的初情话语，那一生只说一次的真情告白，却终究欲言又止，什么也没说就默默地回家去了。

母亲已经睡着了，绘图台倒是还在哀怨地等候着他。

脱下了鞋，关上了灯，伊戈尔突然想起克洛霍夫在堪察加那颗陨石上捡到的东西——那颗一声不吭的圆球，那个砸不烂也熔不化的怪东西。

"那是被压实了的以太！"伊戈尔突然吼了起来，"电子的尸体，彼此挤入了对方的身体！这——它们确实难以再接受任何其它的东西——才是最原初和最绝对的死亡！"

伊戈尔盖好被子，半睡半醒间朦胧地想起，"那，是什么东西把以太给挤压密实了的呢？"然后，就睡着了。

他梦见了一本巨大而精美的书，自己却变成了一个7岁的小男孩。在一页书的中间部位，他看到了这样一些句子：

> 生命，是一种有瑕疵的存在，每一生物都竭力想做到，前无古人、后无来者的事情，于是乎，生机盎然的自然界就充满了种种，难以言明和说清的，在宇宙中也是独一无二的现象。正如，将死的电子，欲要在以太中找寻自己新娘的尸身，兴许会游历遍整个宇宙并与之产生联结，也会碰到比重异常巨大的石头并与之亲密接触，而它个儿也会因陷入绝望的深渊和孤寂的中心，慢慢地死去。那石头的模样，有地

球距离银河之远那般巨大。到时，就让那专家学者，对着那颗挂在天上毫无生机的石头，挖空心思地去猜测揣摩吧！……祝愿那思想的诞生吧，它强大得，能够容纳下宇宙骇人听闻的复杂性和可怕惊人的缺陷美！

醒来后，伊戈尔永远地忘记了自己的梦，一生都没有再想起。

＊　＊　＊

3月20号这个日子，白天不应是那样长久，夜晚也不该这么短暂，可朝霞却在午夜的凌晨1点时分就染红了天际。连那些上了年纪的老人们都不曾记得，何时曾有过这样的一天。

可这一次毕竟还是发生了。莫斯科城里，人影绰绰，纷纷把家还，有的看戏归来，有的下了夜班，有的不过断了闲聊而已。

当晚，在国家音乐剧院的大厅里，来自维也纳的著名钢琴家沙赫特迈尔举行了一场音乐会。他那幽沉如临深渊、缠绵似水围绕的音乐，蕴藏着宏大而惊人的情感，是悲痛欲绝，还是神魂颠倒，均难以言传——让听众无比震撼。人们默默地走出剧院，心情跌宕起伏，对生活中那些陌生而未明的起落浮沉，既忐忑不安，又兴致盎然。这种种感觉，皆在沙赫特迈尔本真的音乐语言中予以述说和呈现。

综合技术博物馆里，刚从登陆月球的半途返回的马克斯·瓦利尔，在十二点半钟结束了自己的科学报告会，他设计的火箭在计算上出了问题；另外，地球和月球之间的状况，与从地球的角度所观察和推测的，完全是两码事儿，所以瓦利尔就返了回来。

瓦利尔报告的现场气氛异常热烈，人们为这次伟大的尝试，激动不已，豪情壮志阵阵涌上心田，散场后，仍高谈阔论、喧嚣沸腾，如同洪流，把莫斯科席卷。看来，瓦利尔和沙赫特迈尔的听众差别真是非同一般。

　　而此一时刻，斯维尔德洛夫广场上空，亮起了一个蓝色的光点。秒瞬间，这光点就变大了10倍，并开始散发出蓝色的螺旋光圈。那光点静静地在空中旋转，好似要解开和理清蓝色光流中的那些线线团团。一束光线射向地面，看上去，有些颤颤巍巍的，轨迹曲折缓慢，好似阻力重重，正努力突破，艰辛前行。最后，那束蓝色光柱，如同一团死火般黯然地悬立在大地和虚空之间，荧荧光亮几乎微弱难见，而蓝色的霞光却照亮弥盖了天幕。一时间，所有的影子都消失了，世人大为惊慌和恐惧：大地上所有的物体，僵直静立，仿佛陷入了万籁无声的泥泞和汪洋中——影子也就此没了。

　　自从莫斯科城筑成以来，这是有史以来的头一遭，全城鸦雀无声、寂然一片：交谈的，言词戛然而止；沉默的，更是一声不吭。所有的动作，都停了下来：走动者，忘记了前行的道路；站立者，也不记得身在何处、意欲何为。

　　空荡荡的静谧和蓝色的智慧光芒共在，相互交织着冷凝于大地之上。

　　无边无际的寂静，仿佛，唯有那诡异的霞光在独自吟唱，声音单调却又温柔亲昵，就像我们童年时蛐蛐儿的叫鸣。

　　春天的气息里，每一嗓叫声都是如此清脆和鲜嫩——从大剧院的圆顶处，传出了一声女子刺耳的惊叫：这压抑和紧张，有人的心灵难以再扛，为摆脱那迷人的诱惑，剧烈地动弹了一下。

瞬时，夜深人静的莫斯科，整个儿地猛然活跃起来：司机们点燃了发动机，走动者再次迈开了步子，交谈者言语渐次激越，沉睡者顿时醒来并扑向街头，众人皆举目望向天空，激动不已，脑子都有些不灵光和卡壳了。

然而，蓝色的霞光，渐渐消散和熄灭。黑暗从地平线的边缘升起并弥漫开来，螺旋光圈开始回卷，缩进了银河的深处，最后，只有那明亮的蓝色星点静静地在旋转，却也开始慢慢合上她那灵动的双眼。都消失了，异象不再，如梦似幻，痕迹渺然。只是，那一双双仰望天空的眼睛，久久不愿回转，惜别那余晖渐去的蓝色星点——那星点已无踪无迹，天空中往常的星河飘荡如故。

尽管，到底是怎么回事，没人知晓，但此刻，世人却顿感莫名的无聊乏味和空虚落寞。

* * *

一早，各级《消息报》上都刊出了一则对工程师基尔毕奇尼科夫的专访。

关于笼盖全球的深夜霞光的说明

发生天空光学异象的当晚凌晨 4 点，本报记者费尽千辛万苦，潜入了玛兰特教授的微生物实验室。在那里，记者见到了正在沉睡的格·米·基尔毕奇尼科夫，这位著名的工程师，是繁殖物质的仪器——那名为"以太通道"的发明之设计者。格·米·基尔毕奇尼科夫脸上满是倦容，还残留有些许的泪痕。（这，也许是我们那位同事的夸张吹嘘，要不就

是，由于昨夜发生了那样的事情，大家的神经都高度亢奋，就胡编乱造。——编辑注)

我们的记者没敢打扰这位疲惫不堪的发明者，不过，实验室的状况说明了一切，当天晚上的实验结果一目了然。

除了那些制造以太通道和集蓄死电子的必要仪器外，桌子上还摆着份发黄的旧手稿。摊开的页面上写着这样一句话："技术人员如今要做的是，就像畜牧工人养猪一样，喂养繁殖铁、金和煤。"这话是谁留下的，记者目前尚不能确定。

一个光彩闪闪的物体，挤占了实验大厅的半壁空间。仔细审视，这东西有点像铁做的。这个铁家伙的外观——近似规则的立方体，长宽高均是 10 米大小。难以想象，如此巨大的物体是怎样弄进来的，毕竟实验大厅的门窗尺寸还没这东西的一半大。只有一种可能，那就是这个铁家伙不是从外面搬进来的，而是就在这个大厅里长起来的。这一猜测，从那些与手稿摆放在一起的实验记录来看，也的确如此。实验记录上有格·米·基尔毕奇尼科夫的笔迹，写明了实验前该物体的尺寸："一块软铁，长宽高各 10 厘米大小——1 小时 25 分钟，最佳电压。"除了这句话，记录上没写别的。很明显，在两到三个钟头里，铁块的体积就增大了 100 倍。这就是以太电子食物的力量。

实验大厅里一直响着某种舒缓而平稳的声音，刚开始时我们的记者对此并没有留意。整个大厅都亮堂起来后，我们的同事发现，在那铁家伙旁边的地板上，坐着某种怪物。在那叫不出名堂的怪物旁边，摆着一些破损仪器的复杂部件，看上去像是被电烤煳了的样子。那动物不断地轻声呻吟着。

记者给它拍了张照片（见下面）。那家伙看上去，高顶多 1 米，宽不过半米许；身体呈红黄色，整体外形像个椭圆；没发现长有视觉和听觉器官；抬头张开巨大的嘴巴时，可以看见森森黑牙，每颗长约 4 到 5 厘米；四条肢掌粗壮矮短（四分之一米长），上面肌肉横布；掌爪一围至少半米大小，末端有一些强壮有力的爪趾，貌似弹性十足、闪闪发亮的矛头；那怪物站起来时，露出一条粗壮有力的尾巴，尾端晃动着三颗亮闪闪的齿状物；那巨口里的牙齿，像一颗颗的螺丝钉，转动个不停。这头可怕而恐怖的东西结构异常地坚固和牢实，给人印象简直就是一块活生生的金属生物。

实验室响起了这个怪物咕咕的嘶鸣声：看来，这家伙是饿了。这东西，毋庸置疑，就是基尔毕奇尼科夫人工喂育和饲养起来的电子。

在这篇报道的末尾，本报编辑部借此机会，向广大读者和我们的国家表示祝贺，祝贺科学天才取得了新的成就和胜利，同时，我们非常高兴和倍感荣耀，这胜利的成果有幸归于苏维埃年青的工程师。

人工培育铁，甚至广泛地繁殖物质，将使苏联相对于这个世界的其余部分，相对于资本主义世界的部分，拥有明显的经济和军事上的优势。而如果资本主义具备时代的认知情感和历史的理性智慧的话，那么它如今就应该无条件地向社会主义俯首屈从。然而，令人遗憾的是，帝国主义从来也没有这样宝贵的素质。

苏联革命军事委员会和最高国民经济委员会已经采取相

应措施，确保格·米·基尔毕奇尼科夫的发明为国家所独享。

格·米·基尔毕奇尼科夫，是一名党员，也是青年共产国际执行委员会的成员之一，早在几个月前，政府已征得他的同意，为了国家的利益，获得其转让的全部发明和设计，并且是无偿的。当然，政府也将全面而充分地保障格·米·基尔毕奇尼科夫今后的研究工作。

今日中午1点，格·米·基尔毕奇尼科夫，将与苏联人民委员会主席恰普林同志会面。

莫斯科，这个社会主义世界的新巴黎，整个城市都被这篇报道鼓噪得疯狂起来。无论是大街上，俱乐部里，还是课堂上，这个城市处处生机焕发、热情高涨、舆论沸腾，人们言谈所及，无论巨细，都与基尔毕奇尼科夫的工作息息相关。

日子变得阳光灿烂无比，残雪消融，阴霾一扫而空，强烈得令人难以置信的希望在人们胸中涌现和膨胀。日头渐近中天，人们脑海里那光明而辉煌的未来，越发地明晰和璀璨，恰似彩虹满天，如同宇宙在怀，又像宏大的心灵中含纳着蓝色的巨擎，可以拥抱下整个自然，也仿佛将牵手怀拥那美好的新娘。

这科技胜利的喜悦，让人们兴奋得语无伦次，这天，每个人都倍感神圣贵气和无上荣光。

这是怎样的日子和时刻，直面伟大科技革命的前夕，叩响空前社会富足的门环，何时能比今朝，更为幸福荣耀和神圣庄严？

《莫斯科晚报》刊出了一篇文章，介绍一个名叫"发电机"的工厂职工大会的情况，伊戈尔·基尔毕奇尼科夫曾在这家工厂干过两年的大学实习工作。

人民委员会主席恰普林和基尔毕奇尼科夫亲临大会现场，受到全场 8 000 名工匠师傅和技术专家的一致欢迎，全都起身站立着。

基尔毕奇尼科夫，就以太通道的发明和最近如何进行工业开发这一主题，在大会上做了场报告。他从阿尤纳人在这方面的开拓谈起，接着详细地介绍了法·基·波波夫，这位理应被同样视为以太通道的发明者的科研成就；然后讲述了自己父亲的科学探索历程；最后，简短地提了一下自己的工作，指明这是在前辈们几近成功的基础上完成的。

恰普林同志在大会上指出，政府打算采取措施，让基尔毕奇尼科夫的发明，给社会创造最大的利益。

工匠师傅们搀扶着基尔毕奇尼科夫和恰普林的手，穿过一排排的发动机和车床，一直送到轿车旁。

恰普林去克里木了，而基尔毕奇尼科夫则去了大兹拉托乌斯金斯基，回他母亲那里。

*　　*　　*

像过去的旧时一样，女人们如今也披上了斗篷，穿上了齐身的连衣裙，把秀脚和香肩隐藏。爱情，真是一种稀罕的情感，然而，却被视作智力高操发达的标志。

男女的童贞成为一种社会道德规范，连那个时代的文学都在致力于塑造新人形象，这新人不轻易谈婚论嫁，可爱情那难以抗拒的本能诱惑，却必须得有所释放，不过，却不是以同居的方式，而是要么献身科学创造，要么甘于社会建设。

忙碌于建设社会和改造自然的人类，已迈过了恋情纵欲的两性生活时代。

又是一年的新夏。伊戈尔·基尔毕奇尼科夫被以太通道折腾得疲惫不堪，对那些遥远而朦胧的现象也无助地忧愁起来。在他身上，这种状况可不止一回了。

他又开始漫游闲逛起来，陶醉在自在独处的安逸和宁静中，打发着无所事事的日子。在奥斯坦基诺，在银松林公园，在他钟情的拉多加湖，处处留下他徘徊的身影和足迹。

"你呀，伊戈尔，该恋爱了！"朋友们纷纷劝告，"你呀，就让那美好的俄罗斯姑娘给缠上吧，她的发梢可散发着青草的芬芳！……"

"得了吧，你们！"伊戈尔回了一句，"这档子事儿，我是稀里糊涂的，整不清楚！要晓得，我可一天到晚都没闲着，也累不趴下——每天都工作到清晨，脑筋都嘎嘣作响了，可却毫无睡意！"

"那你就结婚吧！"大伙儿老是这么劝他。

"还没到那时候呢，到时实实在在地爱上了，平生头一回，终身也无悔，那时再……"

"那要到什么时候？"

"到什么时候……我先去逛逛走走，再想想该爱上谁。"

"伊戈尔，你可真是个奇怪的人呀！思想陈腐，却又情感浪漫，你身上这两种怪味，可真……一个工程师，还是共产党员，却充满了幻想！"

五月里，是瓦莲金娜·克洛霍娃的生日。一整天，瓦莲金娜都在读普希金的诗，老是在哭泣：她也将年满二十了。傍晚的时候，她穿上了那件灰色的连衣裙，亲吻了下手上的戒指，那是她父亲的礼物，就开始等候伊戈尔母子和另外两个女伴。她收拾整理好桌子，房间里飘荡着金银花的香味儿、原野的芬芳和清雅纯洁的体香。

巨大的窗户敞开着，透过它远望，是一片青翠的天空，和森森高空之上的风起云涌。

钟声响起，7点时分。瓦莲金娜打开钢琴，随手弹起了沙赫特迈尔和麦特涅尔的几首练习曲。她有些恐慌，却无法摆脱，不知道该怎么办才好：是痛哭一场，还是抿紧双唇、不再幻想，无所适从。

春天，繁殖的欲望沸腾，自然界好不热闹，生命焦渴不安，迷失在昏昏沉沉的爱恋中。瓦莲金娜·克洛霍娃也受这股凡尘的力量所牵引，身陷其中，难以自拔。无论诗歌，还是音乐，内里灵动的心窍和别家的酸楚，都难以拯救她那青春的煎熬和痛苦。她需要的，是亲吻，而不是哲学，甚至也非美貌。这个道理，她的本心如是，早已洞悉和明知。

到了8点，有人敲响了她的房门，给她送来了伊戈尔的一封电报。上面的话怪怪的，些许玩笑，几分冰凉。随电报一起，还附有一首伊戈尔打小就喜欢的小诗：

> 天上的明月，是我的心意，
> 大地的青草，全部来赠予，
> 孤单的身影，还一文不名，
> 可却为了你，我毫无吝惜。

瓦莲金娜还没理出个头绪，可嘻嘻哈哈的女伴们，就冲进了她的房间。

夜里 11 点，匆匆打发走女伴们后，瓦莲金娜就上伊戈尔家去了，心内阵阵悲苦绝望，黑压压、沉甸甸。

玛丽雅·亚历山德罗芙娜给她开了门。伊戈尔已经整整两天没在家了。瓦莲金娜看了下电报，上面的地址标明是从彼得罗扎沃茨克市发出的。

"我还以为，他今晚会上您那儿去呢！"玛丽雅·亚历山德罗芙娜说道。

"没有，他没到我那儿！"

两个女人相坐无言，暗自思念，略略妒忌，沉浸在同一的痛苦里。

＊　＊　＊

这年 8 月，玛丽雅·亚历山德罗芙娜收到了伊戈尔从东京寄来的一封信。

妈妈！我很好，也有所收获。我的工作快要接近尾声了。丈量大地、四处游历，享受不同的阳光，欣赏异样的地质地貌，我的思路更加开阔和灵活了。我如今对父亲有些理解了。要打开思路激活思想，需要外部的力量。这些力量就散落在大地上的条条道路中，但要寻找它们，需要全身心地投入，就像置身于倾盆大雨中一样。我在做什么和要找什么，你是知道的，就是那世界的本源，那孕育宇宙的土壤。这一想法，源自古老的哲学推论，如今成了现时的科学任务。应当有人来承担和完成这个任务，而我就担下来了。此外，你也晓得，我身上那些精力旺盛的肌肉，需要经受压力和劳累，不然，我会痛苦不堪，甚至会杀死自己。父亲曾经也有过这样的感觉；也许，这就是一种病，也可能，这是先祖们——徒步的漫行者和基辅的朝圣者们，留下的遗传瑕疵。你别忧伤，也不要找我，我心中的事情完成以后，就会回来。每晚，当我在干草垛里或是渔夫的窝棚里躺下的时候，我都会想你。我很思念你，可我那难以停歇的双脚和永不安分的大脑，却老是驱赶着我不断前行。看来，生命，也许就是一种并非完满的事实存在，所以，每一个呼吸着的生命——都是奇迹和例外。每当我惊诧莫名时，每每想起自己可爱的母亲和无以为报的父亲，内心也就释然和舒坦了。

伊戈尔

＊　＊　＊

12 月 31 号这天，一则消息传到莫斯科，伊戈尔·基尔毕奇尼科夫没了，死在了布宜诺斯艾利斯的一所监狱里。他是同一伙抢劫快速列车的匪徒一起被抓捕的。入狱后，他患上了热带疟疾。所有的匪徒都被判了绞刑。由于基尔毕奇尼科夫一直在地上打着滚，嘴里不停说着人之将死时的胡言乱语，没办法走上绞刑架，所以就给他吃了毒药，而他那时，已经完全不清醒了，根本就搞不清自己是死是活，就这样咽了气。

他的遗体，跟那些被绞死的匪徒们一起，被扔进了满是淤泥的亚马孙河，漂到太平洋上去了。绞刑架就立在亚马孙河岸，行刑完事后，也连同上面的死者一起扔进河里；绞刑架上致命的绞索拖着那些尸体，沿河漂流而下。

面对苏联政府的质问，要求对一个不可能成为罪犯、而因某种原因误入匪帮的人，说清楚迫害过程，巴西政府回应说，巴方根本就不知道基尔毕奇尼科夫在其手中；正在抓捕时，他拒绝说出自己的姓名，而后来，他就病倒了，审讯期间一直都没有清醒过来。

*　*　*

玛丽雅·亚历山德罗芙娜把新的骨灰盒，安放在银松林的"忆屋"中，同她丈夫的骨灰盒挨在一起。

骨灰盒上刻有几行字：

> 伊戈尔·基尔毕奇尼科夫。29 岁遇难。以太通道的发明者——阿尤纳人、法·基·波波夫和其父亲的信徒。永远怀念和哀悼，这位新自然的建筑师，永垂不朽。

驿站村

1

村子里的"百万路"，已经有五十个年头了。街上有栋屋子，合着扇破破烂烂的木门。那门却非两分开合的样式，只是由一块木面板制成，端头靠着一对儿挂钩悬固。那门材乃枯木，岁月流逝，早已失去原先的样子，倒成了一方沃土，生出些微微的苔藓来。门也不常开，只待送水的来了，方得开启——每周也就那么一回——那水夫开关门时，很是小心，比这屋子的主人更甚。左边的门框上，有着三块锈迹斑斑的铁牌子，依然是古旧的样子：

"扎·瓦·阿斯塔霍夫。192号"

姓名的上方，画有两个徽章样式的图形，一把草叉子和一只水桶，意思是，屋子的主人家，若逢哪家失火了，得把这些救火的工具都拖拉着带上。第二块牌子上，单就一排字儿："俄罗斯第一保险公司。1827年。"显见，那屋子是投了保的。而第三块小铁片儿上，则写着"此屋待售"的字样，恭候那买家的到来。不过，已是第二十五个年头了，从来没人为这档子事儿，造访过扎·瓦·阿斯塔霍夫。昔日那新鲜的铁片儿，也就此乘机变得灰头土脸起来，连这屋子的主人家，却也记不得当初的打算了。

扎哈尔·瓦西里耶维奇·阿斯塔霍夫的曾祖，曾是沙皇的一名驿站车夫。那还是女皇叶卡捷琳娜二世治世的年代，草原上仍是一片荒芜而可怖的景象。从北方流落到此的移居者，尽皆是些饱经生活磨难之人民，有随和温顺的，也不乏桀骜不驯之徒。人们琢磨着在这里能得口轻松自在的吃食，不想却遭遇贫穷困苦和沉重劳作，于是乎，这偏远之地的无尽荒凉，使得人迅速地野化倒退起来。不过，这里的移民，女皇倒是少来惊扰和招惹，即便是那些在北边的故里作奸犯科了的，内中更有不少是被各自的主人告了官的。

这片横亘于莫斯科和大海间的荒原，在女皇眼里，仿若是通往那和暖温馨国度的道途，那个她心驰神往又不可或缺的地方。而这些移来之民，也因此被女皇当成了那一路上缺不得的居民，以便她派出的信使和手下，在这处子般的草原上往来驰骋。那草原上四处零星散落的人们，倒是很快适应了沙皇的这番需求——精瘦的良马养起来了，铁匠铺子和客栈马店也办了起来，官道两旁也冒出些酒馆和食店——开始张罗着应下官家各色各样的活路来。

而另外一些移民，尤其那胆儿肥大或信天奉神之辈，则踏入了草原更为深远的地方，远离了那条条牧道，也不再与官家的饭碗沾半点干系。在那里，这些出走者，过起闭塞而清幽的日子，年复一年地独自讨着生活，不再得见一名官家的公人。久而久之，女皇的恩泽，也就再难惠及。

而那些更倾心和热衷轻松而愉悦生活的，便在草原上新生的大道旁驻留下来，要么干起赶车的营生，要么在饭馆客栈张罗忙活。而一些端端的北部和西部人氏——从那难事生产的不毛之地走来的——则在路边支起口熔铁炉子，又摆上架铁砧子，俨然成了铁匠的身份。偶有沙皇的显贵达人们，来到了这片草原——倒也被鞍前马后地伺候得极为舒坦。

昔日的驿站村，当得还是路边驿站车夫们的小村时，也就三户人家——原是阿斯塔霍夫、特斯林和谢佩季利尼科夫的祖上。他们与别的那些外来户不同，疯魔般地痴迷上了养马的营生，对那些过路的将军和官员们，也是极尽花枝招展地谄媚和奴颜婢膝地讨好之能事。他们已然谋划起自己的马场来，只待机缘汇聚，一朝飞黄腾达。

每当他们恰逢某位来自彼得堡的官差要赶急路，就逮住机会死命地抽打马匹：他们晓得，沙皇的官儿好面子，只要累垮他马一匹，他准得掏钱买一对儿。

这个方向上，买卖人倒是甚少来往——他们更喜欢走东边或西边的那些深长的河道；草原上的颠簸疾驰却非他们所好，宁愿拉着散乱成堆的货物穿梭于便宜的水路。

这种不怎么费事儿的日子却不长久——堪堪 4 年光景。只因后来，事发突然，公家的官人们出手不再大方了，就断了丰厚的报酬。即便会给点儿，却也少得可怜，还够不上那打招呼的茶水钱。

"我们，"那些官差放出话来，"是按帝国的官价在犒赏你们，可你们却有负女皇陛下的恩泽。"

驿站车夫们心中愤恨不已，却也有口难言。可不久，往来的官差们竟是分文也不出了。

"这地儿是官家的地儿，"他们又来说辞，"许你们在上面白白讨生活，理应酬谢女皇陛下的恩德，不然，波将金元帅一出手，定将你等统统轰走！给我们驾车驱马，那不是辛苦，是消遣享受，也是为国效力！晓得不，你们？"

车夫们这下闹明白了，于是纷纷投向了东边那些草原的昏暗之地——着手操持起诚实稳当的庄稼活来。这么一来，草原上的驿站行业也就偃旗息鼓了。

只是，也非所有的驿站车夫都散了去——那些惯于贪恋这草原道路的，就留了下来。他们有自己的打算和志趣，寄望那些身价显贵的乘客兴许会有所打赏，也不相信，会老是这般没完没了地白忙活。此外，那些留下来的，把沿道的客栈食铺都紧紧地拽在手里，有过路的声称，他们那价码都赶得上国外水平了。

当得那草原上驿站车夫的行当几近绝迹后，俄罗斯南部地带官家的公事办起来就不那么顺畅了：正经要办事儿的官员们，被滞留在了草原上，来来往往均难以如期抵达。于是，有人就给女皇上了份呈报，说那草原上的居民——尽是些穷困潦倒而又专横任性之辈，理当给他们找点儿事干，以使安分——毕竟那草原之路极为重要，任由其被恣意践踏使弄，实在大为不妥。女皇于是决定，凡那忠厚老实也勤恳敬业的驿站车夫，均分予一块儿草原上的土地。而那给车夫们登记造册的操心事儿——以便按姓氏赐予他们土地——则落在了科学院院士别尔格拉温身上。这档子事情，不过是他巡游南俄罗斯草原时，顺手而为之事罢了：别尔格拉温那会儿正好要离开彼得堡，去俄罗斯平原上进行科学考察，将从各个方向多次往返横穿那片草原。这样一来，他兴许会与一应的驿站车夫们都打个照面。

这个别尔格拉温，很是有些岁数了，神虚体弱，全然一副老态龙钟的样子。当他找上阿斯塔霍夫的曾祖时，也就倒下了，虚弱不堪地在高板床上躺了两个星期，却对驿站车夫阿斯塔霍夫说道：

"你呀，小友，就你一个人，骑着那马呀，到草原上去转转吧，到那些平坦的高地上去望一望，看看那草原上有没有什么，像花苞或者像蝴蝶结的地方——就像你肚子上的肚脐那样的。去吧，找到后再跟我说！"

起初，阿斯塔霍夫着实有些忐忑，就着那草原一个劲儿地尽往高处跑，想要找找那大地的肚脐。他甚至有些吃惊，自个儿从前咋就没察觉呢。可是，没过多久，他就不再瞎跑了，接连数日，大白天地竟躲进远处的沟谷里，睡起大觉来。每到晚上，那学者就问他：

"小友，有什么发现没有？那玩意儿个头应该小不了，形状如同树墩儿或者坟堆儿——上面还尽是些沟痕和裂缝。而那些裂缝里，必定少不了硬邦邦的深成泥！你可别大意，得仔细地瞅紧啰——然后，再来告诉我结果！"

"伯爵大人，真是啥也没见着哇——一眼前的草原和茅草，平整得很！那肚脐一准就呆在某个地方，我估摸着，难不成在沟谷里！没有那肚脐，大地照样四下里延伸——可没了接缝，却是不成！"

"瞧你说的，也真是！"那学者突然莫名地笑了起来，"大地嘛，当然是有其锁眼的。只是小友，它到底在哪儿？"

"没准儿，伯爵大人，在那宽宽的沟壑里？"阿斯塔霍夫很是恭顺，想顺着那学者的思路，意有所指地说道。

"呵呵，你个小怪物，这说的是什么话？真是奇了怪了！难不成，你身上那肚脐是长在胳肢窝下面？啊？瞧你说的，咋回事儿，自个儿去想想吧！"

"我会找到的，伯爵大人，您消消气儿，歇息会儿吧！"阿斯塔霍夫赶紧说道，然后，第二天一早就进了山谷。他也曾向那些老人们打听过：大地肚皮上的肚脐在哪里？可显然，谁也不曾见过。

"或许，在草原心腹地带的某个地儿吧——可是呀，你飞得过去吗？"

阿斯塔霍夫不想让自己的马儿再遭罪了——于是就告诉学者，打算深入那无尽草原更为远方的高处，得花上三个时日。可却，**径直就到自己的哥萨克干亲家那里做客去了，也就 40 来俄里路程。**

"小友，结果如何？"三天后，学者问他，"到肚脐眼儿跟前没？"

"伯爵大人，找到了！"阿斯塔霍夫回道，若无其事地喘了口气，"在那草原的中央，一处凹凸不平的地方，像块突然断落的截面，**就矗在那里**——哎呀，整个儿跟缝在一起的块块差不多，上面满是些虫子，血迹斑斑的！那样子呀，苍老得不行，破破烂烂的，简直像是活生生地给扒拉了下来似的！……"

那学者，反反复复地问询了阿斯塔霍夫一个星期，在那圣诗选集上满满地写了厚厚的一摞纸。临走前，学者给了阿斯塔霍夫一页纸片儿，上面是 40 俄亩的土地，任他自个儿到草原上选去。

别的一些驿站车夫也从那学者处，多多少少都捞了些好处。可这些驿站车夫们既不爱土地也不喜耕种——于是，就把那土地分租给了新来的庄稼人，只收些微薄的租子。

到后来，女皇也辞世了，交通也变得快捷了，邮局也兴起了，而驿站村，却也长久地保留了下来。

唯有那些早先就占了地的，照旧放着租子给农民的驿站村民们，却还仍顶着那驿站车夫的名号，不过，手上却早就一匹快马也没有了。

那些庄稼汉，惦念着这里的土地，也给驿站村的村民们带来了主要的营生与活计。而村民们不时出手做些零星的活路，要么干点手艺，要么搭把力气，也算是给那庄稼业打了个帮衬。

2

如今正值七月间，扎哈尔·瓦西里耶维奇·阿斯塔霍夫与费拉特在花园里修整着篱笆，那是个手脚灵便的小伙子。

就这个费拉特，驿站村有句口头禅：

> 我们的费拉特卡——
> 家家户户的补丁娃。

而每逢过节，村里的姑娘姐妹们总爱叽叽喳喳地打趣他：

> 瞧啊，费拉特，我们的苦菜花，
> 不流鼻涕不背塌，
> 好手好脚正经的娃，
> 姑娘见了个个也夸。
> 可寡妇们却尽嫌弃他！

姑娘们的疯言疯语，算是白费力气了，费拉特压根就不理会：这人——记不得自己的亲人，身世不明，靠着驿站村打些短工混日子，对活路也从不挑三拣四：会补篱笆能修桶，帮过铁匠放过羊；谁个当娘的去赶集，襁褓中的婴儿交给他也可以；哪家人生了病，就跑跑腿去教堂里帮衬着敬上支蜡烛；看护菜园子，粉刷屋顶子；在杂草丛生的荒野里挖些坑，再倒入茅坑里过剩的污秽之物，这活儿也干过。

诚然，别的活儿，费拉特兴许也还都会些，但只有一事儿整不来——娶媳妇儿。就这码子事儿，村里不少人给他支过招——比如眼下，那位夏天当铁匠，冬天干皮匠的马卡尔就劝道：

"你是咋地啦，费利亚①，要打一辈子光棍儿么，也不怕冻坏了你：在婆娘身上——可暖呼着半辈子呀！瞅着你也快三十了，还犯什么傻赌啥子气嘛，别糟践了自个儿。有了女人，你也就快活啦，保准浑身的血呀，腾腾腾地直冒热气儿！"

费拉特哼哼叽叽了几声，意思人们还真把他当成了个傻瓜不成，只是，他倒也从来不生气，说道：

"唉，马卡尔·米特罗凡洛维奇，我这是，有那心思也没那本事呀！我这个样儿的，只求有口饭吃，有个地儿躺，就不错啦！再说，这驿站村里，有哪家的傻妹子瞧得上我哟！……"

"你呀，真是个榆木脑袋！"马卡尔说道，"你呀你，傻不傻呀？咱爷们儿，金贵的不是那副皮囊，而是身上的那点儿汁汤！所有的娘们儿都晓得这个，可你却啥都不懂！"

"马卡尔·米特罗凡洛维奇，我身上，啥样儿的汁汤？倒是撒尿的那玩意儿，时不时地涨得慌，别的，还真没感觉出来！"

"你呀你，费拉特，真是蠢得可以！……"马卡尔有些悲哀，顿然无语，径直干活去了。

这个费拉特，干啥事儿都忙天慌地的，就只在马卡尔·米特

----

① 费拉特的小名。

罗凡洛维奇的铁匠铺子里，特别用心和精神。马卡尔·米特罗凡洛维奇，越来越忙于招呼那些前来订货的庄稼汉，炉子上的活儿，就费拉特一个人，像那书上说的大力士般，如有神助，也尽都忙乎了过来：鼓风烧料——捶打锻造——淬火定型——砂磨抛光——炭火温养，样样都没落下！

不过，今儿个，费拉特是在扎哈尔·瓦西里耶维奇家帮工。七月天，晴朗又炎热，正该着忙庄稼和收干草。扎·瓦·阿斯塔霍夫的花园就在他家院子的后面，只是，四周也还围着些别家的园子。那园子里，拢共就40来棵树——多是些苹果和梨子，还有两株枫树。其间还长着些花花草草，有牛蒡、荨麻、醋栗、覆盆子，还有模样好看的锦葵，花色倒也美丽，就是闻不到香气儿。

"费拉特，来口烟吧！"扎哈尔·瓦西里耶维奇喊道。"瞧瞧，今儿这天色，可真是贵气亮堂，少见得很，都快赶上'三一节①'那会儿了！"

听见招呼，虽说不会抽烟，费拉特也应声下了篱笆，来到扎哈尔·瓦西里耶维奇跟前。那个扎哈尔·瓦西里耶维奇，耳朵有点背，老是大声地喊问，"啥？"不过，费拉特也没吱声，扎哈尔·瓦西里耶维奇，一边朝他翻着白眼珠子，一边想着有问有答，倒也一脸的称心如意。

扎哈尔·瓦西里耶维奇抽着烟，而费拉特就那般立着。费拉特从没觉得需要与人交谈，只晓得张嘴应答。可那个叫扎哈尔的瓦西里耶维奇，德行总是难改，多半要臆想并喋喋不休地唠叨一个事儿——他那些个浪声蝶语的香艳情史，可这些，却在费拉特

---

① 基督教节日。

心里引不起一丝涟漪。这会儿也是，扎哈尔·瓦西里耶维奇又试图跟费拉特聊聊那档子事儿。

听完那唠叨，倒令费拉特想起马卡尔·米特罗凡洛维奇来——那人，每逢礼拜天晚上，都要照着书上写的，挨个音节地给家里人朗诵一番，而费拉特和他的家人，全都一脸可爱地听着那些奇言怪语。

"马卡尔·米特罗凡洛维奇一字儿一句地读道——女人身上的那扇门开了，青天白日的那扇窗就得闭眼了。"

"这，简直是，胡说八道！"扎哈尔心下暗惊，断然呵斥道。

"我不知道，扎哈尔·瓦西里耶维奇，那可是书上一板一眼地这么写的！"费拉特也没辩驳，可内心却觉着，书上定是不会错的。

在篱笆上又忙活了快两个钟头，到午饭点了，两个乐于下力出汗的家伙就收工回去了。

在那片草原上的黑土地带，驿站村趴在那里，仿若亘古不变。夏天漫长而美好，却也没惹恼大地停了孕育，反而是激起了她那惊人的生机，直到入冬前，这股催生的强大热情，才堪堪收敛平息。黑油油的沃土，肥美得汁液横流，滋养着万物，连杂草也跟着沾光——芜菁和牛蒡可着劲儿地疯长，那傍晚出来的虫子也大受鼓舞，助长了龇牙咧嘴的气焰。

今次这个七月，却也闷热得慌，日子着实难熬，只有克瓦斯饮料和清淡的粥食，方才下得了口入得了喉。扎哈尔·瓦西里耶维奇家的女主人，把午饭摆在了院子里。桌子就安放在丁香树下——讨的是那份树荫的凉意。扎哈尔·瓦西里耶维奇早已是饥肠辘辘，再也耐不住，飞身上了桌，也不等他媳妇来。而费拉特这会儿却老老实实，远远地站着。

扎哈尔·瓦西里耶维奇这家伙，瞅见碗牛奶，上面薄薄地飘着层脂皮，以为是凉的，就拿起把大汤勺，想也没想，一股脑地都赶进了肚子。他这第一口吃食，来得倒是爽快，还顺着吐了口唾沫，可却不料——猛地一窜——翻身飞过栅栏，去了邻居家里。费拉特一时愣住了，好像犯了错似的，窘迫得厉害，离那桌子也就越发远了些距离。他家女主人，出来就问：

"扎哈尔他，人呢，上哪儿去了？"

"不知咋地，就跳到邻居家去了！"

"牛奶粥都洒地上了，谁干的？该不会，是你吧，吞够了没，还真是猴急——那可是刚起锅的滚烫家伙呀！"

"我可没动，"费拉特说道，"是主人吃了。"

可是，主人家却没影儿了，一时半会儿也不见回来。他在那条长长的街道上，来来回回绕了两圈儿，方才打篱笆墙上的便门进了自家院子。费拉特早已饿得有气无力，可却还一直忍着。一只母鸡正咕咕咕地叫得欢，急着要去抱窝，得那女人逮住了，就按进水桶里浸了个通透，还用一条树丫子略略惩罚了几下，好叫那鸡母别作他想，老老实实下蛋去。

这当口，扎哈尔·瓦西里耶维奇走了进来，浑然没事儿的样子，也不啰唆，开口道。

"开饭吧，五脏六腑都快着火了！"

费拉特吃得规矩又小心，还比别人要少。他明白，自己终究是个外人，没谁会拿多余的吃食待见他，吃得过了，那下一次——就没得活干了。

席间，扎哈尔·瓦西里耶维奇耳朵背，时不时惯常地问道。

"啥？"

吃着的人也不吭声，只顾吧嗒着嘴，这谈话也就没了个起头。他家女主人端来了牛肉，这时，费拉特仔细看了看自己那块儿，就用手指扒拉起来。

"干吗呢？"扎哈尔·瓦西里耶维奇问道。

"也不知谁的，上面头发打成卷了！"费拉特回道，觉着自己似乎过于挑剔了，甚是有些难为情。

"有得吃就不错了，还嫌弃！"那男人家说道，"把它吞了——落进肚儿里也就解开啦！"

然后，扎哈尔·瓦西里耶维奇就讨好地瞥了妻子一眼：瞧见没，没事儿了，就这么着吧！

他家那女主人也看出来了，费拉特那块儿肉上有根头发，脸上挂不住了，气鼓鼓地放出一句话来：

"我看呀，怕是你自个儿，那脏兮兮的一对爪子，扯下来的吧——那头发长长的，我可没有！"

扎哈尔·瓦西里耶维奇正吃着软乎乎的稀饭，喝得欢乎，像头野兽，猛一阵狼吞虎咽，不知餍足。

"嗬——嗬——嗬！你这是咋的啦，费拉特，不就一根头发么，大惊小怪的，至于嘛——你要有了相好的，这玩意儿得多少哇！你就等着在白菜汤里，一辈子可着劲儿地捞吧！……"

费拉特讪讪地笑了笑，早把那头发给吞了，想着别把主人家给得罪了。

"扎哈鲁什卡，老实说，今儿个这粥熬得咋样，好吃不？"那女人转了话题，装模作样地柔声问道，好使自己的男人早点忘掉，那根不干不净的头发。

这下子，那男主人倒细嚼慢咽地品起粥来，好找点感觉，最后不痛不痒地赞了一口：

"这粥嘛——还马虎！"

这时，打侧门进来个上了岁数的家伙——手里拿着根马鞭，却不见那马儿。

扎哈尔·瓦西里耶维奇倒没停下，吃相如故，示意那来人靠近点，然后问道：

"你有啥事儿，邦季？"

来人停了停，没有张口，摘下头上的冬帽，堪堪在胸前画了个十字，然后装模作样地说道：

"哟，大家好！蛮香的嘛，慢慢吃哈！"然后，就没话了。而费拉特则竖起了耳朵，知道那家伙有话要说，这会儿不过是在瞎扯。

"你好！"男主人家向来客招呼了声，打了个饱嗝，便放下勺子，说道："你来得倒是时候，这不，肚子就饱啦！邦季，你是惦念着那挖坑的事儿吧？如今用不着了：前些天，费拉特在那牛蒡草丛里，撒了一把的坑，全给搞定了！呵呵，费拉特可厉害呀，一出手全拿下啦！"

那人手里仍拿着鞭子，就站在那里，一时也没打算离开。

"这么说，如今真是用不着啰？"

"对头，邦季，费拉特生猛得很，全都给包圆了！"那主人回道。

"好吧，那到时一定有什么事儿的话——您可别忘了咱们哈，扎哈尔·瓦西里耶维奇！"

"嘿，瞧你说的，邦季！就把你家那桶啊，灌得满满当当的吧，也别整把破铲子来，不然到时你又得求马卡尔修补修补了！"

"这是哪儿的话，那咋行啊，扎哈尔·瓦西里耶维奇！走一趟算一趟，保准实在，还能亏了自个儿?！那就走了，回见哈！"

"上帝保佑，邦季！到街上，可别再胡拉乱洒了哈——我记得，打小时候起，你可没少干这事儿！"

不过，邦季可没听见尾巴上的那句话：他正拿起鞭子，给了那看门狗——沃尔丘克一下，当得邦季一转身，那狗顿时汪汪汪地狂吠起来。

这位潘捷列伊蒙·加夫里洛维奇，正是驿站村污水车队的当家人，驿站村里，就数他最富有也最是节俭。这里的人都叫他邦季，既顺口，也显亲切和尊重。打七岁那年起，邦季就干着同一件事儿，跟手下的也是一锅子舀饭吃。多少年了，他夜里就没睡个囫囵觉，每每自家车队往外拉东西，远远地去向那偏僻的山沟时，就在装着大桶的板车上，靠在那前架子上眯糊一会儿。

"好啊，你都快干上掏粪工的活啰——那活儿，油水可不少哇！"饭后，扎哈尔·瓦西里耶维奇跟费拉特聊起，甚至琢磨着——似乎，他自个儿也打算加入。不过，费拉特倒是早就谋划过这事儿，他估摸了一下，得花百把卢布，买马匹和带桶的板车。可那样，就算再也不穿不戴了，也得熬上15个年头，那百把卢布兴许才有个着落，否则，那钱啦，想都别想。

去年那会儿，有两个晚上，马卡尔在灯下一边盘算，一边对费拉特说起：

"不成，兄弟，这钱数着实太大了；天上掉不下馅饼来，更何况钱财……你呀，到时候，咱们这么说吧，不吃不喝也得十五年，要不就忍饥挨饿整五年——你自个儿选吧！只有这么着，你才搞得来马匹和板车！"

临近傍晚，趁蚊虫未起，扎哈尔·瓦西里耶维奇和费拉特，就停下了院墙上的活儿。四周散发着农家肥的味儿，和多年生养的土壤那股酸臭味儿，不过，比起低矮的屋子里那股子闷热，这气味儿却是一种芬芳的享受——扎哈尔·瓦西里耶维奇那里，这会儿又饿了，胃口大开，该吃晚饭了。

晚饭照旧摆在了丁香树下。夜色微微，喧声渐起，邻里间热热闹闹，各门各户都飘起了自家独有的味道。扎哈尔·瓦西里耶维奇喝着刚挤下的牛奶，一脸的满足，想着即将来临的美梦，倒也欢快幸福。费拉特却没得奶喝，只吃些面包就黄瓜——勉强凑合了一顿，又听见传来邻居特斯林的声音，絮絮叨叨地对着明儿个就要用的那块画像板子，念起咒语来。他每天晚上都这样——大家伙儿早习惯了，就不怎么在意，不过，扎哈尔·瓦西里耶维奇的女人却说道：

"唉，这个瓦西里·普罗霍雷奇，又在那里叽里咕噜了！你今儿躺哪儿——是同我睡，还是挺门堂里？……"

扎哈尔·瓦西里耶维奇回了句，就睡门堂里——天儿太热，实在没那股子尿性。

特斯林在给教堂画圣像，不过，虽相信上帝，却对自己的才情缺少信心，害怕整不出活灵活现的。于是乎，对着制好的木板子——专用来画圣像的——一时半会儿都不敢下笔，而是先得把它放在自己老婆的肚皮上，起起落落地整三回，同时再扯起嗓子，反反复复地唱三遍：

着那生命的气息，

着那树木的生机，

着那少女的甜蜜……

不知是何道理，这个特斯林画画一定得在晴朗的傍晚，要是恰逢阴雨天，他就把那些板子供奉在自己媳妇身上存起，不过，事先是连一笔也不会抹的。那圣像画呀，左邻右舍却从来没谁见过：假手教堂圣器间的熟人，特斯林直接就销往远乡和北边的隐修院了。这倒也算好事，毕竟驿站村的善男信女，就免得对着从那婆娘肚皮上下来的——有辱神灵的圣像，做礼拜行祷告了。

晚饭后，这里的人多半都会走出门来，在屋子边的小长凳上——随便坐坐。费拉特也随同主人家，照样出了屋子。那主妇的肚子越发显怀了，到十一月份，这个扎哈尔·瓦西里耶维奇就得有个小男孩了：他常说起，要是死了，这房子可是后继无人了，又扯道，阿斯塔霍夫这个姓——可是女皇叶卡捷琳娜二世到此一游时，所赐下的。扎哈尔·瓦西里耶维奇都担惊受怕两年了，要是他再没有后人的话，没准就得落在沙皇手里受罪了——直到老婆的肚子慢慢鼓起来了：他的一颗心啊，才总算落了地，在家里也就轻松快活了起来。费拉特搞不明白，扎哈尔·瓦西里耶维奇说的是真的，还是故意炫耀——不过，他却一句也没问。

这时，凳子上已经有人了，一个年龄不大，却胖乎乎的小男孩，不少人都认得：名叫沃洛季卡，一位铁路宪兵的儿子，住在街的另一尾上。

"起开点吧，小少爷。"扎哈尔·瓦西里耶维奇说道。

那孩子也没挪位置，径直就站了起来，一脸的委屈，转身哼哼：

"真是吃饱了撑的，一窝子丑八怪，都跑出来了！"

这下三人尽皆坐了下来，扎哈尔·瓦西里耶维奇舌头有些不灵光，嗓门也大，可却一点也不在意，就同妻子聊起做果酱的浆果来：

"照我说呀你，娜斯佳，眼下那樱桃哇，水陆两道拖来的货可多了，你可得抓紧哈——那价钱，真是值呀！这行情，准长不了，就得过市啰！"

"我呀，打算也稍稍买点儿马林果子——多少熬制一些，不然过冬时就挨不过了——你那大嘴一张，只要端来，喝得倒是爽快！"

"整那马林果子，还有的是功夫——你没忘了醋栗子吧！"

"知道，我还不晓得，早跟一个农夫订下了——这礼拜五他就送来。"

"那个牛奶啥，放进地窖子里没？当心别酸了！……"

"酸不了的——回屋歇了吧——我这就放去！"

"明儿个记得买半俄磅煤油——这床上的臭虫些，又闹腾了……"

费拉特就这么坐着，吸着气儿——他可没啥东西要备下候用的——要是没活干了，不消两周，他准得无牵无挂地死去。不过这档子事儿，他倒从来也没惦记过，就这么没心没肺地过活，一晃眼儿，都快 30 年了。

特斯林一家子也坐在外面，不过却是在院墙根下的土台子上：他家没那长条凳子。

天越发黑得透了——这时，从特斯林家里隐隐走出位老婆子，样貌着实也看不清了。特斯林家屋子的对面，同样也坐着几个人，在黑暗中叽叽咕咕地不知说些什么。朝着街对面，从特斯林家出来的那位老婆子轻言细语地出声了：

"你好呀，尼基季什娜！"

对面的小长凳上，传来一声欢悦的回应，听上去牙齿似乎缺了，嘴巴不那么严实：

"你好，你好呀，佩拉格伊·伊万娜！"

末了，两个老婆子都不再吱声了，毕竟该说的早就说完了：都相识40年了，作邻居也有30年了。

蛐蛐儿唱起了欢快的夜曲，定是外面夜色更安逸了，内里的心情也更加舒畅了。远远的，时不时传来铁路上列车的喧闹声，可却全然没人在意，也无人会想起，因为没有谁坐过。每年，驿站村差不离一半的人都会出趟远门，就走着去，跟着那十字架，一路从附近的"约雅敬"教堂，游行到"圣巴拉巴宫"——顺着草原上的那条大道，足足有80俄里的路程。再有出行，也就是附近有哪家村子过教堂的建堂节时，就一路坐着那马拉大车去，到了地头，外来是客，粗茶淡饭倒也管够，偶尔，还有来客竟死在了那里。

村里人家的花园深处，传来阵阵莫名的悚然声响，令人不寒而栗。夜色深深，花园里——鬼影绰绰，阴森可怖，甭管那空气有多么清新，这里的居民，夏夜里，可却谁也不敢在那儿过夜。白日里，那些树木倒也郁郁葱葱，温顺祥和；可到了夜里，树影朦胧、枝叶婆娑，着实骇人。

"该上床歇息啰！"扎哈尔·瓦西里耶维奇招呼了一句，就起了身，打算把这一天的日子就此翻过去。

费拉特睡在院子外面的板棚里——躺在了草堆子上，那堆草，是他早早就备下来，留着在扎哈尔·瓦西里耶维奇家过夜用的。

驿站村家家户户的宅院里，已是生气渐熄——人们纷纷入梦，抑或在悄声祷告，完了也就躺下了。

闭眼前，费拉特看着天上那些难以明了的星辰，心想，它们也不靠近乎些，对他一点儿忙都帮不上——然后，就迷迷瞪瞪地睡了过去，直待新的、更加美好的一天到来。

3

远处，驿站村的尽头，是一片荒芜的空地，所有的生活废弃和残余，都肆意地在此蜂拥而聚。却立着一间破旧的小房子，归属身份自由的手艺人伊格纳特·克尼扬金所居，这条街上的人都叫他——斯瓦特。那房子仅一间屋子，外带一坑尖刺般凸出的茅厕。

"赶紧娶个人吧！"村里，一众置办了家庭的，向着那些打光棍的单身汉，纷纷喋喋不休地劝说和纠缠——斯瓦特也未能幸免，"别老竖着呀，像根拇指棍儿似的！"

"我娶，娶你个头哇！"斯瓦特对那跟屁虫似的撺掇者，很是不客气，"我是个很有价值和意义的人——整个臭老娘们来传宗接代，我傻呀我！"

斯瓦特是个外来货，并非本地人。所以，他在村上垃圾场弄到的那间勉强能住人的破房子，原本住着的是一对儿乞丐夫妇。不过，斯瓦特硬是活生生地把人家给赶了出去，那俩要饭的也就只好跑路了，不知去向，从此，村里那讨口要饭的情形，却是立马大为改观。

斯瓦特这一出手，顿时赢得了村里那些房主东家的好感，他们再也不用担心，那搁在穿堂里的牛奶的安危了。早前，还真有过，那些讨口要饭的自打门前过，很是自觉自愿地，就把那主人家为午饭备下的牛奶给喝光光了，非但如此，还像蝗虫过境似的，把那些该吃不该吃的，啃得是一干二净。显然——这秩序可就坏了，于是住家户们纷纷养起了看家护院的狗来，可那狗儿，慢慢地也就习惯了，看着那些讨口要饭的进进出出，连声都不吭一下。

直到后来，冒出来这个斯瓦特，干净利落地，把村里讨口要饭的主力军，那对儿乞丐的窝给拿下了，于是乎那两口子，不待入冬，就远远地跑到南方的一些城市去了。

那片垃圾场，被斯瓦特当成了自家的庄园领地，在村子里却也是个名气响当当的地方。斯瓦特的那间小房子，即便像个窝，曾几何时，也垃圾得很——窗子没有框子，屋子不见炉子，顶子缺少棚子：清一色的四面墙壁，外加一张松松垮垮的铁皮盖子。那破屋子，本是一个叫不出名堂的老光棍的财产，如今人已早就去了。曾经，村长还给这间无主的不动产估了个价，说是值8卢布43戈比，而要是充了公产的话，也就只贵上10个卢布——于是，这屋子就留了下来，一时半会儿也没个接手的人，到后来，倒被那要饭的给占了去。斯瓦特虽则出手打发了那两口子，但有一事儿他却甚是佩服，那屋子被那两口子收拾得倒也像模像样。

"要说，这屋子给弄出了个样儿来，倒不是那人有多聪明，而是给冬天的暴风雪逼的！"想着那要饭的两口子持家的本事，斯瓦特不免这般自嘲自语道。

不过，那被轰走的乞丐，却没当即就离去，而是纠缠了将近两个月，时不时地干出些复仇的举动来，到了深夜，不是石头砸窗户，就是放火烧房门。不过，斯瓦特倒也忍得住，夜里独个儿决不出去还击，而是天刚蒙蒙亮，待那要饭的折腾累了，倒在附近的垃圾堆上睡觉时，方才出手偷袭。对那些穷得叮当响的家伙，他倒也不怎么发狠报复，只是要他们改邪归正就好，为那些个不理智的行为，付出点儿代价。

"克柳什尼克！"某个睡得正酣的叫花子跟前，斯瓦特上来就指名点姓地喊道：村里那些讨口要饭的他都叫得上名字，"一个卢布，掏出来吧——那窗子遭你打破了，得赔！"

出事了，克柳什尼克心里念头一闪，也就无论如何也不会醒过来了。他那婆娘早就醒了，眼睛眨巴眨巴地干瞪着，满是惧意，她男人躺在地上，睡样装得倒挺像，间或哼哼唧唧几声，一副完全不相干的样子。斯瓦特就立在那里，耐心细致地做着工作，劝那位克柳什尼克赔出一个卢布来。可那要饭的一会儿开眼，一会儿闭眼——好像怎么也整不明白。于是，斯瓦特就随手捡了块砖头，造房子用的那种，招呼也不打，径直朝那乞丐头上扔去，不过那人身手倒也敏捷，砖头没落到头上，却如同那滚烫的蒸汽般，灼伤了一只耳朵。

"你个恶魔，把钱掏出来！"斯瓦特吼声如雷震天响。

那讨饭的婆娘，又是叫又是喊的，一骨碌爬起身来，从裙子的边角处拆开，掏出一个卢布来。该得的钱到手后，斯瓦特也不更生是非，转身就走，去垃圾场找下一位欠钱的货。

没准儿，斯瓦特这人曾是个神枪手，要不就是那乡村集市上变戏法的，那身手灵活得，那脑子滑溜得，每每出手百发百中，总能直击要害。

收拾教训完那些要饭的，斯瓦特整出了件破天荒头一遭的事情：在那些垃圾堆里面寻起宝来。也只有他那号外来的，冒冒失失地撞入这地儿的家伙，脑子里才会蹦出这么个念头。这个驿站村，日子过得是相当地精打细算，哪怕是玻璃杯子，只要是完好的，那也是代代相传的祖产。家里的小孩子们，谁要是损坏了东西，那一顿好打是免不了的，下手凶狠得简直就像野兽，那恨意比海深，那愤怒似烈火，最后那遭殃的人，给弄得跟摔破的物什差不多，奄奄一息地不成样子了。也正如此，靠着几代人手手相传的积累——驿站村才撑出了眼下的这个光景。显然，斯瓦特是没搞清楚状况，不晓得驿站村的人们，那日子不是干活挣来的，而是贪婪的私欲积累下来的。所以，他才想起在那垃圾堆堆里，刨出点什么有用的家什，以便换取些钱物填肚子。

磨磨蹭蹭地折腾了有一个星期，斯瓦特就料到了自己的结局，要么逃离这个地方，要么饿死了事——在那贫瘠如洗的破烂堆堆里，一无所获，没哪样废品能看出点值钱的样子。斯瓦特老琢磨着，总能碰上点啥玩意儿，就在那垃圾堆里刨来刨去，每样东西都不放过，仔仔细细地要研究老半天。可是，就连那些骨头，也着实啃得过于干净了些，像是被火烧过油熬过似的，细得跟鸡骨头样儿，也才没落在那些专收骨头和破布的家伙手上；不用说，这般模样的骨头，不晓得被人举荐给那些收破烂的多少次，又被嫌弃拒绝过多少回，最后才到这垃圾堆堆里。

斯瓦特手上，奉拉着一块破得不能再破的布条儿，还冒着烟气儿，显见是难以再有所作为了。斯瓦特一时兴致全无，双手掌窝搓了搓，倒洒落下些莫名的灰尘来。

　　一到起风的日子，垃圾场上那些无人在意的粪土尘埃，纷纷扬扬漫天卷荡，向着人口聚集的生活地带飘移，碰上哪儿，也就落在了那里。不过，斯瓦特仍不甘心和消停：他打一寡妇那儿讨来具偌大的方形筛子——便于扬扇的簸箕样式——就着手挨个儿地筛滤那一堆又一堆的垃圾。当得筛子面上剩下些什么物什，他也不忙着去辨识，通通堆在了屋子的角落里，直待到了晚上，方才仔细打量起那些战利品来。头一个晚上，他颗粒无收，心里老不安逸：那零零碎碎的战利品中，一块块死硬死硬的屎团子，里面的纤维组织早已耗尽了能量；四分之一块儿毡靴底子；两牙缺口的破铁皮子；从顶罩或者便帽上掉落的黄花烟叶子；两粒石子儿；一根干浆果上脱落下来的枯枝，还有些——"乌七八糟的玩意儿"，碎成渣子的玻璃瓶子、化成石头的扫把子、小鸟的窝子，等等，不一而足，却尽是些不值钱的货。

　　斯瓦特陷入了沉思，直到夜半三更也没回过神来，天快放亮时，面对那堆丝毫没有翻身机会的垃圾，终于耷拉下倔强的脑袋。

　　"那我就做帽子——秋天就快到了！"到清晨，他对自己这样说道，"没准儿，这事儿能成！村里没谁做帽子，而这玩意儿城里又老值钱了，我呢，就收一些旧毡靴来缝帽子，成本不高，价钱便宜，只包管那脑袋暖和就成！"

　　白天，斯瓦特进了趟城——把一双皮靴和一件上衣给卖了——赶着教堂敲响傍晚的钟声时，已然回到了村子里。这时，他肩上挂着个口袋，手里拿着根打狗棍子，兜兜里还揣着 4 个卢布和两块 10 戈比的银角子。

"收破靴啰，穿过的补过的，旧的破的，来者不拒哟！"斯瓦特直起嗓子吆喝起来，声音怪模怪样的，东瞅瞅西看看，眼光绕着那些窗户和篱笆门直打转。

斯瓦特唱着那吆喝调调儿，来来回回走了有两个钟头——可却是白费力气：啥也没买着。只碰上一回，一位身着衬裙的婆娘，手上满是肥皂泡沫，从门里探出半个身子来问道：

"裂了口子的烙铁要不？"

"不要！"斯瓦特回道。

"那你到底要啥？"

"毡靴！"

"是么，眼瞅着冬天都到跟前了，鬼才会把毡靴卖给你！嗨、嗨，你莫不是疯了嚓！你呀，就把这烙铁给收了，好歹也可以补补那铁炉子的风门嘛！……"

"扯那些没劲儿，我还真用不了！"斯瓦特说道，"赶紧回去洗你男人的裤衩去吧，别出来丢人现眼地教训人了：我就是那万事通，吹拉弹唱事事精，煎炸烘烤样样会……收破靴啰，穿过的补过的，旧的破的，来者不拒——哟！"

那婆娘气得眼珠子瞪得溜圆，直勾勾又怕兮兮地把那恶棍剐了两眼，心里那个难受劲儿，恨不得把那篱笆门关得砰砰砰直响。

"才打了庄稼——扯冬天是啥意思？"斯瓦特心想，"这里的人们，老想着赶在那时间的前头行事——也真够操心费神的！"

这会儿，费拉特和扎哈尔·瓦西里耶维奇补好了篱笆墙。不过，为使那做工的这一整天都过得充实饱满，以示那晚饭有他的份儿，扎哈尔·瓦西里耶维奇就盘算起事情来：

"费拉特，把篱笆捋顺啰，松松垮垮的像什么样子，完事后，再去马卡尔那儿跑一趟，把只桶给取回来——那桶耳朵该是接得差不多了！"

于是，费拉特就顺着那篱笆墙开始整理，里面的枝条歪了冒头了，就扶正扎紧；有些折断破损了的，就干脆拔掉。这么一整，那篱笆墙看上去确实平整光顺了不少，每卷枝条都立得妥妥帖帖的。干完这活儿，费拉特找了双毡靴穿上，免得被篱笆弄伤的脚缺了保护，就动身找马卡尔去了。

这之前，斯瓦特已搞到了一双烂得掉渣的旧毡靴，正得意洋洋地踱着正儿八经的步子。那步伐倒也匀称抢眼，显出那身板是相当的结实健壮和有力，也透出改变过往寒酸生活的决心和毅力。这初来的成功喜悦，刺激得斯瓦特兴奋不已，高呼大叫起那收破靴的口号，一刻也不得见停息。

费拉特碰见斯瓦特的时候，他正叉开双腿雄赳赳地走着——这在费拉特眼里着实新鲜，他这辈子没当过兵，从来没见过这么严整、准确和强劲的步法。

"费拉特，把那毡靴脱下来扔啰！"斯瓦特一上来就劝说道，又盘算起拿个什么价钱。

"凭啥？伊格纳特·波尔菲雷奇。我脚上的肉受伤了，就靠着点肿起来的骨头架子在使劲儿了！"

"你咋瘦得尽骨头架子了？"斯瓦特问得很严肃，把口袋都放地上了，"没喂饱过吗？你这日子，过得可真是的，还是生病了咋地？"

"哎呀，伊格纳特·波尔菲雷奇，我呀，天一擦黑就软塌塌地，到早上啊，爬都爬不起来……"

"牛肉什么的，常吃吗？夜里睡觉，有梦没？"斯瓦特又问，眼里饱含着忧郁，神情肃穆，上上下下地打量着费拉特。

"伊格纳特·波尔菲雷奇，我不做梦，一天到晚也没啥可想的。牛肉哇，主人家自个儿吃了——他们说呀，你又没掏那份子钱——我呢，他们尽给些蔬菜吃！"

"真他娘的混蛋！"斯瓦特骂了一句，话里虽无愤恨，却满满的全是痛苦，"光吃菜叶子，那人——哪扛得住呀！……有个地方哇，那吸血的一混账的家伙，正流着血呢……"

"在哪儿？"费拉特问起，这突来的关怀，令他不禁泪流而下。

"哪里？——当然不是在娘儿们的肚皮上：是在那战场上！仗打起来了，你听说些啥没？这么说吧，那些反基督的家伙，你晓得些啥不？"

"咋没听过，伊格纳特·波尔菲雷奇！我身上那玩意儿好歹也算凑合——有人哪，就给了我张纸片儿，我呢，到哪儿也都揣着——还真怕给捉住藏了起来。咱们村这些爷们儿，倒是很少有人给带走啰：有些人到铁路上去当学徒了，剩下的，兜里都揣着张免服兵役的白色纸片片儿。"

"我晓得，这地儿可是驿站车夫们的天下——那可是叶卡捷琳娜女皇派下的老爷们呀！这些家伙干啥啦：不到入冬，那种庄稼的，就全给备齐送来了！"

"对头，伊格纳特·波尔菲雷奇，一到秋天，那车队呀细长细长的，远远地像根树条儿！"

"好啦，不说啦，见他们的鬼去吧！"斯瓦特打算不再说这些了，就略微顿了顿，然后对驿站村的居民，判了个简短而明确的

234

结论："一群庄稼汉肠子里的蛔虫——喏，这就是你那些东家的脸嘴儿！"

费拉特不会思考，但却也同意：他从来不认为自己是个聪明人。

"你呀，性子随和，却也愚蠢！——不过，倒也没什么！"斯瓦特安慰着费拉特。

"哎，伊格纳特·波尔菲雷奇，我又能咋办，这双手哇，就没歇息过，一辈子都是这么干过来的——那脑子倒是一直歇着，晾在一边儿，都快干啰！"费拉特点着头叹道。

"没事儿，费拉特，就让那脑子再歇会儿，时候一到，它准得开动起来！"斯瓦特说着，呼吸有些急促，内心的苦痛阵阵悸动，"那你，如今在跟谁干活？"

"在扎哈尔·瓦西里耶维奇家呗，眼下刚忙完他家花园里的篱笆墙，明儿个呀，就挨家挨户地磕头作揖去，看看能不能找点活儿干！"

"瞧你说的——到我这儿来缝帽子吧，这事儿准能成！"

"啥，难不成你会这手艺？"费拉特还有些顾虑。

"一块儿干吧。你整明白没？"

"好嘞，那就干了！"费拉特开心地回了句，才终于想起上马卡尔家取桶去了。而斯瓦特，则又动身吆喝，接着收购起毡靴来。

斯瓦特那间小房子里，两个人席地而坐，拆了那双靴子的绑筒，缝制起冬帽来。他俩已经干了整整一个星期，拢共缝了4顶帽子。饿了就吃些面包、黄瓜和白菜，却也知足开心。只是，因着那遍地是垃圾的荒野景象所泛起的无尽苦闷与凄凉，内心不免有些压抑和哀伤，斯瓦特有时觉得，天上的太阳总有些昏暗无光——于是，隔着那窗子，谨慎地打量起来，只见那太阳藏进了云朵，然后又挣脱了出来——忽又光芒万丈了。

"那滋味可不好受吧，你这个混球儿！"斯瓦特数落起太阳，"咋啦，不过是个败家子儿，悬在所有生命的头上大肆放光——把谁都不放在眼里：简直猪狗不如！"

好几天夜里，他俩也不见休息——斯瓦特赶着去乌斯佩斯基大集市，想着多少也换回几个钱来，给自己和费拉特制点新衣服，好歹也显出个人样。

已是夜色深深、漆黑莫辨，斯瓦特先停了手，说道：

"费拉特，回神歇会儿吧——脚要是不听使唤了，那心里呀也忒不顺畅！着那袋子里取块儿面包——咱俩都吃点儿，再阿门吧！"

驿站村里，正当酣梦飘荡，落落房顶竟是烟气升腾，不过这也寻常，原是大地在静静呼吸，要驱散那白日里人类带来的污浊之气。

入睡前，斯瓦特喜欢站在台阶上，端详那深深的夜色世界。他看见，大地庞然的身躯里，一颗火热忙碌、沸腾喧闹的心脏，正隐隐远去，躲进那无尽黑暗的深处，不停地战栗，直待清晨，方得自由。此情此景日日无新，斯瓦特固然欢喜，却也不以为奇。

他俩睡得很不安稳——兴许是累了倦了，也兴许是那生活重重的负担压力所致。

4

这么一来，费拉特就与斯瓦特结下了友谊，好得比血亲还热乎，还想着，要是斯瓦特不提前打发他走的话，那就长久地留在他手下，帮衬着做做帽子。

只是，缺了费拉特，驿站村的诸多事情，却几近荒废了：没多久，众人尽皆明白，费拉特是断断少不得的，也是唯一的，能操持摆弄村里一应家务的多面手。别的那些人，要如他这般温顺实在、能干勤快和价廉物美，却是决然没有的。于是，有着各家的一些女主人，为着费拉特，也不嫌弃那垃圾场，竟纷纷找上门来，轻叩起那扇小窗子，婉言央求起来。

"费拉图什卡，你就去一趟嘛：那屋顶子都开口子撒尿了，茶炉子的栓条子也凹进去抠不出来了！"

到底，费拉特心地善良，谁也不会拒绝和得罪。

"我这边一完事——就来哈，米特里耶夫娜！星期天你铁定在家等着就好了！"

见着费拉特这般来者不拒，温顺如绵羊，斯瓦特不免有些生气：

"你呀，尽惯着那帮花痴娘们，图啥呢？那些婆娘，尽喂你吃蔬菜的次数，还少了嘛？你呀，真是个傻不拉几的烂好人！"

有一回，扎哈尔·瓦西里耶维奇跑了来，瞅了一眼那制帽子的活儿，就相请道：

"费拉特，上我那儿去吧，媳妇儿怀了俩——我呀，不知道该咋弄了！"他耳朵背得紧，也不待费拉特回话，说完转身就走了。

"这事儿该去！"连斯瓦特也放出话来，"那人，现在的确碰上难事了！"

到星期天，费拉特就去了扎哈尔·瓦西里耶维奇家。那妇人，面若死灰，脸色苍白，有气无力地躺在木床上。那张床，因着臭虫较多，平日里也就空着没人睡。费拉特心生怜惜，默默地看着那张清瘦而又圣洁的脸蛋儿。

"费拉特，是你吗？"那妇人很是痛苦，一边呻吟，一边喃喃问起，"来了吗？……"

"来了，娜斯塔西娅·谢苗诺夫娜……想着，您可能需要帮忙搭把手……"

"哦，我啥也不需要，费拉特。去找扎哈尔吧！"

搭不上手了，费拉特觉得自己好生无用，不免有些窘迫和尴尬，就退出了那间上房。他神情甚是沮丧和不安，对着娜斯塔西娅·谢苗诺夫娜的苦痛煎熬，好似自己也是罪责难逃。一时间，一股锥心刺骨的神经绞痛，仿佛撕裂了他的身体，那莫名的难堪和羞愧，烧灼了他的意识和殷红的脸颊。如此情形，在他来说，也就还当少年时，方曾有过。他从来也没找过什么女人，但内心却着实喜爱得厉害、执着和热烈。哪怕有位麻脸子的姑娘，能够看上他、垂怜他，给他带来母亲般的温暖和柔情，让他领略片刻的怜悯和安慰，就算粉身碎骨也在所不惜。可惜，如此美事儿，却从来也未曾有过——直到如今，费拉特见着别人结婚生子，那内中的神妙玄机，仍令他兴奋激动得颤抖不已。

扎哈尔·瓦西里耶维奇面色和善地来到跟前，轻言细语地吩咐道：

"费拉特，去多提些水回来吧，留着晚上好用！……天黑前，

238

别忘了抓几把麦麸子，给那些鸡填填肚子！"

这一天下来，费拉特独自一人忙活完了所有的事情。一刻也不歇息地忙乎，在他来说，这日子倒还过得要轻松顺溜些：那种种有影没影的自我烦恼、内心痛楚和劳作艰辛，一忙起来，也就不记得了。对此，斯瓦特有次曾说过：

"我这兄弟呀，那干活——就是一种仁慈和恩典！那做起事来的劲头，谁能说就是为了口伙食——尽管这伙食也是理所当然必要的，但却又怎能代替得了一个人的付出和价值！真干起活来，我那兄弟呀，一颗心是填得满当当的，那股子满足劲儿也是杠杠的！"

就这会儿，费拉特正在院子里一阵狂冲猛扫，凡想到没想到的活儿，全给拿下摆平了。扎哈尔·瓦西里耶维奇很少出来露个面——一直在上房陪着他媳妇儿。这情形，照样让费拉特莫名地满意和高兴。"你就在那儿坐着吧，兄弟。"一边挥舞着扫帚扫地，他心里一边却想着，"这里呀，我自个儿搞得定。我嘛，光棍儿一个，而您呀——可是一对儿：可别亏着了你媳妇儿！"

下半夜的时候，费拉特在院子里不停徘徊，东瞅瞅哪里有否响动，西瞧瞧何处不无妥当，不过，早已是黑得尽了，只有一只抱仔儿的母鸡，在窝子里咕咕咕响动，候着那尚未破壳的鸡子。

费拉特突来一阵莫名的心慌意乱，顿时汗毛惊起警觉起来，便侧着耳朵朝那屋里听去，可却毫无一丝声响——看来，娜斯塔西娅·谢苗诺夫娜兴许是睡着了，正努力恢复着那血脉相传所耗费的力气。

一阵倦意袭来，费拉特就在丁香树下，铺上自己破旧的短上衣，俯身而卧入了梦乡，不过，睡得却很警醒，听得见那头上夜色的涌动和战栗。方向难辨的一处荒野上，传来阵阵狗叫声，遥遥地，响起另一只狗的呜呜，与先前那狗独自相呼应——你来我往的叫声凄凉酸楚，没几下也就停了回应，只余下无尽浓稠的黑暗和寂静。那会儿，费拉特正睡意蒙眬，意识模糊摇曳，似乎听见了阵阵狗叫，可那声音却又似乎遥不可及和哀婉忧郁，仿佛起自某个孤寂空无的世界——不过这样一来，倒也叫他放心不少，也就没有醒转过来。费拉特的眼睛上方，一根丁香树枝微微拂动摇晃，可夜色却着实紧扎稠密，也就没惊扰到那沉闷的空气：树枝无风而起，独自晃动——因着一股树木内在的生命活力和那份自在安逸。

朝霞渐起，色泽灿灿浓郁之际，费拉特醒了过来——透过穿堂，传来新生命降临的第一声哭泣，那是娜斯塔西娅·谢苗诺夫娜的孩子，在哽咽抽搐。费拉特顿时翻身而起，来到院子中央，仔细地倾听那令人惊诧无比的嗷嗷呼语。

很快，那小家伙就不再哭了——想来，定是娜斯塔西娅·谢苗诺夫娜使上了某种母亲的手段，让他心安和满足了——这时，扎哈尔·瓦西里耶维奇走了出来，脸色淡然平静，却又疲惫不堪。

"费拉特！"他叫了声，"赶紧把茶炉子架起，快烧些热水来，然后再跑趟集市，找那药铺子！"

费拉特立马开干，身手异常灵巧敏捷，但见一条条干柴被劈得四下飞舞，想着自己的卖力付出，能帮得上娜斯塔西娅·谢苗诺夫娜的忙，再想着灿烂美好的明天，不免越发兴奋和快乐。

村子里的居民，照样也起了床，纷纷在自家院子四处寻觅，好找些各式各样的日用家什。众人尚且睡意蒙眬哈欠不断，不时揉揉那努力想要睁开的眼睛，可却赶上愈发怒放的灿烂朝阳扑面而来，明晃晃地让人不由又眯缝了起来。在这一晶莹透亮的清晨时分，每个人内心都涌动着备受压制煎熬的狂热喜气，稍稍晚些之后——临近十点——又因着一阵手忙脚乱的家务活儿，和种种来势汹汹的关怀问候，那癫狂的喜悦之情才慢慢有所宣泄和消散。到第三天，扎哈尔·瓦西里耶维奇为新生儿定下了洗礼宴，可却从晌午起，就不再让费拉特插手干活了，原来是请来了两位大嫂，个个都有一手操持家务的好本事。

费拉特拿上那件短上衣，并用麻绳将一只毡鞋的掌底捆好，然后就回垃圾场，找斯瓦特去了。娜斯塔西娅·谢苗诺夫娜坐在上房里，不停地学着鸟叫，啾啾地哄着自己双生的儿子。临窗的街上，两个神情焦躁不安的婆姨，站在那里悄声地喋喋细语，议论起驿站村这件新生的大事情。

要说那斯瓦特和费拉特，如果他俩不是结下如此深厚的友谊，那么这个冬天就会过得相当艰难。可却要说这驿站村，今次的冬天不仅漫长，而且很是糟糕：战争把男人们叫走了，却留下一群守寡的妻子和绵绵的哀伤与思念。不过，人口倒也没因此损失多少：这个村子不远的地方，修了条铁路，打从修筑的那天起，加之又从没断过修缮维护，已前前后后忙了几近十个年头——如此一来，那些逃避兵役的人，全都借机藏身于此。

扎哈尔·瓦西里耶维奇也是如此，有份铁路屋面工的差事，每天一早就去上工，还得自备一口袋吃食。那份活儿，看来并不轻松，如今人也消瘦了不少，还一脸的愤懑和委屈。

"伊格纳特·波尔菲雷奇,您呀,为啥就没上战场呢？瞧瞧,格拉德基家那个小的——瘦得皮包骨似的,可也不照样给带走了!"大白天地,费拉特突然向斯瓦特问起。

"呃,老弟,你这是唱的哪一出,想干吗哟!"斯瓦特一脸奸诈地笑了起来,"我这副老骨头,都半截子入土的人了：我呀,脑子里有内伤——这眼瞅着慢慢地呀,就要发疯抓狂了哟!"

费拉特的嘴巴顿时张得溜圆,然后说道：

"啊——是么! 可您看上去老聪明了,伊格纳特·波尔菲雷奇!"

"这、这,也正是我和你一块儿,用一些破烂布儿缝制帽子的道理——那虱子爬上了别人的脑袋,咱们的就保全暖和了! 想当年呀,我也犯过傻——为了沙皇和为着祖国,我也是上过战场爬过壕沟的。"

费拉特再次嘴张得老大,不过这回,他却没想起要继续问些什么。

到了晚上睡觉时,斯瓦特在铺盖笼里,自个儿却说起：

"我呀,费拉特,是自觉自愿离开那战场的! 那里呀,满是悲伤和痛苦,自己的命呀,又能成啥事儿呢,用不上啊。不过,这事儿,你可别跟别人瞎叨叨哈!"

"我么,咋会呢,伊格纳特·波尔菲雷奇!"费拉特吓着了,赶紧辩白了一句,"嘿,我多那个嘴干吗,有必要吗? 只是您别自个儿,跟谁吹一吹地,就把你跟我讲的那些个,给吹漏嘴了哟! 要不然,我还当不了这第一个听众呢!"

"好吧,当我没说,行不。我难道会,也真是的,自个儿编排自己! 你那脑袋里,不会是满脑子的鸡屎吧? !"斯瓦特觉得冤得慌，不由大声抱怨起来，又气呼呼地，点上那根早已熄火的自卷烟来。

末了，俩人不再起言语，谈话也就此打住了。

5

冬日里，刚过晌午，天就开始挂黑了。原野上，全然一地荒芜的雪衣，白茫茫、静悄悄。驿站村活着——却没了生气儿。而斯瓦特和费拉特却热情依旧，带着一股子难以遏制的韧劲儿，来来回回地缝着帽子，尽管他俩已预感到，这缝缝补补的活儿，很快就得到头了，今后再干些啥——眼下是一筹莫展。

"咱俩啊，伊格纳特·波尔菲雷奇，到时就守夜去——当个敲梆子打更的吧！这活儿可安逸啦——晚上守守夜，白天睡大觉！可惜，眼下普罗霍尔和萨韦利这俩老东西，都还没翘辫子，咱俩可干不成——那俩老家伙，老早就干上这敲梆子打更的活儿，并且还挺招咱那村长的喜欢和待见！"

"那可不成，费拉特！"斯瓦特表明了态度，"我才不去干你那守夜敲梆子的活儿呢。我呀，宁愿大白天里，闲得无聊了，拿着一根丑不拉儿的棍子，去敲那空桶响，也绝不去干那事儿！堂堂七尺男子汉，活得新新鲜鲜的，我干吗要被你鼓捣起，混成个老榆木疙瘩似的？我们啦，还早着呢，再等等看吧！"

那毡帽的活儿，不紧不慢地干着，也多多少少地卖着。通常说来，那买帽子的，都是些远地儿的庄稼人，不过，眼瞅着春天来得快近了，这帽子，恐怕得买回去就挂起来，留待来年再用。甭管那活儿干得有多么卖力气，那吃食节省得有多么仔细，斯瓦特和费拉特这兄弟俩，终究也没能挣下多少节余，这么一来，除了缝缝帽子，恐怕就得去打家劫舍了。

一天，来了位面相陌生的汉子，站在门槛外，冲着俩帽子匠问道：

"那大檐盖帽子，你俩会做吗？"

"会着呢！"斯瓦特回得干脆利落，好打消那人的顾虑。

"那，给帽檐上釉抛光的活儿，你俩也懂吧？"

"没问题，不就上釉抛光嘛，只要你能订下一百顶的货，保准成！"斯瓦特也不客气。

那汉子不怀好意地笑了笑，到凳子上坐下，眼睛上上下下地打量起两个帽子匠，目光锐利而老辣。他取下自己的大檐盖帽，上面的帽檐却没抛过光，然后就发起难来，声音很沉稳，倒像是个行家里手。

"龟儿子的坏蛋！难道眼下你们，从哪个地方搞得到抛光用的亮漆？——从前呀，那可是千里迢迢用火车从德国运来的货！向谁吹呢，你们这俩捉虱子灭虫的货？我自个儿就是做这种帽子的，都干了一辈子了！今儿个也是撞鬼了，居然想着一个傻子也能开窍，能把那帽檐子给熨平啰，我就算用帽子遮上眼睛，也晓得会整成个什么样子！……"

这个神秘兮兮的家伙，莫名其妙地大发雷霆，坐也坐不住了，把那糊帽子的材料，是瞅来又瞅去。倒也是，斯瓦特和费拉特整的那些帽子，确实不咋样。

"莫不是，这也叫面料子？你们这——简直是无法无天了！那脑瓜子是咋想的，你们这破玩意儿，罩得住谁的脑袋呀？瞧瞧，这不是那毡靴子是啥——里面那臭脚丫子的汗味哟，还有给那脚爪子抠得哟，真亏你们想得出来，居然想用这些玩意儿来打扮人脑袋！龟儿子的，真是穷疯了，贱啦！"

斯瓦特开腔了，生生打断了那位来客：

"听着，朋友，你是从前线下来的吧 —— 那脑子没受啥伤吧？"

那汉子稍稍缓和了些，说道：

"嘿，正是打那儿下来的……还被那浓烟给呛了脑子！就这么着，给放了回来，着家里等死翘辫子呗。不管怎么说，要是没那釉料，这种活儿，我是干不了的 —— 把那最是光彩的帽檐，整得个坑坑洼洼的，那咋扣上人的脑袋呀！咋能这样行事呢？"

"我们这不正打算着手谋划嘛！"斯瓦特来了一句，"来来来，当兵的，坐下来，吃点东西吧！"

"要是相请，那就不客气了哈！"那客人点头应道，"不过，还请给我些牛奶 —— 好沾着面包吃；我在家那会儿，就喜欢那面包渣煮的汤，如今啦，可真馋这一口哇！……"

"行啊，那就给你来点儿牛奶！"斯瓦特招待着，那态度可柔顺热情了，"不要紧，不要紧的，不就是点儿牛奶么，有着呢！你这是，从火车站那边儿，一路走着来的吧。那回家的路程还远吗？"

"那当然，就靠两条腿走呗！"来客平静了，丝毫也不懊恼和沮丧，轻声说道，"当兵的，哪儿来的钱哟？要白坐那车子，谁又干呢？"

这过了一个白天，又过了一个晚上，第二天也眼看就要下黑了，可那客人，倒也住惯了上瘾了，虽说那脚上的一双鞋，一直都不曾脱下，却也不记得是要上路的了。他挨着费拉特坐下，顺

手就熟练而灵巧地，剪裁起毛毡料来。斯瓦特倒也没扫了这个好
人的兴致，只是稍稍削减了他的伙食。还真别说，这位来做客
的，吃起那饭来，可谓是相当生猛剽悍，那胃口好得简直疯了
去，倒弄得费拉特常常插不上手来。

"你那两片儿嘴巴子，还是收敛些好，真是个吃货！"斯瓦特
不由提醒起那客人来，"这儿可不是只有你一张嘴，都得养活嘞！
瞧瞧，那整整一家子人的稀饭呀，遭你这么埋头苦干一通，转眼
间，也就光光啰！"

听见这话，那客人倒也收敛了些，可没多久，就忘到脑壳后
面了，又大口大口地干得起劲儿，脸上的肌肉绷得那个才叫紧，
左开右合地都挤出汗来了。

"你这家伙，既然这么能吃，按说，干起活来也很厉害吧？"
斯瓦特问了句。

"嘿，那可不！"那客人也不口软，"也不瞧瞧这身肌肉，全靠
它撑着——在前线那会儿，七天七夜没眯一下眼，这脑袋瓜子，
不也照样经事得很！我跟几个战友一起，那可是一口气，吞下了
整整一俄斗的土豆！"

"照这么说，这缝缝补补的活儿，你甩开膀子干，也是停不下
来的不是？"斯瓦特有些好奇地问道。

"这个，小事儿一桩！"那客人扬言道，"只要那面包就摆在跟
前，我坐在这儿干几个星期，屁股都不会挪一下！……"

村子里教堂的钟声，幽幽地响了几下，该是做晚课的时候
了，而那三兄弟，也终于是干得有点累了。斯瓦特时不时地盘问
起那客人，好打发那股子倦意：

"喂，看来你是打算在我们这儿安家落户了吧？难不成，你也

没个亲人什么的？"

客人好似突然回过神来，就讲起一些事情：

"我呀，有过老婆和丈母娘：我那婆娘，睡着的时候，把孩子给憋死了，自个儿也就找了根浴巾上了吊。而我那丈母娘呢，如今就在那教堂的台阶上，伸手讨着饭吃嘞！我呢，眼下也只能自个儿心疼自个儿了哟：我倒想要个儿子，可那老婆，一时半会儿又上哪儿找去。"

"你整个儿子来干吗？"斯瓦特很是诧异，"你自己都混不上口饭吃——难不成，还想生养个苦瓜蛋子？"

"嘿，那又如何？"那客人很是有些不理解，"我现在过得，是没个人样，那啥呀，也没谁活得有多么精彩光鲜——不是打仗死人，就是操心日子——压根儿就没啥称心如意的。可儿子呢，年纪小，也不记啥事儿，等长大成人了——那时候，日子恐怕会好过些……"

斯瓦特却是不信：

"将来的事儿，谁知道呢！没准儿到时，比现在还要不成个样子！"

"那不可能，我告诉你！"那客人从地板上一跃而起，凶巴巴地争论起来，"哪有这样的道理，简直难以想象！我只是不爱言语，太痛苦和悲伤了些，我那颗心啦，在血和泪里浸得久了，有些泡坏了！那灾难和不幸，只是折损了我的生机，让我生了些锈罢了——我是不晓得，这日子该咋过了！你以为——我很乐意坐在这地板上，就为了你那几顶帽子，什么玩意儿，我脑袋有病呀我！……我是上过前线的——那人呀，就不是命，成片成片地倒下，照着脑袋瓜子数数儿就行。而你这家伙，居然说我儿子的命，比现在还要不成个样子！难道我会让他一生来就是条贱命！难道我会忍心，让他再遭受这样的痛苦和折磨？像你这个贱货似的，缝呀补呀什么的蠢驴？！要是谁再这样行事儿，我绝饶不了他，牙齿烂了也要啃他几口——甭管有哪个龟儿子——绝不手软，咔咔咔弄死他！"

斯瓦特就坐在那儿，脸上笑意明显，很是欣慰和舒坦，总算把那客人，内心深处鲜活的本性，给触痛了。而那客人，稍稍缓了口气，又来劲儿了，收拢好那因激动而快要散去的言词儿，再次狂轰滥炸起来：

"那些个有娘生没娘养的杂种，那些个生下来没屁眼儿的短命鬼！捏造个什么沙皇的名义，说是为了这样那样的信仰，还扯上什么祖国的旗号，就让那人民去战斗去送死，好证明他们的谎言都是真理！还有，一会儿又冒出个什么人来——编造出另一套说法，硬是往那人民乱成一团糨糊的脑袋里，使劲儿地塞，狠狠地鼓捣，然后，就把人民，搞得失魂落魄的像一群僵尸！这么整来弄去，不就想让大伙儿，都信一个真理么！我看啦，你们，都是那该死的恶魔，都是该诅咒的三位一体的坏蛋！"

那客人啐了口唾沫，又在上面踩上只脚，用那破旧的奥地利皮鞋，蹭得滋滋作响。

斯瓦特抽着自制的烟卷，吐了口长长的烟气儿，脸上更是容光焕发，很有些得意和满足：

"不错，朋友，你说的对着呢！你在我们这儿白吃白喝地——还真不晓得，你居然这么有血性！"

对这位新来的，费拉特同样高兴和喜欢，竟主动开口说起话来：

"谁个家里有亲人啦，谁个打仗时就特别想得慌……而那老婆和儿子呀，谁个就更是念得紧……"

那当兵的客人，这才注意到费拉特，听他这么一说，又萌生了一个新的念头：

"沙皇和那些达官贵人们，哪里明白，这世上，哪来什么紧密无缝、完整一体的人民，而是一堆一堆的儿子呀，母亲呀，在那儿过活，又一个心疼着另一个。也是，那浓浓的血脉纽带，把大家紧紧地拽在一起捆成一团儿，硬要拆散了分开，还不如弄死算了……可要是从上面往下看，这人民啦，倒也平平整整的一般儿齐，谁也不见得比谁更金贵！那上面的狗崽子们，究竟是谁给他们的权利，可以把那爱的感情纽带，给任意剥夺拿走？他们今后，又能拿什么来报答和偿还？"

那客人说得起劲，手指头微微地发起抖来，就好像用那双大手，在编织着一个又一个温暖的家庭，并用那黏稠的血脉，把亲人们都紧紧相连，串在一起，永不分离。说到最后，这人也没那么激动了，轻轻地下了个结论：

"有些人，用那聪明的脑袋瓜子，琢磨捣鼓得越发厉害了——这才是最最可怕的不幸和灾难呀……"

"瞧你说的，朋友，这是啥话！"斯瓦特听不过了，似笑非笑地说道，"我觉得呀，那聪明的脑子，穷困潦倒的时候，还是能帮上忙的！"

那客人想了想，又继续了：

"要真能帮上忙，那倒也敢情好，可要是它伸出贪婪的魔爪来——那可真就是灾难了！到时，那人啦，只会疯狂地向前猛冲，而那内心的情感和理智，就会被丢弃在路边，任人践踏和踩躏！可事后呢，一旦回过神来，醒了，就又痛哭不已……"

"停，快停下！"斯瓦特终于忍不住了，"咱们一块儿过活，可是三人一起呀——你可别全都吃光光了！"

那客人，这下子才想起脱了鞋子，长长地松了口气，如同到家了一样。他举目四顾，头一次，认认真真地打量起这个住处来，想找个地方舒服舒服。毕竟，连续好多个夜晚不眠不休，累得也实在不成样子了。

"瞧见没！"客人睡熟后，夜深人静时，斯瓦特来了这么一句，"那些高高在上的人们，老以为我们生来就是些贪吃的货。而这个人呢，就这么活着，内心却也痛苦难受，那脑袋里呀，也就剩唠叨和抱怨了……"

费拉特一边打着盹儿，一边又想着，那客人给他老婆和儿子下葬时，心里一定沉重得堵得慌吧——幸好——如今他呀也没啥人了——接着，费拉特实在撑不住了，就此睡了过去。

这夜晚，剪得是越发短了些，而那几个帽子匠的困境，拉得却是越来越长了——那买卖，已经停下了。阳光照射下，雪开始暖和融化了，隐隐露出那头年的厩肥来，也就越发地泛黄了。有时，这样的白日，比夏天还要明亮——那是冰雪的洁白在迎击红日的娇艳。并且，那清新的空气，忽而冷得刺骨，忽而又暖洋洋的，显得特别活跃和精神。

驿站村，如今是一副愁眉不展、苟延残喘的样子——那战争的炽热，已渐渐烤干了驿站车夫们舒适安逸的生活，如此时节，人们已不再期盼，那新春的华美与绚烂。

扎哈尔·瓦西里耶维奇在铁路上，小心谨慎地干着活，独独担心着一件事儿——被撤了登记和送往前线。他那双生的俩儿子，如今正长着呢，可这当父亲的，却不怎么会怜惜，笨拙而又粗野，一点也不懂得娇惯和宠爱。

而娜斯塔西娅·谢苗诺夫娜，却为俩孩子操碎了心，实在害怕自己的这一双头生子，遭药物折磨得太过厉害，那小小的身板儿一拉肚子了，她就恐惧得直哆嗦。

马卡尔在打制马具，并提前为铁匠铺子忙碌的夏季生意，满腔热情地事先做些准备，也早早地感受到了，那开阔而空旷的夏日，无尽的美好与欢悦。村里别的那些人家，仍旧过得中规中矩、稳稳当当，每个人都期盼日子更加轻松，未来也更加美好。

屋外的小院，是越发地明亮和暖和了，这让斯瓦特甚是欣喜和快慰，不过，内心却略略有些忧愁和苦闷，不免羡慕起那些一动不动、死气沉沉的物什来：它们不愁吃喝，不管安乐，不知烦恼，那日子，过得是宁静而纯粹，怎样存在，就怎样付出。

"到了夏天，你可别把自个儿故意给饿死了哈！"瞧见斯瓦特如此地操心忧虑，那位叫米沙的客人打趣道，"咱们呀，打几只鸽子，捉几条鱼，再整点儿可以充饥的野菜——这不，那菜汤、鱼汤、肉汤呀，就都有了，而那第二道主菜嘛——剩下的骨头渣渣，也正好将就凑合！"

可是，斯瓦特却另有打算，提早就打发起费拉特来，想着让他去村里重操旧业。

"虽说，我也很同情你，你是个厚道实诚的人，咱们一块儿相处得也不错，可你也瞧见了——咱们仨捆在一起，实在是撑不下去了，而那米沙，又是无处可去！"

到得第二天，这几个手艺师傅们，啥也不干了。眼下，只有那米沙，揣上最后的五戈比钱，出门买面包去了。当然，他也不可能，把那面包完完整整地给带回来——这一路下来，那刚出炉的面团子，少不得要被他抠呀挖地，整出些坑坑洼洼来，那见不着的，则都进了他的肚子。

"唉，好吧！"费拉特说道，"我这就挨家挨户地去问问——看看能在哪儿落脚不！要说再上您这儿来呀，伊格纳特·波尔菲雷奇，得下一回啰，再来谈谈天说说地，瞎扯乎些！……"

6

大地上，田野起伏连绵，微微泛起些久违的湿润和晶莹，原是春天已悄然来临。费拉特一边走着，一边心里暗自高兴，总算有个知心的熟人了——伊格纳特·波尔菲雷奇，还有垃圾场的那间小屋，自己也是随时想去就可以去的了。

他在马卡尔处暂时安顿了下来——要修补加工 4 副马颈上的套包，再顺便照看一下铁匠铺子。而马卡尔本人，却乘了火车，沿途去换那烧炉子的煤炭去了。村子里，人们议论纷纷，说那要紧不要紧的物什，如今压根儿没必要去弄了。可对斯瓦特、费拉特和米沙来说，他们仨儿显然不在此列，从来没什么东西让他们觉得，有要或不要的困惑，凡是做买卖换来的物品，很快就消耗一空了。所以，也只有回了村子里，费拉特才意识到，战争是个什么玩意儿，也才看清楚，她那吸血夺命和招灾生难的可怕力量。

眼下，村子潮湿泥泞，又多年未经修缮翻新，看上去灰扑扑的，再加上一些破破烂烂的窗户，更显得凄凉和羸弱，活像那饿了肚子的，直是面黄肌瘦不堪。那狗儿，饿成了皮包骨，夜里也不再叫唤了。一切仿佛都陷入了泥潭，掉进了深渊；连费拉特都开始担忧了，想着，眼下恐怕也只能挣口，勉强可以下咽的吃食了。不过，马卡尔给他备下的食物还算充足，毕竟大冬天里，铁匠的手艺活儿还是蛮要紧的，得为那些庄稼人忙活。这干活儿卖力气的，哪能少了吃的。

马卡尔许久都没回来，费拉特无所事事，有些无聊和厌烦起来——那几件马颈上的套包子，早就缝得差不多了。每天，费拉特都要上斯瓦特和米沙那儿去一趟：眼下，他们的景况真是糟糕透了，也就指望着费拉特省下来的那点儿口粮，勉强撑着过活。

可费拉特送过去的，却非省下来的那点儿口粮，而几乎是马卡尔分留给他的全部份额，他自个儿，也就留了一小块儿面包尾巴和四颗土豆。

"你呢，自个儿吃饱了吗？"斯瓦特问起，"你想啊，把这些东西都吞下去，对我们来说，费不了几个事儿，可你呀，却要更瘦弱些啰！"

"不会瘦的！"费拉特略略有些不好意思，"眼下也没什么活儿干，就撑口气吊命呗，用不着吃那么多了。"

斯瓦特不乐意了，埋怨道：

"亏你想得出来——还撑口气吊命呗！你瞧瞧人家米沙：他也是在撑口气吊命哈，可这会儿随便来头野兽，保准一口就吞了！"

"没错！"躺在旁边的米沙，答应得很干脆，还不忘吞了吞口水。

有一回，费拉特从梦中惊醒过来。他睡在铁匠铺子的一个角落里，拿眼睛朝四周一看，全然一片漆黑，也就把一颗不安的心放下了。圆木墙外，夜色浓郁，万籁俱寂，隐没了村子的身影，仿若与世隔绝，只待来日清晨，容颜再展。四下里，万千事物模糊难辨，平添了几分宁静。睡梦中的驿站村人，两侧的肋骨微微发红，兴许是已翻过几回身子骨儿了。还当是修补篱笆墙那会儿，扎哈尔·瓦西里耶维奇就跟费拉特说起过，夜里，只要娜塔西娅·谢苗诺夫娜的身子那么地一翻，他也就得这么地从床上飞落而下了。

"幸好呀，我的娜斯佳还不是多么胖，要是谁有个肥婆娘——那可够他遭罪忙乎的啰！"扎哈尔·瓦西里耶维奇不怀好意地笑了笑。

然而，这当口——却是鸦雀无声；外面，一丝声响都没有，根本听不见那热乎乎胖墩墩的婆娘们，翻身的动静儿，也没了那倒霉的汉子们，遭踹下了地的响声儿。

突然，费拉特打了一个激灵，旋即坐起，就听见传来——一阵接一阵尖锐而短促的枪声，和着些隐隐约约的惊叫与骚动。

一时间，费拉特全然愣住了，他从未见识过村子外面的世界，只记得自己小时候，同母亲一起生活过的那个小乡村。费拉特只知道埋头干活，从来都迷迷瞪瞪的，脑子里意识孤寂，心无旁骛——于是，渐渐地，他就不由自主地疏离了思考；到得后来——正当要思考一下的时候——却什么也想不起来了：那脑袋因为无所事事，而永久地退化僵滞了。

是以，这会子，由于搞不明白那枪声的意思，费拉特害怕得直哆嗦。那战争，他是知道的，可无论米沙讲的那些故事如何又如何，他却是全然难以想象和揣测的。

枪声渐消，可人们的惊叫呼喊声，却越发地分明了。费拉特估摸着，兴许是火车站那边出了事儿，接着，也就出了门。

天上，繁星点点，费拉特仔细打量着那群星璀璨的天幕。夜半的天空，深深地吸引着他的目光，目光中，寄托着他久远的一个梦想——每当有星辰滑落和飞舞时，他想捕捉到那转瞬即逝的身影。打小时候起，看见流星坠落天宇，他总有些莫名兴奋和激动，可是，他这辈子一次也没有看清，那星星是如何在天幕上动弹和挣扎的。

一大早，马卡尔就回来了——没见着煤炭，却心事重重，语气很是凝重：

"沙皇，早就没了——铁路上那些躲过前线的家伙，起来闹事儿了……我们啦，一直呆在家里——啥也不知道：人们把那枕木，从站里都拖了出来，还闹着，要把那些火车头，按各村各地儿来人的堆头，给瓜分了……"

这些消息，对费拉特来说，似乎有异国他乡那么遥远，也就不像马卡尔那般，有多么惊讶和诧异，也仅仅是心里略略有些好奇，随后也就沉默不语了。他隐隐约约觉得，村里的那些篱笆墙、大水桶、套包子和别的什么物什，恐怕得永远地呆在那里了，兴许将来会有那别的什么人，再来收拾和修理。

临近傍晚时，费拉特堪堪收拾妥当，就去找斯瓦特，可在半道上碰见了他和米沙两人。客人——米沙手上拿着一整块面包，步子轻盈而快活，而斯瓦特却有点心不在焉，像是肚子里藏着什么事儿似的。

"我们要走了，费拉特！"斯瓦特说道，有些伤感和忧郁，"这就告别吧，反正这村子我们也呆不下去了。"

"对——嗬嗬，等着吧，狗崽子们！"米沙脱口而出，好一番吓唬威胁，"这帮下流坏子、恶魔孬种：霸着那田地，过得倒安逸，你呀，也是个多余的货——出去转转吧，去找自个儿的路子吧！"

费拉特一路把他俩送到火车站，就得告别了：

"今后，伊格纳特·波尔菲雷奇，啥时候再回村子来转一转？"

离别在即，费拉特看着那俩即将远行的身影，心里隐隐作痛，不知道要如何，才能抑止那心中不舍的哀伤和酸楚。

斯瓦特也甚是激动和难以释怀。别路尽头，他抱了抱费拉特，用他那胡子拉碴扎人的脸，亲了亲费拉特干巴巴硬邦邦的嘴唇，那地方，也就小时候，母亲曾经亲吻过。这样的亲吻，让费拉特有些不自在和心虚胆怯，可突来的眼泪，却止不住地滑落，不由得略略痛楚地皱起了眉头。

"打住啦，这小娘皮都快湿透了，再这么下去，哪还像个爷们儿呀！"米沙也很是懊丧，扯了扯斯瓦特，埋怨起来，"你何苦去惹人家难过——他总会遇上别的人的！他这个人，性子就是有些单纯和任性！"

费拉特没有转身就回马卡尔那里，而是绕着道儿，满腹忧伤地来到垃圾场。伊格纳特·波尔菲雷奇的那间小屋，如今空荡荡、静悄悄地立在那里，只是，费拉特觉得，无论那墙还是那窗，都在思念着那离去的人儿——也沉浸在了孤零零的悲伤里。荒凉的小屋，依旧是那么真实、亲切和迷人，曾几何时，那曾在这里耕耘生活的人们，如今已将它抛弃。费拉特在门口站了会儿，拨弄了几下那柄——斯瓦特每天都要推拉的门把手；眼睛看了看脚下那块——斯瓦特每天都要瞧多少回的地板；又在那地板上躺了躺——上面，他们一起睡过了整个昏暗而阴郁的冬天——这才，收拾好那份绝望和哀伤，把它深埋在心底，任何安抚和慰藉，都再也难以抹去。

每天，费拉特都要到垃圾场，去自己的那间小屋子，远远地望一望，眼里满是柔情和依恋。他着了魔似的等着盼着，那门能突然就开了，里面走出那伊格纳特·波尔菲雷奇，嘴里还叼着根自己裹的烟卷，冲他打招呼：

"进来吧，费拉特，站着干吗，刮着风呢！见到你呀，我从来都很开心和快乐，你这个老实巴交的厚道人！"

每当深夜，车站偶尔会响起些枪声，有时又寂然无事。那驿站村子里，正忙着收存粮食，好把去年收租时欠下的余额，尽快收上来。扎哈尔·瓦西里耶维奇独自来到乡下，去找自家的佃户，发话分派起来：

"那招人讨厌的时间又到了，普罗霍尔，而你呢，还欠着我40普特的小米，这就运来吧，乘着那道儿还干乎乎的，嘎吱嘎吱叫得响，要不然啦，眼瞅着那道儿呀，就要松了垮了哟，不到复活节后那个礼拜，是干不了的哟！"

"哎呀，这我可还真不晓得，扎哈尔·瓦西里耶维奇，那咋办呢？"普罗霍尔倒是不太相信，可却也没少了那客气和恭敬，"人们都在传，好像那田土哇，如今要无偿地归庄稼把式们了，那欠下的租子，也得让着点儿了哟！"

扎哈尔·瓦西里耶维奇着实气得不轻，眼睛开合间直冒凶光，甚至都听得见自己那愤怒的血液，在一个劲儿地怒吼咆哮。

不过，他说起话来的语气却相当平稳，免得错失了对这个庄稼汉的讥讽和嘲弄。

"新的掌权主事儿的，不见得会比那旧的傻吧，普罗霍尔！你没注意到吧——那里呀，傻瓜倒是换了一茬儿又一茬儿，可那地主们，不还老神在在地立在那儿——眼下，那田呀地呀，还不越发老老实实地搋在他们手里！有件事儿倒是真的：要说把你的那份地儿，白白地转给左邻右舍，这可是你左右和拒绝不了的！革命啦——她就是一种自由，跟财产啦归属呀什么的，压根儿就不搭界——像过去一样，总会停下来的！"

"我那份地儿——小事啦！"普罗霍尔回道，神色有些踌躇和犹豫，"如今啦，先不说那地的事儿。有个当兵的呀，威胁吓唬我，说是无论如何也不能把那租子给交了出去，否则那新政权呀，就得垮台倒了去，那仗啊，又得从头来过了哟……"

"这场仗还没到头呢！"扎哈尔·瓦西里耶维奇叫嚷了起来，"这场仗，起码要打到德国人的地界儿去！而那土地新令，还没影儿呢，普罗霍尔，你没想到这茬儿吧！赶紧地，别磨蹭了，把那小米给交啰，不然，赶明年，我就把你的那点儿地呀，给退回庄子里去——那里呀，比你更合适的人，可多了去……"

"那当然，这是您的事儿，扎哈尔·瓦西里耶维奇！那小米嘛，我当然不会耽搁啦；只要那四轮大车一上了路哇，我也就到了村子里啰……都是那些乱嚼舌根子的，瞎掰掰胡说，我们啦，也就跟着起哄罢了，那个事儿呀，谁又知道是咋回事儿呢——这往后呀，会是个啥样子，也只有天老爷晓得啰！明儿个呀，我亲自走一趟车站——倒要问问那当兵的！"

"你就找借口推吧，普罗霍尔，去问问吧，这脚呀，长在你的身上，不是公家的，你那脑袋呢，也是自个儿的——谁也不会可怜和舍不得的！"末了，扎哈尔·瓦西里耶维奇很是有些生气，说完转身就走了。

村子里的驿站车夫们，叽叽咕咕地议论了起来。隔天，村长就召开了个村民大会，疏导疏导不满的情绪，把大伙儿团结到合理合法的轨道上来，也就讲道：

"从前线退下来的那些该死的逃兵们，硬是成群结队地到处乱闯呀，密密麻麻的多得不得了：他们把那祖国的敌人们，都放进东正教徒的土地上来啦！眼下到底该咋办，东正教的信徒们，这会儿连那庄稼汉们，都无法无天了，各自都闹腾起来啦，想把那别人的土地呀，从它们主人手里给夺走！这样的章法，在我看来，那法律里是没有的！不过，想要彻底制止这蛮横无耻的霸道行径，如今咱们呀，得给省里那些大大小小的官员们，挨个儿去一封联名信，要让那里的人都知道，究竟发生了什么事情。这可对大家绝对都有好处哇，明白了的话，就签上自个儿的姓名吧！……"

费拉特的日子，过得是无悲无喜，漫不经心——没了伊格纳特·波尔菲雷奇，他对一切都毫无兴致。在这动荡不安的时节，马卡尔也歇下了一应的活路，没过多久，他就推托起费拉特来：你自个儿，咋说呢，也瞧见了——没事儿可干了，两人都这么干坐着，也不是办法——你出去转转吧，挨家挨户地去找找看！

7

端端村子的正中，有一处两层楼的老房子，旁边有口水井，井边立着间板棚——那是马儿的囚笼。在这囚笼里，有匹马整天都被拘在狭小的空间内，不停地转着圈，拖曳着一架木制的绞盘。绞盘架上，一卷绳索时上时下，吊起又放落着水桶，轮番取出些水来，倒入旁边的水池，水池又连通一水槽，潺潺的水流盈满无间。那打远道而来，到村子里赶集的农夫些，就着那水槽，一戈比一头地，喂起些马儿来，而人若饮之，则分文不取。

这栋双层的屋子，住着水井的主人，斯皮里东·马特维伊奇·苏霍鲁科夫一家，妻子马尔法·阿列克谢耶夫娜和两个孩子——全是男娃子。

要离开了，马卡尔扎扎实实地招待了费拉特一顿饱饭，撑得他也就来到那口水井边，想取些水喝。不过这时，池里却不见水流动，只有那斯皮里东·马特维伊奇，站在黑色板棚的门边，凶巴巴地盯着这位路过的行人。

"挖井没出力，喝水倒积极，真是个流浪仔儿！那个你，靠近点儿，这边儿！"

于是，费拉特就靠了上去。

"去哪儿呀，你?"斯皮里东·马特维伊奇问起。

"出来呀，找点儿吊命的活儿干!"费拉特回道。

斯皮里东·马特维伊奇突地心里一紧，感觉空落落的：

"你们，都是娘胎里出来的孩子，流落到这儿，也不容易，只是那一双脚哇，白白地踩破了那大地哟！走吧，给你一匹马，帮忙照看照看——我原先的那个仆人哪，跑到乡下搞暴动去了！"

就这样，费拉特愣头愣脑地进了那间黑色的板棚，里面，有一匹精瘦的马儿，半眯着眼缝儿。

"只要不让它停下来，怎么抽都没关系！"斯皮里东·马特维伊奇说道，"你呀，还要时不时地，抽空盯着点儿外面：那水呀，没得白吃白喝的——要有那拉大车的，一戈比一次，别的嘛，两戈比！"

那马儿，步履蹒跚，不停地转着圈儿，使出了浑身的力气，看上去青筋暴露、血脉偾张。这马儿，很少停下，也不得片刻歇息：费拉特一甩鞭子——它就得老老实实地拉着那绞盘架动起来。

时光昏暗，不停流逝，狭窄而沉闷的寂寞，让费拉特很是难受。他出了屋子，一边听着，那满满的水桶，倾倒进饥渴的水池，水流奔洒飞溅的哗哗声。一边又贪婪地瞧着，偏僻的街道外面，苍茫空旷的景象。只见得，空荡荡的原野上，春光正明媚绽放，可却人迹渺无。费拉特不由思念起伊格纳特·波尔菲雷奇来，心里满是难过和忧伤。不过，那匹打井里取水的马儿，它的命运遭际，却是更加暗无天日和悲哀绝望——这么两相一对照，费拉特也就略略释怀，一下子轻松了不少。

每天晚上，费拉特都挤在贮藏室里过夜，隔壁则是主人家的睡房。兴许是这地方睡不习惯，费拉特有些气闷，那间小房子的破屋顶，也让他心里瘆得慌——他觉得，似乎一合上眼，那屋顶就直往下掉。

夏天——渐渐临近——草儿幼芽初上，蕾蕾花骨朵儿吐露，将其装扮得分外娇嫩。花园突然羞涩起来，匆匆忙忙用绿叶将自身遮盖。土壤孕育着惊人的激情和慌张，仿佛欲生出那非同凡响的永恒生命。月色明亮，好似亲人坟头的野火，又像那高挂苍穹的灯笼，照亮着人们往来聚散的道路。

费拉特赶着那马儿，心中隐隐同情和不忍，在这漆黑的板棚里，不免有些郁郁寡欢。那马跟他混得熟了，不用吆喝，也行动如常，费拉特则几乎无所事事——整天家地坐在那里，只偶尔从一些喂牲口饮水的庄稼汉手上，收取几个戈比的水钱。人呀，一旦懒散和清闲起来，内心难免滋生出一些哀愁和杂念，就好似那荒芜而贫瘠的处女地上，冒出来的累累杂草。费拉特眼下，也正是这么个情况。不过，他那颗被悠闲恬淡的油脂所蒙罩的脑袋，却也开始了想象和回忆，虽则模模糊糊，但却响亮又可怕——如同那冰封的晶莹山体，在重重的压力和原初的欲望下，开启了第一次的萌动。就这样，那思绪在费拉特身上不断滋生和蔓延，这一刻，他听见了它在自己内心的轰鸣和叫喊。

　　有时，费拉特觉得，要是自己能跟别人一样，可以自如而顺畅地思考，那么，那内心隐隐的苦恼所唤起的压抑和酸楚，克服起来，就要轻松得多。这呼唤每晚都会响起，逐渐汇集成一股清晰的声音，说出一些令人费解的沉闷言语。只是，那脑子却没在思考，而是发出了铿锵刺耳的喀嚓声——内里，某种清新意识的胚芽，被坚定地植入并永久地种下，从此，将不再为那朦胧而慌乱的情感，所征服和打垮。于是，费拉特来到那马儿后面，跟它一起拉动绞盘，死死地顶住那马的屁股。堪堪绕了 10 圈，费拉特感觉人有些摇晃恶心，径直就喝起冷水来。他喜欢这样大口大口地狂吞猛饮，好似那冰凉的井水，能够带来些许内心的宁静和安适——既清新，又纯净。费拉特觉得，自己的那颗心灵，仿佛是长在喉咙上的小疙瘩，每当他孤独得难受时，想念伊格纳特·波尔菲雷奇想得酸楚难当时，总要时不时地，摸摸自己的喉咙。

　　斯皮里东·马特维伊奇八岁的儿子瓦西卡——一个机灵的小

捣蛋，时常跑到板棚里来。费拉特往往会摸摸小家伙的脑袋，并跟他有一搭没一搭地瞎聊。瓦西卡也会跟费拉特聊天，可说的那些话儿却相当奇特：

"费拉特，我妈姆呀，又坐尿盆子上了，而父亲呢，就一个劲儿地吵她……"

"得啦，瓦西，管那些干吗，来来，坐会儿，她呀，没准儿生病了，怕遭外面的风吹着了！"费拉特解释道。

"不对，费拉特，她是存心故意的，就不想让父亲歇口气儿：她呀，就爱瞎胡闹——真的！"

费拉特想转移一下话题——聊起了斯瓦特和那个士兵——米沙。可那小男孩，听了一会儿，突然又想起来了，说道：

"昨儿个夜里，母亲把铁锅子里的白菜汤，给弄洒了，父亲呢，操起那炉火扒子，照着她的肚儿，狠狠地给那么一下……母亲大叫了一声，脸上的颜色，一下子全没了，真的！父亲说了一句：'骚娘们，烂货，赶紧地，把屋顶给刷啰！'——可母亲呢，也不见往那顶尖儿上爬去，光只是躺在床上，一个劲儿地哭！她呀，就知道在我们面前，装装那样子！……"

小男孩的话，让费拉特心里堵得慌，很是难受，不免心想："如今呀，我们可是有三个了——马儿、我和小男孩的母亲"。再深的痛苦，被劈成了三份——那么，每个人就会分得少些，也就要好过些。

一天，大清早地，瓦西卡就跑来了，嘴里大声叫喊道：

"费拉特！快去看看吧——妈姆又在穿堂里坐下啦，父亲呢，在屋子外面，一口气把稀饭喝光了，也没给我们剩点儿啥！"

费拉特安慰着小男孩，可自个儿心里，却不太好过。

午饭后，费拉特上门来找斯皮里东·马特维伊奇——想从东家手上拿几个钱，好给吊桶换一根新绳子。

还没进得屋子，就听见，从穿堂里传来瓦西卡大呼小叫的挖苦嘲讽声，很是蛮横和粗野；又听见他母亲在轻言细语地劝说着，也许，是在极力地讨好和满足他，可显然，没起到什么作用。

"把蜡烛交出来，坏蛋！"瓦西卡叫嚣道，口气咄咄逼人，倒像是个大人似的，"说你呢，听不懂是吧？！交还是不交——我还要等多久？再不给，我就把这茶炊给掀了，你这个可恶的骚婆娘！"

母亲赶忙小声而胆怯地平息着他的怒气：

"瓦西，别这样，好么，瓦西！我马上就给你找蜡烛去——昨儿个，你不是把那根给烧完了吗……我这就去买面包哈——顺道儿再给你买根新的……"

"哈，我告诉你——是你，把那根蜡烛给藏起来了，你这个该下地狱的魔鬼！"瓦西卡尖着嗓子叫嚷道，手里还摇晃着什么东西，哐哐哐地直响，应该就是那只茶炊吧。

"好啦，瓦西，我真的没有蜡烛——我给你买，行不……"

"我跟你说——现在就给我拿来！要不然——叫你好看……"

话音刚落，就听见响起一阵咣当咣当的声音，是铜器的声响，还传来哗哗哗的水流声：该是瓦西卡，把茶炊掀翻在地上了。

"我早就跟你说过不，给我，可你就是不给！"发生事故了，瓦西卡找起借口来，语气却也缓和了不少。

费拉特小心翼翼地开了门，进到厨房，感觉自己心跳得厉害，脸上也臊得慌。

小板凳上，坐着位年轻的妇人，上衣角边儿捂着眼睛，不停在抽泣。

瓦西卡气乎乎地看着那一地开水，一时也没发现费拉特进来了，当看见后，就指责起母亲来：

"啊哈！瞧你，干啥好事了？我这就告诉父亲去——这茶炊刚上了锡，而你居然给弄到地上了！等父亲回来——看他怎么收拾你！"

那妇人，只是一味地默默哭泣。费拉特比那儿子和母亲还害怕，吓得忘了来干啥了。那妇人匆匆地瞥了他一眼，好一双野性的黑眸子，可转瞬就又躲进了眼睑里。那妇人，模样清瘦而又格外美丽——皮肤黝黑，垂垂可怜，一张俏脸上，眼睛、嘴巴、鼻子和耳朵点缀得相当精致。实难想象，经历过分娩的痛苦、养育孩子的辛劳和丈夫的折磨，还有这般不幸和苦难的命运，她身上一切的美好，竟还如此完整和迷人。

还有一个小男孩，比瓦西卡要小些，坐在个角落里，同母亲一起默默地抽噎着。费拉特发现，这个小家伙更像母亲一些——黑黑的，小脸柔嫩，神色惊恐，仿佛总是在等着被打骂似的。

明摆着，斯皮里东·马特维伊奇并不在家——费拉特也就啥也没说，径直离开了。

过大节的几天里，费拉特要么去找找马卡尔，要么干脆去田野上发发呆。马卡尔对他说起，革命，就像那天上的雨水，落下来时，或东边或西边，总有个方向，只是还没波及驿站村，也就没听到和见到更多的东西：不是一切都结束了，就是那狂风暴雨吹刮去了别的地头。

"对我们来说，也就无所谓啦！"马卡尔聊起天来，"反正每个人都缺吃少穿的，眼下呀，这粮食也快没啦，到时候哇，就万事皆休了哟！"

"那么，人们还老去火车站吗？"费拉特问道。

"去着呢，费拉特！傻不拉几地硬要闯过去——这战争呀，整个儿都跑到农村来了哟！这叫什么事儿呀，没完没了地打来打去——眼下这百姓呀，病得就剩一口气了，哪还经得起折腾哟！"

费拉特对一切都很感兴趣，在马卡尔那里待了好一阵子。后来，马卡尔困得都哈欠连天了，只好催促起费拉特来：

"你也回去了吧，费拉特，咱俩呀，今儿个就当都休息放松了，不然啦，我这身子骨哇，怕是要累垮了哟！"

费拉特走了，在下一个节日天来临之前，都不会再言语了。

夏天的嫩绿和苍翠，渐渐暗淡了下来，变成了一片藏青色的光景——这是成熟的征兆和色泽，也是万物勃发的欢悦和华章。费拉特一边打量，一边想着，这天高日正的晌午，很快就要开始日头西偏了，而这夏天，也将慢慢老去，逐渐变成深棕色的，然后是浅黄的和金黄的颜色——这是那银色自然界的凋旎和光彩。到时候，这小小的驿站村，又得蜷缩进各家各户的房舍里了，一到下午四时，处处人家就要关门闭窗，然后再点上煤油灯照亮。

整个村子，都在数着盼着那收成渐近的日子，并纷纷猜想——那庄稼汉们，如今这租子是交还是不交了。斯皮里东·马特维伊奇，对他家那口子来说，就是一个恶魔和混蛋，可一旦在井边跟左邻右舍闲聊起来，却相当有见识和敏锐的洞察力。

有些驿站车夫，是专门上他这儿来的——就是想问问，他家的那份田地作何打算。

"如今我那地呀，没了哟！"斯皮里东·马特维伊奇回答道，"那庄稼汉们拿啦、占啦——说是那战争的回报和酬劳……"

"啊，不是说那所谓的新法令，还没出来吗，对不，斯皮里东·马特维伊奇！"一位车夫说得信誓旦旦地，想给自己和对方都打打气，"他们蛮横无理地径直拿了去，简直无法无天了！"

斯皮里东·马特维伊奇仔细地瞅着那人的脑袋，神色沮丧而阴郁。刚才说话的这家伙，脑袋上的头发也就剩下那么一小圈了，可却一想到那些胡乱蛮干的愚蠢行为，心头那火气，总是冒得高高的。

"伊里涅依·弗罗雷奇，你这家伙那头发呀，看来，不是聪明过头了，而是造孽造多了吧！就说那蛮横无理的行为，从前是藏了起来，有那沙皇的帝国在吓着它，可如今呢，却他娘的，我们那帝国成啥鬼样子了？那帮家伙，连火车头都想拖到农村去，更别说什么土地了：土地呀——首当其冲的东西哟！"

"这么说来，驿站车夫们，只有死路一条啰？"伊里涅依·弗罗雷奇冷静了下来，问道。

斯皮里东·马特维伊奇的神情，立刻严肃起来，甚至有点忧愁和悲伤。

"死嘛，一时半会儿还不至于，伊里涅依。我估摸着，收拾和镇压的命运，得摊派到我们头上了，而不是他们那些家伙。"

"可那租子呢，是等今年收，还是明年再收？"

"压根儿就别指望啦！"斯皮里东·马特维伊奇叹了口气。"这事呀，就烂在肚子里吧，想都别想了——如今哪，怕是没哪个庄稼人再带着租子来啰，自个儿趁早呀，去寻门手艺干干吧！"

费拉特听着，渐渐闹明白了，那革命最简单的道理——就是剥夺土地。在那些驿站车夫身上，他早就发现，潜藏着一股狠毒的怨恨和巨大的恐慌。只是，这恐慌在与日俱增，而那怨恨却不断消融，渐渐变成了一种驯服的哀伤，根源就在于，在庄稼汉那里，情形正好相反：曾经的屈辱，催生出了一种凶狠的意志，而这意志又指引他们同地主们，进行着斗争——放火和毁灭。

村子里的驿站车夫们，原本以为，这下是在劫难逃了，可后来搞清楚了，他们呀——不过是些不起眼的小地主，在那些庄稼汉那里，有大把大把要操心忙乎的事儿，还顾不上他们。

费拉特开始留意起身边的事情来，尽管从他的初衷来讲，一切都并不那么轻松容易。他明白，那扇为他准备的门，无论在哪里，都不会自行打开，而冬天，又要威风凛凛地逼近了——情况比去年还要糟糕：那时，好歹还有伊格纳特·波尔菲雷奇在。不过，隐隐约约，费拉特感觉到了某种，令人心动神往的思想：他期盼着，如果走出这驿站村，将不会再忍饥挨饿，而从前，这愿望却总是白白落空。那种对生活长期而隐秘的恐惧，随着岁月流逝，逐渐演变成一种老实巴交的憨厚和本分，并在自己体内渐渐消散和耗尽。而内心那些激昂沸腾的原初欲望和萌动，却越发温热和澎湃起来。心里到底想要干啥——费拉特并不清楚。有时，他渴望悄然出现在那众生云集的人群中间，然后给大家说说这整个世界，讲述他是如何孤单地在求索和感悟。有时候——他想就这么干脆地一走了之，把驿站村永远地抛弃和遗忘；把这 30 年风风雨雨的苦难生活，彻底地断绝和埋葬；还有，把那内心莫名的向往和祈愿，也统统地撕裂并粉碎，说不得，正是它，掌控了人们的心灵，并将人们带进了命运的黑暗深渊。

费拉特不像那些经验丰富的人，马上就能思考和想明白——

他依旧是愣头愣脑和不明不白的，刚一有所觉察和感受，可接着那感觉就钻进了脑子里，摧毁并改变了其内里娇嫩的组织和结构。起初那会儿，这感觉异常激越而粗暴地抖动着那思想，使其衍生出某种巨大的怪象，以至于根本没法子，顺畅地将思想言说和表达。这颗脑袋，对那模糊麻乱的感觉，总是难以与之相呼应答，这样一来，费拉特也就失去了生命的稳定与平衡。

这段日子，伊格纳特·波尔菲雷奇的那间小屋，费拉特很少再光顾了：那里重新被乞丐和难民占据了，这帮家伙，甚至连垃圾场都不放过，搞得乌烟瘴气。不过，那失去友人的忧伤和苦闷，在费拉特心里，如今则是长满了一层凄然惆怅的，却不再令人痛楚不堪地怀想和回忆。这间小屋，之所以令人难以忘怀和不舍，不单单是因为它寄托着，对往事的回想和留恋，而且还因为它发出了某种召唤和呼吁，要人跟随那从这里别离的人儿，再度远去。这屋子，曾几何时，给了费拉特多少的希望和快慰，让他在村子里的时光变得轻松又单纯，仿佛是在度过那最后的一段时日，可以糊涂挥洒，也可以马虎跋涉。

8

枯叶飘落，软柔衰弱，荡起层层秋意；大地久时干涸，迎接这秋的洗礼，天空高远而明丽。田野上，庄稼收割一净，只剩下凉飕飕的空寂，和微微飘绕的，若隐若现的蛛网丝须。高天无垠，垂悬着一个湛蓝的穹洞，闪亮而夺目，状若倒扣的巨碗，饥渴而贪婪，一张大嘴似要吞咽下这方天地万物。这世间，那些感天动地的、扣人心弦的是非曲直，来去如故、不舍昼夜，去则成往事难再，来则留今生震撼。朝夕绵绵，那人儿，从大地的广袤之怀和幽深之渊走来，每每往复开启那头顶，又一回的白色光亮世界，并重新燃起希望的热血，和许下惊人的期盼。

费拉特喜欢秋天——与那令人畏惧和害怕的冬天，正好相反。在他眼里，这秋天，天空更高远了，空气更清新了，呼吸也更畅快了。到得这年入秋后，费拉特仔细观察着，那熟悉而又新鲜的秋色秋景，也稍稍留意了一下，那些驿站车夫们的忙碌和牵挂。而那驿站车夫们，与其说是在操心，不如说是在倾听，这世上发生的新鲜事儿，并还彼此交头接耳，互通起有无来。他们仍旧坚信，那革命——不过是荒谬的谣传，是以也就不太惧怕。

起初，他们断言，出台了新的严厉法令——土地要返还给驿站车夫们了，还说，又开始同德国人开战了。可后来，好像忘了这档子事情，而这世上的某个地方，又狂风骤雨般地闹腾起来了，只是那动静，还没波及驿站村而已。

驿站车夫们，成群结队地赶往火车站，想要问问那扳道工——铁路可以拆了不，那站上的财物，可以按人头分了不。扳道工回答说，还不到时候，再等等看，不过这事儿，肯定是跑不掉的——时机一到，他就亲自到村里去通知大家。那车夫们，就从一堆子的材料里，两人一根地抬了枕木，回家去了。这点儿额外的收获，倒可讨得家里婆娘不少欢喜。只要能够顺手白白地捞点儿什么玩意儿，即便那东西可能算不上家当，也无助于操持家业，可这白捡的便宜，却也使得他们尤为心满意足。要说让他们花钱买点儿啥，那是极不情愿的——老嫌那价格都太贵了些。这种感觉和心理，是自古以来就养成的习惯，并铭刻在了他们的天性里。要知道，这驿站车夫们，一年的吃饭伙食，是那庄稼汉们佃田租地收成后，免费运来的冲抵租子，而那房屋宅院，又是祖上传下来的自家东西，只是，这衣物穿戴，却是令人头痛和一家子人纷争的祸水根源，东西尽管要得少，可又缺不得，还是得花钱去买才行。

某一礼拜日，一伙子老太婆做完日祷，在村里小教堂的台阶上集了合，邀邀约约地出了村子。每个人身上，都备着个小袋子，里面早早地装了些斋饭素食，又同神父做了约定，然后就一路神气活现地，朝着"约雅敬"教堂行进而去。费拉特正在村子外面走着——要去为东家到一个车夫那儿收点债回来，可却没得手——那车夫是位鳏夫，一个人孤零零的，就出家当修士去了，走的时候把那庄子，当作遗产赠给了他丈母娘。费拉特碰见了那群步态蹒跚的老太婆们，着实被吓得不轻，好像遭遇了什么灾难似的，唯恐避之不及。那群老太婆，披散着稀稀拉拉的一头枯发，边走边交头接耳、絮絮叨叨。她们踩在密实的沙地里，脚上应是好受不了，还撩起那裙子，免得沾染了灰尘，露出一双双瘦得令人发慌的苍白腿脚。神甫走在前头，脑袋扭向一边，避开了那群女居士：他年纪也还不大，却受了生活的惊吓，显得畏缩怯懦。这群老太婆，下了村子边上的那道宽谷，然后就消失隐没在了灌木林中。费拉特看着那沙地上留下的，一串串自家缝制的软便鞋脚印，突然想起并明白了，为何一些老得快不行了的驿站车夫，总要为自己在家里的阁楼上，早早就备下了只棺材，并小心翼翼地收藏得很是妥帖。可是，你看那女人们，甭管年纪有多大，从不会提前为自个儿订下什么棺材，并且落气的时候，还要穿上一身陈旧的婚纱。

那人伍当了兵的驿站车夫，有幸活下来了的，也尽皆返家了，对那革命却是众说纷纭、各执一词：某某说，这是——犹太人起来反抗了，要消灭所有别的民族，图的是大地上就剩他一个族类，好实实在在地掌控这整个人世间；而另有人则说，不过是打光脚的穷光蛋们，在宰割那穿鞋子的有钱人，还说眼下趁着那些个地方，多多少少还残留些啥东西，就该把这村子给弃了，赶紧跑去抢占些产业和城池。

一些上了岁数的车夫，就劝说人们去做礼拜祈祷，还扯上圣经上的条条款款，言辞凿凿地说如今这时局景况，上面都有明确而又精准的预言和先见，于是乎——就更应该竭尽全力去祈祷膜拜，直到气血不竭汗流不止——之后，人才会神清气爽，状若神灵。

"看来，你是试过了的啰——拜得个那血流尽汗流干了哈！"斯皮里东·马特维伊奇向那位鼓捣吹嘘的家伙说道，神色有些诡异，暗自却不怀好意。"那咱们呀，就瞧好啰，成了你的那个神灵，而老命却熄火了，到底值不值得！"

"我当然试过啦，还飘飘欲仙快活着嘞！"那车夫抢口回道，还一脸地神色陶醉，"你呀，摸着自个儿那颗良心，睁大眼睛看看吧——难道如今这世道这日子，也正好如你所愿：撑不死、饿不着，老百姓们，你骂过来我吵回去，闹闹哄哄的，沙皇给扯下台来骑在了胯下，连那高高在上的上帝呀，也是凡心大动了……你抬头瞧瞧——你脑袋上面的那天老爷呀，不也激动得直哆嗦了！……"

斯皮里东·马特维伊奇抬头望着那天老爷，说道：

"嘿，这老天可没激动也没哆嗦：你以为那上帝呀，闲得没事了，会来操这份儿心？你谁呀你，多了不起的大人物——那上帝要对你刮目相看？！"

"我嘛——当然没什么了不起，不过呢，却有一颗虔诚的心灵——这可是主的财产！"那老头儿有些冒火了，气汹汹地吼了起来。

"那你可得把这财产藏好啰，别见了光让人发现了哈——要是那农伙伙儿或者流浪混混儿们来了呀，没准儿就给糟蹋啰：如今是什么世道，你晓得不？"

费拉特亲眼所见——斯皮里东·马特维伊奇一家的日子也是穷困潦倒下来了。不过，这家伙在村里脑子是最灵光的，又有一股子韧劲儿，轻易不会动摇，一辈子也就冲动过那么一次。战事起来前，他手上有间规模不小的铺子，家境算是相当殷实，可那铺子连带着住的宅院，遭一把火给烧了。斯皮里东·马特维伊奇这人，狠心省吃俭用，又卖了半数的田产——没多久，就又重新盖了间宅院，又买下了这口水井，干起了营生。听说，那场火，连带着把他头一任老婆生的女儿，也给害了里面，为此，这家伙干脆先不先地，就弃了那救火的打算，眼睁睁地瞧着那房子化成了灰烬，想来，女儿没了，留下那财产，又有什么劲儿。自打那年起，他心里的那颗疙瘩，就把自己给堵死了，万念俱灰，整个人也就变了——渐渐地，对周围的人，就开始粗暴严厉和冷漠无情了起来，好像跟谁都结下了仇怨似的。

现任的这个老婆，斯皮里东·马特维伊奇心里，其实是疼爱得很的——这事儿，费拉特是见过的，那家伙偷偷地怜惜和爱护着她——可是，他却怎么也止不住自己那股疯劲儿，无缘无故地，随手操起什么家什，就把她给痛打一顿，而自个儿却也难受得要命，恨不得把自己给掐死。要说这事儿的就里，当然跟他老婆没什么干系，而是他内心深处的苦痛和煎熬，把他折磨成了这副鬼样子，心里是落下病来了。斯皮里东·马特维伊奇自己也晓得，他的这个老婆，人既善良又漂亮，而把她一通暴打之后，有时，他又一个人跑到那板棚里，抚摸着那马儿，眼泪止不住地，嗒嗒嗒地往下掉。要是费拉特正好在旁边，斯皮里东·马特维伊奇就连忙赶他出去：

"你呀，费拉特——去去去，外面的那庄稼汉们，来了一波又一波，这得多少钱从你手里溜走了哟！"

费拉特走了出来，瞧见一个身着军服的寒酸家伙，正躬着身体，在马槽前用手舀水喝。

转眼间，夏天就偃旗息鼓到了尽头，天空日渐愁云密布，越发地暗淡凄凉了起来。

正当长夜漫漫百无聊赖时，这方无垠的大地，仿佛，缩进了那口漆黑的水井里，草原的那头，突然响起轰隆隆的火炮声。驿站村顿时醒了过来，盏盏灯火渐次点亮窗扉，家家主人安抚着惊慌失色的亲人，把他们全都收拢在自己身边，好求得片刻的平顺和安静。

直到黎明，炮声方才歇息，那方未知的草原，也随之隐没在了晨起的浓浓烟雾里。这天，驿站村只开了一顿火，未来是如此迷茫和可怕，不得不小心翼翼地盘算和等待，容不得半点马虎，这节约口粮，就成了必然也必要的事情。

傍晚那会儿，来了一队哥萨克骑兵，拖着四门大炮，经过村子，没作停留。几个哥萨克在费拉特的井边，给马喂了喂水。斯皮里东·马特维伊奇上前递了口烟草，顺便打听起来。原来，这些哥萨克本是要回家去的，可卢涅维茨克市的苏维埃，却不许他们带着家伙过去，并下令立即解除武装。哥萨克们不同意，于是，苏维埃就派了支部队，跟他们打了起来。眼下，哥萨克们只好绕着道儿，奔那顿河方向——得跨过片片的干草地和翻越重重的分水岭，避开那些人烟密集的河谷，那里是苏维埃的势力。

"这些苏维埃，都招收些啥样儿的人呢？"斯皮里东·马特维伊奇问起。

"谁碰上，就是谁！"那哥萨克冷冷地应了一句，就上了马，"听说，那里尽是些雇农和外乡人——一帮子生面孔，一溜儿的下贱货！"

"像他这号的，对不？"斯皮里东·马特维伊奇指了指费拉特，只见他穿得是破破烂烂的，衣服上到处都裂着口子。

那哥萨克本已打马上路了，又回头瞧了一眼，说道：

"对头——就是这号子的穷光蛋！"

稍晚些的时候，村里的小教堂响起了钟声，催促人们来作那晚祷的功课，凡是心里哀伤忧愁的，悉数生活潦倒不如意的，还有所有心灵绝望，眼皮都懒得抬一抬的，统统都聚了过去。烛火暗淡，伤心地悲叹连连，穿过门前的台阶，汇成了一股青烟，萦萦飘绕而上，化作丝丝缕缕银白的雾气，渐渐飘散。讨口的乞丐们，站成了两排，争论起各自这回祷告次数的多寡，相互吵成了一片。盲人唱诗班的和声，忧郁而凄婉，流淌出门外，与那些枯木的沙沙声响，相交汇缠绵。间或，那名瞎眼的女声独唱，一个人独自唱了起来——这时，原本温顺祥和的祈祷，竟沉陷于悲痛绝望的哀伤，就连那些乞丐，也止了争吵，悄悄地沉默了起来。

这番祷告功课刚结束，人们就把那份虔诚和安详，给抛诸脑后了，纷纷刻薄地相互讥讽挖苦起来。一位看似精明的妇人，甫一下了台阶，就念叨挤兑起自己的男人来：

"你们哟，大老爷们儿的——就知道跟一群婆娘一起牢骚满天！你们也端起那武器，把些木桩桩给削尖啰——勇敢地上啊，到那乡下去教训教训那些泥腿子，让他们明白，什么是规矩和法律！要不然呀，当心哪天你们的那个小窝窝，就让别人给端啰。可你们这些家伙，就知道在那儿祷告，祈求老天开开眼，把家里那铁锅子给装满啰：还说什么老娘们儿的屁股蛋子，就是他妈的什么法——律！"

不过，那男人也不吭声，只呼哧呼哧地喘着粗气，这冇样儿，让那婆娘更是来气。

"哎哟嗬，瞧你那傻样儿，真他妈人见人爱、花见花开呀！"那婆娘气不打一处，忿然转身，回自个家去了，一路上心里的那块石头，总也落不下来。到家后，那车夫一溜身就上床躺下，脸朝着墙壁，数起些爬上爬下的臭虫来。

斯皮里东·马特维伊奇几乎从不上教堂，即便有那么几回，也纯粹是因为喜欢那里的几声合唱。而费拉特，压根儿就没去过——借口就是，自己没有像样的衣服。

屋子外面，已是有些凉得慌了——费拉特苦苦地坚守在那板棚里，候着那马儿吃力地转动：那一腿的裤脚，已是接了又接、补了又补，却仍旧不顶事儿，被那汗水渍得，薄如蝉翼，里里外外都透着光亮；身上的那件薄衫，早已破得没个样子，像是挂在上面的，片片冰凉的花瓣儿。不过，费拉特眼瞅着，这一天下来，主人家的那口水井，收入也就堪堪30来戈比——乡下的庄稼汉们，根本就不上村里来了——也就羞于开口，找那主人家，缝补下衣裳了。他心里明白，要是斯皮里东·马特维伊奇再把他给撵走——那就真是他的末日：这当口，谁家都不再雇人手了——地没了，一应的驿站车夫们，也变了味儿了。

一天清晨，费拉特起了身，走出厨房，只见——眼目所及的整个世界已起了变化：下起毛绒绒的初雪来。白雪铺盖，大地寂然无声，延伸进一片银色的纯洁和安宁。株株枯树，久时僵直静立，重重枝丫，呵护着飞雪的扑压，空气中窸窸窣窣的声响如故，却没惊了雀鸦。费拉特在雪地上踩了个印记，就返身回了厨房。

天时尚早，明亮而美好。当此时刻，内心宁静、思绪荡漾，那鲜血滑过心脉的悸动，冲击着心房；阵阵尘封已久的记忆，猛烈而清晰地浮现脑海，那里有自己曾经的过错，和对别人生命的伤害。这时，一股股羞愧难当的热流，烫红了皮肤和脸颊，虽是独自一人，却也仿佛陷入了罪孽的深渊。

费拉特忆起了自己的母亲。一位被自己的村子所遗忘，在投奔儿子的路上倒下的母亲。可是，儿子却丝毫也帮不上母亲的忙——那时，他正通宵放牧着村里的马匹，万般无助，只靠主人家挨个儿来接济养活。而整整一个夏天的辛苦——也仅仅换来10个卢布的报酬——还得入秋后方才能到手。村里的一些好心人，把母亲从路边抬了回来，找了个地儿和着泥土埋了，连口护身的棺材也没有。在那之后，费拉特一次也没回过自己的小乡村——过去15年里，他几乎每天都在挣扎着活命，没享受过一次接连三天的自由和休息，也没穿过一回结实像样的衣服，也就没有机会，大大方方地出现在任何一个体面的村庄。如今，那故乡的村子，早已把他忘得是一干二净了。除了伊格纳特·波尔菲雷奇的那间小屋，更再无别的什么地方，值得费拉特向往和思念。

在这初雪落下的头一天，斯皮里东·马特维伊奇就说起，要把那马给卖掉——那口小水井已全无进账，而干草饲料又不便宜。至于费拉特，就得另觅他处求活路了，虽然可以暂时在厨房安身，不过，伙食却是不再管的了——眼下这光景，已大不如当初了。

费拉特只是听着，一句话也没说。东家离开后，他轻轻摩挲着自己的身体，正是这副躯壳想要活命，才给他招来这么长久的苦难和不幸。他就这般发着呆，怎么也回不过神来。

东家亲自把那马儿牵去了乡下——傍晚回来时，就只独自一人了。绕着那马儿踏过的地方，费拉特默默地转了一圈又一圈，那曾经的某种感觉，几欲又浮上心头，那是伊格纳特·波尔菲雷奇走后，自己在那片垃圾场里，萌生过的意动。

费拉特就这么饿着肚子，凑合着再过了一宿，一到天亮，就找马卡尔去了。还是那间铁匠铺子，可却清冷而冰凉，连店门，都大半湮没在了积雪里。马卡尔在铺子里，一边搓着绳索，一边独自言语。费拉特仔细听了听，得来这么一句：绳子嘛，不是柳条——冬天里，也能生长……

马卡尔见费拉特来了，也不招呼，只顾继续念叨：

"那些好好的能耐人们，都快要咽气儿了哟，像你这号的，穷得丁当响的家伙呀，干脆直接躺那雪地里，数着那末日呀，啥时候到来吧！"

费拉特转身就走，正待出门，半道上，突然觉得有些委屈难受，就回嘴呛了一句：

"这雪地，对别人来说，是死亡，可对我来说——却是条道路。"

　　"嘿嘿，那你就扑到它身上去吧——拿它来饱肚子暖身子吧！"马卡尔有些垂头丧气，不再跟费拉特闲扯，转而对那根绳子，恶狠狠地数落起来："就你呀，干巴巴的什么破条条儿，都快烂成渣渣了，吊得起啥东西，捆得了甚玩意儿！……"

　　费拉特觉得，自己身上升起了一股充实而坚强的热流，仿佛自个儿也有了宅院，家里还有美美的午餐和婆娘。再也不担心忍饥挨饿了，走起路来也堂堂正正的，不再羞于衣服遮不住丑了。"落得这般糟糕的地步，与我又有什么干系。"费拉特心想，"我不是故意要来到这个世界的，只是一种偶然和意外，可这世上所有的一切，都得为此而忍受我，而我，将再也不会痛苦和难受了。"

　　费拉特来到扎·瓦·阿斯塔霍夫家里，寻得主人，向他说起自己如今的处境和困难。扎哈尔·瓦西里耶维奇竖起两只耳朵，费力地听着，好不容易听明白了费拉特的意图，就支了个招儿：

　　"听说，昨儿夜里呀，那守墓的家伙死翘翘了——今儿个日祷前啊，愣是没听见谁个摇铃打钟了：你呀，就去那边打听打听吧！"

　　这会儿，扎哈尔·瓦西里耶维奇家那口子正在洗碗刷锅，听见自家男人支了这么个招儿，就嚷嚷起来：

　　"你这个聋子，跟自己的守墓人坐那儿，瞎掰乎啥呢——那不，教堂里的辅祭大人，自个儿爬上去把钟给敲响了——你呀你，那耳朵就是个摆设，听得见啥呀！就拿那守墓的来说，尼基季什娜可放了话了，她们家要了——给鞋匠帕什库那家伙留着嘞。"

"啊？哪个帕什库？"扎哈尔·瓦西里耶维奇一时没明白过来，瞪着那双牛眼睛，神情很是专注。

"当然是那个帕什库啰！他姐姐——就是利普卡！"娜塔西娅·谢苗诺夫娜这婆娘，嚷嚷得更响了，"就那个，去年把自己母亲个，从坟堆堆里刨了出来——连头发带骨头都找到的那家伙！想起来了没，这会儿？"

"啊——哦！"扎哈尔·瓦西里耶维奇有些诧异，"帕什库算啥？要是费拉特去敲，绝对响得多！……"

9

这日头还没西去，乌云就赶了过来，黑天黑地地罩下，又稀稀拉拉地飘舞起薄薄的雪花来。谁家院子里，穿堂风呼啸而过，吹得那护家的窗板，咯吱咯吱直响，好不凄凉而哀怨，这声响入得耳来，让费拉特觉得，这窗板，活得也照样不容易。

哪儿都没着落，费拉特只好，再回到斯皮里东·马特维伊奇家的那间厨房，又只能空着肚子熬一宿了。

费拉特想了想，觉得时间还早：即便躺下——也难以入睡，于是就出门去了垃圾场。

伊格纳特·波尔菲雷奇的那间小屋，照旧孤零零地立着，跟去年那会儿差不多。只是，略显凌乱的条条小路，在雪地里被踩了出来，通向那屋子：原来是这里的乞丐们，为着那日祷和晚祷，来来回回地，徘徊游荡。

还没靠得太近，费拉特就先停了下来：那讨口要饭的，恐怕不太情愿让他进屋。洁白的雪衣下，那一团团隆起的鼓包，耀眼而醒目，原是村里上好的田土，再往前以远，延伸着朦胧而暗淡的广袤草原。

远处——沿着那古老的草原大道，驶来一架雪橇——上面坐着位孤零零的小个子男人，在赶往自家的村子。夜色尚早，可却昏暗难辨，几乎遮住了他的身影。费拉特多想追了上去，乘着那雪橇，去到那炊烟缭绕的温暖乡村，再来上一碗热乎乎的白菜汤，然后往那闷热的高板床上一躺，美美睡上一觉，把那昨日的往昔，彻底地忘却和丢掉。可是，那小个子男人却早已远去，无影无踪了，没准儿，他已是见着了，自个儿家那农舍窗扉上摇曳的灯火。

费拉特察觉，屋子里，有人想要点灯，可却没能得逞——看来，怕是桐木油用光了，那个时候，已没什么地方有煤油卖了。屋门大开，时不时响起阵阵粗声粗气的喧哗，是那些惊慌的乞丐们，在吵吵闹闹。这时，从屋子出来一人，嘴上含着根烧得正旺的烟卷。原来，刚才是他在点烟，一闪一闪的火光，从窗户里透了出来。那人艰难地在雪地上迈着步子，强撑着生病的双腿，佝偻着身子，样子一瘸一拐。那人来到费拉特跟前，喘了口粗气，说起话来：

"那个谁，去村里跑一趟吧，帮忙买块儿小面包——到时，分你一小块儿——这腿脚，去不得了哟！"

费拉特像打了鸡血似的，飞跑起来。那个乞丐，蹲下身子，好让一双腿好受点，就这么等着。

费拉特买回了面包，那乞丐就招呼他进屋：

"走，一起进去，暖和暖和。我去拿把小刀，切了这面包，跟你平分。再怎么说，也好过单单你一个人站在这里！"

屋子里，比外面更要黑一些，散发着浓烈的酸腐味儿。那些脏兮兮的身体上，衣服破破烂烂的，都发霉变臭了。里面有些什么人，费拉特实在难以看清——地上坐着的、躺着的，再有一些坐在板凳上的，差不多将近 10 个人，各人的嗓音倒不同，你一言我一语地正说得热闹。

这些要饭的讨口子，纷纷争吵着揭发别人的短处，还算来算去，谁谁谁今儿个有多少收获。

"你这个骚婆娘，不跟我说是吧，我可是亲眼瞧见的，那女的，整整地给了你 5 戈比！……"

"瞎说，我可找回了她 4 个戈比，你这个平板脸的丑婆娘，乱嚼舌头的蛤蟆嘴！"

"有还是没有，你自己最清楚，撒谎骗谁呢——那女的，转身就走啰……"

"哎呀你，红番番的一坨狗屎，老子身上是一枚 5 戈比也没有——不信你就来试试，找到算你狠！"

"那你，哪儿搞来的面包圈呀？还吧唧吧唧地，甜不死你这个猪婆！哎哟我的老妈子唉，5 戈比的钱钱呀，说没就没了哇！"

"闭嘴，你这只骚虱子，黏乎乎的恶心死了！要不是我哐当一声正好接住，这美味佳肴可就飞了哟！……"

这时，一个女人站了起来，听那声音——年纪不大，中气十足。突然，有个男的猛地一声大吼，简直响声如雷：

"你们俩，够了，鬼女人们，斗啥呀斗？闹够了吧！等天亮了哇，我亲自招呼，让你们俩斗个够！"

"这全怪菲姆卡，米哈伊尔·费罗雷奇！她骂我是个吃甜食的猪婆，说我一年到头都在吃面包圈！"那个声音脆点的嚷嚷起来。

"菲姆卡！"米哈伊尔·弗罗雷奇闷着嗓子吼了一句，"别再惹瓦里娅了：她可不是吃甜食的猪婆；别她出去上个茅坑——你就弄个什么车子，嗖地一下把她给拉走了！"

乞丐们哈哈大笑起来，就像那幸福快活的人儿些。

费拉特靠在门边，听着那瓦里娅口中的米哈伊尔·弗罗雷奇说话。可是，米哈伊尔·费罗雷奇随后却不再出声了。

突然，费拉特心里怦的一下，一股热流冲口而出，惊喜万分地大喊一声：

"伊格纳特·波尔菲雷奇！"

一众乞丐，立马就住嘴了。

"咋回事儿，怎地又冒出个挑事儿的来了？"一片寂然中，响起了米哈伊尔·弗罗雷奇的声音。

"米沙，我呀！"费拉特说道，"这里原来那个伊格纳特·波尔菲雷奇，上哪儿去了？"

米沙走到费拉特面前，划了根火柴：

"啊——？是你吗，费拉特？哪个伊格纳特·波尔菲雷奇？"

费拉特的腿脚都软了，只听见自己那空荡荡的身体里，一颗心扑通扑通地，猛烈跳动的声音。他往墙上靠了靠，这才小声问起：

"还记得吗，您，我们仨儿一起，在这儿一块儿过的冬？"

"啊哈，你说的莫不是伊格纳季吧？"米沙似乎想起来了，"倒有这么个人，对啦，这家伙藏哪儿去了——反正没跟我在一起。"

"那他，还活着吗？"费拉特小心翼翼地问了句。

"要是没在什么地方倒下了，多半就还活着。他这人，很特殊吗？"

米沙看来不想多费口舌，语气有些冷淡。而费拉特，也不好意思再问些什么了。不久，米沙就找了个角落躺下，头枕着胳膊，打起盹儿来。费拉特一时无所适从，就啃起那个老乞丐给的那块面包来。

"年轻人，跟咱们一块儿躺下吧！"瓦里娅好心相请，"外面这天儿，是越来越冷了。把那门，砰的一下关上吧——然后，过来躺下吧。明儿个呀，咱们又得伸手要饭啰，又得不要脸不要皮的了哟。哎呀你呀，这条命——也是那当娘的，造下的孽哟……"

瓦里娅又絮絮叨叨地骂了几句，就没声了。费拉特挨着米沙，侧身躺下，傻呆呆的，直到天亮。

米沙起来很早——赶在了那些乞丐前头。不过，费拉特也已醒了。

"要走了吗，米沙？"

"嗯，我得去办些事儿，费拉特。昨天刚到——没地方过夜，就到这个老地方来了。今儿个呀，去得可就远了哟。"

"去哪儿呢？"费拉特问道。

"得赶到卢涅维茨克。伊格纳特·波尔菲雷奇还在那儿，等我回去嘞……那些立宪民主党的家伙，不要命地进攻着嘞——我到省里求援，好不容易才成事儿。"

米沙小心仔细地捆着行李，里面飘来一股军大衣的味道。然后，对费拉特说起：

"你也去吧，好不？伊格纳特·波尔菲雷奇可经常提起你……咱们的人啦，与那伙人，没准儿正好，整个地逮个正着——那些哥萨克人，把整片草原都霸占了。就算上回没把那支队伍给留下——可省里那边，答应了今儿个就派兵的。一帮蠢东西，傻哄哄地尽他妈胡扯——他们的那支队伍，还不就在那沟沟坎坎的岭子上，窜来窜去……"

米沙走到费拉特跟前，扯了扯他身上皱皱巴巴的衣服，看上去多少平整了些，突然想起什么来，就又说道：

"昨儿个，我真是啥也不想跟你说：心想，你到我们那儿，有啥用场呢。可半夜里醒来呀，瞧了瞧，见你睡的那个样子——不免有些可怜你：心里琢磨着，就这么着吧，让他跟着——就当这世上呀，没这个人了吧。"

米沙扫了一眼昨儿过夜的地方，生怕再也记不得了，就动了身。费拉特——则跟在了后面，却忘了那门。

瓦里娅顿时觉得有些发冷，气嘟嘟地醒了过来：

"门也不关——两个讨厌的死鬼，赶着投胎去呀！"

幸福的莫斯科娃

1

晚秋，寂寥的深夜，一个黑影人，手持沸腾的火炬，奔跑在街上。一个稚嫩的小女孩，从乏味的睡梦中醒来，望向自家的窗外，正好看见。接着，她听见了一声凄厉的枪响，和一声绝望而哀伤的尖叫——看来，有人开枪把那个拿着火把奔跑的人给打死了。没过多久，遥遥地传来阵阵密集的射击声，和近处一座监狱里人们的喧哗与嘈杂……小女孩又睡着了，没过几天，那看到的、听到的，也就忘得一干二净了：她年纪太小了，身体里儿时幼年的记忆和心智，将在随后的岁月里持续而缓慢地茂盛起来。只是，直到她晚年，那个没名没姓的陌生人，都会不经意间闯进她的脑海，莫名而忧伤地高大起来，继续奔跑着——浮现在她那苍白的记忆里——然后，又在一个孩子逐渐成长并不断流逝的内心黑暗中死去。每当徘徊在饥饿与酣梦之间，置身于爱恋或某种青春的喜悦时分——突然，身体深处，那个死者忧郁而凄婉的哀鸣，就会幽远地响起。于此时刻，这个年轻的女子就会立即改变自己生命的节奏——要是在跳舞，就顿然停下；要是在劳作，就越发专注和卖力；要是一个人独处，双手就会捂住自己的脸颊。在那个阴郁的深秋之夜，十月革命爆发了——就在莫斯科娃·伊万诺芙娜·切斯特诺娃当年生活的那座城市。

小女孩的父亲死于一场伤寒，她成了一名孤女，饥饿难耐之下离开了自家的屋子，一去就再也没有回来。怀着一颗浑浑噩噩的麻木心灵，有好些年，她都在自己家乡的那片土地上流浪和过活，如同旷野上的空气般居无定所，到过什么地儿，遇到过什么人，全然都不记得，直到后来进了保育院并上了学，才慢慢回过神来，有了些生气。在莫斯科城里，她挨着窗前的课桌坐下。外面，林荫道上，树木已歇了生长，树叶无风而降，厚厚地铺在了沉寂的大地上——打算为来年做一个长长的梦；此时，正当九月之末，那年，全部的战争都结束了，交通也开始逐渐恢复。

小女孩莫斯科娃·切斯特诺娃来到保育院已经有两个年头了，在这里，人们给她取了姓名，甚至还有父称，只因她实在不太记得自己的名字和幼年的经历了。她依稀觉得，父亲曾叫过她奥莉娅，却又不那么确定，于是对此就闭口不言，就当是个没名没姓的，跟那个死去的夜行者一样。人们叫她莫斯科娃，以纪念这座城市，她的父称来自伊万这个名字——以纪念在战斗中牺牲的一位普普通通的红军战士，——人们给她取的这个姓氏，旨在表明她心地诚实而正直，得赶在她那颗心被污染而卑劣起来之前就定下，尽管这么一来，她那颗心就须得长期忍受不幸和痛苦了。

莫斯科娃·切斯特诺娃已经读二年级了，此时她坐在教室靠窗的位置，打量着外面林荫道上的枯叶渐渐死去，饶有兴致地读出了对面楼房上的招牌"阿·瓦·柯尔卓夫工农图书阅览—借阅馆"。正是在这个秋日，莫斯科娃开始过上了崭新而明亮的生活。最后一节课结束前，每个孩子都分得了一块白嫩嫩、胖嘟嘟的面包，外加一坨肉饼和一颗土豆，这在他们来说可是平生头一回的幸福事儿，并被详细告知，那肉饼到底是什么做的——是奶牛肉。顺便，就给他们布置了作业，要他们第二天写一篇关于奶牛的作文，说说谁见过，是什么样子，同时还要谈谈自己未来的生活和打算。到了晚上，莫斯科娃·切斯特诺娃吃完面包和那块厚实的肉饼，就坐在公用的桌子前，开始写起作文来，这时，屋里的姑娘伙伴们都睡着了，只有那盏小电灯还在闪烁着微弱的光亮。"一个无父无母的小女孩的一则故事：说说自己未来的生活。——现在，人们在教会我们聪明，可聪明在脑子里，外面是一丁点儿也没有的。确实应该要会过苦日子，我想要的未来生活，要有饼干、果酱和糖果，还要经常可以到树林边的田野上去散散步。否则的话，我是不会生活的，要是这样的话，我心情就会很不好，就懒得生活了。我希望带着幸福，平平常常地活下去。就到这里吧，没什么要说的了。"

后来，莫斯科娃逃了学。一年后，人们又把她找了回来，在大会上批评她，说她身为革命的女儿，却一点也不守纪律和讲规矩。

"我不是女儿，我是一名孤儿！"那会儿，莫斯科娃回了一句，然后就又开始勤奋地学习，仿佛哪里也没去过，没啥事儿似的。

自然的物什中，她最爱那风和太阳。她喜欢在草丛里随意地躺下，听听草木深处传来的风声，如同听一个看不见摸不着的人，在那里忧郁和烦恼。她还喜欢看那夏日天空中的云朵，看它们遥遥地飘荡在人间，那里尽是些叫不上名字的国家和人民；见着那云之飘摇，和那天空的辽远，莫斯科娃觉得自己胸膛里的那颗心，在悸动和膨胀，就好似她的身体被高高地抬起，又被孤零零地搁在了那里。随后，她漫步于田野，踩着那单调而衰败的大地，带着一丝警惕，怀着一分小心，仔细地观察着四周的这片天地，这个她刚刚熟悉和习惯于生活的世界，并且略略欣慰和高兴，这里的一切都那么合适——那么地适于她的身体、心灵和自由的向往。

九年制的学校教育完成后，跟别的年青人一样，莫斯科娃也得自谋出路，去寻找那条通向未来的道路，去走进人世间那紧密而狭窄的幸福；她的双手勤劳，经得住劳作的折磨；她的情感奔放，要去捕获那份满足感和体验那英雄式的光荣；在她的脑海里，那仍旧神秘却又崇高的命运，已开始提前欢呼和庆祝。堪堪十七岁，这个年龄的莫斯科娃，自个儿是走入不了任何场合的，她在等待别人的邀请，就仿佛，她格外珍视自己那得天独厚的青春和日渐膨胀的精力。这样一来，她时常就会显得有些孤僻和奇怪。直到有一天，一个素未谋面的人偶然间结识了她，用自己的那份感情和殷勤打动了她——于是乎，莫斯科娃·切斯特诺娃就把自己给嫁了，把自己的身体和青春，一次性地且又一辈子地给献出和糟蹋了。她那双修长的、适合干些壮举的手，开始有所收敛和懒散了，时常相互缠绕在了一起；而一颗想要逞能和追求荣耀的心灵，则紧紧蜷缩和依恋在了一个奸诈狡猾的家伙身上。那人死死地揪住莫斯科娃不放手，把她当成了自己必要的私人用品和财富。然而，一天清晨，莫斯科娃突然对自己的生活羞愧得有些难受，虽一时半会儿不明就里，但却也毫不迟疑，于是就亲吻了一下睡梦中丈夫的脑门，以示作别，然后转身就出了屋子，除了身上穿着的，连条多余的裙子也没有带走。这天，直到夜幕降临，她要么漫步于林荫道上，要么游荡在莫斯科河岸边，倾听那九月阴湿天里的凄风苦雨，什么也没想，心内空落落的，满是疲惫和孤寂。

入夜后，她想着爬到某个箱匣子里随便找个地方过夜，比如顺路在莫斯科公共食品供销社的铺子里找个地儿，或者是别的什么地方，就像她小时候四处流浪那样。可这会儿她却发现，自己早已是壮实太多了，没办法再轻易悄无声息地爬进爬出了。于是，她就到深黑的林荫道后面，找了张长条椅子，坐着打起盹来，时不时还听见，一些小偷小摸之徒和无家可归的流浪汉，在附近闲逛和喃喃私语。

到了后半夜，一个毫不起眼的人也在那张椅子上坐了下来，怀着一份隐秘而又一厢情愿的期许，没准儿，这个女的突然就会主动地爱上他，毕竟，他压根儿就没想过要不温不火地耗费自己的力气，去纠缠不休地追求自己的爱情。他呀，实际上，只要有人愿意报之以忠贞的感情，那么他就既不会在乎脸蛋是否漂亮，也不在意身材是否优美，——别的那一切都无关紧要，他都会照单全收，并愿意竭尽所能地将自己付出和献祭。

"您要啥？"莫斯科娃醒了过来，睡眼惺忪地问道。

"没啥！"那人回道，"就坐会儿。"

"我想睡觉来着，却无处可去。"莫斯科娃说道。

那人当即声称说自己倒是有一间房子，不过为了不引起误会，免得让人怀疑他图谋不轨，——建议她最好还是找家旅馆，裹着被子在干净的床上美美地睡上一觉。莫斯科娃答应了，两人就起身走了。路上，莫斯科娃央求结伴而行的这人给自己安排个学习的地方——连吃带住的那种。

"那么，您有什么特别的爱好吗？"他问道。

"我喜欢空中的风，还有些杂七杂八的东西。"莫斯科娃哈欠连天地说道。

"这样啊——那就浮空飞行学校吧，别的恐怕都不适合您。"那位同行者很肯定地对莫斯科娃说道，"我尽力吧。"

他给她在米宁斯基客栈开了个房间，一次性付了三天的房钱，并留下 30 卢布的伙食费，然后自己就心满意足地回家了。

在那人的关心和帮助下，五天后，莫斯科娃·切斯特诺娃就办好了浮空飞行学校的入学手续，搬进了集体宿舍。

2

首都的市中心，七楼上，住着一个 30 岁的人，维克多·瓦西里耶维奇·博日科。居室很小，只有一扇窗子进光；新世界的喧嚣嘈杂飘飞而上，够着了这处居所的高处，如同一首热闹的交响乐悬浮在那里——那些低处的谎言假话和欺世盗名的谬论是上不来的，不到四层，也就熄灭消散了。屋子里的家具和摆设，粗陋而贫瘠，显得有些艰苦和难堪，却不是因为贫困所致，而是由于一些非分之想的原因：一架铁床，样式倒也不算落伍，上面有床油腻腻的被子，露出了多年糟蹋的痕迹；一张空荡荡、亮铮铮的桌子，最是引人注目和返思；椅子就很将就了，随便立了件弃用的物什在那里凑合；墙边有一排自己捣鼓出来的书架，里面摆放了些社会主义的优秀书籍和 19 世纪的经典著作；桌子上方挂有三幅肖像——列宁、斯大林和柴门霍夫医生，后者是国际流行的世界语的发明者。肖像画下方，贴着一些没名没姓的照片，足足有四排，并且，那些照片上的面孔，不仅有白色皮肤的，而且还有黑人、中国人和世界上其他国家的居民。

傍晚早已降临，屋子却仍旧空无一人；那些曾经忧愁而又阴郁的声响，如今也已显出老态来，悄然地渐渐沉默，只是偶尔，屋子里的家什干裂得开了口子，响起一声轻微的噼啪；阳光穿透四四方方的窗户，缓慢地扫过地板，直到入夜，终于消失在墙面。都消停下来了，一应的物什在黑暗中静默伫立，各自品尝着萧索和愁苦。

屋子的主人进得房来，拉亮了一盏工业电灯。住在这里的那人是幸福而心气平和的，通常来说，他都没有白白地浪费自己的生命；他的身子骨日渐衰老，眼珠子中的白色斑点也一天天多了起来，不过，他的心跳却相当稳健有力，脑子也越发清晰明亮，如同那通透的清晨。这位博日科，是一名几何学专家和城市的土地规划员，就在今天，完成了一个新的居民街区的详尽设计方案，绿植的栽种位置、儿童的游乐园和社区的运动场所，这些都考虑进去了。他对近在咫尺的未来有着强烈的预感，那刚刚被资本主义掠夺走的幸福生活，如今正在向自己招手和走来，并让自己在工作时心中充满了甜蜜和快慰，一想到这些，他的内心就越发地平静和释然了。

博日科几乎每天都会收到一些私人信件，上面的收信地址是他工作单位的地点，这会儿，他取出一包来，坐在那张空荡荡的桌子前，聚精会神地开始研究。他的这些信件，有的来自墨尔本、开普敦、香港和上海，有的来自隐藏在苍茫而荒芜的太平洋水域上的那些小岛，有的来自麦加利斯——一个希腊奥林匹斯山麓的小镇，有的来自埃及和欧洲的众多居民点。给他写信的，是些小职员和工人，身处天各一方，挪不动窝的剥削生活，将他们牢牢地束缚在了各自的天地里，他们开始学习世界语，也就打破了各民族间语言不通的障碍和沉默；繁重的劳作让他们疲惫不堪，同时又极度贫穷，出不了远门，因此，他们只能通过这种方式，来互通有无和交流思想。

这些书信中，通常会夹带一些钱币汇款：刚果的黑人汇来 1 法郎，耶路撒冷的叙利亚人附上 4 元鬼子的美元，波兰人斯图金斯基每 3 个月都会寄来 10 兹罗提。他们都提前在建设上为工人们自己的国家作出贡献和努力，以便老来之时能在这里安享晚年，同时也在为自己的子女后辈作打算，以求让他们能够被真挚的友谊和火热的劳动所包围并感受到温暖，从而摆脱那个冰凉无情的生存之国，获得拯救。

博日科定期将这些钱币存为借款，并给每个未曾谋面的出钱人回寄了收据。

每看完一封信，博日科都要写一封回信，这时，他觉得自己就是苏联的社会活动家，无比自豪和荣光。不过，他在回信时的措辞和语气，却又很是平易近人，极尽谦虚之态，满怀同情之心：

> "远方亲爱的朋友。您的来信我收到了，我们这里的一切，如今是越来越好了，劳动人民的公共财富每天都在增长，全世界的无产阶级积攒下了海量的社会主义形式的家产。每一天，无数鲜美的花园在形成和盛开，一栋栋崭新的居民楼立了起来，还有，一架架新发明的机器也飞速地在运转。同时，人们也在发生着巨大的变化，越来越美好，与过去的自己完全不同样了。只有我，还是老样子，毕竟我来到这个世上实在是太久了，已经来不及与过去的自己相区分和脱离了。再过那么 5 到 6 年时间，我们这里的粮食和所有的文化设施，必将形成巨大的数量和规模，到得那时，整个生活在地球六分之五的土地上的 10 亿劳动人民，就可以拖家带

口地到我们这里来了，并永久地生活下去。而那资本主义，要是那里的革命还没有到来的话，就让它荒凉下去吧。请一定要关注那伟大的海洋，你就住在它的岸边，那里时不时会有一些苏维埃的舰艇出没，而这——就是我们。顺致问候。"

黑人阿尔拉塔乌来信说，他的妻子死了。博日科则回信表示了同情，不过，倒是没提出就此陷入绝望哀伤的建议——毕竟在这颗地球上，除了我们自己，就没别人了，理当更应该为了那未来而珍惜自己。当然，最好是——让那个阿尔拉塔乌立即就到苏联来，在这里，他可以在同志的友爱中快乐地生活，这要比他的家庭生活幸福得多。

迎着清晨的霞光，带着轻松而愉悦的疲倦，博日科进入了甜美的梦乡。在梦里，他看见——自己还是个孩子，母亲也还活着，整个世界都处在夏天，风平浪静，一片高高大大的小树林茂密而旺盛。

工作上，博日科是名非常优秀的突击手，小有些名气。除了分内的几何测量工作外，他还负责办墙报，承担了"国防及航空化学建设委员会"和"国际革命战士救援会"基层支部的组织工作，管理着一家蔬菜生产园子，并且，他还自己出钱出力，资助和教导一位几乎不太相熟的姑娘，在浮空飞行学校学习，从而也多多少少地减轻了一下国家的开支和负担。

这位姑娘每月都要来博日科这里一趟。他就招待她一些糖果，给些伙食钱，还把自己出入杂货商店的通行证也送给对方。每次，这姑娘离开时，都羞答答的。她叫莫斯科娃·伊万诺芙娜·切斯特诺娃，还不到19岁。一处秋天的林荫道上，正是莫名的忧愁和悲伤时分，他遇到了她，从此再也不能忘怀。

莫斯科娃离开后，甭管他那生活中洋溢的快乐有多么饱满，博日科通常都会把自己投到床上，埋头而卧，暗自神伤和苦闷。伤心过了，他又会坐起来写信，向印度，向马达加斯加，向葡萄牙的人们发出号召，邀请他们加入社会主义中来，倡议大家对所有苦难之地生活的劳动者予以关怀和同情，这时，灯光照亮了他那颗谢了顶的秃头，里面充满了梦想和坚持。

有一次，莫斯科娃·切斯特诺娃又来了，像往常一样，没有马上离去。博日科认识她都有两年了，即便心里没什么企图，却还是羞于凑近了看她的那张脸。

莫斯科娃笑了笑，她从飞行驾驶员学校毕业了，自个儿买了些东西来答谢。博日科同洋溢着青春活力的莫斯科娃一起吃着、喝着，可心里却蹦跶得有些厉害，感觉那早已尘封的爱情，正在咄咄逼人地向自己走来。

夜已经很深了，这时，博日科打开窗户，外面是一片漆黑，一些飞蛾和蚊虫顺势就进了屋子。只是这会儿，四下里却静得过于清晰了，莫斯科娃那高耸的胸脯中的心跳声，在博日科听来，是格外地响亮。那心跳，是如此强劲有力、弹性十足和准确沉稳，要是把它与整个世界相联结的话，那么，它没准儿会改变很多事件的走向，——甚至，那些落在莫斯科娃短外套上的飞蛾和蚊虫，这会儿，也被她那温暖而又活力四射的身体中，生命强劲的律动声所惊吓到了，径直飞了开去。心的跳动激越，呼和映衬着莫斯科娃脸颊上的黝黑肤色，久久地发亮，一辈子都不会黯然；双眼明媚，闪烁着幸福的光芒；热情似火，烧灼了秀发，头上显得有些枯黄；身体略微有些发福，显出那青春的年华正在逝去的样子；当一个人再无心思从内部把自己拧紧时，她的青春也就到了尽头，即将踏上成为一名风情熟女的节奏。

是夜，直到清晨的曙光来临，博日科一遍又一遍地看着莫斯科娃，一刻也没有离开过视线，这会儿，就在他的房间里，那女子早已进入了梦乡，——睡梦甜美，荡漾着幸福的容光，如同那健康的气息、夜晚的温馨和儿时的美好，一股脑地涌进了这个精疲力竭的男人的身体。

第二天，莫斯科娃邀请博日科一起去机场——观赏一下新型降落伞的神奇表演。

一架并没有多大的飞机把莫斯科娃吞了进去，高高地飞起，进入了古老而空寂的天穹。抵达正当头顶的上空处，飞机就关了马达，机身略向前倾，一个白亮亮的块状物就从腹底掉了出来，瞬间就在深远的高空极速地奔跑起来。正当此时，离地面不高的低空处，另一架飞机正在缓缓地滑行，三台发动机都降低了速度，准备着降落。正对这架飞机不远的高处，一个小小的空中物体，正在以越来越快的加速度，肆无忌惮地俯冲下来，而后又突然盛开成了一团花朵，被空气吹得鼓鼓囊囊的，摇摇晃晃地飘浮起来。那架有着三台引擎的飞机见势不妙，立即开足了马力，准备逃得远远的，躲开那降落伞，可二者之间的距离实在太近了，那具降落伞在旋转气流的作用下，完全有可能被卷进螺旋桨中，这时，有那机灵的飞行员，立即关闭了所有的引擎，以便让那降落伞自行选择下落的方向。一时间，只见那降落伞径直落在了机翼上，卷成了一团，没一会儿，一个小小的身影就顺着略略倾斜的机翼，缓慢而有惊无险地走了几步，然后就钻进了机身。

博日科知道，那是莫斯科娃从天上飞下来了；昨夜，他听见了她那沉稳有力、回响悠远的心跳声，——这会儿，他站在那里，为一切人类的勇敢和壮举幸福得热泪盈眶，同时，还深深地责怪自己，过去两年来，为何每月只给莫斯科娃·切斯特诺娃100卢布，而不是150卢布呢。

跟往常一样，到了深夜，博日科又开始给那见不着面的整个世界写信，带着几分愉悦和欣慰，给大家描绘那个新人的身体和心灵，是如何征服那致命的高天之上的。

黎明时分，等到一应要寄给别人的信件都收拾妥当，博日科突然失声痛哭起来，很是伤心，觉得莫斯科娃的那颗心，可以在高空中驰骋，却不能把他来喜欢。平静下来后，他就进入了梦乡，睡得昏天黑地，直到傍晚都没醒来，完全忘记了自己手上的事情。

入夜后，房间门传来响动，是莫斯科娃来了，跟平时一样，满脸的幸福，心跳依旧是雷鸣般地洪亮。在感情方面，博日科可谓是个十足的穷光蛋，显得有些胆怯和畏缩，只生硬地抱了抱莫斯科娃，而她，却大大方方地回吻了他一下。就这般一瞬而逝的温存，却激动得博日科那清瘦的喉咙里响起了翻腾的咕隆声，一股深藏的力量，那再也难以抑制的内心折磨和煎熬，喷涌而出，直冲得他晕头转向，久久回不过神来，来不及品味怀中的娇躯所独有的，那份让人终生难以忘怀的温馨和甜美。

3

每天清晨，莫斯科娃·切斯特诺娃从梦中醒来，会久久地注视着窗外的阳光，同时内心有一个声音响起："这是未来的时光在临近。"接着，一股不由自主的幸福暖流就会涌上心头，她也就此起了身来。这股幸福的暖流，也许，与人的意识没有关联，而是来自其内心澎湃的活力与强劲的跳动。再下来，莫斯科娃开始了洗浴。这时，她为自然界的化学作用感到惊讶不已。大自然把那普通而粗陋的食物（莫斯科娃不知道自己一生吞进了多少不干不净的东西！），变成了她玫瑰般纯洁的身体，和那含苞怒放的灿烂娇躯。甚至，在自我成长的过程中，每当擦洗身子的时候，莫斯科娃都会发现并打量自己一番，如同一个旁观者，欣赏和品味着自己的胴体。她当然知道，这不是自己的功劳，但这显然是那过去的时光和大自然精心操劳的结果，——随后，她一边吃着早餐，一边畅想起自然来——潺潺的流水之态，息息的微风之情，不停地翻转折腾，就好似一个巨大而难受的物质体，在病中痛苦地蠕动呻吟……应该对自然生出必要的同情和怜悯——为了创造人类，她付出了多少辛勤的劳动，——如今，她就像一个频繁生育后干瘪的妇人，已是风烛残年而步履蹒跚。

自打从浮空飞行学校毕业后，莫斯科娃就留在了这所学校，成了一名初级教官。如今，她在向一个伞兵班的学员们教授一些方法，如何心平气和地跳出机舱，以及在纵身一跃之后，来到嘈杂刺耳的空中时，如何保持心态的沉稳和镇静。

莫斯科娃自己飞的时候，内心丝毫也不紧张，或者，就没觉得有什么了不起。她呀，说得形象点，跟小时候一样，在思考和判断，哪里才是"底线"，也就是说，哪里才是技术的终点和灾难的起点，从而避免让自己触碰到那条"底线"。不过，这条"底线"却比人们想象的要遥远得多，因此，莫斯科娃就总是不断地试图靠近，却又似乎永远都难以企及。

这天，她奉命参加一次测试新型降落伞的行动。这款降落伞，上面涂满了某种油漆，大气中的水汽一沾上就会滑落，故而即便是下雨天，也可以飞行。人们给了切斯特诺娃两具降落伞——一具备用。当飞机升到 2 000 米高空后，莫斯科娃就得奉令跳离，然后穿行在雨后浓密的夜雾中，直奔大地脸上而去。

这会儿，只见莫斯科娃打开了舱门，一步跨入了虚空；旋转的风坚硬而强劲，从下面狠狠地抽打着她的身体，就好似大地上有一台超强功率的鼓风机，不断把空气压缩成饼，然后张开它的巨口，猛烈地向上喷了出来——坚固得，如同一根硬邦邦的柱子；而莫斯科娃，则觉得自己就好似一根烟囱，里面风来风去鼓胀得厉害，只好一直将嘴巴使劲儿地开着，好让那一股股野蛮的狂风，劈头盖脸地涌进又奔出，活像有根棍子，把自己全身从脚到头给串了起来。四周浓雾弥漫，眼前是一片昏暗模糊，大地仍旧还很遥远。莫斯科娃整个人晃晃悠悠的，雾色黑暗，地面上谁也看不见她的身影，她孤零零的一个人，却也逍遥自在。只见，她掏出了一根卷烟和火柴，想要点火，抽上一口，可火柴只一亮也就灭了；于是，莫斯科娃就弓起身子，缩向自己的胸膛，让那里暂时形成了一处风平浪静的安宁之所，接着，一把就将盒子里的火柴全点了，——这时，一团烟火，像是拉长了脖子，一下子向上猛蹿，顿时点燃了真丝伞带。伞带是人的重量与伞衣之间的联结物，上面原本涂满了易燃的油漆，这回眨眼间，就轰地一下烧了个精光，只来得及溅起一股热浪，然后就飘落成了灰烬，——至于说那顶伞衣的下落，莫斯科娃根本就来不及关心和注意，这会儿她就像一颗射向地面的子弹，那风越发地坚硬和猛烈，刮得她脸上的皮肤仿佛在嗞嗞地冒着青烟。

她就这般飞落而下，脸蛋热辣得通红，风儿粗暴地抽打着她的身体，好似它不是飘荡于空中的空气，而是某种沉重的致命物质，——这时，哪里还想得起，候在下面的大地，要比那风儿更加地坚硬和残忍得多。"啊，好你个世界，原来是这么回事！"在穿过昏暗的雾幕之际，莫斯科娃的脑子里，突然冒出这么一个念头来。"只要不触碰你，你是多么地柔软又温和呀！"莫斯科娃猛地拉开了备用伞的锁扣儿，眼见着地面的信号灯辉映出来的机场，离自己是越来越近，突然，袭来一阵撕裂的疼痛，让她禁不住大声尖叫起来——原来，是那降落伞张开了，带着一股猛烈的巨力，使劲儿地把她向上一扯，她顿时觉得自己全身的骨头，齐齐地都在犯着牙疼。两分钟后，她已经坐在草地上，埋在了降落伞堆里，然后，一边抹着强风挤出来的眼泪，一边从里面爬了出来。

头一个冲到莫斯科娃跟前来的，是著名飞行员阿尔坎诺夫。这家伙，从事这行有十年时间了，却从未弄弯过一根尾钩，根本就不知道啥叫失败，更别说什么事故了。

莫斯科娃从伞衣下面钻了出来，她这一爬，名扬了全联盟。阿尔坎诺夫和另一名飞行员抓起她的胳膊，一边问候着路上的安全，一边把她扶进了休息室。起身告别的时候，阿尔坎诺夫对莫斯科娃说："很遗憾，我们差点把您给损失了，不过，这下看来，我们确实得失去您了……莫斯科娃·切斯特诺娃，您对飞行队，连起码的概念都没有！飞行队，代表着谦逊和俭朴，而您呢——却是炫耀和奢华！祝您幸福无比！"

两天后，莫斯科娃·切斯特诺娃被开除了，两年内都不得从事飞行活动，理由只一条，说是天上的大气层——绝非是从降落伞里燃放烟花，表演马戏的场所。

有那么一阵子，各大报纸和杂志，纷纷宣扬莫斯科娃·切斯特诺娃年轻而快活的英勇事迹；甚至国外的媒体，还对这次带着起火的降落伞，从天而降的神奇跳跃，进行了全面而详尽的报道，同时还配了一张漂亮的照片，美其名曰"空中的女共青团员"。不过，诸如此类的事情，很快就消停了下去。而莫斯科娃本人，却从始至终都没整明白自己头上的那荣誉光环：是个什么玩意儿。

如今，莫斯科娃有了新居，五层楼上，两间不大不小的房间。楼里的居民，各行各业的都有，飞行员、设计师，各式各样的工程师，哲学家，经济学家，等等。切斯特诺娃的房间有几扇窗户，开得比周围所有莫斯科的建筑物都要高，临窗远望，天尽头一片萧索，下方显出些茂密的树林和影影绰绰的神秘高塔；日落时分，天幕上挂着一轮莫名的圆盘，孤独地吞吐着光芒，*丝丝留恋的余晖*，照亮了云彩和天边，——要说，一眼望去，距这方神奇的诱人之地，不过 10 到 15 公里之远，可要是出了屋子来到街上，莫斯科娃·切斯特诺娃却全然找不到通往那里的道路……离开飞行队后，莫斯科娃夜里就独自一人过，博日科那儿，她也不再去了，也从不叫来自己的女友们做伴。这会儿，她趴在窗台上，一头秀发自然垂落，就这般听着，整个城市沸腾的力量是如何在宣泄吵闹，时不时地，地面上那些奔跑的机械玩意儿，发出的密集而憋闷的嘈杂声中，会传来那么一两声人类的尖叫；抬起头来，莫斯科娃就看见那轮空荡荡、微微亮的穷月亮，如何在枯萎凋零的天空中执著地爬升和放光，内心也就释然了，胸中荡起一股生活的暖流来……莫斯科娃思绪翻飞，无止无息，不知疲倦，——她的脑海里，那林林总总的各色情景和事物，渐次浮现，不断把自己给纠缠了进去；在这孤单又寂寞的时刻，她让自己的意识充盈着整个世界，注视着那些路灯，在努力地放着光芒；留心着莫斯科河上条条汽船此起彼落的嘈杂打桩声，在努力地把桩子打得更深更稳；她不由又想到那些机器，没日没夜地、铆足了劲儿地拼命干，在为着那光明能够照亮黑暗，为着那阅读得以成行，为着那电机可以碾磨麦子，以烤制早晨的面包；为着那管子会喷出热水，温暖舞厅的淋浴；还为着那热烈而紧密地拥抱在一起的人儿，能够孕育出最美好的生命——就在那深幽的昏暗中，脸儿对着脸儿，重重叠叠的幸福，在彼此交融的纯洁情愫中荡漾。这一时刻的莫斯科娃·切斯特诺娃，与其说是想体验这生活本身，还不如说是打算小心翼翼地呵护它——她不舍昼夜地守在刹车旁，看着那火车把人们迎来送往，人人喜相逢、个个齐欢畅；她辛勤地修理着那自来水管，把病人的药品放在医用天平上称量和分析，——还有，她会识趣地把那电灯给关上，以免影响了别人家的亲吻，那吻，一直在吸收先前的灯光发出的热量，热情不断高涨。此刻，她心中不免荡起丝丝异样的涟漪，可却也不怎么排斥和拒绝——这丝丝旖旎的渴望，应该可以把自己那丰满的身躯拉向深处并有所安放，——只是，她将心里的这些念头都劝慰和储存了起来，就为着那更加遥远和美好的未来；她是一个很有耐性的人，可以一等再等。

当得莫斯科娃探出窗外，把自己的身子挑在孤寂的夜色中时，下面过路的人大声地向她打着招呼，邀请她一起分享这夏夜的浪漫，许诺带她去文化休养公园，看遍那里精彩的马戏节目，还会给她买鲜花和奶糖。莫斯科娃只是对他们笑了笑，既不言语，也不离去。不久，莫斯科娃就看见，周围一些老房子的屋顶上，人们三三两两地爬上来歇息，几个家庭穿过顶间的阁楼，来到铁皮子的屋顶，铺上床被子，躺在上面，空空荡荡地就睡下了，而一些孩子，夹在了父母中间；可端端地，在那屋顶的角落处，几对儿热恋的未婚夫妇，随便找了个什么消防口和烟道的夹缝，就悄悄地相拥在了一起，整宿都不会合眼，就这般紧紧地挤在星空之下和人群之上。午夜过后，几乎所有明亮的窗子都熄灭了——日间紧张的突击性劳动，需要在睡梦中予以深深地埋藏和遗忘，——而晚归的车辆，来来往往，悄悄地行驶着，收敛起自己明亮的灯光，生怕惊扰了这份宁静；只是偶然间，会有零星的几扇早已暗淡的窗户，又再度亮了起来，也就一小会儿——这是有人起来消夜，不想搅了别人的美梦，匆匆地胡乱吃几口，就飞快地缩回了被窝；当然，还有另外一些人——睡得饱饱的，起来赶去上班——有那开轮机和火车的师傅，还有无线电技师，早班飞机的随队机师，科研人员和别的那些休息好了的。

莫斯科娃·切斯特诺娃经常会忘了关上房门。有一回，她还真碰上了一个陌生的家伙，躺在她家的地板上，和衣而卧。瞅着那来客疲倦得着实厉害，莫斯科娃就没叫醒他，一直在旁边等着。那人醒来后就说，他只想在这儿找个角落住下——实在是没地儿可去了。莫斯科娃上上下下地打量了这人一番：40岁左右，脸上布满道道僵直的伤疤，应是打过不少仗；饱经风霜的皮肤坚硬而粗糙，显出几分成熟、健壮和善良；胡须柔顺，呈浅棕色，略带一些淡红，嘴唇苍白，看上去很是疲惫。

"毛茸茸长发的美女，要是没需求，我是不会到你这儿来的。"那位不速之客说，"只是，这副身板需要躺平了静一静，可却没那地方……我呀，不碍什么事儿，也不会让你难过，你就当我不存在好了，就算是多了一张空余的桌子吧。你呀，从我这儿，是一丝声响、一丝气味儿，都听不见也闻不着的。"

莫斯科娃问他：到底是什么人，这客人就详详尽尽地把自己给和盘托出了，还接连掏出些零零碎碎的证件来。

"瞧吧，不就这么回事儿！"这位新迁来的家伙叹了一声，"我呀，就一号普通人，从头到脚都很正常。"

这人，原来是一家木柴仓库的过磅员，出生于叶列茨市，故而，虽然自己的住房也不宽裕，甚至有些简陋，可莫斯科娃，却没想过因此就疏远共产主义，也没打算多享用点什么额外的空间面积，——她想了想，没说话，就给了新来的住户一床被子和一个枕头。那住户也就正式住下了。每晚，他都会起了身来，蹑手蹑脚地走到莫斯科娃的床前，给她盖好被子，这女子，睡梦中老是翻来翻去，结果四门大开，露出了身上鲜艳的嫩芽；到了早上那会儿，他从来不会去屋里配套的卫生间，免得让自己的污秽之物给拖累了，也省得听见那哗啦啦的放水声，而是径直去了外面的公共厕所。这样的日子过得几天下来，莫斯科娃的屋里悄然地起了些变化，这位过磅员，先是把她那穿歪了的鞋跟儿修得结结实实的；又偷偷将一件秋天的大衣洗得干干净净的，那上面原先可是沾满了灰尘；每天一大早，又煮好了热腾腾的茶水，高高兴兴地，等着女主人从睡梦中醒来。刚开始的时候，莫斯科娃还老骂他，说他是在献殷勤和拍马屁，可到后来，为了摆脱和铲除这种不平等的主从关系，让那付出和收获，在经济地位以及剩余价值核算上，与自己的同屋相平等和一致——莫斯科娃就开始给他补补袜子，甚至还用那不易伤人的保险剃须刀，给他修修胡子刮刮脸。

　　不久，共青团组织给切斯特诺娃安排了一份临时性的工作，在区里的军委会干——搞点清查遗漏、复核登记之类的活路。

4

　　一天，军委会的楼道里，立着位脸色苍白、身材干瘦的临训预备役军人，手里还拿着一本兵役登记证。区军委会里的气味儿，让他感到有些窒息，就像走进了一个长期关禁闭的地方，——人们的身体在这里受尽了折磨和煎熬，全然死气沉沉的样子，让人莫名地拘束和局促起来，生怕内心的那一丝早已麻木的希冀，那一份早已沉寂的对遥远未来生活的渴望，又复苏和燃烧起来，然后又再归于徒劳和枉然，重新坠落在失望的深渊，再度品尝那绝望的哀伤。屋里的家具摆设，看上去没花国家几分钱，显得很是单调和陈旧，使得这些物件的思想性透出了几分冷漠和冰凉。里面的工作人员板着一张呆滞而生硬的脸，内心是一片贫瘠荒芜和麻木僵直，冷腔冷调地敷衍着来办事的访客。

　　那位临训预备役军人立在窗边耐心地等着，直到那名工作人员，一个女的，看完手上的诗篇；这军人心想，读起诗歌，每个人的内心都要变得更加柔顺和善些，——他自己年轻那儿，也时常看书看到深更半夜，看完后，内心就会荡起片片忧愁伤感和凄婉淡然的波澜。那女的，读完了诗，就着手对照登记簿清查核实这位临训军人的材料，却惊奇地发现，登记簿上的表格几乎空空如也，这人，既没在白军中效过劳，也没在红军中干过，没有接受过任何基础性的军事训练，从未去过任何集中训练的兵役站，没有加入过任何地方的兵团组织，没有在任何国防及航空化学建设促进会的小组中服务过，甚至有三年时间都没来重新登记和注册了。真是不晓得，这家伙，拿着自己那本早已过期的旧式兵役登记证，是用了啥法子，才悄悄地瞒过了那高度警惕又敏感的房产管理所的。

那女兵，瞟了一眼这位临训预备役军人。隔着一道表示机关与百姓之间，需要安静的距离的屏风，她发现，这个来办事的家伙，一脸瘦骨嶙峋的样儿，上面布满了皱纹，显出无数疲惫沧桑和坚韧磨难，好似历经了无尽忧愁而苦闷的生活；身上的衣着跟那脸上的皮肤倒很是相称，皱皱巴巴的破烂不堪，要说还能起点保暖作用的，也只有那一块块浸透了面料的污垢，粘贴在上面，可谓是密不透风；这人，怀着几许忐忑，也带着一丝狡黠，偶尔会看那女人一眼，倒也不怎么期待有些什么同情和怜悯，所以大部分时间里，都低着一个脑袋，关上一双眼睛，只想看看那无尽的黑暗，而不是这眼下的生活；偶然间，有那么一刹那，他突地想起天上的云朵来——他很喜欢那些云朵，因为它们不来惊动和干扰他，于它们而言，他不过是个陌生的异物。

似是有意无意，那军人朝军委会的尽头扫了一眼，不经意间，入眼的一幕亮丽让他不由得怦然心跳：一对儿明亮的眸子向他放射着光芒，上面眉头紧锁，一副极为认真的样子，却又那般地自然，让人多了几分安心。这样的一双眼睛，那军人一生中，不知是何时，也不知在何处，曾见到过很多次，多么地出神而又清亮，简直难以直视，多半都会令人不由得眨巴几下自己的眼睛。"这是真正的红色的军队！"想到这个，他心里不免生出些伤感的愧疚。"上帝啊！我真的好傻，为了自个儿独身一人的逍遥快活，我这一辈子竟打了多少水漂呀！……"每次进到机关，他总是心怀不安，内心既困顿疲惫，又压抑和愁苦——来到这种地方，他只能远远地望着里面的人，在那儿带着几分同情和疑惑，为他的破事儿劳神得发起愁来。

这时，那"红色的军队"从座位上站起身来——这显然是一个很有味道的女人——走到临训军人身边。她那张漂亮的脸蛋有着惊人的魅力，让他感到有些害怕，一颗脆弱的心几乎快蹦了出来；为免自己徒劳地害上相思病，他赶忙扭过头去，不敢再看了。莫斯科娃·切斯特诺娃近到他跟前，拿起那本登记证，开了50卢布的罚款，以示对他违反登记制度的惩罚。

"我可没那钱。"临训预备役军人说，"我最好是死乞白赖地活着，为着今后，好还上这罚款。"

"那到底咋办呢？"莫斯科娃问道。

"不知道。"那军人默默地咕哝了一声，"我那日子呀，熬着混呗。"

切斯特诺娃抓起他的手，来到自己的工作台前。

"您呀，干吗要熬着混日子呢？"她问他，"您想要点儿啥？"

那位临训预备役的，一时间没法开口回答了；他闻到了这位当值的红军女战士身上，飘出的一股肥皂香味儿，也就嗅到了某种迷人的生命气息。这生命气息，对他那颗隐藏在孤单寂寞和微弱光亮中的心灵来说，是过于陌生和异样的。他埋下头来，为自己的窘迫难堪而落泪痛哭。而莫斯科娃·切斯特诺娃一时却愣住了，莫名其妙中松开了他的手。那临训预备役的家伙又站了一会儿，随后见无人想要扣留他，就高高兴兴地，缩回到了自己那无人问津的狗窝，想着，无论如何，也要既无登记也无担惊受怕地活下去，至死方休。

不过，切斯特诺娃却在清查表单中找到了他的地址，于是，过了一阵子，她就到那位临训预备役军人家里登门造访去了。

在巴乌曼区僻静的街区深处，莫斯科娃走了很久，才找到一个不太显眼的住宅租赁合作社，这里，就是那位临训预备役军人的落脚地。这栋房子，因于管理不善和预算拮据，四面的墙体已多年没有刷漆翻新。院子空荡荡的，显出些荒芜潦倒的老态，甚至地面上的几块石头，也因孩子们往复地玩耍，而破败不堪。这样的一庭院落，早就盼着有人来予以适当的关心和照顾了。

莫斯科娃经过那房子的外墙，穿过一条灯色昏暗的楼道，心里沉甸甸的，就好像受了什么委屈，或者仿佛面对别人凌乱潦草的不幸生活，自己犯下了什么过错似的。来到楼道尽头，外面是一条望不到边的深长围墙，莫斯科娃·切斯特诺娃看见，头上有一框石头门廊，盖着一顶铁天棚，天棚上面亮着一盏电灯。四周的空气中，传来阵阵嘈杂的声响，她仔细听了听——围墙外面，有人把一块块薄木板扔在了地上，又听见铲子插进和翻出泥土的声音。在铁天棚的斜角下方，站着一个光着头的秃子，手里拿着一把小提琴，正在那里孤独地弹奏着马祖卡舞曲。地面的石板上，躺着一顶帽子，是与这位乐师相依为命多年的老伙伴，——遥想当年，这顶帽子必定遮盖着青春茂密的头发，而如今，岁月苍老，为了一份迟暮的口粮，也为着供养那颗光秃秃的衰朽脑子里微弱的意识波动，它又肩负起收集钱财的重任。

切斯特诺娃往帽子里放了一卢布，请乐师为她随便演奏一首贝多芬的曲子。那乐师啥话也没说，只顾弹奏完手上的马祖卡舞曲，才又起头弹起贝多芬来。莫斯科娃面对小提琴手，很娘们儿地站着，双腿微微张开，一脸的多愁善感，许是心海四边正泛起阵阵恼人的哀伤。一时间，她仿佛觉得，周围的整个世界都尖锐起来，与她是格格不入，势同水火，——这周遭的世界，尽是些坚硬而沉重的物体，有一股粗暴的黑暗力量，带着恶狠狠的怨念，在仇视着这个世界。这力量是如此深幽，以至于其自身也陷入了绝望的深渊，并立在孤寂空虚的边缘，像人一样，用一种干巴衰竭的嗓音，在哀嚎哭诉。尔后，这股力量复又从那钢铁般的铿锵声域中升腾而起，迅猛地回击着那个毁家灭国的冷酷敌人，这敌人，用其僵死的躯体，侵占了通向永生的全部希望。只是，这音乐声，渐渐失去了其应有的全部旋律，变成了一种激越进攻的刺耳嚎叫，到最后，这乐音的节奏竟应合了一个人普普通通的心跳，变得平凡而庸常起来，就好似在为着那必要的生存之需，而艰难地勉力操劳。

那乐师看着莫斯科娃，神色淡然而冷漠，全然无视了她的迷人魅力，——作为一名艺人，他始终只醉心于其内心越来越美好和日渐伟岸的神妙体验。这份神妙的体验，越过那些平常的欢悦，深深地浸入了他的脑海，让他心无旁骛，目空一切。弹到最后，琴师的眼睛里竟泛起了盈盈泪花——就这样活着，他觉得十分苦恼和厌倦，并且，最让人难过的是，他活了那么久，却全然与音乐无关，也没有找到自己早年那些，倒在不可战胜的敌人铁拳下的，逝去的生命。而如今，他像一个活物般，又老又穷酸地，立在这家偏僻的住宅租赁合作社的院子里，神情颓废而疲惫，一颗破碎的心灵里，弥漫着对逞强于英雄主义世界的最后憧憬和神往，却又是那么低沉和压抑。他的对面——围墙那头——是一家探索永生和不死的医学研究院，模样森严而阴郁。只是，这个老乐师却难以理解，正是这家医院，在延长着贝多芬的音乐生命，而莫斯科娃·切斯特诺娃更是压根儿就不知道，那地方修了栋什么建筑。无论什么音乐，只要它旋律宏伟雄壮，又充满仁慈和博爱，那么就会让莫斯科娃想起无产阶级，想到那个手持熊熊火炬的黑影人，想起他在那个革命的深夜里奔跑的情景，也会想到她自己，这时，她听那音乐，就像是在听领袖的讲话，也像是在听那些她似乎有所明了，却永远也难以开口大声说出的奇特话语。

那栋房子进门口的上方，悬挂着一块塑料牌子，上面写有文字，"住宅租赁合作社管委会和房屋管理所"。切斯特诺娃走了进去，想打听一下那位临训预备役军人家的门牌号，——那家伙在登记簿上只留下了这栋房子的楼牌号。

那间办公室的外面，通着一条木面走廊，走廊两边，住的也许是一些多子女的家庭——这会儿，屋子里正传来阵阵孩子们委屈和不满的尖叫声，看来，是在相互争抢晚上的吃食。走廊深处，一些住家户敞开了话题正聊得欢，凡这世上所有的事物，都成了他们的谈资，——他们说起食物，聊到室外公共厕所的修整情况，谈起未来的战争，也提到高空的平流层和那个住在这儿的，又聋又疯的洗衣女工的离世。走廊两侧的墙壁上，挂着一些招贴画，有宣传国际革命战士救援会、储蓄所管理处和哺乳期婴儿护理方法的；也有宣传一个在交通事故中失去了一条腿的，其样子就像一个大写的"人"字，只不过却是独脚的；还有一些零零碎碎的生活画，有公益宣传的，也有消灾避难的。好些居民，一下了班，刚下午五点整，就准时聚到这条走廊上来，像一根根柱子般站在那里，说话的说话，愣神的愣神，直撑到深夜方才消停，只是间或，才去房屋管理处去懒心无肠地打听一下需求。如此情景，着实令莫斯科娃·切斯特诺娃吃惊不已；她压根儿就想不明白，既然这座城市有那么多举世闻名的剧院，生活中还有那么多至今仍没有揭示的永恒的伤痛之秘，甚至楼门口外那个演奏着美妙音乐的小提琴手，也几乎是无人关心和留意，那么，此时此刻，人们为何都还要拥堵在这个住宅租赁合作社里，挤在办公室，争先恐后地东打听西打听，一窝蜂地涌向自己那点可怜的幸福需求，彼此紧挨着，在一些琐碎小事里消磨着时光和生命。

这栋楼的房屋管理员，上了点岁数了，混杂在人们的喧闹中艰辛地操弄着工作——四周是烟雾缭绕和层出不穷的询问打听。这名管理员，把关于那位临训预备役军人的全部资料，准确而详尽地给了切斯特诺娃：他住在二楼走廊两侧的一堆堆住房里，门牌号是4号，三等退休人员；住宅租赁合作社的义工多次上门找过他——劝他务必要按时登记和填写自己服兵役的情况，可这位临训预备役军人，多年来答应过无数回，总是说明儿个一早就去办，哪怕花上一整天时间也一定把手续给办了，然而直到如今，仍然是东找理由西找借口，一直未兑现自己的承诺；大约半年前，为着这档子事情，管理员本人亲自出马了，足足劝了他三个钟头，还打着比方说，他这副满怀忧伤、愁苦潦倒和邋邋遢遢的样子，就好像是从来不刷牙也不洗澡似的，这样下去终究会把脸丢光的，会招来别人对体面的苏维埃人的批评和诋毁的。

"我真不知道，拿他怎么办了。"管理员说道，"这整栋房屋租赁合作社里，他这样的家伙，独丁丁地就这么一号。"

"那他平时干些啥呢？"莫斯科娃问道。

"我也就跟你讲哈：他呀，是三等的退休人员，每个月有45

大卢布可拿。另外，他还在民警后援协会里混了个身份，时不时地去那电车站呆一阵子，开开罚单什么的，然后回家了……"

一番话下来，得知那人的生活状况，莫斯科娃心里很不好受，不由感慨道：

"这实在也太不像话了！……"

管理员对这话深以为然：

"像话的东西，他那里可没有！……夏天，他倒是经常去文化公园走动，可不照样是——白搭。既不听乐队演奏音乐，也不逛逛四周的风景，只是那么一去，就那样呆呆地坐在民警分局旁边，一坐就是一整天——要么随口聊几句，要么就应了别人交办的一些事情：他就去弄一阵子，——他可喜欢管事儿的活路了，倒是一个挺像话的民警后援协会成员。"

"他结婚了吗？"莫斯科娃问道。

"没呢，这家伙朝三暮四的……表面上看，他打着光棍儿，可是，每天晚上，都有女人来跟他一起偷偷摸摸地鬼混，这种状况，已经持续好多年了。要说，这也是他个人的私生活问题，住宅租赁合作社也不好随便参言插语……可那叫咋回事儿呀——来找他的那些女人，既没文化教养，长得也是庸脂俗粉，像您这样的，——倒是头一个。我不建议您去找他：这人简直就是个废物……"

莫斯科娃从楼管那里走了出来。那位乐师，照样还站在门口，可却啥曲子也没弹奏了，只是在那里静静地听着深夜的响动。城市上空，灯火映出的遥远霞光微微颤动，在飞驰的云层上面焦躁不安地翻滚变幻。为深重夜色所笼罩的辽阔天穹，突然被一束电车导线上的刺眼电花，拉开了漆黑的面纱。附近有一家当地公交公司的俱乐部，里面青年女职工们正在上演着合唱，那高亢的声音形成了一股力量，逐渐把人们当下的生活引向遥远的未来深处。切斯特诺娃走进那家俱乐部，在里面是又唱又跳，直到那位关心年青人身体健康的俱乐部管事熄了灯火，方才停下。随后，莫斯科娃就在后台的灯光道具堆堆里，随便找了个什么地方，倒下身就睡了，睡梦中，还像个小女孩似的，习惯性地抱了个偶遇的女友做伴。那女伴跟莫斯科娃一样，早已累得精疲力竭，不过却也幸福而快乐。

5

出于太吝惜自己时间的缘故，桑比金看上去有些懒懒散散和不太整洁，他觉得周围世界的外在事物，就如同自己身上那愤怒的皮囊，紧绷得慌张。他夜以继日地操心着那些大事件，在世界范围内轰轰烈烈的走势和进程，而他那颗心灵，却又因为对所有物质之全部疯狂的命运，怀有高度的责任与警觉，而惴惴不安，而恐慌胆怯。

一到晚上，桑比金就难以入睡，他实在不放心苏维埃大地上一切劳作的创造能力，而这片土地，却又在夜间被电灯照耀得，那么地明亮和晃眼。他看见一些建筑工地，身上插满了脚手架和薄木板，上面来来回回地行走着，未曾合眼的赶夜工的工人们，正在把一些刚从森林里扒拉下来的新鲜木板，笔直地竖在那里，使劲儿地让其站出个顶天立地的样子来。而天空上，正刮着风，并且能看见，落日的余晖中，夜幕在世界的边缘徐徐拉开的样子。桑比金既高兴又激动，不由握紧了自己的双手，可接着，就陷入了沉思的黑暗中，全然忘了每半小时就眨一下眼睛这回事儿。他知道，成千上万的青年工程师们，虽早已交了班，可这会儿也是焦虑不安地醒着，在宿舍和新的居民区里，辗转反侧地操心着——这个国家那一处处忙碌的平原大地。当然，还有另外一群人，他们刚一休息妥当，就开始嘟嘟嚷嚷地起了身，把先前的衣物又渐次穿上，然后就匆匆忙忙地出门上工去了。在他们的脑子里，一直有一个令人挂心的、白天没有处理好的小细节，揪着他们的神经，让他们担心，夜里没准儿会发生什么事故。

桑比金起了床，开了灯，在屋子里心烦意乱地转来转去，总想着立马就干点啥有用的事情。他拧开收音机，听了听，已没什么音乐再播出了，只是听见，这空空荡荡的四周，在惊恐地哆嗦着响动，仿佛想要沿着一条荒无人烟的僻静道路逃离开去。于是，桑比金就给医学院附属医院挂了个电话，想了解一下——这会儿，那里有没有急诊手术，他可以去当助手。那边的人告诉他，正好有台手术：来了个病人，是个头上生了肿瘤的小男孩，肿瘤眼瞧着都在长大，而那个孩子，已陷入了黑暗的昏迷状态。

桑比金飞奔而下，来到莫斯科的大街上；电车已经休息了，清静的柏油路面上，传来阵阵高跟鞋走动的脆响声，那是一些女子，要么从剧院，要么从实验室，要么从自己的恋人那里，出来把家回。桑比金迈开结实有力的长腿，快步赶到了巴乌曼区，那里正在修建一家专门用途的实验医院。医院还没有完全竣工，暂时只开放了两个科室——外科和创伤科。医院的小院里，摆满了各式各样的导管、木板、小推车和装有科学仪器的箱子，还有一排低矮的小围墙，将医院的建筑跟一栋居民楼隔开，围墙略略倾斜，看上去松松垮垮的样子。

桑比金跨进小院儿，突然听见一段凄婉的音乐声，那曲调倒并非多么优美动人，而是内中传达出来的某种难以名状的回忆，在诉说着过往的生活中那些被遗忘的旧事，这样一种情绪，让人不由得怦然心动和沉迷。桑比金静静地听了一小会儿；乐声，是从那道简陋的围墙另一侧传过来的。他爬上那道围墙，看见一位上了点岁数的，光着头的小提琴手，在一处僻静的角落，独自一个人拉着琴，而此时，却是凌晨两点许。桑比金发现，那乐师身后有栋房子，房子的门上挂着一块牌子，上面写着"住宅租赁合作社管委会和房屋管理所"。桑比金拿出了一卢布，想给点酬劳，可那位乐师却拒绝了，并告诉他，这会儿他是在为自己演奏，以缓缓胸中的苦闷，并说他只有到了太阳初升时，才会睡下，而眼下，时间还早得很。

　　一间小型的手术室旁边，已经挂上了两个软乎乎的氧气袋，还站着一位年纪比较大的值班护士。走廊的尽头，有一排单独的无菌隔离室，内中一间大门敞开，正对着楼道，里面可以看见那个即将手术的孩子——有两名护士，正在忙乎着给他剃头发。那小男孩的左耳边，长着一颗球状物，几乎遮住了半边脑袋，上面沾满了热腾腾的凶猛脓液和血水。眼见着，那颗球状物体，正在向另一半荒芜的脑袋滋生和蔓延。而那半边脑袋里，残余着小男孩快要熄灭的疲倦生命。那孩子在床上半躺着身子，一直醒着：看上去，也就七岁大小。他的眼神暗淡无光，里面空空荡荡的。每当心脏因疼痛而抽搐时，他就略略抬了抬手，一脸的痛苦不堪和哀伤绝望。

　　桑比金精神高度集中，显得异常活跃，极其准确地检查和感知着那孩子的症状，他还摸了摸了自己的耳朵外侧，想要感觉一下那颗肿瘤的位置和状况——他甚至想到，在另一半脑子里，那致命的脓液已经浸入并躲藏了起来。然后，他就出去准备手术了。

桑比金一边换衣服，一边思考，仿佛听见了自己左耳内的嗡鸣声——那是小男孩脑袋上的脓液在发生着化学反应，在冲击和腐蚀着最后的那一层头骨，头骨后面，就是整个脑子。那孩子脑海里，如今弥漫着死亡的阴影，在那一层薄薄的骨质薄膜后面，就是他那被紧张地保护起来的鲜活生命。而那层薄膜剩下的安全地带，恐怕不超过一毫米的厚度，并且在脓液的进攻压力下，瑟瑟地战栗着，越来越脆弱。

"在他的意识里，现在能看见什么呢？"想着这个病人，桑比金自言自语地问答起来，"他肯定是在做梦，免得太过恐惧……他会看见自己有两位母亲，正在给他洗澡，而这应该是那两名护士，在给他剃着脑袋上的头发。只是，有一件事儿令他害怕不已：怎么会有两位母亲呢？……他会看见自己喜欢的那只小猫，在他家的屋子里跟他日夜做伴的那个小东西，而这会儿，那猫正紧紧地抓在他的头上……"

一位年纪稍长的老外科医生到了，桑比金正是要给他当手术的助手。这位老人已经准备妥当，叫上自己的助手打算开始手术。桑比金还没有取得独立做手术的资格：他不过27岁，从事临床外科医生的工作刚第二个年头。

这时候，医院里，一切声音都严格地要求安静下来，所有的指示灯也都变成了鲜艳而醒目的彩色光亮。值班医生的房间里，亮起了三盏不同颜色的彩灯——然后，就看见，一连串有序的动作，悄无声息地忙碌起来：一辆装有橡胶轮子的小推车，上面躺着那个病人，在松软的地毯走道上，轻缓地向手术室滚动着行进；电工师傅轻手轻脚地，将电灯转接在了医院的蓄电池上，以免城市电网发生故障时意外熄灭，然后，又打开一台仪器，将用臭氧处理过的空气，缓缓地放入手术室；手术室的门无声无响地打开了，从一台专用设备中，吹出一股清凉而又芬芳的风，正好扑在病人的脸上——小男孩被麻醉催眠了，露出了微笑，仿佛从最后的一丝痛苦中解脱了出来。

"妈妈，我病得很严重，脑袋正在被切了开来，可却一点儿也不痛！"小男孩说了一句，就平静了下来，跟平常完全是两个样子。他的生命，似乎正在从身体里流出来，逐渐向一个遥远而忧郁的梦境汇聚。他看见了一些物体，在自己脑海里渐次清晰地浮现，——这些物体从他身边飞驰而过，可他却也准确地认了出来：那是他很早前曾拿在手里玩耍过的一颗钉子，几乎都快不记得它了，这钉子如今也旧了，生了锈了；那是一条小黑狗，曾经跟他一起在院子里戏耍——这会儿却死在了垃圾堆里，头上还嵌着一块玻璃瓶儿碎片；那是一间矮板棚的铁皮顶子，他曾经爬上去过，站在上面瞭望远方，如今也空荡荡的了，那铁皮顶子一直想念着他，可他好久都没上去过了；有一回夏天里，母亲的影子在地上拉得老长，走来一队民警，可他们的乐队演奏了什么，根本就听不见……

老外科医生提出让桑比金主刀，他来当助手。

手术室里，明亮而又幽静，老人说了一句："开始吧！"

桑比金拿起亮铮铮的手术刀，把它实实在在地切进了一具活生生的物体——切进了一个人的身体里。这时，仿佛有一支闪电般的尖锐利箭，从小男孩眼睛后面的脑海里，飞快地射了出来，向他的全身跑去——桑比金的注意力一直跟着这支利箭——箭直接扎进了男孩的心脏；小男孩全身都哆嗦起来，那些他梦中见到的熟悉的事物，一起朝着他哭泣，而那个让他陷入回忆的梦，也瞬间就消失了。小男孩的生命不断往下沉，身上的那一束生命的火苗，在忐忑不安的煎熬中，越发地暗淡和苍白了。桑比金的双手，觉察到小男孩的身体越来越热，越发加快了节奏。他将脑袋上那颗肿瘤的脓液引出来后，当即就切进骨头里，——寻找起病毒的感染源来。

"轻一点，慢一点！"老医生叮嘱了一声，又扭头对那个年龄稍大的护士吩咐道，"报一下脉搏！"

"心律不稳定，医生。"护士答道，"有时，一点儿声响都没有。"

"没事儿，心脏的惯性往往都是很强大的——会恢复正常的。"

"把他脑袋按住了！"桑比金对护士们命令道。然后，他开始切骨片取样，脓液就藏在骨头的气孔中。

冰冷的器械交叉着丁当作响，仿佛在进行金属冷锻造。桑比金神情高度专注，一双手或深或浅地摸索着——在细细地感知——精确而又极具艺术性；他那双睁得巨大的眼睛，自始至终都没眨一下——因缺水而干涩得有些呆滞麻木了；从他的心脏深处涌出来帮忙的血液，正迸发出强大的力量，涨满了他的脸颊，白净的脸色都变得黑油油起来。桑比金取出几块小骨片儿后，凑到反光镜照射下仔细研究，又用鼻子闻了闻，为了保险起见，还用手挤压了几下，然后递给了老医生；老医生甚为平静地将骨样丢进了器皿里。

从颅骨上取骨样时，选位已是尽可能地靠近脑髓了。这会儿，桑比金把骨样放到显微镜下，一个劲儿地在里面找起成群结队的链球菌来。取样的时候，桑比金在那孩子脑袋的一些位置，已经切到最后一层骨头组织了，再进去，就是脑髓。他还把那些骨头组织的表面清理干净，以防止那颗肿瘤致命的灰色物质的感染。他的双手动作起来，准确而又有力，就仿佛是那手自己在思考，并自动地纠正着动作误差。在清理骨样上的链球菌过程中，骨块儿变得越来越小了，桑比金就转到另一台功能更强大的显微镜下，他发现，引起化脓的骨头组织虽然在逐渐减少，但却没有从根本上消失。这时候，他想起了一个著名的数学方程式，要求解一条长得没有边际的金属棍上，热能的平均分布值。想到这个，他也就停下了手术。

"把切口堵上，再包扎好！"他最后吩咐了一句。看来，要彻底根除那些链球菌，不但非得把病人的整颗脑袋都剁碎不可，并且还得把这具身体从头到脚都切烂才行。

桑比金心里非常清楚，这个病人的身体，热乎乎的，毫无任何抵抗能力，全然畅通无阻，里面有成千上万的血管组织，随时随地都在从空气中，特别是从那些不可能彻底消毒的器械中，贪婪地吸入链球菌。看来，早就应该转去化疗才是，让那些电弧产生的，干净而又迅捷的蓝色光电，扎进这具身体，并深入到骨头里面去。只有这样，那些致命的链球菌，才会整个儿全部地都被杀死，而一些新侵入到伤口里面的外来者，在这里则只能找到一片烧焦的荒漠，而不是一方肥美的沃土。

"结束了！"桑比金说道。

几个护士将病人的头包扎妥当，并把他的脸转过来朝着医生。

一股生命的暖流，从小男孩的身体深处涌了出来，像玫瑰花瓣一样，在他苍白的脸上泛起一阵潮红，接着一闪而逝，飞速地散了开去；不久，这股暖流又涌现了一潮，就再也没出现过了。他的一双眼睛几乎始终睁开着，里里外外都非常干涩，眼角的皮肤甚至因而起了皱纹……

"他死啦！"老医生说道。

"不，还没。"桑比金应了一句，接着亲了亲那孩子干巴巴的嘴唇，"他会活着的。再给他上点氧气。天亮前，别让他喝水。"

在医院门口，桑比金碰见了一个女人——那孩子的母亲，不停哆嗦着，时不时还抽搐一下。医院规定，到后半夜，她就不得再进去了。桑比金朝她微微欠了欠身，然后就让人将她放了进去，去看看自己的儿子。

清晨来临，霞光漫天。桑比金看了看围墙外边相邻的那栋房子，这时空落落的，啥也没有，那个拉小提琴的也睡觉去了。门开了，出来一人，其貌不扬，脸上皱皱巴巴的，既有岁月摧残的痕迹，也有在女人身上操劳过度的征兆；那人，正向身边的女伴，赌咒发誓地表白着感情；桑比金无意间听见了那人的声音——低沉而又浑厚，很有穿透力和感染力，不过说的那话，却是庸俗粗鲁不堪。

"要打仗了，你是不是又要抛弃我了。"那女的幽怨而胆怯地说了一句。

"我吗？怎么会呢，绝不可能的！我只是个临训预备役兵，不到最后是轮不上的，几乎可以忽略不计那种……咱们再回窝里躺一会儿吧，我的心又痛起来了。"

"刚才在屋子里，你还没折腾够哇？"那女的略略有些吃惊，却又一脸的幸福。

"还差点儿呢——不够。"作为情场老手的临训预备役兵答道，"我的心还痛着呢，热乎乎的，老凉不下来。"

"去你的，真是个臭流氓！"那女人笑了笑，"你呀，一点也不注意自己的身体，吃得消不？！"

其实，她心里这会儿美滋滋的，觉得自己很有魅力，男人们见了她，魂儿都掉了。清晨的空气还有点儿凉，那临训预备役军人，把自己缩在一件破破烂烂的旧大衣里，牵上那女人的手，走得飞快，像是与周围的一切都那么格格不入，想赶紧逃了开去……

桑比金在莫斯科城里溜达。电车站空荡荡的，白色的停车框格中，黑乎乎的车厢里一个人也没有，——再加上广场上那些冰冷的电线杆、铁轨和电子钟，一切都冷冷清清的，仿佛在思念和等待拥挤的人潮。如此情景，得他看上去，感觉有些怪怪的，甚至很是忧伤。

依照一种习惯，桑比金陷入了沉思，思考起物质的生命——也思考着自己。他把自己也当成了一种试验性动物，当成了这个世界的一部分。他来到这个世上，被这个世界所接纳和拥抱，其使命就在于，要研究这整个世界体的全部和那些不清不楚的存在体。

桑比金时常并且无休无止地进行着思考，要是他停止了动脑子，他的一颗心，立刻就会生病，而那些对世界予以关怀和畅想的念头，则会自动进入他的脑子运转起来，毕竟这世界，时刻都在发生着变化。到了晚上，他常梦见自己那些断断续续的想法，有些凌乱，而这时，他在床上辗转反侧个不停，竭力回忆着，白日里那诸多想法原本的次序，可却又徒劳无功，然后就非常痛苦地醒了过来，看见那清晨的阳光，感到意识又鲜明而清晰地恢复了，就又开心和舒服了。他身材修长而干瘦，却又匀称和高大，总是充满活力，热腾腾地冒着生命的气息，看上去给人感觉有些贪婪和饥渴——仿佛始终都在想着吃呀喝的。而他的那张宽皮大脸，却老是苦哈哈的，像个闷闷不乐的野兽，不过，他的鼻子却相当硕大和奇特，比他的那张巨脸还要引人注目，这样一来，单从外观上看，他所显露出的全部性格，就给人以温和柔顺的印象了。

桑比金回到家时，天光已是大亮了，夏日里蓬勃而伟岸的清晨，在天空中猛烈地放着光芒，让桑比金觉得，似乎那光线——在电闪雷鸣。他给医院挂了个电话，得知，手术后那孩子睡得很安稳，体温也下来了，他的母亲也在另一张床上睡着了。桑比金反反复复地回忆了一番今天这台手术的全部细节，又仔细想了想眼前所面临的所有问题，觉得自己心里实在是有些空得慌，十分沮丧和愁苦——看来必须得又再行动了，以便找些事情来思考，好安慰和平复一下，心中那阵阵良心不安的哀号，那声音虽模糊难辨，却又如饥似渴。他睡得很少，最佳的睡觉时机，通常都是在干完一件重要且重大的事情之后，方才像中了奖似的入得梦来，睡得踏实而甜美。今儿个，他显然工作得还不够，脑子里的意识，还远远没有疲倦，一心想着要干活儿，拒绝进入梦乡。这会儿，桑比金在房间里白白转了几圈后，就冲凉去了，脱下衣服，他略略惊奇地看了看自己青春的躯体，然后莫明其妙地嘟囔了几声，就钻到冷水下面去了。水，暂时让他平静地与自己和解了，不过，他却转而又想到，既然人目前还是一种自制的，功能尚不够强大的，设备也不够完善的生物体——没准儿只不过是，某种更加高级而有效的生物之比较原始且模糊的胚芽和原型，——那么，人就更加应该使劲儿地工作，以便解放这个胚芽，把那会飞的、更加高级的形态释放出来，而这个形态，可能就隐藏在你们的梦想里……

6

傍晚时分，区共青团俱乐部汇聚了一大群年青人，有学者、工程师、飞行员、医生、教育家、演员、音乐家和新型工厂的工人。他们每个人都不超过 27 岁，可都声名显赫地享誉于自己的祖国——那个全新的世界——的四面八方，出名太早，每个人都觉得有些不好意思，这份名声，似乎妨碍了他们正常的生活。俱乐部里，一帮上了点岁数的工作人员，他们在那个失败的资产阶级年代，浪费了自己的生命和才华，这会儿，出于内心的惶恐和怯弱，只能一边偷偷地叹息，一边在两个大厅里，忙忙碌碌地收拾整理着各式家具和摆设。一个大厅是用来开会的，另一个则用来吃饭和办招待。

头一批到来的人里面，有 24 岁的工程师谢林和他的女伴，共青团员库兹明娜，一位钢琴家，脑子里经常只想着音乐的旋律。

"咱们去随便吞点啥吧！"谢林对身边的她说道。

"那就一起去吞点。"库兹明娜微微点了点头。

他俩来到小吃部；谢林那家伙，顿时胃口大开，吃得是相当欢快和美妙，一口气接连吞下了整整 8 个腊肠三明治，而库兹明娜却只取了两块儿馅饼；看来，她生来是个弹琴奏乐的料，而非一个吃喝拉撒的货。

"谢林，你怎么那么能吃？"库兹明娜问道，"这个，当然，也没错，可你看起来，真让人羞得慌！"

谢林这家伙吃起东西来，凶猛而愤慨，咬合咀嚼的那个劲儿，就像犁耙在耕地似的——坚定而勤奋，两排健壮的颌骨上下一起发力，使出了吃奶的力气。

没过多久，一下子就挤进来了 10 个人：有旅行家戈洛瓦奇，机械工程师谢苗·沙尔托利乌斯，一对儿闺蜜——双双都是水利学家，作曲家列夫琴科，天文学家西齐林，航空航天气象学家韦奇金，高空飞机设计师穆里特巴乌艾尔，电工技师古尼金和他的妻子，——这些人之后，陆陆续续又听见了几起人声，这是又到了几位。他们，彼此全都相互认识——或一起工作过，或相互见过面，或者在各种报道中了解过。

正式会议开始前，每个人都各行其是，自得其乐——有的醉心于交友，有的享受着食物，有的沉迷于未决的难题，有的迷恋上了音乐和舞蹈。库兹明娜在一间小屋子里，发现了架新钢琴，就坐了上去，美滋滋地弹起贝多芬著名的第九交响曲来——前一个乐章接着后一个乐章，整首曲子，弹起来全凭记忆。那曲调之自由而幽远，意蕴之激昂和振奋，把她的一颗心都抽紧了，甚至隐隐泛起几丝妒忌的忧伤，这样的曲子，她自个儿咋就写不出来呢。电工技师古尼金一边欣赏着库兹明娜的演奏，一边想着高空电能波动的频率，那电波正在飞越整片宇宙；他还想到高天之上那个恐怖世界的真空状态，如今正在吞纳着人类的思想意识。穆里特巴乌艾尔在乐声中畅想，仿佛看见了遥远的、轻飘飘的空气之国，那里天空漆黑，挂着一颗死气沉沉的太阳，散发出致命的炽热光芒，那里——距离我们这颗温暖且梦幻般的绿色地球，十分遥远——才是真正森严之太空的起点：那里空间无声无息，星光不动如山——一切的一切都在向我们昭示，那里才是，一条亘古以来就自由而开放的道路……想来，可能真用不了多久，地球上那些婆婆妈妈的烦心事儿，就都要结束了。姑且但愿，真的就顺着那个老斯大林的意思，朝着人类的历史，可着劲儿地提速和猛攻，没准儿就真的能够摆脱地球的引力——如此，那个伟大的繁育地球的计划，没准儿就会实现——那个他早就用极具先见之明的行动，所显示出来的果敢和勇气，并由此萌生的培育理性和智慧的宏伟打算，没准儿，也能完成。

刚好，莫斯科娃·切斯特诺娃这会儿，正轻轻从琴房经过，脸上带着淡淡的微笑，能见着这么多自己的同志，能听上如此令她的生命，向着更加崇高的命运阔步迈进的美好音乐，心里着实高兴。

桑比金到得最晚；他刚去了医院，并亲自为那个动了手术的孩子，重新包扎了下伤口。他来的时候，正为人体组织结构中的伤痛而略略有些沮丧，他觉得，在人身上，积压的痛苦和死亡，远远多于生机与活力。奇怪的是，桑比金这会儿却觉得自己状态不错——为自己这份紧张的操心和责任，而感到心满意足。他的整个脑子里，充满了思想，一颗心跳得很平稳而坚定，这会儿，他并不需要什么别的东西，来充当更加幸福快乐的源泉，——甚至在这一时刻，他意识到自己内心暗怀着一份不可告人的独特快感之后，竟主动地有些不好意思起来……他刚打算转身离开俱乐部，回医院里去，继续通宵达旦地工作，研究一下他那个死亡问题，这时，他突然看见，莫斯科娃·切斯特诺娃遛了过来。她脸上有一种说不清道不明的魅力，深深地惊艳了桑比金的目光；他在那张半羞半喜，甚至略略显出几分胆怯的俏脸蛋上，看见了其内在的鲜艳活力和亢奋光芒。这时，开会的铃声响了。一伙人都动身去了会议厅，就桑比金和莫斯科娃还留在房间里，后者正在那里着急忙慌地整理着腿上的长筒袜。袜子收拾好后，她抬头一看，恰好碰上桑比金的目光，正一个人独独地在那里看着她。她感觉有些不好意思，甚至有点怪难为情——生活在同一个世界，又干着同一的事业，相互间居然不认识——于是，就朝他躬身打了个招呼。桑比金走上前来，和她一起到会议厅开会去了。

他俩坐在一起，听着那些激动人心的言语、荣誉和欢呼，莫斯科娃丰满的胸膛中，一颗心着实跳得厉害，桑比金在旁边听得是一清二楚。

他凑近她的耳边，轻轻地问了一句：

"您的心，怎么敲得这么响？……连我都听见了！"

"它想飞呀，所以就老是蹦跶。"莫斯科娃带着微笑，小声地回了一句，"我可是名跳伞运动员呢！"

"曾几何时，在某个已经消亡的数千年前，人类也曾经飞过。"桑比金心里想着，"如今，人体那些胸腺细胞，就是那蜷缩起来的翅膀。"

他摸了摸自己的头，里面是越来越火热了——看来，内中有某种东西，也蹦跶得厉害，想要从那黑暗而拥挤的孤单中，挣脱并飞出来。

会议结束后，就到了大会餐和共欢乐的时间。临到坐上一长排桌子一起开吃之前，这些年青的客人们，从一间屋子蹿到另一间屋子，四处溜达起来。

机械工程师沙尔托利乌斯，上前邀请莫斯科娃·切斯特诺娃跳支舞，莫斯科娃也不矜持少许，当即同他一起欢快地旋转起来，一边跳，一边饶有兴致地看着对面舞伴那张宽大的脸，心想，这家伙可是个发明家，在精密机械领域非常出名，还是个享誉世界的计算器工程师。沙尔托利乌斯紧紧地搂着莫斯科娃，舞步僵硬，笑容羞怯，丝毫也不掩饰对莫斯科娃的浓浓情意。莫斯科娃呢，同样一往情深地注视着他——她很快就投入并动情了，并没有耍弄起女人们那些若即若离的、挑逗人的惯用伎俩。她喜欢上了这个不太解风情的男人，个子比她矮点，面容和善，带着一丝淡淡的忧伤，也不故意压制自己的欲望，敢于挑战自身勇气的极限——他就这般大模大样地，勇敢地走到一个女人面前，邀请她跳舞。然而，没过多久，情况就有了变化，兴许，他有些不耐烦了，手上也已经摸习惯了莫斯科娃轻纱薄裙下面的体温，嘴里不免开始烦躁地嘟哝起来。这叫莫斯科娃听在耳朵里，一下子就委屈得不行。

"把人家给搂着，舞也跳着，可心里却尽想着别的事儿，你呀！"她抱怨道。

"我就这个样的。"沙尔托利乌斯顺口回了一句。

"那现在请您说说，什么叫——就这个样！"莫斯科娃顿时脸拉得老长，舞也不跳了。

这时，桑比金正好带着一股风，经过他俩身旁——他也在跳舞，给安排了一个不认识的共青团员，长得相当迷人可爱。莫斯科娃朝他笑了笑：

"您这也算在跳舞？看起来真是好奇怪哟！"

"这人活着呀，就应该多姿多彩嘛！"桑比金一边跳着，一边答道。

"那您开心吗？"莫斯科娃提高了嗓子，问了他一句。

"没呢，我只是装装样子！"桑比金回答道，"这可是个技术活儿哟！"

那伴舞的共青团员立马不开心了，放下手转身就走了，桑比金则讪讪地笑了笑。

"诺，快说呀，您！"莫斯科娃板着个脸，故作严肃地冲沙尔托利乌斯吼道。

"难不成她在装疯卖傻吗？真是太扫兴了！"沙尔托利乌斯心想。这时候，气象学家韦奇金朝他们走了过来，接着桑比金也来了，沙尔托利乌斯也就来不及找话回答莫斯科娃了。他们一起欢娱的时间，也就一个钟头——之后，就得共进晚餐了。

桌子非常之大，四周可以围坐整整 50 个人。桌子上，每隔半米，摆有一束鲜花，看上去美美的，似乎在自我陶醉，还散发着一些香气，可那股味儿却并不怎么鲜活。设计师们的妻子，还有那些年青的女工程师们，一身轻盈亮丽，穿上了共和国最最上等的丝绸料子——为着这些最优秀的人，政府极尽所能给予了装扮。莫斯科娃·切斯特诺娃，一袭茶色的长裙及身，轻柔的裙子重量不过三四克，缝制得也是异常地精巧和讲究，以至于随着她那血管里脉搏的跳动，总能泛起些若隐若现的丝波绸浪。一应的男士们，除了懒懒散散的桑比金和胡子拉碴又阴郁的韦奇金，身上衣物的面料轻柔纤薄，看似普通，却也相当金贵；要是穿得不体面和不整洁，国家恐怕就会被扣上一顶，穷困而又寒酸的帽子。这可不是国家想要看到的结果，她怀着极大的善意，精心地准备，供这些优秀的客人又吃又喝，还管穿戴，可不是来找挨骂的。她还打算，借着这些年青人的蓬勃朝气和生命活力，借着他们的辛勤劳动和天赋才华，自己也能乘势变得更加强大和美丽。

餐厅大门外，一支不大不小的共青团乐队，正在露台上，演奏起一些短歌曲儿。夜幕下，浩浩荡荡、无边无际的空气，穿过阳台，扑进屋来，得让那桌子上的鲜花闻见了，可着劲儿地呼吸起来，想赶着在离开土地之后，最后再体会一次活着的滋味儿。这座古老的城市，华灯初上，喧嚣沸腾，仿佛获得了新生。间或，从街上传来一阵路人的笑声和说话声，得叫诚实的莫斯科娃·切斯特诺娃听见了，则极为冲动地想要跑出去，把他们统统都请进来共进晚餐：社会主义终归是即将到来的！她时不时心里自个儿瞎琢磨着，要是能够脱下这身衣服，把自己反身一变，变成另外一个人——要么是古尼金的妻子，要么是桑比金，或者临训预备役军人，或者沙尔托利乌斯，或者一名乌克兰的集体农庄女社员……那该多好，简直美滋滋的。

"电子电器仪器厂"出品的吊灯，光线白净而柔和，照着屋子里的人群和那些华丽的摆设；提前准备的小吃已经摆上了桌，而正餐和主菜，则还在旁边厨房的炉灶上，热腾腾地烹制着。

这一群要么天生丽质，要么因热情高涨而神采飞扬，要么因火热的青春而光焰照人的年青人，花了很长时间，来安插自己落座的位置，都想靠近最优秀的邻座身旁，结果，到了最后，反而是想一下子跟所有的人，都挨在一起、坐成一片。

当得大家伙儿都落座妥当，这整整齐齐的 30 个人，才显示出非凡的耀眼光芒，他们身上活力四射，相互间碰撞并激荡着青春的蓬勃朝气，气氛是越发地浓郁和强烈，他们在充满智慧之光的友爱中，彼此真诚相待，相互幸福促进，迸发出了无与伦比的共性天赋和才华。然而，他们在一起，彼此间的关系又那么地彬彬有礼，言谈举止的分寸感也颇为恰当地井然有序，显出在辛劳又严谨的技术文明之熏陶下，所诞生出来的一种后天文化修养和品行，让他们根本就不可能，玩弄那些两面三刀的把戏，——这样一种行为上恰到好处的分寸感，既讨厌愚蠢粗鲁的恶俗，也嫌弃多愁善感的作态，更拒绝自命不凡的卖弄。在场的这一群人，他们要么清楚，要么能够猜想得到，大自然的界限并不让人乐观，历史的深渊难测，未来的时光久远，而人类个体的力量，却实在是太有限和太短暂；这伙人全都是些精致而理性的实践主义者，那些虚无缥缈的幻想，根本就打动不了他们的心。

相比余者而言，莫斯科娃·切斯特诺娃，未免就显得有些浮躁和疯狂了。她我行我素地，干下了一大杯葡萄酒，那兴奋劲儿，再加上头一次喝这么多，倒令她显得是越发地明艳漂亮。沙尔托利乌斯显然注意到了她的变化，就冲她笑了笑，那抛过来的一张笑脸，仍然是那么粗犷和宽大，就仿佛来自偏远的乡下村野。沙尔托利乌斯这个称谓，并非他原本的父称叫法，他原叫茹伊博罗达，有善咀嚼、胡子拉碴之意，这应是他母亲，一位农家女子，把他从自己肚子里面刨出来的时候，见他嘴里还在反刍着热乎乎的黑麦面包沫子，才给他安了这么一个名头。

桑比金同样对切斯特诺娃上了心，并且也在考虑：是该爱上她呢，还是就此罢手；总而言之，她相当不错，也还没主儿。只是，须得将多少思想和情感，从自己心中乃至身体里挤掉，才能够容纳下对这个女人的眷恋，他很是疑惑！再则，这个诚实的切斯特诺娃，迟早是不会老老实实地跟他过一辈子的，她根本就做不到，始终只听一个人的窃窃私语，而不顾那生活中万千的喧嚣繁华。

"不，我不会爱上她，也不可能爱上她！"桑比金就这般永久地决定了，"更何况，出于某种需要，还不得不糟蹋她的身体，而那样，简直也太痛苦和难受了，可还得夜以继日地撒谎，说自己感觉很好……我可不想这样，这真是太艰难了！"他一思考起来，就没完没了，把自己整个儿地陷了进去，全然不记得周围还有什么别的人了。而那周围的一众聚会者，虽则面前堆满了丰盛的美味佳肴，可却很少动手，吃得也甚是有限，他们实在是太珍惜这些来之不易的食物了，这可是那些集体农庄的社员们，一边对抗着自然天灾，一边反击着阶级敌人，并通过顽强而又艰辛的劳动付出，才挣下的收获。唯有莫斯科娃·切斯特诺娃一人，不管不顾地又吃又喝，简直忘乎所以，像个饥渴的吸血鬼似的。她说起疯言疯语来，也是百无禁忌，一个劲儿地开着沙尔托利乌斯的玩笑，连她自己都觉得不好意思了：心中是鬼话连篇，俗气冲天，形成了一个偌大的、令人羞愧得无地自容的场所，这场所不断膨胀，终于挤过那狭窄的心灵，堪堪爬上了她的脸庞。当然，在场的人，也没谁起来劝阻和为难切斯特诺娃，末了，她把自己吃得精疲力竭，就悄无声息地安静了。莫斯科娃的举止，在桑比金看来，如此这般庸常的粗俗无礼——是那资产阶级腐化堕落的情感，在没有找到自己恰当的目标及合适的宣泄渠道之前，一种自然而本能的流露和表现。而沙尔托利乌斯却刚好相反，对莫斯科娃的兴致丝毫不减，根本就不在乎她做了什么；他已经彻头彻尾地爱上她了，如同爱上一个活生生的真理，且在兴奋和陶醉之际，他眼中的她，是那么地朦胧和缥缈。

过了后半夜，人声鼎沸之时，维克多·瓦西里耶维奇·博日科悄然来临，走进大厅，谁也没发现，径直就在靠墙的沙发上坐了下来，他不想引起别人的注意。他看见美丽而快活的莫斯科娃·切斯特诺娃，心中着实害怕，不由得哆嗦了一下。一位年轻学者，到莫斯科娃面前，为她唱起歌儿来：

> 你醉了，姑娘。
> 脸色苍白似月亮。
> 你美得如此芬芳，
> 直踏进我的心房……

莫斯科娃听了，双手捂在脸上，一时不知所措——是高兴得哭一场，还是害羞地躲起来。这会儿，沙尔托利乌斯正同韦奇金和穆里特巴乌艾尔，相互争论不休；沙尔托利乌斯料定，人类的阶级性消亡之后，地球将进入激情飞扬的技术生命时代，那时的生命，将用自身的劳动，实实在在地触摸和感知整个世界……在古代，那些开创历史的人，也曾经是一种技术生命；古希腊的那些城市、港口、迷宫，甚至整座奥林匹斯山，——都是那些基克洛普们，独眼的巨人工匠们，修建起来的。他们，一只眼睛藐视天下，把那些古代的贵族，统统都征服并挤出了历史，——由此充分证明，这就是无产阶级——就是被判有罪，从而修建了国家、众神的府邸和海上的舰船的，无产阶级；并且也充分表明，那时，独眼巨人，是不可能获得拯救的。过了三千到四千年时间，也历经了上百代人，基克洛普的后人们，从历史迷宫的黑暗中走了出来，拥抱自然的明媚阳光，迅速占领了地球的第六块大陆，而余下的全部地域，也只能是待在那里等候他们的光临。甚至，众神之王，那个在奥林匹斯山上不断垒土挖坑辛勤劳作的，那个居于高天之上的小茅屋里，却又完整无缺、完美无瑕地，活在古希腊的贵族阶层记忆中的，宙斯，没准儿，就是最后的一个基克洛普人；在那些陈腐没落的年代，资产阶级可并不愚蠢——她将那些死去的伟大工匠们，改头换面之后，统统都供奉上了神位，入了仙班。道理就在于，这个阶级也暗自惊讶和敬佩不已，没有经历过享乐，哪里晓得劳动创造之伟大，她非常清楚，正是那些死去的基克洛普们，默默地掌握着多么伟大而惊人的权力，那就是——创造的天赋和劳动的心灵——也就是技术。

沙尔托利乌斯站起身来，取了一杯红酒。他个头精壮，面相普通，烙印着为生活煎熬的痕迹，也显露出专注于思考的冷峻，看上去既幸福，又洋溢着非凡的魅力。切斯特诺娃·莫斯科娃看着他，竟一时间被迷住了，想着，逮着机会，一定要亲亲他。当在座的同志们大家都安静下来之后，沙尔托利乌斯举起杯来，说道：

"为默默无闻的基克洛普们，为我们所有逝去的辛劳悲苦的先辈们，为技术——这颗人类真正的心灵，干杯！"

全体人，干净利落地，一干而尽。这时，乐队则弹起了一曲老歌，是由雅泽科夫的诗改编的歌谣：

在那丘岗外面，天气阴晴莫辨
有一个国家，幸福如遍野鲜花
天空遥遥高远，片片苍穹永不黑暗
路过的天涯，静静地绽放着月华

博日科老老实实地坐在那里，谁也没发现；这天晚上，他比到场的所有人，都要开心和高兴，他知道，那个阴晴莫辨的坏天气，很快就会过去；那个幸福如鲜花的国家，就躺在窗外，如今正是繁星点点，灯火通明。他非常吝啬地，默默地爱着这个国家，并从地上，捡起从她的良心和仁慈中，掉下来的每一粒微小的碎末，以使这个国家，永远都那么完整和饱满。

晚餐丰盛的主菜端上桌了。大伙儿很客气地细嚼慢咽起来，可谢苗·沙尔托利乌斯却根本就吃不下也咽不了，没那心思。对切斯特诺娃·莫斯科娃一见钟情的爱恋，让他很是苦恼，这苦恼一下子占据了他的整颗心灵乃至全部身体，以至于他想张开嘴，狠狠地吸口气，就仿佛他胸中有什么东西堵得慌，极其难受似的。莫斯科娃远远地，朝沙尔托利乌斯神秘地笑了笑，她那蒙着一层面纱的生活，带着一丝温暖，也带着几分慌乱，顿时闯入了他的怀中。可她那一双敏锐而犀利的眸子，却不怎么关注他，那投过来的目光，跟看一件客观存在的普普通通的事实，没什么两样。"哎，这生理上的反应，真像个流氓！"沙尔托利乌斯对自己眼前的窘况，倒是十分明白。"那么，除了那愚蠢冲动的想法和自私自利的幸福外，我现在还能做什么呢！"

夜幕下，城市在漆黑的囚笼中，吞吐着光芒，远处车流滚滚，灯光闪烁，让这囚笼，显得越发地黑暗；成千上万的人群在沸腾喧哗，连空气都躁动不安起来，一阵又一阵的忧伤，不断涌上沙尔托利乌斯的心田。他来到阳台上，看向天边，繁星点点，嘴里不由得嘟哝起那句习以为常的老话来："噢，上帝呀！"桑比金仍然坐在桌前，面前的食物一动也没动。他沉浸在自己的思虑中，思绪已经蔓延向下一个清晨，翻来覆去地琢磨着将来的永生问题，心中却又忐忑难安，仿佛是行走在了茫茫大海的迷雾之中。他想捕获那一股让生命永恒的力量，或者，可能的话，从那些死去的生物的尸身中，找到生命长存的永恒属性。几年前，他剖开过几具尸体，从心脏、大脑和性腺等部位，切下了一些薄片。桑比金把那些薄片放到显微镜下研究，发现，其中含有一些某种未知物质衰老的痕迹。尔后，他将那些薄片连同其快要消散的痕迹，放进化学试剂中，放到导电场中，也放入光线照射下，进行试验，随即发现，那种未知的物质，有刺激生命的能力，并且这种物质只存在于死者身上，生者身上是没有的，在生者身上，只有死亡的斑点在逐渐增长——历时很长，直到死去。让桑比金足足困惑了好几年，到如今，依然一头雾水的是：尸体，看来是一个储藏罐，里面装着更加顽强，也更加剧烈的生命，不过，这股生命，存在的时间，却极其短暂。随着越来越细致深入地研究，和几乎无休无止地思考，桑比金大胆地设想起来，人在死去的那一刻，其身上将打开一扇神秘的闸门，并从其中流出某种特殊的液体，沿着躯体顺流而下，去毒死那些催命的脓水，去洗净那些让生命衰竭的微粒，去小心翼翼地保护整个生命，直至达到某种临界点，方才停歇。只是，那躲在黑暗深处，藏于人体的峡谷之中，吝啬而忠诚地守护着生命最后的弹药火力的，一扇闸门，究竟在哪里？只有当死亡，遍布全身之际，并毁灭着残存的、可怜巴巴地不断退守的那一点生命迹象之时，那道闸门最终才得以开启，才从人体内部射出她那最后的，却又徒劳无功的一颗子弹，并在那死者的心脏中，留下一些不太明显的痕迹……死者余温尚存的尸身中，到处都是那一阻击衰亡的物质活动的痕迹，这就使得尸体的每一个部分，都保存有某种死后完整无缺的再生能力。桑比金甚至假设，可否将死者变成一种力量，来促进生者的健康和长寿。他知道，那一原生的神秘液体，异常纯净和强大，在人呼出最后一口气之际，瞬间流遍人体的整个内部组织，这一神秘的液体，对行将断气的活人来说，无疑是大有裨益的，她会让那个快要死的人，变得直挺挺、硬邦邦的，成为幸福而又安详的……

桑比金一直站在阳台上，周围的一切，在他看来，都无足轻重，也毫不相干。大街上，电车里人们的喧哗声、吵闹声，远远的，却又十分清晰地，传到了他的耳朵里。他虽然听见了，却一派漠然和冷淡，仿佛着了魔生了病似的，陷入了寂然的孤独中。他真想立刻就转身回家，爬上床，用被子把自己焐得死死的，好将那突来的冰冷苦痛温热得化去，并在天亮之前，彻底恢复和苏醒过来，以便重新顺顺当当地去[上班]①。

桑比金身后，他的那些同龄人，正陶醉于对自己的成就，和对未来的科技梦想的观感中。穆里特巴乌艾尔提到了高空大气层，说往上 50 至 100 公里高的某个地方，有一处充满电磁波、光线和理想温度的绝对空间，在那里，随便什么活的生物组织，都不会衰老也不会死亡，因而，在那一紫色的空域，是可以实现永生的。这个地方，就是古人称之为的"天堂"，也是未来无上幸福快乐的国度：在那天气阴晴莫辨的天空下面，那一远方美好如鲜花般的国度，真真切切地就在那里。穆里特巴乌艾尔甚至预言，人类在不久的将来，必定会征服同温层，进而深入那蓝色的高天世界，进入到那个轻盈如空气般的不死之国；那时，人类将重新

---

① 手稿中，这个词被划掉了，但却没发现换成了哪个词。

长出翅膀，而地球，也将作为遗产，留给一应的动物们，并将再次如其在蛮荒之初那样，丛林密布。"对这个，动物们都是有预感的！"穆里特巴乌艾尔很肯定地说道，"每当我看着那些动物的眼睛时，我就觉得，它们在琢磨：这样的日子，到底什么时候是个头哇，你们，究竟要到何时才离我们而去呀！动物们觉得：到那时候，人类会为了自身的命运，而将它们统统都丢弃！"

听着听着，沙尔托利乌斯不免有些哭笑不得；他这会儿就想被丢弃，钻进地球的最深处，哪怕找一处空闲的坟墓也行，把自己安顿好，就在那里跟莫斯科娃·切斯特诺娃过上一辈子，到死也不分离。然而，很遗憾，他的这个心愿，那些在天上闲逛的星辰，理都不理。打小时候起，那些星辰就看着他，对一切生命都漠不关心，也不在乎那地上的人们，是否凭着劳动和情感，让彼此联结得更加紧密。他很害怕自己一个人低着头，满脑子只想着爱情，在城市里孤独而寂寞地晃荡；他并不希望自己也变成一个清心寡欲的人，不去关心自己的那张书桌，和桌子上闪烁着思想光芒的一堆堆图纸，不去打理自己那架安静地躺着的铁床，不去问候那盏台灯，正是它，在无数个忙碌工作的夜晚，于黑暗和寂静中，耐着性子见证了自己的劳动成果……想到这儿，沙尔托利乌斯摸了摸衬衣下的胸口，对自己说道："走开吧，你这令人讨厌的自然之力，就再次把我一个人丢弃吧！我不过是一个普普通通的工程师和理性主义者，我会像拒绝女人和爱情那样，拒绝你……我宁愿向那些原子灰尘和电子颗粒下跪，也决不向你低头！"只是，这整个世界，一个曾经展现在他的眼前，充满了喧嚣和烟火的世界，如今已安静了下来，隐没在了他心中那道漆黑的门槛后面，并在这世上，只留下了一个活生生的身影，那个唯一的，最是诱人的身影。难道，他连这个最后存在的世界，也能够拒绝，就不管不顾地去膜拜那些原子、尘埃和灰烬?！这时，莫斯科娃·切斯特诺娃来到阳台上，微笑着对沙尔托利乌斯说道：

"您为什么看上去这样忧愁……您喜欢我不？"

莫斯科娃笑容甜蜜，口气温软芬芳，长裙飘动，沙沙作响，——沙尔托利乌斯心中，一时则善恶之念纠缠不清，起伏挣扎得厉害，实在苦闷不堪。他勉强回了她一句：

"不。我喜欢欣赏另一个——那座叫莫斯科的城市。"

"那好吧。"切斯特诺娃也没反驳，开心而又温婉地笑了笑，"一起回去吃晚饭吧。里面，谢林同志技压群雄，吃得可老多了。简直吃撑住了，瘫在那里，满脸红光四射，可一双眼睛却很忧郁。也不晓得是怎么了？"

"不了。"沙尔托利乌斯轻轻地回了一句，"我现在，也忧郁得很。"

夜色昏暗，莫斯科娃仔细看了看那张不太协调的脸，只见他眼中，隐隐有泪光闪动。

"别哭，好不。"她说，"我也是很喜欢您的……"

"您撒谎。"沙尔托利乌斯并不相信。

"不，我说的是真的，凭天地良心！"切斯特诺娃誓言旦旦地，声音激越而响亮，"咱们快点进行去吧……"

他俩手牵着牵手走了进去，来到那群热情高涨、神采飞扬的朋友中间，桑比金的那双眼睛倒是看见了他俩，可眼神却一动也未动，还沉浸在虚幻的构想中，努力思考着那一与个体的幸福，相距甚远的遥遥国度。快出门的时候，博日科窜到了莫斯科娃跟前，恭恭敬敬地送了自己久违的问候。切斯特诺娃看见是博日科，一时间高兴得不得了，从桌子上抓起一块蛋糕，就招待起他来。

维克多·瓦西里耶维奇，现如今为一家重量测量公司效力，满心满眼想的都是那些秤呀砣什么的。他想请莫斯科娃·伊万诺夫娜介绍自己认识一下，眼前这位著名的工程师，想着他能够帮帮忙，设计出一批简易而又精确的秤具，以便让所有的集体农庄和国营农场，乃至整个苏维埃商业行业，都能够用比较便宜的价格，买得起也用得上。博日科全然没注意到，沙尔托利乌斯有心事，就在那里侃侃而谈，说什么国民经济正面临巨大的灾难隐患；集体农庄的社会主义建设正困难重重；劳动的成效也日益下降；富农们正借口秤砣、秤具和秤杆有偏颇，策划着一场政治阴谋；老百姓们，不管是否出于主观原因，正在被那些合作社和供销社的工作人员所欺瞒……而这一切一切的事情，仅仅是因为国家的重量测量仪器仓库里面，那些设备太过陈旧，那些秤具的设计样式过于老化，再加之用于制造新秤的钢材和木材，又严重短缺。

"实在不好意思，我也是没办法了，才上这儿来了。"博日科说起，"我晓得，我是个外人，挺招人厌的。这里讲的那些话，我也听见了，似乎人类很快要上天了，幸福生活眼瞧着唾手就可得了。我真想也很乐意，就这样永远听下去，可咱们如今，还有很多事情需要解决。我们需要集体农庄的那些粮食和收成，能够公平公正地被正确地吊起来称起来。"

莫斯科娃稳了稳心神，调整了一下情绪，温柔地朝他笑了笑。

"您，很不错嘛，是咱们苏维埃的人！……沙尔托利乌斯，那就明儿个，到他们公司去一趟吧，给他们设计设计那个最便宜，也最简易的秤，保管称得准就行！”

沙尔托利乌斯想了一想。

“这可不太好办呀。”他直言不讳地坦承道，“这改良秤具，比改良火车头还要难些。那秤嘛，都用了几千年了……这就好比要发明一种，用新的方式装水的水桶。不过，有机会的话，我会去您的公司的，看看能否尽我所能地帮您点啥。”

博日科留了个地址，就高高兴兴地回家了。家里，那件与全世界进行通信交流的例行工作，正巴望着他来操持。

7

他俩出了城，差不多坐的是最后一班电车，若想事后掉头再回去，怕是不得行的了。远方的天际，灯火通红，反照在了大地上，那隐隐光芒，端端地射在了近处的庄稼地里，落在了一束束麦穗上，泛起微微白光，就仿佛是那初升的朦胧朝霞。可这会儿，却正当深夜时分。

切斯特诺娃·莫斯科娃脱下鞋子，光着脚走在一片柔软的麦田上。沙尔托利乌斯跟在她身后，心里时而惊慌凌乱，时而兴奋快活；这会儿，她的每一个细微的姿势，都让他心情激荡不已，心里直哆嗦，他实在是既担心又害怕，那件令人惊慌失措且又危险万分的生活，立刻就来到并展现在他的面前。他就跟在她后面，如影随形，片刻也不分离，满脑子都是她的身影，那么焦躁不安，那么激动难耐，如若这会子莫斯科娃蹲下来撒泡尿，沙尔托利乌斯保准会哭出声来。

切斯特诺娃让他提着鞋子，他则在身后把那双鞋子，偷偷地闻了个遍，甚至还用舌头尝了尝；在这一时刻，整个儿莫斯科娃·切斯特诺娃身上的一切，哪怕是那些不干不净的东西，都让沙尔托利乌斯觉得心醉神迷，甚至那些从她身上溢出来的残渣废水，他都会饶有兴致并极其耐心地反复欣赏，毕竟，即便是那屎屎尿尿，不久前也曾是，这个如鲜花般的丽人儿身上的一部分。

"沙尔托利乌斯同志，咱俩现在，到底要干点儿啥呢？"莫斯科娃问他，"这夜色刚刚好，再过一会儿，怕是要起露水了哟……"

"我不知道哇。"沙尔托利乌斯神色愁苦忧郁地回了一句，"我想，大概，只能好好地爱您了。"

"瞧那儿，集体农庄静静地睡在山谷里。"切斯特诺娃遥遥地指着远方，"那里，农作物正飘着香味儿，孩子们也在干燥的暖房里睡下了。而那些奶牛，也在牧场上躺下了，身上正渐渐晨雾缭绕……这一切的一切，我看着就开心，也好喜欢就这样活着！"

可沙尔托利乌斯这会儿，却实在没有心思搭理那些奶牛和睡梦中的孩子们。他多么希望，这片天地变得空空荡荡的，莫斯科娃再也不会为别的事情分心，只专心专意地对着他一个人。

天亮前，莫斯科娃和沙尔托利乌斯一起坐在一洼土坑里，那处地方原本是用来测量土层的厚度的。土坑里长满了温软的杂草，与那些农作物相隔开，躲藏得好好的，仿佛就像农庄里的富农似的。

沙尔托利乌斯拉起了切斯特诺娃的手；一时间，这四周的大自然——那一切思想所及的，心之所向的，并在眼前轰然铺开的，永远都那么陌生和原始的大自然——那遍野绿草，日子如虹，天空高远，人情紧密的四方天地——这一刻，在沙尔托利乌斯眼里，渐渐都聚在了一个人的身上，落在了她的裙边，缩在了她那双白嫩嫩的秀脚上。

年少的时候，沙尔托利乌斯只晓得研究物理和力学；他费尽心思地计算着，诸如人之身体这一类东西的无限性，想要搞清楚这个无限性发生作用的最佳方式。他试图揭示人的思想意识活动时，其波动本身，如何才能够与周围的大自然取得平衡和共振，进而因此反映出自然全部的真理——尽管这一计算方法，还存在这样那样难以掌控的偶然性，但他仍然想把自己的计算思路，永远地固定下来。不过，此时此刻，他的脑海里，任何的思路都荡然无存了，只因他的那颗心灵，已进入到他的脑海，并且就在其眼前跳动。沙尔托利乌斯抚摸着莫斯科娃的小手，感觉硬硬的，又胖胖的，似乎里面饱含着舍不得拿出来的，被挤压得死死的丰沛情感。

"谢苗，您到底想从我这儿弄点儿啥呢？"莫斯科娃温柔地问起，一脸心甘情愿和顺从。

"我想跟您入洞房过日子。"沙尔托利乌斯答道，"除此之外，我也不知道该弄点儿啥。"

莫斯科娃一边想着，一边嘴里含着一根草茎嚼了起来，年轻的嘴唇显得越发丰润和晶莹。

"这倒是实话，如果恋爱了，那别的东西，确实也不需要了。只是人们常说，这样很愚蠢！"

"人们爱咋说就咋说吧。"沙尔托利乌斯有些小担心地说了一句，"他们只不过是嘴上逞能罢了，他们自己，也许根本就不懂，也不会爱……没有了你，我真的好难受，这可咋整呀！"

"那你就抱抱我好了，我也抱抱你。"

沙尔托利乌斯就抱了上去。

"怎么样，这下好过点没？"

"没有，还是老样子。"沙尔托利乌斯回应了一声。

"看来，咱俩非得入入洞房过过日子不可了。"莫斯科娃答应了他。

当得惯常的初晨，照亮了这方天地的处处集体农庄，照亮了那庞然巨城的四野之郊时，切斯特诺娃和沙尔托利乌斯仍旧待在那洼测地坑里。在把莫斯科娃从头到脚都探访了个透彻，尝遍了她身上全部的温情、忠贞和幸福之后，沙尔托利乌斯很是吃惊，甚至有些害怕，他觉得，自己身上那股爱恋，不仅没有衰减疲劳，反而越发增长和饥渴起来，似乎啥也没有得到过，仍然像之前一样那么不快活，那么忧伤。看来，通过这种方式，根本不可能抵达一个人的心灵，也不可能跟他实实在在地共享生命。那到底该如何是好？沙尔托利乌斯心里也是一片茫然。

莫斯科娃·切斯特诺娃躺着，脸儿朝天；眼前的天空，起初是水嫩嫩的，接着变成了瓦蓝色的，像一块石板；然后换成了金黄色的，闪闪发亮，好似上面开满了鲜花，——那太阳，从乌拉尔山后方升起，姗姗地来到了这里。

莫斯科娃从土坑里挣脱出来，拉了拉身上的裙子，穿上鞋子，就自个儿一人向城里走去。她给沙尔托利乌斯留下一句话，说以后再来当他的老婆：他得先去博日科效力的那家秤呀砣什么的公司干活，到时候，她会去找他的。

紧接着，沙尔托利乌斯也从坑里爬了出来，神色虚弱而扫兴。他直直地站在那片空旷的青涩田野中，黎明的初光照在他的身上，看上去灰头土脸的，伤感不已，如同一个激战之后，幸存下来的战士。

"你干吗要走呢，莫斯科娃？我这会儿，可是越发地爱你了！"

莫斯科娃回过头来，看着他。

"我不会不理你的，谢苗！刚才就说了，我回去后……我也很爱你呀。"

"那你干吗要离开我？再来，再回到我身边来呀。"

也就十来步的距离，莫斯科娃站在那里，一时犹豫不决。

"我很遗憾，谢苗……"

"遗憾什么呢？"

"我遗憾呀……无论我怎样过活，那生活，总是不能如我所愿，到不了我这里。"

高高的麦田边上，莫斯科娃站那儿，眉头紧皱，黯然神伤。光线照在她的丝裙上，闪闪发亮；秀发上，青草滴落的露水，慢慢干了，渐次隐去。莫斯科河畔送来的微风，轻轻吹过这片洼地，田间初肥的麦穗微微晃动，在莫名地窃窃私语；四野的阳光，就像那思想和微笑，充盈着整片天地，可唯独只有莫斯科娃，心里却明亮不起来，连同她身上那件漂亮的裙子，甚至连同她那整个，恰恰由这方晶莹明媚的大自然构成的身子，与她那张忧郁的脸相比，显得是那么地格格不入。沙尔托利乌斯牵着莫斯科娃的手，又回到那处僻静的草丛中，心里却不明白，为何他俩都这般沮丧。

"你还是离开我吧！"莫斯科娃突地推开了沙尔托利乌斯，"我什么都试过了，到空中去飞过，也有过好几个男人，——而你这，可爱又忧伤的家伙，并不是第一个！"

切斯特诺娃转过身来，趴在地上。沙尔托利乌斯看着她身上那丰盈和美好，看着她那热血沸腾、肌肤温软如玉的迷人身子，忍不住抱了上去，再一次默默无语地，心急火燎地跟她一起，消磨上自己的某些生命——这也是眼前，唯一可干的事儿——哪怕这样做有点荒唐可笑，也有些徒劳乏味，甚至根本就无助于释放爱情，只是白白地让人疲劳困倦。正当沙尔托利乌斯搂着莫斯科娃不放手，兴致正浓时，她却转过身来，脸朝着他，露出一抹冰冷而狡黠的笑容，——看来，她有了异样的心思，却并不想自己的恋人知道。

沙尔托利乌斯也站起身来，双腿笔直，仿佛啥事儿也没发生过似的。这一回，他更感窘迫和沮丧，他那不断哭诉和沦陷的感情，这一次并没有获得丝毫的慰藉，——他的心因莫斯科娃而忐忑不安而痛苦难耐，却也是枉然，就仿佛她已经死了，或者是一直都未曾到来。

"看来，你，也许并不爱我！"他说道，似乎看破了事情的真相。

"不，我爱你，你让我很满意。"莫斯科娃试图宽宽他的心，"我是自个儿，有些难受罢了。"

远处，地平线上，驶来几辆集体农庄的大车，是时候了，得去城里上班了，得彼此分开，作鸟兽散了。

莫斯科娃坐在草丛中，样子很难过，而沙尔托利乌斯则一直甜蜜地安抚和迁就着她；只要能够跟莫斯科娃结合，过上婚姻生活，时不时地爱爱她，可能的话——再生一堆孩子，这就足够了，也满足了，那心灵上的痛苦，会慢慢消散的，一颗跳动的心脏，也会因为平静却又成效非凡的思想活动，而渐渐老去，直到永远地死去。

"我小时候，看到过，"莫斯科娃说起往事来，"有个人，在一个漆黑的夜晚，手上拿着火把，火光很耀眼，奔跑在大街上。他朝一座监狱跑去，那里关着很多人，他想把监狱烧了……"

"那时，那样的人很多的。"沙尔托利乌斯说道。

"我一直为他感到深深的惋惜，他没过多久，就被打死了……"

"你这是，到底怎么了！"沙尔托利乌斯有些惊奇不解，"这地下，躺着很多死人，而且，大概，永远也不会有谁，一下子就想起所有的死者，并为他们哭泣。这根本就是白费力气。"

莫斯科娃沉默了一阵子；她看着这周围的一切，脸色苍白，目光黯然，仿佛生病了似的。

"谢苗……你要明白：你最好别再爱我了……我呢，已经爱过很多人了，而你呢——爱上我，应是头一个吧！你呀——如同一位少女，而我呢，却已是一个大妈了！"

沙尔托利乌斯没有说话。莫斯科娃伸过一只胳膊来，抱了抱他。

"真的，谢苗，放弃吧！我经历过多少人，心里又想过多少人，你不知道吧？那简直太恐怖了！可最后，却什么也没得到。"

"没得到什么呢？"沙尔托利乌斯问道。

"没得到过生活。我很害怕，担心生活恐怕永远也不会到来，如今，我还得抓紧时间……有一次，我看见一个女人，她趴在墙上，哭得很伤心。她哭，是因为她痛苦——她34岁了，为过去那些再也回不来的时光而伤悲、而痛哭，那样子看上去，我还以为——她搞丢了100卢布或者更多值钱的东西。"

"不，莫斯科娃，我要爱你。"沙尔托利乌斯皱起眉头，幽幽地说道，"我跟你一起过日子，会很开心的！"

"可我跟你一起，却不会开心呀！"莫斯科娃争辩道，"你呀，会很难过的：开心吗，都这样了，你又何必撒谎呢?！……曾经多少回，我想把自己的生活与别人分享，就算现在，我还这么想——我一点也不，甚至永远也不会吝惜自己的生活！如果没有了人们，没有了整个苏联，我干吗还需要她？我来当这个共青团员，并不是因为我曾经是个可怜无助的小女孩……"

切斯特诺娃说起这番话，很严肃，也很沉重，如同一个风烛残年的老妇人，一颗蜷缩起来的心灵，虚弱得暗淡无光，如同陷入了漆黑的死寂之地。

"你要是不相信的话，我再吻一下你，就一定会明白的！"莫斯科娃吻了吻忧伤得孤苦的沙尔托利乌斯；他一下子惊恐万分地发现，莫斯科娃那明媚耀眼的美丽，正在迅速衰退，不过，他心里那股爱恋和心疼之情，却越发强烈了。

"如今，我倒是想明白了，人们彼此间，究竟为啥活得这样糟糕。因为，用爱来联结大家，是行不通的，我曾经联结过多少次，还不就那么回事儿——并不如何如何，除了留下点什么说不清道不明的快感，啥也没有……你这会儿，不也跟我一起过了日子了，那感觉如何——新鲜惊奇吧，那又如何，爽了或者快活了！不过如此……"

"不过如此。"谢苗·沙尔托利乌斯点了点头。

"每次干完这事儿，我身上的皮肤，总是感到一阵一阵地发冷。"莫斯科娃继续说道，"爱情，成不了共产主义：我想过，反复想过，也见识过了，她就不可能……爱，也许是必需的，我呢，还会再爱的，跟吃饭喝水没什么两样，——只是，这仅仅是不可或缺的需要之一，而不是主要的生活。"

沙尔托利乌斯心里很受打击，他的爱情，他一生下来就为此积攒的爱情，头一次开花，就这般毫无结果地死去了。不过，莫斯科娃的痛苦感受，他倒是很能理解，那最最美好的感情，始终拽在别人手里，始终在于要与自己之外的另一份陌生的生活，患难与共，喜乐同享；而那相互抱来抱去的爱情，除了能够给人一点孩子般的新奇和欢喜外，什么也给不了，也实现不了人们心中的美好愿望——人人都向往那彼此相互依存的神秘乐园。

"那如今我俩到底该咋办呢？"沙尔托利乌斯问道。

"我俩嘛，日子还长着呢。"莫斯科娃笑了笑，"你就等着我好了，先去博日科那家秤呀砣什么的工厂干着，我会再去找你的……现在嘛，我得走了。"

"上哪儿？跟我再坐会儿吧。"沙尔托利乌斯请求道。

"不了，真得走了。"莫斯科娃说完，就站了起来。

天上日头正高，看上去小了不少，阳光越发地猛了一些，也更加温热了。附近几处建筑工地站线上的火车，此起彼落地吼叫起来；几架小型的教练机从天上飞过；几辆载重五吨的大货车跑在硬土路上，激得尘土四下飞扬，——晨光大亮，大地上热气腾腾，一派劳动的景象。

莫斯科娃抱了抱沙尔托利乌斯的头，就跟他告了别。她感觉又快活幸福了，那无穷无尽的生活，那曾经因追求某种莫名的快活而久久地折磨着她的心灵的生活，正在向她招手；她想回到那个人们彼此生疏、相互拘束的黑暗之地，跟那样的人群在一起，好摆脱自己独个儿活着的难言之痛。

她心满意足地走了，怀揣着一份难以抑制的欣慰和满足；她甚至想脱光身上的裙子，向前飞奔而去，就仿佛自己这会儿，正置身于南方温暖的海岸。

沙尔托利乌斯还待在那里，冷冷的一个人。他多么希望，切斯特诺娃能够转身回来，跟他一起，结为夫妻，相互信任和忠诚，直到永远。沙尔托利乌斯感到，生活失去了意义，身上正在升起难以释怀的忧愁和冷漠，——那一股股灰暗而痛苦的力量，正在他的体内膨胀，渐渐漫过他的脑海，使得他再也感觉不到未来的目标，哪里才是正确的方向。不过，沙尔托利乌斯也承认，在莫斯科娃怀里，自己所获得的，那一切温柔、新奇和充满人味儿的感觉，实在是令人腻味和厌烦；那不过仅仅让他在尝试着把握自己时，变得不那么困难而已。然后，还不得照样要明快地去动脑子思考，还不得要一天天地重复着，与一群坚韧顽强的同志们一起，熬更守夜地奋战。不过，他真希望拥有一个，自己喜欢的、普普通通的妻子，以便拯救其眼下和将来动荡不安的生活，为此，他决定等，直到莫斯科娃回来。

8

那家单位，快要被撤销了。也没过多久，沙尔托利乌斯就闹明白了，这样的单位，要是注定会被撤销，可能不仅会显得更加牢固可靠，并且会显出滑向某种永恒存在之物的气象来。单位，位于"老顾客商场"的顶楼，那地方原本是货物防潮仓库。单位往下，楼梯直通一条青石走廊，走廊四边，是那家旧商场的全部家当。单位大门上面，挂着块铁牌子，上面写着"'劳动之尺'——国立秤、秤砣和长度计量公司"。

这是一家可怜巴巴的、快要被人遗忘的重工业企业，其管理处设在一间昏暗的大办公室里，屋子的楼顶空高很低，给人感觉仿佛是一间地下室的拱门；并且，屋顶靠近墙角的那头尤其低矮，坐在下面的人，几乎都要碰到脑袋了。屋子里摆有几张办公桌，桌前坐着一个或者两个人，在写写画画，或者拨打着算盘。整间办公室，拢共 30 来号工作人员，不超过 40 人。可这些人在一起工作时的喧哗，来来回回走动的响动，相互发问和独个儿大呼小叫的声音，混杂在一起，听上去，就像某家头等重要的大型单位，在轰轰烈烈地干着大事业。

也就在当天，沙尔托利乌斯被任命为新式秤具设计的工程师，他的办公桌，安在了维克多·瓦西里耶维奇·博日科的对面。

沙尔托利乌斯的新生活开始了，日子就这么一天天地过去。有几天晚上，他为一家机械制造试制研究所搞设计，刚画完手边的图纸，就到了深夜，然后转而专心致志地欣赏起面前的秤具来——那可是世上最古老的机器。在人类最近五千年的历史长河里，没有什么东西，比得上秤这玩意儿，那么亘古地缺少变化。从基克洛普时代，到古希腊和古老的迦太基时代，再到被马其顿·亚历山大大帝灭掉的伟大的波斯帝国时代，——这一切过往的历史时期和历史地域，处处使用得最为广泛也最为紧要的机器，莫过于秤这玩意儿了。秤这东西，的确太古老了，跟武器差不多，甚至可以说，这两样事物，本就是连在一起的伙伴，——那秤，在古代就是战士手中的宝剑，用自己的准星，在某块石头的侧面，划出一些纹路道理来——以使打了胜仗的人们，公平公正地瓜分战利品。①

博日科这人，一旦接下工作任务，要是没有用上激情和理性这两样东西，就不会干活了似的。这会儿，他正旁征博引地向沙尔托利乌斯一个劲儿地解释着，秤这玩意儿，对人类生活所起到的至关重要的决定性作用。

"还有那个死了的季米特里·伊万诺维奇·门捷列夫，"博日科讲道，"他最最喜欢秤了！比起自己那个元素周期表——他都没这么喜欢。怎么说呢，这不明摆着吗！那表上一切的一切，还不都取决于一杆杆的秤嘛：原子有重量不，这不就结了！"

博日科同样明白，为什么如今人们会越来越轻视，甚至忽视秤这杆宝贝：因为那人呢，他只晓得紧张兮兮地盯着那秤上摆着的东西，——什么香肠啦面包啦，可那下面的宝贝——他却看不见了；而那些什么香肠面包的下面，正是那无比金贵的秤——这可是良心和正义的标志，简简单单、低调务实的一样器具，却是神圣的社会主义财富的计算者和保护者，它会因由一个人劳动创造的大小和核算工分的多寡，为那些工人们和集体农庄的社员们，算出应得食物的多寡。

一想着，那些由于秤不准，而纷纷掉落的面包屑，沙尔托利乌斯就揪心揪肺地心疼不已，就愈加投入地卖力工作起来。他的心里，紧闭着向外敞开的那扇大门，内中悄悄地藏着两份感情——对莫斯科娃·切斯特诺娃的爱和对社会主义的期待，这两样感情在他内心深处相会，并每时每刻都纠缠在一起。他隐隐约

① 那时候，人们分战利品，用秤来称堆头，取相同的重量，交换着来，每取一次，就用剑在石面上划上一道杠。——译者注。

约觉得，似乎夏天到了，麦田里麦浪高飞，好几百万人的声音飘摇浮荡，他们是头一批在地球上安家落户，摆脱了地球的引力和悲伤的幸福人儿；于是，他仿佛看见，远处，莫斯科娃·切斯特诺娃正在朝他走来，来给他当老婆；她看上去，似乎这一生已经活够了，同无数的人一起，熬过了生活，只留下那逝去的青春背后，无数艰难而又充满激情的岁月；她回来时，是这番模样，穿着一身单薄的裙子，脚上光着，双手干活干得变长了，不过，却比从前，更显快活和鲜艳丰润；看来，她为自己那颗动荡不安的心灵，已然寻得了慰藉和满足。

对，正是那颗动荡不安的心灵！出于对未知的担忧，它一直在人们身上，久久地跳动和战栗；这颗心灵，长期被人们身上的骨头和日复一日的不幸生活，所挤压，所排斥，最后不得不逃离，一边向前逃，一边将自己的温暖，撒在沿途冰冷而凄凉的道路上。

沙尔托利乌斯躬足身体，趴在办公桌上，竭尽全力地，加速推进着秤具装置的改良工作。公司领导过来告诉他，为着这秤，集体农庄发生了好些恐怖事件，那情形，赶得上古时候发生的那场食盐暴动了。比方说，由于秤称得不准，这本身就意谓着，按劳动日计算的粮食收成，要么分量不足，要么出现剩余，结果，受损失的、遭欺骗的，只能是国家。此外，要是商用天平秤的秤盘不精确，那么，这块小小的领地，就会演变成富农们搞阴谋和阶级斗争的战场。秤砣的问题，也相当严峻，都惹出暴风骤雨般的大麻烦来了——好多居民点上，人们已经把那打有烙印的秤砣，用一些让人看着就心惊肉跳的玩意儿给替换了下来，诸如什么小块儿小块儿的砖头哇，小锭小锭的铸铁砣砣哇，更有甚者，在意想不到的情形下，连那怀着身孕的妇女，都坐了上去，说是要用她们的身体，来抵那一天的公粮租子。这么一搞，国家不可避免地会损失掉好几十万担的粮食。

有时候，沙尔托利乌斯想莫斯科娃想得实在太狠了，不敢一个人独自待在自己的房间里，也就留在单位上过夜。每到晚上10点，这个临时充当看守的家伙，就在公司进门口的小凳子上，事先眯糊一会儿，然后再走进那间管理处的大办公室，把自己摁进软和的沙发椅里，沉沉地睡去。墙上，公事公办的大挂钟，不紧不慢地走着时间，空空荡荡的办公桌子，想念工作人员想得忧伤，偶尔，还会窜出几只老鼠来，眼神温柔地瞧上一瞧沙尔托利乌斯。

他就一个人独自坐在那里，思考起阿基米德曾经琢磨过的，后来门捷列夫也盘算过的，天大的难题。这道难题，他没办法彻底解决，秤都是些好秤，不过是需要一些更为便宜的，能少用一点钢材的新家伙罢了。为此，沙尔托利乌斯在桌子上，铺开整整一大卷图纸，不断计算着那些角架、杠杆、压力变形、物料成本，和其它一些诸如此类事物的数据。某次，沙尔托利乌斯干着干着，眼里突然就流下泪水来，爬得满脸都是，这让他很是有些惊讶；他感到，自己身体内部深处，好像有个不受控制的家伙，在那里自顾自地哭泣，看来，这家伙并不喜欢秤量工业。到后半夜，每当从通风的气窗——全城最高的地方——吹进来，远方的植物和清新的田野呼吸的气息，沙尔托利乌斯就会将一颗脑袋松了，放趴在桌子上，再也集中不了精神。他恍惚觉得，莫斯科娃不知啥时候来到了他的身旁，在那里轻轻地吐着芬芳，是那么天然纯净和仁慈美好。这时，他不再为她吃醋了：就算她吃得再香

356

再多，只要不生病就好；开开心心地，碰上谁，就爱谁，然后随便找个什么地方，暖暖和和地睡一觉，只要忘了那悉数的不幸就好。

深夜里，有那么一两回，电话铃声突然响了，沙尔托利乌斯着急忙慌地跑过去接起来，一听，却不是找他的，原来对方打错了，——对方说了声对不起，就永远地消失了，电话那头是好一阵子的沉默无语；沙尔托利乌斯那么多朋友，谁也不知道他上哪儿鬼混去了，他已经远离自己那条宽阔辉煌的技术大道有好一阵子了，都快不记得自己头上那道机械专家的荣耀光环了；这光环，曾经是有可能要照亮全世界的。

一天，桑比金上他这儿来做客。这位外科医生告诉沙尔托利乌斯，说那人身上的脊髓，也有某些理性思考的能力，这样一来，就不单单是人的脑子独个儿在想问题了；前不久，桑比金在一个小孩子身上，验证了这个假设，他对那个孩子的头部，进行了第二次环钻手术；他不得不去掉①

"那这又能如何！"沙尔托利乌斯并不是太乐观。

"这可关乎着生命的核心奥秘，尤其关乎着整个人最根本的奥秘。"桑比金想了想，说道，"过去，人们都认为，脊髓，只服务于心脏，只起着单纯的神经控制作用，而脑髓——才是最高的综合协调中枢……可是，完全不是这么回事儿：脊髓也可以思考，而正是那脑髓，把它吸收进来，参与那些最平常的本能直觉过程……"

桑比金为自己的发现，感觉幸福万分。他甚至还相信，可以

---

① 句子没写完。

一下子攀上一座雄伟之极的高峰，从那里放眼，人们身上普普通通的灰色目光，能够清清楚楚地看见那时间和空间。沙尔托利乌斯看着这异想天开的桑比金，不由得摇头笑了笑：根据他的计算，这大自然，要比如此短暂的闪电式胜利，复杂和困难得多，单靠某一条规则，就想把她给框住，根本就是不可能的。

"那，接下来呢？"沙尔托利乌斯问道。

这会儿，桑比金心里，一浪又一浪丰富之极的体验和感受，开始沸腾喧哗起来，嘴上一个劲儿地直咕哝。

"接下来嘛，就这样……须得再做上个千把次的试验。不过，这结果，却是绝对可以拿捏得八九不离十的；生命的奥秘就在于，人的身上有双重意识。我们想问题时，身上的两个思想，永远是一下子在同时思考，而单一的思想，我们是做不到的！我们身上呀，显然是两样器官，在对着一个目标！尽管只对着一个问题，这两样思想二者是面对面地交互思考着……你要晓得，这也许是真正科学的辩证心理学之实践基础，这门学问，世上还从来没有过。人类，正是因于对同一个问题，能够同时进行二元复合式的倍增思考，才使得他成为地球上最优秀的动物……"

"那别的那些动物呢？"沙尔托利乌斯问道，"它们可也有脑袋和脊梁骨哇。"

"没错。不过，两者的差别就在于一些琐碎的细节上，并且，这个细节，决定了整个世界的历史。当两个思想——一个源自大地本身，从骨头内核处升起，而另一个则从头颅上方降下，当这二者在同一次脉搏中相交汇时，重要的是应当习惯性地相互协调。这二者应当，总是能在一刹那间就碰在一起，并且掀起一潮又一潮的思想浪花，而它们相互间，又能彼此和谐共振……而动物们呢，它们在面对每一个印象时，也能产生两个思想，不过这两个思想运转起来，却有些混乱和零散，不能形成有效的一次性冲击。这个差别，也就是人类进化的奥妙，就是人超越动物的原因！人之行事，几乎总是具有细节性：两种情感，或者两类漆黑的意识流，他能够使之习惯于相互遇见，并相互比试力量……当二者遇见时，它们就一起变成了人类的思想。很显然，这又是根本不可能察觉到的……在动物身上，可能也有这样的一些过程，不过，却是十分罕见和偶然性的。可人呢，他习惯于培养这种偶然性，因而也就变成了具有双重性的生物……这样说吧，人有时生病了，遭遇不幸了，陷入恋爱了，做噩梦了，等等——凡是处于这样那样超乎常规的时刻，我们明显感觉得到，我们两分了：也就是说，我是一个，在我的身上，还有一个某某谁。这个某某谁，那个神性的'他'，经常在那里唠唠叨叨，有时还会哭泣，想从你身上离得远远的，他很难受，他在害怕……我们很清楚——我们有两个，并且还相互讨厌着对方。我们感觉到轻松、自由的时候，体会到动物们那个毫无意义的天堂时，那时，我们的意识并非双重性的，而是单一性的。要是我们丢了自身意识的双重性，那么我们离瞬间做回动物，也就一步之遥，并且，要是我们不能理解和明白这个双重性的意义，则我们就会经常活回到太古时代……不过，只要我们的两个意识重新又联结纠缠在一起，那我们就又能够做回人，回到我们那'双重思想性'的思想海洋之怀抱，而大自然，她是按照可怜的单一性来建构的，在那可怕的双重性生命组织的作用下，她只能龟缩起来，只能咯吱咯吱地直哆嗦；而这个双重性生命组织，却不是她所能够创造和诞生的，是他们自己创造了自己……这会儿，我变成单一性的了，多么可怕！这是我头脑里那两个燃烧的欲望之情，在永远地纠缠结合……"

看来，桑比金显然有好一段时日，没吃过什么东西，也没睡过什么觉了，全然一副精疲力竭的样子，瘫坐在那里，一脸的绝望。

沙尔托利乌斯招待他吃了点罐头食品，喝了几口伏特加。他们俩实在太劳累，慢慢平静了下来，衣服也没脱，就倒下睡了，灯也没关，热热地亮着，身上的脑子和心灵，还堵得慌，不停地动弹着，想赶在限定的时期内，把那些寻常的感情和世界性难题，都作个了结。

半夜里，斯帕斯基塔楼的钟声已经响过好几遍了，嘹亮的国际歌声，也早已歇下了；不久，黎明就要打开了，那些最是温柔，却又很少留下来做客的小鸟们，从一处处灌木丛和花丛中，苏醒过来，迎接那新生的曙光，然后振翅待发，远远地飞了出去，身后留下一个，夏天渐渐淡去的清凉国度。

当得朝霞初升、灯光泛黄之际，长条条的桑比金和矮墩墩的沙尔托利乌斯，仍挤在一张沙发椅上，昏昏然地沉睡，呼吸声惊天动地，就仿佛是两个空心人。那挤在一起的梦魇，还在操心着这个世界的终极结构，折磨得他俩的良心不停地翻转，时不时冒出几句梦呓来，以稍稍释放一下心中的不安。莫斯科娃·切斯特诺娃，如今在哪里，这会儿又在何处睡下；在将一群朋友，留给自己的背影，留在无尽的期待之中后，她于这个初秋，是否找到了自己生活的盛夏，而那又是怎样的一番光景？

沙尔托利乌斯梦醒前，露出了舒心的笑容；因性格使然，他总那么谦和恭顺；这会儿，他梦见自己死了，埋在了地下温暖的

360

深处，地上，正是大白天，只有莫斯科娃·切斯特诺娃一个人，独自趴在他的坟墓上，默默地流泪。除了她，上面就没别人——他死去了，谁也没有惊动；他就是那样的一个人，实实在在地完成了自己全部的使命，却又默默无闻：共和的国家里，秤具已经足够用了，甚而都堆积得有富余的了；为将来的历史时间所开展的方程式计算也已编算妥当，未来的日子有保障了，再也不会陷入绝望的深渊了。

他心满意足地醒了过来，下定决心要完成并最终完善全部的技术设备装置，好从那大自然中，将一切食物带来的生存之基和生命之能，自动地抽离出来，转嫁到人们身上。然而，早上一醒来，他的一双眼睛，就在对莫斯科娃的思念中，暗淡了下来，他痛苦得难受甚至害怕，不得不叫醒了桑比金。

"喂，桑比金！"他叫着，并问了一句，"你是个医生，应该知道生命的全部起因吧……你说说，生命为何要这么长久，如何才能慰藉她，并让她永远都开心？"

"唉，沙尔托利乌斯！"桑比金乐呵呵地回了他一句，"你是个机械工程师，想来应该知道，什么是真空吧……"

"我嘛，当然知道，空空的，随便什么都可以爬进去……"

"空空的哈。"桑比金说道，"那你跟我走，我给你看看，生命的全部起因。"

他俩出了门，上了电车。隔着车窗，沙尔托利乌斯看尽了差不多 10 万个人，可却没有见着莫斯科娃·切斯特诺娃那张熟悉的脸。她没准儿死翘翘了，毕竟，时光荏苒，世事沧桑，什么意外都是有可能的。

他俩一路到了医学实验医院外科部。

"今天，我要打开四具尸体。"桑比金说，"算上尸体，我们仨儿一起行动，只为一个目的：找到一种神性的物质，其痕迹，每具新鲜的尸体上都有。这一物质，对正在衰老的鲜活机体来说，有着最为强大的修复能力。它究竟是什么——目前尚不清楚！不过，我们会想办法搞清楚的……"

跟平常一样，桑比金作好准备，就带着沙尔托利乌斯进了病理解剖室。这是一间冷冰冰的大厅，里面有四具死人的尸体，都装在冰柜里，柜子的双层玻璃间，隔着厚厚的冰层。

桑比金的两名助手，从一只冰柜里，拉出了一个年轻女子的尸体，将其摆在一张半倾斜的手术桌上，桌子如同一张放大了的琴谱架。那女子躺在上面，眼睛睁着，色泽明亮：她眼睛里的物质，极其冷漠，以致死后，都闪烁着冰冷的光芒，直到彻底腐烂为止。沙尔托利乌斯感到甚是难受，想转身就从医院跑开，尽快回到自己的公司，扎进基层工会委员会里，随便找个什么同志，安慰安慰自己那颗受伤严重的心灵，排解排解身上的恐惧。

"差不多了。"桑比金一边做着最后的准备工作，一边跟沙尔托利乌斯解释道，"在死亡的那一刻，人体会打开最后一道闸门，目前我们还没搞清楚这道闸门是怎么回事儿。这道闸门后面，在机体的某条黑暗的峡谷中，隐藏着生命最后的一发弹药，藏得很吝啬也很忠诚，除了死亡，什么也别想打开这道源泉。那是一个宝库，在死亡真正降临前，密封得严严实实的……不过，我现在，就是要找到这个永生物质的仓库……"

"你找吧。"沙尔托利乌斯嘴里蹦出了一声。

桑比金切开那女子的左胸，接着取下整颗乳腺囊袋，然后极其谨慎地接近了心脏。在助手的帮衬下，他摘下那颗心脏，并用器械，小心翼翼地放进玻璃容器里——以便继续深入地研究；他们带上容器，去了实验室。

"这颗心脏里面，也有我之前跟你提到过的，那一神秘分泌物的痕迹。"桑比金跟身旁的伙伴说道，"死的那一瞬间，死亡会快速散布全身，消灭身上残存的、不断退缩的生机，而这个时候，那一神秘的分泌物，则最后一次发威，从侧面进攻人的身体，尽管其出击徒劳无功，却也在心脏部位，隐隐约约留下了些许模糊的痕迹……不过，这一物质，因其能量之强大，而弥足珍贵。真是奇怪呀，最最具有生命活力的东西，却出现在了咽下最后一口气的时刻……看来，这大自然防患于未然的措施，做得可是真料事如神啊！"

接着，桑比金开始将那个死去的女子翻来倒去，给沙尔托利乌斯仔细展示，其肥瘦状况和尚未破处的身子。

"她，很不错。"外科医生桑比金这话，说得个含含糊糊的。此时，他脑子里升起一个念头，是否就娶了这名死去的女子——她可比许多活着的女人，漂亮得多、更加忠诚和楚楚可怜。然后，他温柔体贴地，将那女子打开的胸部，用绷带包扎妥当。"那么现在，我们就看一看，生命的共同起因吧……"

桑比金拉开那尸体的肚子，剖开一层脂肪膜，然后用小小的手术刀，顺着肠道一路划开，让沙尔托利乌斯看看，里面有什么：肠道里，有一根柱状物，是没消化透的食物，很快，食物就到了尽头，露出一节空寂的肠道。桑比金轻轻绕过这一小块儿空当，直接摸到了初始的粪便位置，于此就停止不前了。

"看着，这里！"桑比金一边说，一边撑开那块儿食物与粪便之间的空当，"就是这处肠子中的空当，它把整个人类都扯了进来，并推动着全部世界历史的发展。这，就是灵魂——你闻闻！"

沙尔托利乌斯闻了闻。

"没啥东西。"他说道，"我们要是把这个空当给填满喽，那灵魂，不就得变成别的什么玩意儿了。"

"只是，到底会变成啥呢？"桑比金笑了起来。

"我也不晓得会变成个啥。"沙尔托利乌斯答道，心里有些戚戚然，还有点委屈，"还是先把人们给喂饱了吧，免得被扯进这节空肠子里去……"

"没了灵魂，就喂不饱谁，也填不满谁。"桑比金闷闷不乐地表达了自己的不满，"这根本就不可能。"

沙尔托利乌斯弯下腰，瞅了瞅尸体上那处空当，那个人类空荡荡的灵魂驻扎的地方，然后用手指，拨了拨那些食物和粪便残渣，再仔细端详了一番，那整个身体最为狭窄而贫瘠的部位，最后说道：

"这个，就是最好的，也最平凡的灵魂。无论何处，绝无仅有。"

工程师沙尔托利乌斯走出藏尸间，回到出口。他离开的时候，一直躬着身体，隐隐觉察到身后的桑比金，露出了微笑。他为生命的愁苦和贫瘠，伤心不已，生命是那么无助，出于对自己本真状态的认识，她一路丢弃了多少幻想。甚至连桑比金本人，都在自己的思想和发现中，寻找着一个幻想，——而他，也在自己的意识中，沉迷于这个世界所面临的复杂性和伟大的存在性。不过，在沙尔托利乌斯眼中，世界，它更多地是由那些一贫如洗的物质所组成，爱它，几乎不可能，但却要理解它。

9

莫斯科娃·切斯特诺娃决定不再回到自己的住处，也不再爱沙尔托利乌斯了，这之后，她哪儿也去不成了。她一个人在这座城市里，要么走走，要么坐坐车，一逛就是好几个小时，没谁招呼她一下，也没谁问她一句。仿佛她周围的全部生活，就是那些漂浮着的垃圾灰尘，这让莫斯科娃觉得——人们，没什么可联结的，彼此之间的那点距离，充满了相互猜忌和困惑不解。

太阳快落山时，她去了那栋住宅租赁合作社，楼里住着那个临训预备役士兵。那位乐师还在房屋管理处门口，摆弄着他的小提琴，围墙外面，医院建筑工地上，仍传来阵阵电动大圆锯刺耳的尖叫声，而楼里的居民们，也已聚在了走廊上，准备开始一天例行的闲谈。

在自家的那间小屋子里，临训预备役士兵科米亚金，正躺在小铁床上。他在自己脑海里，徒劳地翻弄着，想随便找点什么思想、感情或情绪之类的东西，却发现，里面什么也没有。他正艰辛而努力地打算拼命想起点什么，可稍稍往前想那么一小步，他就对自己思想的目标，失去了兴致，因而只能，止步于想要思考的那一瞬间。要是，他的意识里突然闯进来某个谜一般的玩意儿，他恐怕无论如何，也是解不开的，而这个谜一般的东西，只能待在他的脑子里生病等死，直到某一天，他弄一些非同寻常的手段，把这东西从物理上清除消灭掉，比如，跟一些女人鬼混，使劲儿搞搞生活，再做一个长长的梦。之后，他就会啥事儿也没有地，心平气和地醒来，再也不记得，自己身上那曾经潜藏的某种危机和祸事儿。有时，他刚觉得有些痛苦或者气愤，就如同那荒芜之地长出来一棵野草，这当口，科米亚金迅速采取自己拿手的本事，把那一应的感觉，重新征服成一片寂静的荒漠。

不过，最近这几年，他跟自己斗争，如同一直在跟什么人作战一样，斗得已经累了倦了，就很少在黑暗中哭泣了。他原先要哭那会儿，爱用被子捂着脸，而那床被子，却是自从其缝制出来，就再也没有洗过。

然而，老早之前，科米亚金就活得有些非同凡响了。一直到现在，他家的墙上，还挂着几幅未曾完事儿的油画，有的画着罗马，有的画着风景，还有的画了几间样貌迥异的小木屋和一株峡谷顶子上的麦子。这些画是科米亚金什么时候开始画的，已说不清楚了，只是没有哪一幅画，是画完事儿了的，尽管自他操起画笔、涂脂抹油开始，已过去差不多有十来年或者更久了。这样一来，那几间小木屋，看上去永远都那般破破烂烂的——屋顶子都飞了；那棵麦子，永远也长不过膝盖；那座罗马城，整得个跟一坨外省乡野之城似的。那床的下面，一地的废物堆里，四仰八叉地躺着一册小本子，上面有他年青时起了个头的几首诗，还有一本卖相完整的日记本，里面同样只有只言片语，统统都有头无尾，不了了之，就好像是有人打了他一下，笔头不慎掉到地上，就再也没有捡起来过。大约三年前，科米亚金想着拉一个清单，算算自己的财物。可就这么一个清单，他照样没有搞得很顺溜，那上面也只勉勉强强整了四排字儿，写着：我自个儿、床、被子和椅子，至于剩下的那些玩意儿，他盘算着等将来自己什么时候有空了，时机也成熟了，再来清点和补上。

前不久，科米亚金到处找一枚扣子，才发现那册小本子，上面写着几首半截子诗作。他的那些诗，起自于乡村生活，有一首的开头是这样的：

> 那一夜，那一夜，禾田梦难寐，野村心欲飞，
> 四周的道路默默唤情归，齐齐踏星途。
> 心儿空，身儿穷，疲惫的草原，呼吸着慵懒，
> 一步一胆寒，好似行走在桥面，动荡，漂浮……

小诗到此为止，尾巴却不见了；屋里，仅有的一把椅子，腿脚站不稳了，需要紧急救治，为着这事儿，科米亚金不知啥时候就弄来两颗钉子，打算下手，可这一拖沓耽搁，到现在都还瘸着。

有时候，科米亚金自个儿心里起着盘算：再过一个月，或者两月，我就开始新的生活——画完那些画，写完那些诗，彻底完整地想出自己的世界观，把所有的手续都办了，找一份稳定的工作，当上一名突击手，再找一个女人当朋友爱上，并把婚也结了……他也曾盼着，过得一两月，到那会儿，会突然降临一起特别的行动，一直就搁浅在那里，专等着把他吸纳进去后，再向前发展。可年复一年，时光路过他家的窗口，半步也未停留，也从没赐予他什么幸福的时刻。于是，他又只好从床上爬起来，到外面去抖一抖协警的身份，专门挤在人群扎堆儿的地方，去罚一罚那些民众。

时光如流，岁月不居，堪堪又到了一年的八月份。傍晚悄悄来临，天上，弥漫着四下逃逸的，悠长而又伤感的声音，让人儿听见了，一颗敞开的心灵，不免涌进阵阵黯然和遗憾。正当这会

儿，莫斯科娃·切斯特诺娃，敲响了科米亚金家的房门。也不见爬起床来，科米亚金甩出一只左手，就把那门扣儿给弹了开去，请了一声，让那客人进来。她站在他的面前，是那么陌生而又熟悉，还穿着自己那身贵气的裙子，眼睛扫视了一遍整间屋子，活像在看自己住惯了的居所一样。临训预备役士兵决定，立马就缴械投降：那些本该准备好的手续材料，这会儿还乱七八糟、一团糨糊，根本就找不到任何托辞。不过，切斯特诺娃只问了他一句，过得咋样，老这么一个人，孤单乏味不，还是压根儿就无所谓。

"我无所谓啦。"科米亚金叹道，"我这，那算什么过日子，只是勉勉强强地混入了生活罢了，也不知是咋弄的，某些人就把我给牵扯了进来……可这，不过是白费力气而已！"

"怎么就白费力气了？"莫斯科娃问道。

"非我所愿啦。"科米亚金叹道，"全部的时间，挤得都满满当当的：一会儿要思考，一会儿要说话，一会儿要出门，一会儿要做事儿……只是这些，统统都非我所愿，我老不记得，我还活着，可要是往回头一想——就怕得要死……"

莫斯科娃留了下来，跟他相处了一阵子，心里不免暗暗吃惊于这人的生存环境，这是一个早就开了个头、却又远未结束的家伙。科米亚金先是煮了一碗粥，给莫斯科娃当晚饭，然后拿出一幅自己最得意的画来给她看，至于这画是什么时候画下的，切斯特诺娃压根儿就没瞧明白。这幅画，原本藏在床下那处僻静的破落货堆堆里；画呢，绝对没画完全，可上面的思想意蕴，却也已是相当地清楚明显。

"要是国家不反对，我原本是也要那样生活的。"科米亚金指着那画说道。

画上，画着一个农夫或者商贩，小有点财产的样子，可身上却脏兮兮的，还光着一双脚丫子。他站在一道破破烂烂的木台阶上，从上往下正尿得欢。风从下面把他身上的衬衣，吹得都鼓起来了，一小撮样子还算过得去的胡子上面，粘了些垃圾和干草；那人，正神情淡然地，朝着一处荒芜的世界远望，远处画有一轮太阳，看不出是要升起，还是在落下。那人的身后，立着一间大房子，外观看不出有什么来头，屋子里面，隐隐约约摆放了一些果酱罐头、大馅饼子和一张木头床；那床大得，差不多可以在上面一睡不醒了。还画有一位上了点岁数的老太婆，坐在院内一间安有玻璃窗的偏房中——也就露出了颗脑袋——神色呆呆傻傻地望着院子的空处。那农夫大概刚从梦中醒过来，这会儿走出门，跟往常一样，朴实而平凡，打算检查检查——是否发生了什么异乎寻常的事情，——不过，似乎一切也都还是老样子，吹过来了风，仍是起自那一处处不招人喜欢的衰败田野；那人，看样子是打算马上缩回去，回屋里复归安宁——再睡上一觉，只要不做梦就成，好快点无牵无挂地打发掉难受的日子。

过了一会儿，科米亚金的前妻上门来找他；那女人，老得都快磨光了，那一脸的疲惫，看上去也已有好长一段时日了。科米亚金的这位前妻，倒是很少上门来找他，也看得出来，他有点小触动，那昔日的恩恩怨怨，那过往的种种回忆，仍然揪着他心中的不安。科米亚金赶忙招呼着客人，不过，那前妻，默默地喝完茶，就起身打算离开，免得影响了丈夫，和这个新来的丰满女子相处。她觉得切斯特诺娃胖胖的，在这个女人眼里，所有的人都是胖胖的，只是没谁，对她一个孤老太婆感兴趣。然而，科米亚金却把切斯特诺娃叫出了房间，来到走廊里，请她在外面稍稍逛一阵子，之后，如果她需要的话，可以再回来。

"我呢，要是不跟了一个女人过日子，就实在苦闷得慌。"科米亚金老老实实地招认起来，"我哪儿也去不了，横竖也没啥兴趣爱好……而您和我之间，对不起，反正您也不打算跟我交往。"

"不，我想交往来着。"莫斯科娃表了个态，心里着实为科米亚金的痛苦，感到惴惴不安，"您去找她吧。"

可是，科米亚金却没动，仍跟她一起站在楼道里。

"您可别生气哈……"

"我不会生气的，多多少少，我有那么点儿喜欢您了。"切斯特诺娃回了他一句。

科米亚金很是痛苦，一直耷拉着脑袋。

"她呢，曾经，是我的老婆……她身上有股味儿，不太好闻；她给我生了几个孩子，后来都没了……我再跟她睡一起，是不道德的。对我来说，她就像我的兄弟；她如今瘦了，也变得愚蠢了，——我们俩的感情，已经升华了——变成了我们共同的贫穷，变成了我们的亲情，和相互搂在一起的忧伤……"

"这我理解。"莫斯科娃点了下头，轻轻说道，"你呢，就像一只小小的爬虫，常年都住在自己那个狭小的地洞里。我那会儿，还是个小姑娘的时候，曾经趴在田野上，瞧见过那些虫子。"

"您说得太对了。"科米亚金乐呵呵地接受了，"我呀，就是个微不足道的家伙。"

莫斯科娃心里一下子给堵住了，想着："那为什么，为什么他要来到这个世上？难道单单就因为，要给所有的人都看见，就是这么一个混蛋败类，然后，每个人，随时随地都可以打他，直到打死为止！"

"到时候，我会再来找您的，给您当老婆。"莫斯科娃说道。

"那我等着您。"科米亚金点了点头。

不过，莫斯科娃很快改变了主意，就仿佛她还是一个没有凝固下来的，还有些不稳当牢固的事物一样：

"不，您别等了，我再也不会上这儿来了，——你呀，就是一个可怜巴巴的死人！"

她看上去有些恼怒，心里很不开心，脑袋沉沉地靠在了墙上。

为节约电，走廊里已熄了灯光。科米亚金回到自己房间，隔着一道临时夹墙，可清楚地听见，屋里传来阵阵伤心于爱情的哀叹，和那疲惫不堪的沉重呼吸。莫斯科娃·切斯特诺娃，把胸口紧紧地挤压在冰冷的下水道上，水管从上往下，依次一层层直通底楼；她感到有些羞愧，也有些担忧，情绪渐渐冷静了下来，可一颗心却跳动得，比隔壁的科米亚金还要厉害。只是，她不知道，每当自己陷入这种不能自拔的困境时，周围的那些别人，是否也这般痛苦和忧郁，是否也跟她一样，也如此这般地莫名其妙。

不，那条通向远方的生活大道，不应该只抵达这里——不应该陷入那贫瘠而不幸的爱情，不应该只停留在那一节一节的肠子里，也不应该龟缩于沙尔托利乌斯所积极思考的，那个只涉及一些精细小玩意儿的念头里。

她来到外面，已是深夜。天上稠云密布，只微微洒下些许暗淡的光芒；云层低悬于城市头顶，飞速向远处漆黑的田野卷去，涌向那空旷无边、狂野无际的大地深处，那一方歪歪斜斜的地平线尽头。

切斯特诺娃向市中心走去，一路顺道儿，打量起家家户户窗子上明亮的灯火，有时还停下来，仔细欣赏观看。屋子里，一家子，或者几个客人，坐在一起喝茶；一些讨人喜欢的小姑娘，在弹着钢琴；收音机里，传出阵阵歌剧声和跳舞的音乐；年青的人们，在争论着北极地带和同温层的问题；母亲们在给孩子洗澡；三三两两的反革命分子在窃窃私语，门边的小凳子上，放了一台大开的气炉子，正烧得嘶嘶作响，以提防邻居们偷听了去……莫斯科娃，为这世间所发生的一切，渐渐心醉神迷，情不自禁地踮起了脚尖，踩着房子的基座，探着头向屋子里望去，直到几个过路的，笑话起她来，才依依不舍地离开。

她就这样一边走，一边看，一晃就是好几个钟头，可却处处都觉得开心和满足，只是她自个儿内心深处，却越发地忧郁和哀伤了。看起来，大家都忙得很，仅仅因为一份陶醉，于友人间私密的交谈，于热衷的思想间暗自的碰撞；还有那么一点点沉迷，于新房的温馨，于内心的舒适和安宁。而莫斯科娃却不知道，什么事儿才会让自己着迷沉醉，什么人儿才能让自己走近，以便活得更幸福一些，也更平凡一些。在过往的那一栋栋房子里，她并不快乐，在那炉火的温暖中，在那桌上台灯的亮光下，她也并没有寻得一份宁静。她固然喜欢那炉子里的柴火和那灯光，只是因为看着它们，她忘记了自己是个人，而是将自己当成了那火和那光——它们，就是那带给大地幸福和世界祥和的，一股又一股的力量源泉。

莫斯科娃早就饿了，想吃东西，于是走进一家夜间餐厅。她身上一个钱也没有，却也坐了下来，叫了一份晚餐。餐厅里，乐队一遍又一遍地，演奏着同一首曲子，是首疯狂的欧式音乐，内容狂野，直叫人想要逃离；伴着那音乐跳完舞，整个人就想找个什么暖和的地方，把自己紧紧地缩起来，或者找一口狭窄的棺材，孤零零地躺下，直到永远。莫斯科娃可顾不上这些，径直就跑到舞厅中央，忘情地跳起舞来；凡是到场的，差不多都请她跳了一曲，好从她身上，找回几分曾经丢失的自己。没过多久，有些人竟痛哭起来，一头扎进了莫斯科娃的裙子里，原来是酒喝多了；而另一些人，却一本正经絮絮叨叨地忏悔起来，说了好多自己琐碎的破事儿。餐厅的舞厅像颗圆球，里面充满了震耳欲聋的音乐和人们歇斯底里的嚎叫，到处都是呛人的烟味儿和膨胀的情欲气息；这个舞厅似乎在旋转——每喊一嗓子，都要来回响两遍，那痛苦，也就往复地在回荡；这里，只要是个人，就无论如何也摆脱不了一种寻常状态——摆脱不了自己脑袋上的那颗圆圆的球，里面，自己的思想，循着一条老路子，翻来覆去地不停滚荡；那思想，源于自个儿心子上的那个口袋，袋子里有一些陈旧的情感，在沸腾跳跃，不过，又好像是刚摘下来的花朵，既容不得什么新来的野花，又舍不得早已习惯了的盛开方式。如此一来，那些在音乐声中，或者从结识某个女子的暧昧之情中，淘来的意乱神迷之即时陶醉，就只能借助一次次狂野的放纵宣泄，或者一场场绝望的痛哭流泪，来终结和遗忘。时间越走越深，欢娱越舞越浓，那球形的舞厅，也就越发地旋转得厉害，以至，大多数客人，都不记得门在何方了，老是在一个位置的中间，忐忑不安地旋转摇晃，还以为，自己是在跳着舞蹈。一个年岁不大，却沉默了好一阵子的人，起身来邀请莫斯科娃吃点东西，这人眼里冒着黑光，带点欢喜，膨胀着浓浓的色欲，就仿佛他不是想把一些美味佳肴，塞进莫斯科娃的肚子里，而是要把自己那颗亲密无间的心，揉进她的身体里。不过，莫斯科娃这个时候，却想起了另外一些夜晚，那时，她跟自己同龄的朋友们在一起；那时，夏日的夜窗，清澈明亮，眼目所及的辽阔田野，远远地伸展开去，无边无际；同志伙伴们的胸中，也不像这里，只有一个球形的、永远在原地反复摇晃的、终将陷入绝望深渊的思想念头，在不停地旋转；而是有——一支希望和行动的利箭，它笔直地射向远方，一往无前、永不回头，誓要刺穿那自古就坚硬如铁的真理禁区。

夜，渐渐来到黎明。科米亚金已同他那个瘦弱的老婆，一起睡下了。沙尔托利乌斯坐在一大堆问题面前，苦苦地寻找着答案。乐队仍在老调重弹，只偶尔变换一下节奏，如同在一个密封的球体内部，徘徊于那浑圆的边缘。莫斯科娃身旁，那家伙还在喋喋不休地，倾诉着自己陈年的爱情和痛苦，叨叨着自己的孤独，一双不老实的嘴唇，不停地磨蹭着莫斯科娃手臂上那纯洁的肌肤。切斯特诺娃一直默默地忍受着。她的这位熟人，为了喘口气，吞下了几口酒，之后，复又跟她聊起，自己对她是一见倾心，要是她能同样回报以爱情的话，那么将来，肯定是会很幸福的。这时，莫斯科娃忍不住发话了。

"您啦，就别老在这一个地方磨磨叽叽的了。"她回绝了他，"要是您已经爱上我了，那就请打住吧……"

莫斯科娃的这位攀谈者却不肯罢手。

"女人的那对乳房，是我们生之所降，也是我们死之所归。"他神色惬意地笑了笑，"如此，我们就应该服从那命运的起伏山峦，和那一切幸福的循环圆圈……"

"您呀，应该活成一根筋儿，直直的，就不用服从什么山峦和圆圈了。"莫斯科娃给了他一条建议；同时，还拿出一根意味深长的手指，轻轻地，指了指自己的乳房。"瞧见没，在我这儿，您想舒服快活地死去，是很难的，我可并不软和……"

顿时，这位不请自来的同志，黑洞洞的眼珠子里，射出了一束闪亮的亲密光芒；他扫了扫莫斯科娃的一对儿乳房，然后说道：

"您说得对，我亲爱的。您还是那么硬邦邦的，看来，就算死命地揉，恐怕也把您揉不软和……甚至您那两颗乳头，也像两根尖尖的矛头，直直地在向前冲刺……我瞧着吧，心里实在震惊和沉重！"

那人，把自己的脑袋，从一脸的忧愁中拔了出来；看得出，他对莫斯科娃的爱恋，是越发地强烈了，他越来越倾心于，她身上那一切未曾开发的新领地，甚至包括那对儿乳罩的颜色；曾几何时，沙尔托利乌斯，也这般模样地热爱着她，兴许——还有桑比金……莫斯科娃瞅了瞅自己的这位追求者，神情很是冷漠和不屑；无论是谁，只要是被她留在了过去的记忆中的，她都不想从他们身上看见一副新的面孔。如果现在，她面前当真就坐了这么一个人，比如沙尔托利乌斯，那么她希望这个沙尔托利乌斯，能够回到他们初见时的那个模样，如此，她就将再也不会离开他了。

天亮前，响起了最劲爆的狐步舞曲，这玩意儿甚至有助于食物消化。莫斯科娃起身，同自己新结识的这位朋友，一起跳舞；舞厅中央，因长时的欢娱，像是经历了一场灾难，这会子空空荡荡的，几乎只有他俩一对儿在跳着。大多数人客人都已睡得昏昏沉沉，好些个看上去，就像死了似的，显见是给那些食物和装模作样的激情撑着了。

音乐越转越快，就像是那硬骨头圆脑袋里的忧伤，无处可逃离。只是，那旋律中潜藏的活力，却相当巨大和饱满，大有希望，在那些孤苦的迂腐骨头上面，擦破几道口子，从而挤了出去；或者径直从眼眶中翻越而出，哪怕变成泪水，也在所不惜。切斯特诺娃很能理解，那些零零碎碎的破事儿，就像这会儿，她身上的脚脚手手，正在捣鼓的那些玩意儿；不过，她喜欢的却更多，即便是些一无是处的废物也行。

圆圆的球形舞厅窗外，黎明已渐渐光亮。屋外长着一棵树，在黎明的霞光中熠熠生辉。蓬松的枝丫，或笔直朝天，或横身向外，只是不见长成了浑圆，也不见丝毫退缩；树的端头戛然而止，结束得实在果断，——显见是，它已经没了力气和手段，再往上伸展。莫斯科娃瞧着那棵树，心里暗自想："这就是我，真是太棒了！我这就离开，永远也不再回来。"

她跟自己的舞伴道别，可他却十分难过地想要挽留。

"您要去哪儿？别这么着急嘛……我们一起，随便再上哪儿都成。稍微等我一等，我去买下单……"

莫斯科娃没有理他。他接着继续提出了一个想法：

"咱俩就去那旷野上吧——到了那里，咱们眼前就是这世界的尽头，除了那从黑暗中刮过来的、无关紧要的风，什么也不会有！而黑暗中，总是会很不错的……"

他勉为其难地笑了笑，显得有些紧张，竭力掩藏起内心的伤感，细数着临别之际的分分秒秒。

"不，不去了！"莫斯科娃乐呵呵地说道，"您哪，算是碰上了个傻瓜吧……再见，谢谢您。"

“可以吻吻您吗，哪个位置方便——是手上，还是脸旁？”

“这些地方，都不可以。”莫斯科娃笑了笑，“可以吻嘴唇。来吧——还是我吻您吧……”

她吻了吻他，转身走了。那人留下来付账，心里感到甚是惊讶和奇怪，如今这年青的一代，真是寡情薄义，热情激烈地吻了你，仿佛是爱上了，可事实上呢——一声再见，就一去不复返了。

朝霞中，莫斯科娃一个人，独自游走于都城。她走得很坚定，还带着一份蔑视。那些打扫院子的人看见她走来，纷纷早不早地就把浇水的龙头，挪了开去。莫斯科娃的裙子上，一滴水也没有溅着。

她的日子还要往前走很久，前路尽处，几乎是一片永生。没有什么能够吓唬她，那远方致命的枪炮，依旧在她那青春和自在快活的保护伞下，打着瞌睡，就像云层中冬眠的惊雷。莫斯科娃抬头看了一眼天空；那上面，风儿正在涌动，宛若一个鲜活的生命，裹挟着那尘世昏暗的迷雾，不断向上翻腾；夜里，雾气笼罩下，整个人类，几乎都透不过气来。

卡兰切夫斯克广场上，一处处井坑的木栅栏后面，传来阵阵地铁工地压缩机的吼叫声。工人们进出的入口处，挂着一幅宣传画，上面写着，“共青团员们，无论男女，欢迎你们加入地铁战线！……”

莫斯科娃·切斯特诺娃觉得有道理，就跨进了那道大门；她希望处处都去参与和尝试一番，喜欢自己的生命，充满波澜壮阔的生活，这种生活，就是那最高的幸福，也是那最终的答案。

10

　　沙尔托利乌斯解决了集体农庄的用秤问题。他想出一个用石英石称粮食的办法。这个石英石，样子并不大，拢共也就几克重。在秤上物体重力的挤压下，这块儿小小的石英石，会放出微弱的电流，这股电流再通过电子管放大，就能够随时作用于表盘上的指针，从而显出物体重量的大小来。而收音机，则是哪儿都有的东西——那些挤成一堆一堆的居民点上有，那些集体农庄的宿舍和俱乐部里，也有；因此这秤，只需要一个木头架子，再加上一小块儿石英石和一个数字表盘，就足够了，要比原先动辄上百卢布的旧家伙，便宜三分之二，而且还不需要用到铁。

　　如今，沙尔托利乌斯正在把国家的秤具仓库，全部改换成电子的。他打算用电场的能量，把世上那个笨拙的常数——受地球引力所致——变成一个轻盈的常数。这样一来，那秤上一应的机械装置，就将获得敏锐而精确的感知力，并且那秤器，生产起来也会很便宜。

　　夏天之后，下起了淅淅沥沥的雨来，让人甚为忧愁，就好似过去资本主义时代，那阴郁的童年。沙尔托利乌斯很少回宿舍；他深爱着的莫斯科娃，一去杳无音信，他思念成疾，实在害怕一个人孤零零地待在屋子里。于是乎，他怀着极大的热情，全身心地扎进那一摞摞的图纸里；每当他觉得，自己这一手改良秤具市场的技术，对国家和集体农庄都有好处，可以省下数百万的卢布，一颗心也就平复和舒坦了。

　　就在这个地方，在这家"老顾客商场"里，在这个属于贫下中农的、不太为人所知的工业机构里，沙尔托利乌斯凭借自己出色的工作，不仅赢得了荣誉和尊重，而且还在自己忧伤失落的时候，收获了温暖的人情关怀。

维克多·瓦西里耶维奇·博日科，原是这家秤具公司工会基层委员会的主席，他了解沙尔托利乌斯的一些私事儿。一天，跟往常一样，沙尔托利乌斯又工作到深夜。公司里就留下一名会计，正在装订这个地区的资产负债表。当然，还有那个博日科，离得远远的，在把近期的一些报纸糊在墙上。沙尔托利乌斯看着那大街上，一群一群的人从剧院或者亲友家出来，纷纷挤上了电车；大伙儿看上去都很开心，仿佛那未来幸福的生活，妥妥当当地就会向他们招手并到来，只是他们身下那电车上的科技装置，却不堪重负——车厢的弹簧被压得变了形状，那马达，累得声音也都嘶哑了。

见此情形，沙尔托利乌斯越发地专心于自己的工作，腰也弯得更厉害了。看来，不仅得解决秤的问题，还需要操心处置铁路运输和北冰洋上的船舶通行问题，最好再试着确定一下那个人体内在的力学法则，这玩意儿可关乎着人的幸福、痛苦和死亡。桑比金显然是搞错了，那位女公民的尸身上所发现的，位于粪便和新的食物残渣之间的，那节小肠里的空当，他认为是人的灵魂，这应该是不对的。肠子，就如同人的脑子，有贪婪的心思，完全是合情合理的，毕竟都要受制于满足欲望的需求。若是生命的激情，仅仅只汇聚并龟缩在那么一小节儿黑暗的肠道中，则整个世界的历史，就不应该这样长久，也不应该这样贫瘠得都快秃了；并且，全体所有的生命存在，即便是建立在同一的肠胃欲望之上的，也早就应该变得更加优秀和美好了。不对，压根儿就不是那么一小节儿肠子中的漆黑空当，在主导着整个世界过去几千年的历史发展，而是别的另外一样东西，它更加隐秘，也更加邪恶和无耻，相比于这家伙，那个该死的肠胃系统，是多么地正确和让人感激动容，这就好比那孩子们身上的悲伤，——它根本就挤不进他们的意识，也就无从谈起，如何事先能够有所觉察和明白：能够进入意识[神智]①之中的，只能是跟它相当的同类东西，而绝非跟思想本身很接近的一类玩意儿。不过，就是眼下！眼下——必须得把一切都搞清楚，因为，要么是社会主义成功地深入人的心灵，直接触及其内心深处的神秘所在，并从那里把有史以来一点一滴积攒下来的致命脓液，给释放清除干净；要么是什么新情况都没有发生，则每个居民都将脱离集体，独自过活，同时小心翼翼地守护着自己心中那个可怕的神秘所在，从而又再陷入极度的肉欲之中，并彼此相互啃咬和吞噬，进而将这整个地球的表面，都变成一片孤寂的荒漠，只剩下最后一个人类在仰天号哭。

"我们要操劳的事情，真是太多了！"沙尔托利乌斯响亮地感叹了一句，"别来了，莫斯科娃，我现在可没时间……"

夜深了，博日科用电热水器烧了一壶茶，招待起沙尔托利乌斯来，态度很是恭敬客气。对这位年青而又勤劳的工程师，他是打心眼儿里尊重和敬佩；他来搭把手帮忙的这个行业，名气又不大，也没多少意义，可这青年却完全置自己在航空航天领域的巨大荣誉而不顾，停下了手上分解原子和揭开高速飞行之秘的事业，就这么自觉自愿地来了。他俩边喝边聊，聊到了如何彻底解

---

① 此处，也包括后面中括号中的内容，只是作者的一种考虑——这种情况表明，如何选择，作者还没有完全定下来。

决秤砣的毛病问题，谈起了检查秤具的第二十一条规则，还说了一些其他类似的事情，尽管这一类事情有些枯燥乏味，可也是实实在在的话题。不过，在这场谈话背后，博日科心里却一直暗怀着一份巨大的热情，甚至可以说他的整个心思都扑在了上面，因为他明白，精准的秤砣，不仅直接关乎着，每个集体农庄家庭幸福而安康的命运，而且也将有助于社会主义的繁荣，并最终给大地上所有的穷苦人家，都带来心灵上的希望。秤砣，确实，不过是个小玩意儿，只是博日科自认为，自个儿也不是个什么大人物，而对那幸福而言，这样一些小物件，毕竟也是不可或缺的有益成分。

整个都城都睡下了。只有办公室里面，某个较为僻静的旮旯角落处，传来一阵阵打字机的敲打声，听起来，有点像莫斯科国营电站联合公司的水管，在咕咚咕咚地吞咽着喘息，不过，绝大多数人，都已经歇息了，不是搂在了一起，就是在一间漆黑的屋子里，暗暗地咀嚼着自己内心深处的秘密和一些自私自利的、幻想着幸福美满的、也见不得光的谋算与念头。

茶喝得差不多了，沙尔托利乌斯说道："很晚了，整个莫斯科城里，人们都进入梦乡了，大概，只有那最最混蛋的家伙，才睡不着，身上欲火难消，心里备受煎熬。"

"而这，是一些什么样的人呢，谢苗·阿列克谢耶维奇？"博日科问道。

"就是那些，有灵魂的人呗。"

博日科本想说几句漂亮的恭维话，可这会儿却接不上口了，他实在不知道，接下来该说些啥。

"而那灵魂呢，谁都不缺。"沙尔托利乌斯接着又来了一句，一脸的忧郁和苦闷；他累得撑不住了，脑袋趴在桌子上，心中既苍凉，又恨意难消，这该死的午夜，慢腾腾的，实在令人厌烦，就好像那可怜巴巴的胸膛里，一直响着单调的心跳声。

"莫非，这到处都有灵魂的事儿，如今是确凿无疑了？"博日科这才问了一句。

"没有呢，还不十分确切。"沙尔托利乌斯解释道，"这玩意儿，仍然神秘如故哟。"

沙尔托利乌斯突然住口了；他脑子里，理智正在与某个偏激而哀伤的情感，进行着激烈的交锋；那份对莫斯科娃·切斯特诺娃的执着感情，无时无刻不在纠缠着他，弄得他整个脑海里，只有那么一小块儿微微发亮的意识，在牵挂着外面多姿多彩的大千世界。

"难道，就不能搞快点弄清楚，那灵魂究竟是个啥玩意儿。"博日科兴致勃勃地说了起来，"这样一来，就绝对更明确和行得通了：这整个世界，我们必定会让它发生翻天覆地的变化，也必将变成更加美好。而过去残暴的几千年时间里，有多少不干不净的东西，最后都流进了人类的身体呀，是该找个地方，把它们统统都干掉才行！……甚至连我们自个儿的身体，都不是它本来该长成的那个样子，里面横七竖八地躺着的，尽是些下流的东西。"

"确实，里面尽是些下流的东西。"沙尔托利乌斯点头说道。

"我年轻的时候，还是个少年吧。"博日科讲起往事来，"我经常想啊——最好是，全部的人一下子都死干净了，我早上醒来，这世上就我一个人。不过，所有的东西，还是可以留下来的：比如食物哇，大家的房子啦，当然还得有——某个孤孤单单的美人儿，也是活着的，我俩碰上了，就生生世世地在一起了……"

沙尔托利乌斯抬头看了看他，眼里满是忧伤和阴郁，心想：我们俩还真是彻头彻尾的同一类人，身上都流着同一种脓液呀！

　　"我爱上一个女人的时候，心里也是这么个想法。"

　　"那你，喜欢谁呢，谢苗·阿列克谢耶维奇？"

　　"喜欢莫斯科娃·切斯特诺娃来着。"沙尔托利乌斯答道。

　　"哦，她呀！"博日科嘴上嗫嗫嚅嚅地动了两下。

　　"您也认识她吗？"

　　"算间接认识吧，只不太熟悉，谢苗·阿列克谢耶维奇，我可没别的意思哈。"

　　"没事儿！"沙尔托利乌斯一下子清醒了过来，"咱们啦，目前要紧的是深入人体的内部，去找到那个可怜巴巴却又危险万分的灵魂。"

　　"早就该这样了，谢苗·阿列克谢耶维奇！"博日科重重地说了一句，"过去那个腐朽的自然人，实在是太叫人讨厌了，一直都是：那心里，装的尽是苦闷和寂寞。历史这个老娘们，都把咱们给搞残废了！"

　　博日科，给沙尔托利乌斯在经理的沙发椅上铺好了床，就趴在桌上睡下了。这会子，他心里是越发地满足和舒坦：如今，有那么多优秀的工程师，都操心上了里面那个改造内在灵魂的问题。这就让人很放心了。私下里，他着实为共产主义，提心吊胆了好长一段时间：担心那个凶残的蠢蠢欲动［非我族类的灵魂］，可别玷污了它，这家伙，每时每刻可都在从人体深处，咕咕咕地往外冒个不停！要知道，那些个历史悠长却又老而不死的邪恶玩意儿，深深地渗透到了每一具鲜活的生命里，甚至我们自个儿身上也有，可能里面，那祸乱的根源，早已泛滥成灾，并且还顽强得很；要不就是，里面有一个尽干坏事的祸害，它存心把人们跟外面的世界分开，好去征服和占有之，最后吞噬得一干二净，只剩下它自个儿……

第二天早上，博日科醒来，发现沙尔托利乌斯整夜都没合眼。桌子上，摆了整整一卷的图纸，上面画满了密密麻麻的示意图和计算公式，都是围着国家那个电子秤仓库去的。只是，他脸上这会儿，却留有一些泪痕，也平添了几道皱纹，看来昨儿夜里，他心中那份痛苦的感情，带着一种绝望的挣扎，又跟他纠缠不休地战斗了一晚上。

于是当天傍晚，博日科就把工会基层委员会主席团的，召集起来开了个会。会上，就工程师沙尔托利乌斯的私人烦恼问题，他委婉地介绍了一番，并提出了一个缓解其痛苦的办法。

"我们呐，只是习惯于关注和介入一些平平凡凡也表表面面的东西。"博日科面对整个主席团说道，"不过，我们应该试一试，想办法去同样帮助一些个别特殊的和内在细微的事情。同志们呐，我们都摸着苏维埃和人类的良心，好好地想一想吧，——大家都还记得不，斯大林同志那会儿，是如何端着工程师费多谢延科的骨灰的……尽管，沙尔托利乌斯同志的痛苦，因其个人的情感问题，显得有点特殊，但我们应该拿出一个普普通通的办法来，帮他缓解和克服。毕竟，在我看来，生活中，尽管，也许吧，或者，可能，那最难受和最折腾的，——正是某些个普普通通的事情：这也就是我的看法……"

打字员丽莎，也是工会基层委员会的成员，本打算顺势就偷偷地爱上沙尔托利乌斯，可后来却有点害羞和退缩了。她很温柔，性格上却有些优柔寡断，跟人相处心里很紧张，经常把自己弄得个满脸通红。她还是个待字闺中的姑娘，早早地就丰满圆润了，一头乌黑的头发，越来越长，也越来越青春亮丽和迷人，很多人都对她有些想法，一想起她，就如同见到了自己的幸福。唯独只有这个沙尔托利乌斯，正眼也不瞧她一下，一点儿也不上心。

过得两天，博日科劝沙尔托利乌斯好生看看丽莎："这姑娘不错，讨人喜欢，又善良本分，就是有些害羞胆儿小，那个人的幸福，至今还没个着落。"

接下来的一段日子里，因要在一起共事的缘故，沙尔托利乌斯近距离地结识了丽莎。有一回，他莫名其妙地就抓起丽莎搁在打字机旁边的手，轻轻地抚摸起来，嘴上却不知道，一时半会儿该说点啥。丽莎倒也没抽回手来，只是在那儿默不做声。那会儿已是夜里了，机关大楼的外面，高高的天空上，月亮跑得飞快，时间也过得飞快，仿佛在提醒着人们，这青春的时光，每分每秒都弥足珍贵，不容错过。

丽莎和沙尔托利乌斯俩人一起出门上了街，只见得是人流如织，似乎这满大街的社会，整个儿地都膨胀拥挤起来了。他俩一块儿坐上电车，来到郊外。四下里已是一幅深秋的景象，那些高高低低的田野上，又冷又干；一处处曾经饱满茂盛的麦子，曾经被那莫斯科城里午夜的灯火霞光，映照得闪闪发亮的麦子，如今也已都趴下了，一眼望去，空旷而荒凉。丽莎正在欣赏这周围沉寂的漆黑夜色，沙尔托利乌斯心里突然想起了什么，害怕得一下子抱住了她的身子；丽莎顺势就倒在了沙尔托利乌斯的怀里，温柔而又实在地紧紧抱着他，宛如一个乖巧懂事的小媳妇儿。

打那之后，沙尔托利乌斯就在单位里，找到了心灵的慰藉，那份思念莫斯科娃·切斯特诺娃的冰凉痛苦，也渐渐变成了一种忧伤的回忆，就如同在怀念某个逝去的人……石英秤的发明，给沙尔托利乌斯带来了不少的钱财，他把丽莎也打扮得日渐花枝招展起来，他的日子也时不时地，过得越来越轻松甚至快活了，那爱情的美好，成双成对地出入影剧院，和享受一下即时的快慰，这样的生活，让他无比陶醉。丽莎很专心如一地爱着他，也觉得自己很幸福，只担心着一件事儿——别哪天沙尔托利乌斯抛弃了她；故而，每当沙尔托利乌斯睡着了，她就在一旁久久地盯着他的脸看，尽管他的那张脸长得并不太好看，可她心里却想着，看看有什么招法，可以无伤无痛地，也不知不觉地，就把他的外貌给弄残了，——只有这样，他成了一个丑鬼，别的那些女人，才不会爱上他，也就可以跟他一起生活到死了。不过，丽莎什么办法也没想出来，她不知道该如何弄，才能够让沙尔托利乌斯变成一个，让全世界都讨厌的人，——反而，每当沙尔托利乌斯熟睡时，梦着了什么陌生却又快活的事情，脸上露出的那份笑意，让丽莎心里醋劲儿大发、怒气横生，痛苦得眼泪汪汪的。

沙尔托利乌斯的一颗心，终于平静和舒坦了，就像种子发芽一样，里面又长出了一些思绪和梦想；他的脑瓜子活过来了，又灵光了，里面又塞满了各式各样的发明创造和对未来的憧憬及设想；他甚至假定，自己这会儿，就是那贫穷的南部苏维埃中国，或者，是那个早已为人世间所遗忘的瑞典学者马尔姆格伦，一位冻死在了冰川的地球物理学家。如此一来，出于对自己生活的那份良知和责任，他操心不已；而又因于生活的快速变化、轻浮草率和虚幻的幸福假象，他着实恐惧万分。在这样的一种心境下，沙尔托利乌斯更加拼命地加快了工作的节奏，他怕自己说不定哪天就死掉了，或者没准儿什么时候，又痛苦地再爱上莫斯科娃·切斯特诺娃了。

冬天到了。无数个深夜时分，沙尔托利乌斯就守在单位里，而那个时候，丽莎也远远地于某个角落处，在打字机上不停地敲敲打打。眼下，沙尔托利乌斯正在设计一种电子秤，以便天上的星星从东方地平线上升起时，好远距离地称一称它们的重量；为着这事儿，连重工业部的副人民委员，都热情地接见并亲吻了他。只是，沙尔托利乌斯却渐渐对那些秤呀星星什么的，失去了兴趣：他觉着自己眼前这幸福的青春时光，来得莫名其妙的，难以解释，这让他既激动也惶恐，心里隐隐有些惴惴不安。而那个人类生命之秘，对他来说，仍然神秘难测；他甚至设想，在自己之前，人们最好先别开始过活，这样的话，他就可以先去面对并尝尝全部的痛苦，且体会体会一切人之初的萌芽状态，从而为每个人的身体，寻得一个尚未开始的却又无比伟大的生命存在。他很忧愁，也忍得很辛苦，一旦实在累得不行了，或者想要转换转换思路了，他就会去亲吻自己的丽莎，而丽莎呢，对他也是郑重其事地任由其随心所欲。可是，事后他却累瘫了，得虚弱不堪地睡上很久，并在无尽的哀伤绝望中醒来。莫斯科娃·切斯特诺娃是对的，爱情不是共产主义［未来］，并且情欲，是忧伤和凄凉的。

11

一个冬夜，凌晨两点时分，18号地铁矿井里，升降机的事故信号灯不停闪烁——整个厢体被"紧急救援"信号灯照得通红，一名女矿工，正在被快速送往地面。那女子，右腿膝盖以上，整根大腿都被揉成了面团儿。

"您呀，疼得难受不？"工地主任把头凑近来问道，心里既害怕也焦虑，脸色苍白灰暗。

"确实，疼，不过还顶得住！"那女工清醒地回答道，"看看，说不定，我这会儿还可以站起来呢……"

她真儿个就从担架上站了起来，并向前迈了几步，然后一头栽在了雪地里。鲜血不停地溢了出来；雪面上，明晃晃的灯光下，她身上血迹斑斑，黄黄的，也干巴巴的，看上去仿佛已流了好一阵子。不过，她倒下去的一张脸上，眼里却放着明亮的光芒；嘴唇也鲜艳欲滴，不知是由于身体壮实，还是因为发着高烧。

"您呀，这到底是怎么回事儿啊？"工地主任把她扶上了担架，然后想问个究竟。

"记不太清了。"伤者答道，"几辆矿斗车，没头没脑地朝我冲过来，撞上了，把我也给夹住了……那个，您忙您的吧，我想睡会儿，要不然，这身上的疼痛呀，就会不高兴了。"

工地主任走了，他恨不得把自己的腿切下来，好让这个女人完完整整的。来了一辆小汽车，把那位睡着了的女工，拉去了外科医院。

医学实验医院里，桑比金这会儿正在值夜班；没送来什么需要急救的病人，他也就坐在那儿，跟一具死尸，单对单地待在一起，想从它身上，抽出一些不为人知却令人快慰的东西，那股在人体积存下来的，可以让人长生不老，却又从未真正发生过的生命力量。

桑比金面前，那个他亲自主刀手术的孩子，就躺在实验台上。这孩子在医院里，受尽了病痛的折磨，却于一天夜里，死去了；临死前，他头上动过手术的地方，从一些脑壳洞洞里，冒出了脓液，并像野火燎原般，一下子毒死了他的意识，以致他的神经，瞬间发生了错乱。护士小姐告诉桑比金，那孩子合上眼时，眼神儿是平静而饱满的，仅仅过了一分钟，再打开时，两只眼睛就空空如也和单调乏味了，仿佛里面的东西，一下子冲了出去，全部都散了。

　　桑比金花了很长时间，一个人安静地摩挲着死者赤裸的身体，如同在抚摸一份最为神圣的社会主义财产，而那内心的痛苦，渐渐灼烧起来，空荡而荒凉，谁也没法解决和代替。

　　临近午夜，桑比金先是用手术刀剖开死者的心脏，然后又从咽喉部位取了点腺体，放到一些仪器和试剂中，仔细研究起来。他竭力想寻找，那生命的活性能量尚未消耗殆尽的最后一发弹药，到底藏在哪里；桑比金十分确信，生命具有一种罕见的特别属性，这个属性只在那些彻底死亡的物体身上才存在，就藏在物体最为坚固的组织之中；因此，要复活死者，需要的东西其实很少，就如同要终结他们的生命一样，需要的东西也并不多。此外，被死亡所折磨的人，其身上激越的求生张力，是异常巨大的，这使得病人比健康的人，要强大得多，而死者也比生者，要生机盎然得多。

　　桑比金决定，用死人来复活死人，不过这时，有人叫他去救治一个受伤的活人。

　　那女矿工被包扎得严严实实的，摆在手术台上，双层的薄纱布，把一张脸都蒙住了——她睡着了。

桑比金仔细检查了那条腿；鲜血因血压作用，不停往外冒，泛起一层层泡沫；骨头，简直惨不忍睹，被彻底绞得个粉碎，伤口上粘满了各种各样的脏东西。不过，她的身上，从头到脚都散发着一种柔和而黝黑的光泽，并且，其外形干干净净，给人一种熟透了的新鲜和丰润，让人觉得这名女工，似乎永远也不会死去；甚至，从她皮肤里渗出来的汗水，飘散出浓郁的气息，使得她看上去既香甜迷人，又充满了蓬勃朝气，不免叫人联想起那美食美味和一望无际的青草地。

桑比金吩咐下去，准备第二天做截肢手术。

第二天一早，桑比金来探望手术台上的莫斯科娃·切斯特诺娃；她这会儿意识很清醒，跟他热情地打了个招呼，可她的那条腿，却变得全然一片乌黑了，血管里面，到处都是坏死的血液；腿也肿了，跟一个硬邦邦的老太婆身上的差不多。莫斯科娃已清洗干净，连腹股沟上的毛发，也刮得一干二净了。

"那么，现在就再见吧！"桑比金一边涂抹着自己的那双大手，一边说道。

"再见。"莫斯科娃答了一句，眼神就开始迷离了，护士已给她吸了催眠的药剂。

她昏迷了过去，身体火热，嘴唇焦渴地嚅动起来，发出了啧啧啧的声响。

"她睡着了。"护士小姐说了一句，并把莫斯科娃脱得光溜溜的。

为避免身上的机体组织坏死生蛆，桑比金的手术动了很长一段时间，直到干净彻底地把那条腿给拿掉。莫斯科娃安安静静地躺着；脑海里，飘起了一个朦胧而忧伤的幻梦——她梦见跑在大街上，到处都是野兽和人——野兽一块儿一块儿地把她身上的肉，撕扯下来吃掉，人们死死地把她围上并拖住，而她呢，就一个劲儿地跑，想逃得远远的，向着低处，朝着空旷的大海，一阵猛冲，那个地方，传来阵阵某个朝她哭喊的声音；她梦见自己的身体，每时每刻都在变小，衣服早已经给人扒光了，最后只剩下了一具鼓鼓囊囊的骨头架子——接着，连骨头架子，也被路过的孩子顺手折断了，不过这时的莫斯科娃，即便觉得自己已枯瘦如柴，也越来越细小了，还是强忍着一个劲儿地往前跑，只求再也不回到那个她开始跑的，恐怖至极的老地方；只求能竭力保证自己的身体再完整些，哪怕这会儿，她身上吊着的几根枯骨，那样子看上去，只能勉强算一个微不起眼的活物……她摔倒在了一片坚硬的石头上，那些在逃跑途中，不断地撕扯和啃食她的人，全都扑上来，重重地挤压着她。

莫斯科娃苏醒了过来。桑比金弯下腰，将她抱在怀里；她身上的血，把他整个前胸、脸颊和肚子，都敷得脏兮兮的。

"渴！"莫斯科娃想喝水。

手术室里没别人，桑比金把几个打下手的护士，老早就打发走了。屋子角落上，一把煤气热水壶，正咕咕咕地开得欢。

"我现在是个瘸子了。"切斯特诺娃叹了口气。

"没错。"桑比金点了点头，手却没有松开，"不过，这有什么关系呢，我真不知道，该如何跟您开口……"

他一口吻在了她的嘴上；她嘴里，还散发着三氯甲烷的闷人气味儿，不过这会儿，只要是她身上冒出来的气息，他碰上啥，都可以吸了进去。

"等一等，快停下，我可还是个病人嘞。"莫斯科娃央求道。

"不好意思。"桑比金松开了嘴,"世上有那么一样东西,可以消灭一切,这个——就是您这号儿的。我一看见您,啥都想不起来了,只想着,我要死了……"

"得了吧。"莫斯科娃微微地笑了笑,"把我的那条腿,给我瞧瞧。"

"没在这儿,我让人把它送回家去了。"

"干吗呢,我可不是一条腿呀……"

"那您是啥?"

"我不是大腿,也不是胸脯,不是肚子,不是眼睛,——我自己也不晓得是啥……把我弄过去睡会儿吧。"

第二天,莫斯科娃的健康开始恶化了,高烧不断,还出现了血尿。桑比金敲了敲自己的脑袋,想摆脱爱情的纠缠,并从心理上和生理上都琢磨了一下自己的状态,又笑了笑,再使劲儿地把脸皱了皱,可一切动作都是徒劳,还是老样子。紧张而又忙碌的工作,把他给拖垮了;他跑到外面去,像个流浪汉似的,独自一个人在街上游荡,到了很远的地方,可心中那一动不动的爱情,让他很苦恼,不断折磨着他的思想。夜幕下的林荫道上,他偶尔也停下来,把一颗发热的脑袋靠在大树上歇息,可里面的痛苦,却一再膨胀,让他甚是难受;那从不轻弹的眼泪,顺着脸颊流了下来,让他很是羞愧和窘迫,就用舌头把嘴边的泪水打扫干净,然后再吞了下去。

第二天深夜,桑比金从那个死去的孩子的心脏部位和脖子上的腺体中,取出了一些神秘的黏液,略作一番收拾,就注射进了切斯特诺娃的身体。这大半夜的,他实在睡不着,就又跑到街上,满城市地游逛,直到天亮才回来。一大早,他就在医院门口碰到了那个孩子的母亲——她是来拿回自己儿子的尸体去安葬的。桑比金跟她一起，忙前忙后地办完了所有手续，一直忙到下午，才跟那个瘦小的、一路不断发抖的女人，双双推着一辆平板车走了出去。车上，放着那孩子的棺材，尸身胸部，空空荡荡的。两人面前，摆着一个茫然陌生又古怪稀奇的生命——那个让人痛苦和揪心的生命，那个叫人无限怀念的生命，那个需要安慰和恋恋不舍的生命。这一生命是如此的高大，就如同那脑海里翻腾的思想，和辛勤劳作中的澎湃热情，只不过，它要安静得多，一直默默无语。

花了很长一段时间，莫斯科娃·切斯特诺娃的身体才好转起来，只是，脸蛋儿瘦了，也变黄了；许久不活动，手儿也枯萎了。她朝窗外望去，看见一些光秃秃的枯枝，应是院子里某棵大树的生命；树枝摇曳，轻轻敲打在窗玻璃上，不停地打着寒颤，显得愁苦不堪，许是在这三月漫长的午夜，预感到了即将来临的温暖。莫斯科娃听着窗外潮湿的风声和树枝的响动，用手指敲了敲玻璃，跟它们打了个招呼，她全然不相信，世上有多么不幸和凄惨的事物——那根本是不可能的！"我很快就会出来，看看你们！"——她把嘴唇贴在玻璃上，轻轻地说着。

四月的一天晚上，医院已到了睡觉的时间，切斯特诺娃听见遥遥地传来一阵小提琴声。她仔细听了听，发现这音乐很熟悉——是那个住宅租赁合作社旁的琴师在演奏，科米亚金就住在那里。那时光、生活和天气都已成往事——春天来了，那名合作社的小提琴手，琴拉得也比从前更好了：莫斯科娃一边听，一边想到了荒野外的条条峡谷，和那些飞鸟，它们饥肠辘辘，正穿过那寒冷的黑夜，一直朝前飞去。

日间，几个从前在地下一起干活儿的女友，时不时地都来探望她；手术后，地铁工地三人小组的领导，也曾来慰问过两次，每回都给她带来一大盒蛋糕，钱是由工会出的。

"出院后，我就嫁给科米亚金去。"每当深夜，住宅租赁合作社的小提琴声，一遍又一遍地在四周回荡，莫斯科娃时常听着听着，心里不由暗自感叹道。"我如今成个跛婆娘了！"

四月底，莫斯科娃出院了。桑比金送给了她一副结实的拐杖——她余生的漫长道路，兴许都得靠它了。可莫斯科娃如今却没地方可去了，入院前，她住在地铁工地的 45 号宿舍，而眼下，也不知道搬到哪里去了。

桑比金打开车门，一直等莫斯科娃给个地址，可她只是笑了笑，什么话也没说。于是，桑比金只好把她带回了自己的家。

过得几日，莫斯科娃腿上的伤还没好利索，桑比金就跟她一起去了高加索，到黑海边疗养去了。

每天清晨，桑比金把莫斯科娃送到海边，她在那儿一坐就是好几个小时，一直看着那沸腾咆哮的大海，看着那绵绵不绝的苍茫天际，嘴里不停嚷嚷着一句话，"我要去，我要去那个地方。"桑比金就在她身旁，内心很难过，仿佛里面生病坏了，在慢慢地腐烂；他脑子里一片茫然，只有莫斯科娃那瘸了腿的萧索身躯，在折磨着他那可怜巴巴的爱恋，令他痛苦不堪。这份凄凉伤感的生活，让桑比金感到很是羞愧和沮丧；午饭后，时光孤寂而沉闷，他爬上附近的小树林，在那里喃喃自语，折下几根树枝，胡乱地唱几曲；又恳求这周遭的天地，让自己解脱，赐予他心灵的平静和理顺生活的能力；末了，他倒在地上，全然没了生趣。

太阳快落坡时，桑比金下得山来，常常都靠不拢莫斯科娃的身旁，她实在是太引人注目了，周围聚了一大群上这儿来休假的男人，个个儿都挺着肥肥的大肚子，又是关心，又是谄媚，纠缠不休。莫斯科娃身上的瘸腿，眼下倒是很少有人能看出来，——她装了条图阿普谢市产的假肢，走起路来就弃了双拐，只用一根拐杖。那根单拐上面，一群讨好莫斯科娃的男人，早不早地就刻上了自己的姓名和地址，还画了些表达自己疯狂爱慕之情的标志和符号。莫斯科娃瞧了瞧自己的拐杖，心里明白，要是把那些画上去的东西都当了真的话，蠢得就该去自杀了：这伙在那上面写写画画的热心人，实际上，只想着一件事儿：看如何能跟她一起生生孩子。有一次，莫斯科娃突然想吃葡萄，可那会儿才春天，压根儿就还没长出来。桑比金走遍了周边的集体农庄，可家家户户的葡萄，早就酿成了葡萄酒。莫斯科娃伤心得不得了——自从瘸腿和生病之后，她脑袋里经常冒出一些稀奇古怪的想法，并且只要碰上一丁点儿不如意的地方，她就受不了。比如，她老觉得自己头发里有脏东西，天天都要洗头，甚至有时还号啕大哭，觉得那脏东西怎么洗也洗不掉。有天下午，太阳快落山的时候，莫斯科娃像平常一样，又在花园里洗起头来，用一个大杯子，不停往头上浇水，这时，一个上了点岁数的山民，靠近篱笆墙，默默地在那里看着她。

"老大爷，给我带点葡萄来吧！"莫斯科娃央求道，"或者说连您那儿也没有？"

"没有。"那山里人回答道，"这会儿上哪儿弄去！"

"那你，就别盯着我看啦。"莫斯科娃说道，"难道说，你那里一颗野果子也没有，你也看见啦——我瘸着腿呢……"

那山民不再答话，径直就走了；第二天一大早，莫斯科娃又看见他来了。他就站在那儿，等到莫斯科娃走到门外的台阶上，他上前递给她一个崭新的篮子，里面装着不久前小心翼翼摘下来的葡萄，还带着新鲜的叶子，重量起码有 1 普特。而后，他又送了一件小东西给莫斯科娃——用彩色的碎花布包着；莫斯科娃打开一看，里面有一块儿手指甲，从人的大拇指上取下来的。她一时不明白这是什么意思。

"拿着吧，俄罗斯的女儿。"那位老农民跟她解释道，"我 60 岁了，所以只能给你这个指甲。要是我 40 岁，那我就把我的整根手指都给你，而要是 30 岁，我就把我的腿取下来给你，你瘸哪条，我就取哪条。"

莫斯科娃心里高兴得快飞起了，却故意板着个脸，好让自己平复一下心情，然后转身就想跑，却一下子摔倒在了地上，那条死硬死硬的木腿，重重地磕在了门槛石上。

那个山民，并不想认识所有的人，除了那些最优秀的之外；所以这会儿，他扭头就回了自家住处，从此，再也没到这儿来过。

休息和疗养了一段时日，莫斯科娃完全康复了，一条木腿使唤起来，跟长在自个儿身上似的。每天还是老样子，桑比金把她送到海边，就让她一个人待在那里。

空空的大海上，潮来潮往，让莫斯科娃不禁想起，她生活中那个浩大的命运，想到这个世界，真真是无边无际，到哪里，都碰不到它的尽头，——人啦，都是一去不复返的。

快返程那天，桑比金对莫斯科娃的爱慕之情，已经变成了一个充满理性的哑谜，整个人都围着莫斯科娃的想法转，全然忘记了自己心中那份爱的煎熬和痛楚。

12

　　沙尔托利乌斯头上，如今已没了全联盟工程师的荣耀光环；他一门心思扑在了那家毫不起眼的小单位身上，昔日的那些同志和一些著名的科研院所，渐渐都把他给忘了。他差不多都待在单位里休息，越来越不常回家过夜了，以致后来有一天，被顺理成章地从户口簿上除了名，他的私人物品也上缴给了辖区警察分局，锁了一个房间里。沙尔托利乌斯这人，如今正沉迷于自己眼下这份默默无闻的生活，他上警察局取回了自己的物品，很随意地往单位办公室角落里一丢，就算了事；而那个堆放东西的角落，往常则是公司的门卫夜间小睡的地方——这门卫，谁要是来盗窃公家的财物，他就跟谁斗争。从此，沙尔托利乌斯就把单位当成了自己最后的一处栖身之地、一间逃逸之所和一个新的世界：在这里，他跟钟情于自己的姑娘丽莎一起生活，与同事们相处个个儿都很融洽，而博日科领头的工会基层委员会，也对他照顾有加，一切烦恼、痛苦和不幸，都被这个委员会统统挡在了外面。

　　白天，沙尔托利乌斯一心扑在工作上，基本上总是很满足和幸福的；而到了晚间，每当他躺在一堆陈旧的文件夹上，望着天花板，内心不免生出种种愁绪来；这愁绪，仿佛从他胸膛上的骨头深处，不断往外蔓延和滋长，就如同有棵大树，一直在向上生长，树冠几乎遮住了"老顾客商场"拱形的穹顶，而那些黝黑的树叶子还不停地在那里颤动。沙尔托利乌斯这人，从来都不会幻想，他会的，只有感受痛苦和观察琢磨——这是个什么东西。

沙尔托利乌斯的心神，是越来越疲倦和苍白了，由于长时的劳作，脊背也越来越弯了，不过，他却顽强地坚持了下来，从不放弃自己；只是，有时候，他会感到格外心痛——那痛，就在他身体遥远的深处，猛烈而又持久，仿佛里面有一个黑漆漆的声音在挣扎和翻腾。每当这会儿，他就会来到一间大柜子后面，柜子里装着些陈年的旧物，外面摆了许多器材；他在那些器材堆子里，默默地站上一会儿，直到心中那份病恹恹的哀愁，在沉默的孤寂和乏味中，慢慢消散。

　　一到深夜，沙尔托利乌斯通常都睡不着，就会到打字员丽莎家去拜访一阵子，跟丽莎和她那个年迈又瘦小的老母亲，一起喝喝茶聊聊天。丽莎的母亲，喜欢谈谈现代文学，尤其喜欢说说文学形象艺术的未来发展道路，——不过通常，她都会比较失望地呵呵两声。时不时，维克多·瓦西里耶维奇·博日科也会上这儿来：过去，在沙尔托利乌斯之前，丽莎曾是博日科内定的新娘，不过，由于实在身陷于单位上的事情，再加上要操心全体同志家长里短的生活，博日科对自己得去结婚分房子和过独居的小日子这码子事儿，即便是瞧在眼里，也是揣着明白装糊涂；不但如此，他反而怂恿丽莎去接近沙尔托利乌斯，去安慰软化他心中的痛苦。比起同事们的利益和幸福，博日科永远把自己个人情感上的本能需求，把那在自己小家庭的暖炉中享受温馨的私生活时光，远远地放在了第二位；他得服从并服务于这家秤和砣的公司。故而，既然碰巧赶上沙尔托利乌斯和丽莎在一起，她的母亲也当面在场，通常这个时候，维克多·瓦西里耶维奇就会极为热心地，劝他俩把婚事定下来；瞅着两个年青人能相亲相爱，又同时留在一家单位和一个工会里，还不会离开这个不大不小的、却组织非常紧凑的秤具行当，博日科是打心眼里感到很陶醉。

　　若是沙尔托利乌斯不去丽莎家，他就在城里满大街闲逛，走上个好几俄里；要是哪家商店，在用他设计的秤做粮食和蔬菜生意，他就在那儿盯着看好一阵子，看人们如何称来称去，然后心中那个始终挤在一起、折腾不休的阴郁心结，才会略略舒缓，并长长地叹出一口气来。之后，当夜间最后一班电车，从他身旁飞驰而过时，沙尔托利乌斯通常会仔细地往车窗里面瞅，车上稀稀拉拉坐着几位乘客，尽是些难以理解的陌生面孔。他巴望着什么时候，那车窗里，能闪出莫斯科娃·切斯特诺娃的脸儿来，一颗美丽的脑袋靠在窗沿上，于微风中打着小盹儿，一头迷人的长发，如瀑布般，软软地挂在那里。

　　他一直都深爱着她；她的音容笑貌，在他身边不停地盘旋和环绕——莫斯科娃说过的任何一句话，一旦在他脑海里响起，这时，他眼前立即就会浮现出她那迷人的小嘴儿，感受到那湿软的双唇上的温度，也会看见她那双忧郁而诚实的眼睛。有时，沙尔托利乌斯会梦见莫斯科娃，梦见她楚楚可怜的容貌，或者梦见她死去时的样子，静静地躺在那里等着下葬，那最后的时光，苍白而贫穷。这时，要是沙尔托利乌斯从梦中，挣扎着痛苦地醒了过来，他立马就会一头扑进单位的工作中，干些有用的事情，好压制住心中那一阵阵的忧伤，藏起脑海里那纷繁的荒唐念头。通常来说，沙尔托利乌斯是不会做梦的，毕竟他对那些空幻的心灵体验，并没有什么天赋异禀。

　　日复一日，生活几乎都在老调重弹，得过上好几个月，才有那么一点点小小的变化。女人们，早就戴上了暖和的冬帽，溜冰场又开了，林荫道上的花草树木也纷纷沉睡了，树叶上积雪累累，只待来年的春天；发电站工作起来是越发地卖力了，好照亮那日渐漫长的黑暗，——莫斯科娃·切斯特诺娃消失得无影无踪了：在人间找不着，在住址查询处也打听不到。

一个冬日的间隙，沙尔托利乌斯去了桑比金家里。这医生刚上完夜班回来，坐在那里发呆，脑子里徘徊着那挥之不散的，如同例行公事般来访的神秘猜想。

奇怪的是，这两人许久未见面了，这会儿碰上了，却丝毫也不见欣喜；其实，在桑比金眼里，跟往常一样，他早已经看出来了，沙尔托利乌斯这次来访，目的并不单纯，恐怕是有些意味深长。可是，他却全然不知所措。

后来，事情搞清楚了，桑比金觉得对莫斯科娃的爱，没有任何结果和意义，于是决定故意疏远她，好让自己抽出身来，想想如何干净彻底地解决爱情这个问题，而这，实在是个非常严峻的任务，——要把那爱情从脑子里抛开，变成一件毫无关联的事情，这真是太难受了。而只有当桑比金里里外外都想清楚了，让那个感情问题变得清楚又明朗，他才会去见莫斯科娃，才会跟她一起过日子，用尽余生，直到化为灰烬。

"她如今腿瘸了。"桑比金这才说道，"住在协警科米亚金同志家里。她现在也不姓切斯特诺娃了。"

"那你干吗把她这个瘸子，一个人抛下了？"沙尔托利乌斯很是不解，"你是爱她的呀。"

桑比金顿时大为吃惊起来：

"这简直太奇怪了！世上有那么多女人，起码足足10亿都不止，我要是去爱那么一个的话，其中大概总有那么一个最最迷人的吧。可是，这种事儿，总得事先就明白无误地搞清楚吧，那人的心灵中，是否存在明显的误会——就这么回事儿。"

沙尔托利乌斯要了莫斯科娃的地址，不再理会桑比金，径直一个人走了。桑比金医生也没起身送他出门，仍旧坐在那里，忧心忡忡地，思考着人类一系列的重大问题，并期望全世界都能搞清楚并约定好，那些事关幸福和痛苦的全部要素。

傍晚的时候，沙尔托利乌斯去找科米亚金，来到位于巴乌曼区的那栋住宅租赁合作社，进了院子。院墙外，医学实验医院已修建一新，到处都灯火通明。房屋管理办公室门口，坐了一个秃头的老乞丐，地上摆了顶帽子，里面空空的，帽子旁边，躺着一根小提琴的琴弓。沙尔托利乌斯往帽子里投了几个钱，就问那讨饭的：他的琴弓摆在那儿是什么意思。

"这是我的身份标志。"老人说道，"我在这儿要的不是施舍，而是在收取退休金：我一辈子都在这莫斯科城里拉琴，奉献了全部热情；这周围整个儿的居民，好几代人都享受过我的琴音——既然我还剩下些时间才死，那么他们就该供我一口饭吃！"

"那您，还是可以拉一拉琴嘛！——何必乞讨为生呢！"沙尔托利乌斯好心地劝道。

"不行啰。"老头儿摇了摇头，"如今，我一双手衰弱得厉害，老是抖个不停。而这种情况下，再来搞艺术，显然是不合适的——我当不了糊弄人的骗子。当个乞丐——还是可以的。"

这栋老房子的楼道很长，里面还残留有多年前的老味道，一股黄碘和漂白粉的味儿；这地方，看来，在国内战争时期，可能是家医院，里面收治过红军战士，——如今，住上了和平的居民。

沙尔托利乌斯来到科米亚金家门口；隔着门，他听见了莫斯科娃·切斯特诺娃的声音；想来，她这会儿正躺在床上，跟同居的那口子男人说着话。

"你记得不，我跟你说过，我小时候那会儿，看见一个漆黑的人，手里拿着火把，烧得可亮了——那人大半夜的在街上跑，应该是秋天，天黑黑的，低沉得闷人……都喘不过气来了……"

"记得呢。"屋里响起一个男人的声音，"我早就跟你表明过，我那会儿是如何如何在冲向敌人：那人就是我。"

"那可是个老家伙呢。"莫斯科娃显然不信，还有点沮丧。

"就算是个老家伙吧。当时呀，在一个小女孩眼里，那人啦，即便只有16岁，看上去，也差不多算是个上了岁数的老家伙了。"

"这倒也是。"莫斯科娃回了一句。她的声音听起来，有几分轻浮调皮，又有些低沉忧郁，就仿佛是一个40来岁的女人，生活在19世纪，这事呢也发生在一所大宅子里。"你现在呀，可是烧焦了，也烤煳了哟。"

"完全正确，穆夏。"科米亚金答道，他把她的名字给简化了，喜欢这么叫。"我坠入了红尘，成了一首老歌，我的人生快到终点了，不久就要倒在一条山沟沟里，悄悄地死去……"

穆夏沉默了一阵子，然后开口道。

"那只唱着你的歌儿的鸟哇，早就飞到暖和的远方去了哟。你呀，怎么看，都是个可怜透顶的人，跟那过去的农民一样儿一样儿的！"

"我呀，是彻底磨烂了，没脾气了。"科米亚金附和道，"啥事儿都看透了。如今啦，除了咱们共和国的那些条条框框，没啥子可上心的了。"

穆夏温柔地笑了笑，这个她最擅长了。

"你呀，可还是个二等候补的预备役士兵嘞！那汪洋大海的队伍中，我怎么就碰上了你这号的呢？"

他跟她解释起来：

"这世界呀，还真不是那么大。这个问题，我曾经专门仔细地琢磨过两回。你看那地球仪或者地图时，觉得那地儿呀人啦——好像多得不得了，而事实上呢——却没那么多，所有的东西，都统计得清清楚楚，也记录得明明白白的：你要是看那本儿人口和地域的目录册，保准儿半小时就浏览个精光——那上面什么姓甚名谁、父亲叫什么等等有明显特征的重要信息，全都一目了然！"

楼道里，灯已经熄了火，时刻准备着给那最黑暗的深夜时光，以猛烈的暴击；也准备着迎接那节能大使，巡视经济领域的安全保障。沙尔托利乌斯把脑袋，靠在了冰冷的下水管上，曾几何时，莫斯科娃也把这根家伙，紧紧地抱在了怀里；他听了听管子里，污水从楼上一泻而下的滚动声。

"这多好的事情呀，整个儿地球都小小的，在这颗球的上面，可以安静舒服地过日子啰！"科米亚金感叹道。

穆夏-莫斯科娃不言语了。末了，突然响起一连串咔咔咔的响动声，听来像是有条木头腿在敲打。沙尔托利乌斯明白，这是她坐起来了。

"科米亚金，你莫非曾是个布尔什维克？"莫斯科娃问道。

"那哪能啊——没当过，不是，永远也不当！"

"那17年那会儿，你干吗要举着个火把瞎跑跑？我那会儿才刚刚长成个小不点呢。"

"不这样不行啊。"科米亚金说，"那个时候，既没有正儿八经的警察，况且——也没有民间组织的协警。到处都是敌人，老百姓还不得起来自保自卫不是。"

"可那个我们，也包括你住的那地方——到处都是乞丐和清一色的饿痨鬼呀……我老爹的全部财产，拢共不到 3 个卢布，这还得算上他身上揪下来的肉和肚子里面吐出来的存货，——你们那一群傻瓜蛋，有啥东西可守护的，你又拿着那火把瞎跑啥呢?"

"我那会儿可是自卫组织的巡逻员呢，也就跑呗——去检查检查各个岗哨呗——那个时候呀，东西可少了，这么说吧，穷得是丁当响，就更加需要好生守护啦，那剩下的可都是最最宝贵的财富了：一把木勺子，可都比那银子做的还要金贵得多! 你瞧，不就这么回事儿嘛! "

"那又是谁开的枪呢，还有，那监狱里，尖声大叫地又是咋回事儿呢? ……你可不要骗我哈! "

"骗你干吗! 都是真的——还有更糟糕的呢。开枪的，是一个不合群的、[神神秘秘的]二流子; 而监狱里呢，那会儿正开会来着，在里面吃得可好了，谁也不想出去呀——可正好赶上，要放他们出去自由了，这还不得打起来，闹得个翻天覆地的。我那会儿，认识里面一个看守，可是天天都有菜汤喝的哟。"

莫斯科娃又是脱衣服，又是摆弄那条木腿，哼哧哼哧地折腾了好一阵子——看来，她打算一觉睡到天亮了。

沙尔托利乌斯提心吊胆地，等那场话儿什么时候有个收尾。这楼里住着的居民，隔三岔五就有人起夜，厕所是公用的; 见着楼里有个陌生人，黑黑的，也不细看，仿佛是早已习惯了，跟见着那些杂七杂八的、也闹不明白的事物，没什么两样。

"你这个花心萝卜的瞎子。"门后面，莫斯科娃嚷嚷起来，"别挨着我，滚一边儿躺去，脏不拉儿的，恶心死了！"

"小心那条木腿，你把它弄得嘎嘎嘎嘎地响啦！"科米亚金耐着性子，指了指莫斯科娃身上，"你根本不懂，我们俩一起，那翻着倍儿的日子是啥滋味儿……"

"咋不懂，清楚得很。把你给毙了，那日子就有滋味儿了。"

"那可得再等等，我还没哪件事儿，是干完了的呢，还有好多万分重要的想法，没理出个道道儿来呢……"

"那你呀，可得抓紧啰，不然就越来越老啦……你还抱着啥打算呢？"

科米亚金这会儿倒谦虚了，说他想买点国债，中一个大奖，挣上个几千卢布，然后再回心转意，不去理会那些想法，把那些刚起了个头的事情，通通都弄出个结尾来。

"不过，这一档子的事情，明摆着，一时半会儿恐怕是完不了吧！"莫斯科娃幽幽地说道。

"就算马上就要死了，哪怕还有一个钟头，在我来说，也足够了！"科米亚金说得信誓旦旦的，"就算中不了奖，就算自己的日子，弄得不像那么回事儿，又有啥关系呢，还不就那么回事儿——我都搞定了——老天给个什么样的死法，我要是感应到了，就用什么样的法子去整那些事情，再把一切的一切，该想明白的想明白，该了结的做个结——顶多只需一个昼夜，也就完事儿了，再多又有啥用场呢。甚至，仅要一个钟头，生活上那些乱七八糟的大小事情，还不照样都可以拿下！……过日子，就没啥特别了不起的玩意儿——日子这个东西，我专门思考过，就那么回事儿，保准儿没错。比方说，表面上看来，似乎需要活上个百来岁，才够用；可真要是活那么久，难道所有的事情，就真的

405

可以办完！这绝对是不可能的！所以呀，可以先一事无成地白白活上个40来岁，然后，等到快进棺材的时候，只需要提前那么个把小时，把那生下来就该按照次序操办的一档子事情，立马着手，挨个儿挨个儿地办呗……"

两人不再起言语了。听那响动，科米亚金想来是睡在了地板上，一个劲儿地在那儿哀叹，时间溜走了，可事情还摆在那里，心里着实苦闷得慌。沙尔托利乌斯站在外面，一脸的沮丧，心里是啥心思和主意都没有。他听见，某某最后一个在外面活动的人，将楼里的大门锁上后，回自家屋子睡觉去了。漆黑的楼道里，就剩沙尔托利乌斯一个人了，不过，就这么过上一宿，他也并不发怵；他在等着——科米亚金说不定很快就死翘翘了，自己正好可以摸到屋里去，与莫斯科娃待在一起。他就一直干等着，一点睡意也没有，看看那深夜的时光，如何在漆黑的寂静中，一寸一寸地流逝，并不断翻出形形色色的故事。从下水管往里面数，第三个门洞，屋里响起错落有致的欢爱声；厕所空荡荡的，墙边有一个抽水马桶在空气的作用下一阵儿一阵儿地嘶吼着，一会儿大，一会儿小，似乎在表明，那根强大的管子，工作有多么地卖力；再远一点，走廊尽头的屋子里，只住有一个人，许是碰见可怕的噩梦了，尖声尖气地大叫了好几回，可却又无人来安慰，只好自个儿亲自动起手来宽宽心；科米亚金家对面，不知是谁，深夜里特地醒来，小小声声地向上帝祷告："主啊，请祝福我平安吉祥吧，在你的王国里，我也祝福你吉祥如意来着，——请随便赐予我点儿什么实实在在的东西吧：拿来吧，求你了！"楼道两旁别的一些房间里，同样上演着各自的故事——虽然细小琐碎，却络绎不绝，也断断不可或缺，毕竟这夜里的紧张生活和繁忙节奏，比起那日间的，丝毫也不差。沙尔托利乌斯听着听着，心里渐渐明白，他实在太可怜了，除了有一副与世隔绝的皮囊，他啥都没有，也啥都没发生：莫斯科娃与科米亚金就睡在门里面；人们的心脏，平平顺顺的，该怎样跳就怎样跳，整个楼道里，充盈着一片祥和的呼吸声，似乎每个人的胸膛里，都满是仁慈和善良。

沙尔托利乌斯苦闷极了。他小心翼翼地敲了敲门，看看有谁能起了身来，再发生点儿什么事情。莫斯科娃比较警醒，在床上翻腾了几下，就叫起科米亚金来。科米亚金气嘟嘟地应了一声，心里老不安逸：就夜里这会儿她爱使唤，一旦天亮，他啥用场也派不上了。

"快去翻翻你的那些债券吧。"莫斯科娃说道，"把灯打开。"

"干啥呢？"科米亚金吓了一跳。

"没准儿，中奖了呢……要是真中了，你就该咋过就咋过吧，要是没中——你最好呀，倒下去死了算了。全苏联呀，你这号儿的，堪称一绝，你好意思不？"

科米亚金努力地集中了一下精神，脑子里可费劲儿了。

"全苏联，关我啥事儿呢——好大个全苏联哟！说起它，如今大伙儿都唧唧歪歪的，可我却觉着，在这里过活，就跟躺在温暖的怀抱里，是一个劲儿……"

"够了，还过活啥呢，赶紧死去，勇敢点，像个英雄。"莫斯科娃看来是不依不饶了，这主意拿得，还真有点恶毒。

科米亚金想了想：就算这会儿就死了吧，其实，也真没啥了不起的，——那过去呀，好几万亿的灵魂，都死了又死，也没见有谁回来抱怨些啥。不过，他的身子骨儿，看来，骨头还扎得紧紧的，一身肉呢，也挂得满满的，那血管啦筋啦，也都还织得密密的——这简直也太结实了，作为一种生命存在，里面的机械组织，牢固得，怎么折腾都没事儿。他跪在地上，爬过去找那些悬而未决的票据，一张一张地翻看债券，莫斯科娃呢，则给他读着财政人民委员部发的中奖清单，那上面的号码，一串接一串的。倒是找到了一个中奖号码，总金额为 10 个卢布，不过，科米亚金的那张债券，却只中了四分之一的面额，也就是说，他的纯收入，只有两个半卢布：这对他的日子来说，并没有什么明显的增长，反而算来算去，连上成本，也只落得个不亏不赢的局面，如此，这日子还真没法过了。

"如何，这下子咋办呢？"莫斯科娃问他。

"那我就去死呗。"科米亚金这回认命了，"没必要再活着了。明儿个，你拿上那罚款单单，到警察分局去一趟——把那五个来卢布的利息，给还清了：我去了之后，你就自个儿养活自个儿吧。"

随后，他可能又躺下了，就默不做声了。

不久，莫斯科娃又小声地问起来。

"咋样啦，科米亚金？"她只叫他的姓，跟叫一个外人似的，"你又睡着了，过会儿还醒来不？"

"这可说不准。"科米亚金答道，"我这会儿在想着心事呢……要是我当这个协警，再干那么个 10 来年——没准儿我能学会，咋样在人民群众中收拾整顿纪律了，再然后呢，说不定就可以当一回成吉思汗啰！"

"鬼话连篇的，打住吧！"莫斯科娃有些生气了，"你呀，就是个投机倒把的坏蛋！你活着，简直是在窃取和浪费国家的时间！"

"我可没偷。"科米亚金不干了，又温柔地讨好起来，"穆夏，你摸一下我嘛，这样子我就会虚弱得再快一点，天亮前就升天了——我在死着呢。"

　　"好得很呀，我这就来摸一摸你！"莫斯科娃咬牙切齿地吼了一声，"我这就用我的木腿子，好好儿地摸一下你，看你还死不死！"

　　"别闹啦，要死人的！人们说哇，死之前，最好把自己的一生在脑子里都过一遍——你就别骂了，我再抓紧点时间，赶紧地好生想一想。"

　　这下两个人都不说话了。科米亚金脑子里，他这一生活过的那么长一段岁月，挨个儿依次地在眼前飘过。

　　"你想起些啥没？"没过多久，莫斯科娃就忍不住催他了。

　　"没啥可想的了。"科米亚金来了这么一句，"光只记得一年四季了：秋天，冬天，春天，夏天，然后呢，又是秋天，冬天……1911 年和 1912 年那个夏天，倒热得慌，冬天呢，光秃秃的，也不见雪；1916 年呢——又反过来了——一个劲儿地下雨，1917 年秋天，又长又干，特别适合闹革命……也就只想起这些个！"

　　"科米亚金，你不是跟很多女人都好过嘛，这个，算是你的幸福快乐时光吧。"

　　"像我这号的，你体会体会，这人的身上，有啥子幸福哟！那不是幸福快活，而是一贫如洗的孤寡欲望！爱情啦，它就是苦涩的饥渴，仅此而已。"

　　"科米亚金，你那智商，还不算蠢到家了嘛！"

　　"一般般水平啦。"科米亚金欣欣然地附和道。

　　"我看呀，差不多够用了哟。"莫斯科娃拉高了嗓子，了了然地赞了一句。

"嗯，还行。"科米亚金施施然地顺口搭了一句。

他俩又不说话了，沉默了好一阵子。沙尔托利乌斯在屋门外面，耐心而平静地等着，只待科米亚金一咽气，就冲进屋子里去。他觉着，由于太黑和心里长时的痛苦，一双眼睛都快瞎了。

末了，科米亚金又让穆夏，用那被子把他脑袋给蒙上，再用绳子把下面给扎紧啰，免得滑掉了。莫斯科娃把她那条木腿，从床上给搬下来，然后照着科米亚金的话，把他给包得严严实实的，就再回到床上，气喘吁吁地睡下了。

这夜晚，长得如同一根立着的棍子似的。沙尔托利乌斯累着了，就坐在了地上：走廊里，一个醒来的人也没有；那清晨，还在太平洋的某块镜子上面。不过，这会儿倒是十分安静了，那些乱七八糟的事情，看来，已经潜入熟睡的人的身体深处了；单单只有，家家户户墙上的挂钟，在孤独地走动，那响声清晰可闻，就好似有家最为重要的工厂，在生产劳动。这倒也是，那挂钟指针的走动，的确是极为重要的事情：它们把那积存起来的时间，纷纷赶出来，好让那沉重而幸福的滋味儿，无拘无束地穿过人的身体，片刻也不停留，却又不最终伤着了他。

科米亚金家里，倒没有指针的响动声；里面只有沉睡的莫斯科娃，在平静而舒缓地呼吸；另一个人的呼吸声，这会儿听不见了——反正沙尔托利乌斯没听出来。他再稍稍等了等，就敲响了房门。

"谁呢？"莫斯科娃陡然问了一句。

"是我。"沙尔托利乌斯回道。

切斯特诺娃也不起身，就用她那条好腿的脚趾，轻轻把门扣儿给蹬脱了。

沙尔托利乌斯进了屋子。里面还亮着灯，是方才数完债券后，忘记关了。科米亚金躺在地板上，身下垫着褥子，头上包着一床厚厚的被子，裹得密密实实的；那床被子，在他前胸后背弄一根细细的绳子，捆得个紧绷绷的；莫斯科娃一个人在床上，盖了张薄薄的床单。她朝沙尔托利乌斯笑了笑，两人就开始唠起嗑来。后来，沙尔托利乌斯问她：

"你怎么上这儿来了，进了别人的家里，为的啥呢？"

莫斯科娃跟他讲，她实在无处可去了。桑比金起先是爱她的，可后来对待她，就跟对待要思考的问题差不多一个样，老是沉默不言语。与昔日的那些朋友们一起，活在同一座收拾得干干净净的城市里，她觉得羞愧得慌，毕竟她如今是个瘸子了，人也消瘦了，心理还有些扭曲，于是，她决定躲着自己那些叫人心疼的熟人，自个儿到一边去过一段时日，等快活起来再说。

她坐在床上，沙尔托利乌斯在一边儿站着。不久，她的脸色渐渐苍白起来，把头深深地埋了下去，脸蛋儿藏在一大蓬黑发里，浓密的发辫中，传来了嘤嘤的哭泣声。沙尔托利乌斯把她抱着，轻轻地安慰起来，可是，她却还是伤心个不停：心里很不好意思，把那条木腿，紧紧地藏在了裙子下面。

"他睡了吗？"沙尔托利乌斯问起科米亚金来。

"不知道。"莫斯科娃说，"没准儿，死了吧——他想死来着。碰碰他的脚试试。"

沙尔托利乌斯碰了碰科米亚金的脚尖，那上面还剩了点破袜子，像根领带似的，围成了一圈——只有脚背上的部分，貌似还算完整，而脚掌和脚趾处，则光秃秃的裸露在了外面。脚趾和脚后跟，看上去是冻得硬邦邦的，整个身体躺在地上，软绵绵的，似乎完全虚脱了。

"也许，死了吧。"沙尔托利乌斯说。

"他也该死了。"莫斯科娃小声地跟了一句。

沙尔托利乌斯心下暗暗高兴，想着，这屋里再也没有什么别的活物了，只有他和他曾经爱过的莫斯科娃；如今她是越发地迷人和可心了，那昔日的幸福和骄傲，这会儿也暂时停了下来，因此这往后的一切，对她来说，就又是不断地向前而行，于此，在沙尔托利乌斯想来，他面对科米亚金，也就用不着有什么丝毫的惋惜和遗憾了。夜越来越深了，俩人都累了，双双并排着躺在了床上。

稍远的地板上，科米亚金躺在那儿一动也不动；为避免把床垫子给搞脏了，天刚一擦黑，莫斯科娃就在地上给他铺了些旧报纸，是1927年的《消息报》，这会子，在灯光的照射下，上面报道的那些陈年旧事仍一清二楚。沙尔托利乌斯抱上了莫斯科娃，一下子感觉舒服多了。

差不多又过了两个来钟头，楼道里开始有人走动了，准备出门去义务劳动或上班。沙尔托利乌斯也醒了，坐在了床上；莫斯科娃睡在他身边，梦中，一张脸蛋儿，看上去特别柔美和慈祥，像块面包似的，——这脸蛋儿跟平常时还真是有点儿不一样。科米亚金仍然原汁原味儿地躺在地上，电灯很亮，把整个房间都照得通明透亮，给人感觉这地方，要么得彻底改造改造，要么干脆一把火烧光了事。沙尔托利乌斯心里明白，爱情这东西，其根源在于，全世界社会上的贫苦，还远远没有消除，人们那更美好的，更高级的命运，也还远远没有到来。他熄了灯，又躺下了，以便紧接着下一次再苏醒过来。窗外，微微地晨曦，宛若月光一般，在门上方的墙面上，渐次蔓延；这光，从初生的天边射了进来，一旦笼罩了整个房间，那这里，就要比夜色下的灯光中，显得更加地拥挤和忧郁。

沙尔托利乌斯凑近到窗前；外面，冬日里烟雾朦胧的城市，就在眼前；今儿个这黎明的曙光，正从那冷冰冰的乌云下垂的肚子里面，穿了出来；那乌云，看来既起不了风暴，也下不了雷雨。不过，街上，成百上千万的行人，密密麻麻地忙碌起来，打点着各自不同的生活；他们穿梭于铅灰色的晨曦中，要么去车间，着手一天的劳动；要么到办公室和绘图室，开始劳神的思索，——他们有很多很多，而沙尔托利乌斯却只有一个，一个跟自己永远也分不开的人。他的灵魂和思想，跟自己同一的肉体，协调融洽地相处在一起，到死都还是这个样子。

科米亚金，作为一个死人，躺在地上，见证了沙尔托利乌斯复活的爱情[发生在房间里的事情]，他既不动弹一下，也不羡慕嫉妒；莫斯科娃将一张迷人的脸蛋儿，转向了墙里边，睡得稍稍疏远了些。

沙尔托利乌斯隐隐有些惊惧不安，那偌大的一个世界，他觉得自己身处其中，仿佛只捞得了那么一丁点儿的温暖，就保藏在胸膛中，而剩下的整个世界，他却丝毫也感觉不到，并且很快就得像科米亚金那样，躺在某个角落里。他的心里黑洞洞的冰凉得慌，而他却用一些普普通通的，路过他脑海的思绪，来安慰自己的心灵；这些思绪似乎在说，必须得仔细研究整个儿现实生活的宏大规模，而办法就是，要把自己变成毫不相干的旁人。沙尔托利乌斯上上下下地摸了摸自己的身体，这副躯壳，命中注定就得受尽折磨和煎熬，才能变成另一个存在者，变成那个为自然的法则所禁止，也为人之相对于自身的习惯所排斥的家伙。他现在就是这个研究者，为着那份神秘的幸福，一点儿也不吝惜自己，反而要事先就借助这样那样的事件和环境，从根本上消除自己身上固有的阻力，好让那些旁人不清不楚的情感，可以依次顺利地进入到自己的身体。这样，一旦冒出新的活法，断断不能把这个本领轻易放弃，必须得深入洞悉这个旁人的全部灵魂——否则，今后将一事无成；自个儿与自个儿一起，根本就没法子过活，要是谁这样过，那他在进棺材前，老早就死掉了[只有变成白痴傻瓜，才可以睁着眼睛发呆]。

沙尔托利乌斯把脸贴在窗玻璃上，仔细打量着这心爱的城市，它每分钟都在向未来生长，都在因忙碌的劳作而心花怒放，都在与过去的自己相脱离告别，带着一张陌生的年轻面孔，徐徐向前。

"我一个不可两分的人，算什么呢？！我应该像莫斯科城那样，前进。"

科米亚金在地上微微动弹起来，实在憋不住了，长长地舒了口积存半天的呼吸。

"穆夏！"他怯怯地叫了一声，"我在下面都快冻僵了：到你身边躺会儿，行不？"

莫斯科娃半睁着眼睛，说道：

"那就，躺过来吧！"

科米亚金从那憋气的被子里，开始往外挣扎；而沙尔托利乌斯，则跨出门外，不辞而别，奔向了茫茫城市。

13

沙尔托利乌斯活得毫无生气，已是有一阵时日了。打字员丽莎毅然决然地嫁给了维克多·瓦西里耶维奇·博日科，她那里，他是再也不去了；而秤和砣公司正面临着清算，即将被撤销，员工们都散了，整家公司仿佛也被掏空了。只留下了一个通信员，住在这层冷冷清清、荒芜人烟的机关大楼里——她刚生了个儿子，就用一些过时的包裹，围成了一窝软和的摇篮，把小家伙放在里面养活。

沙尔托利乌斯到自己昔日工作的岗位上，去过两回，坐在光秃秃的办公桌前，试着草拟一份设计，用以称量那些没有重量的事物，可却一丁点儿感觉也没找到——既不忧心忡忡，也无欣慰满足。一切都结束了——那个人人关心和向往的集体大家庭，如今彻底解散了，公用的大茶壶，再也犯不着在12点前拼命地烧开水了；那些玻璃茶杯，空空地摆在了木格子上，里面渐渐爬满了一些小东西，一丛丛白色的书页虫子。通信员的儿子，一会儿哭，一会儿安静，墙上的简易挂钟，就垂在小家伙的上头，母亲轻轻地爱抚着他，跟天下所有慈母的溺爱一个样。她怀着几分恐慌，也带着几分期待，等新的单位搬进来，因为她的家，实在是无处可去了。不过，新单位搬来前，也得进行财产清算，要对住宅总面积重新进行估算并登记在册，随后，家家户户的居民才可以顺顺当当地住进来。

沙尔托利乌斯的视力是越来越差了，双眼几乎都快瞎了。他在床上躺了整整一个月，之前，他忍着剧烈的疼痛，费尽力气，多少还能看见一点儿。那位旧公司的通信员，隔天就来探望他一次，给他带点吃的和收拾一下屋子。

桑比金带着眼科医生，来看过他两次，给出了自家医院所作的诊断结果，说是那眼疾，是因于眼睛离身体的内核，确切地说可能是心脏，过于疏远了。从病根儿上看，桑比金认为，沙尔托利乌斯目前正处于一个，尚不稳定的［破裂］蜕变过程，并且其本人也受困于这个求变的想法，已经有好些时日了。

后来，沙尔托利乌斯离家而去。他来到大街上，熙熙攘攘的人群，让他感到心里甚是舒坦，飞驰而过的小汽车，在他心里引起阵阵激荡的波澜；天上骄阳高照，永不停歇，辉映在来来往往的女子头上，长发飘扬，分外绚烂；阳光洒落在刚抽芽的新鲜树叶上，把那初生时带出的片片湿润，装扮得格外晶莹娇嫩。

又是一年春来到；时光流逝，沙尔托利乌斯的日子渐行渐远。光线太热情了，他时不时就会闭一下眼，也就撞到了不少的行人。不过，他倒是很开心，觉得这人们，该有多少，就还有多少，他自己在与不在，也就无关紧要了——没了他，总有那要紧的人，会去完成一切必需，也值得完成的事情。

可唯有一样情感，沉重而阴郁，揪着他的心不放。他行走着，像具行尸走肉般，感觉自己死重死重的——这副躯壳，让人腻味，充满忧愁，历经磨难，直至枯竭的边缘。沙尔托利乌斯仔细端详了许多张迎面而来的脸孔；那一闪而逝的苍白欢悦，那藏在未知灵魂中的陌生生命，让他感到很是痛苦。他想逃离到一边，独自去忧愁。

宽宽的共青团广场上，略略有万把来人在攒动。沙尔托利乌斯于海关大楼边上，骇然地停了下来，万分惊讶地瞪大着眼睛，就仿佛从未见过这么宏大的场面似的。

"我得赶紧躲起来，于茫茫人海中，消失得无影无踪！"他心里冒出了个念头，虽非有多么明晰，却也轻易地浮上了脑海。

一个模样朦胧的人，来到他面前，这样的人，你不必要记住，也就不用去忘怀。

"同志，请问，您知道不，这多米尼科夫斯基胡同，打哪儿算是个起头哇？没准儿，您不经意间就晓得了，我从前也是知道的，可却不记得路线了。"

"我知道的。"沙尔托利乌斯说，"在那个地方！"他一边指着方向，一边回想起，这人的声音有点熟悉，可一张脸，却记不起来是谁的。

"那您还记得不，那地方是不是有家棺材厂，或者由于城市搞建设和改造，已经搬到什么地方去了？"那位过路的一个劲儿地打听。

"这个可不太清楚了……好像，似曾有过，有过棺材和花环。"沙尔托利乌斯耐心地解释道。

"那里通交通吗？"

"大概，通着吧。"

"想必，汽车开起来的速度不快吧。"

"应该不算快。跑起来也就 1 挡的速度，上面拉着死人呢。"

"那，这就对啦。"那人赞同归赞同，可却根本就不知道 1 挡是啥玩意儿。

俩人都打住了。那过路的，兴致勃勃地打量着挂在电车上的乘客，甚至还朝里面的人打了个夸张的手势，其意图却不甚明了。

"我一定见过您。"沙尔托利乌斯说道,"您的声音我有印象。"

"这完全有可能。"那人承认得倒也淡定,"我那会儿,为着公物财产安全,给许多人都开过罚款,所以你要喊出来,是这个意思不。"

"也许是吧,我想一想:您叫什么来着?"

"名字——不重要。"那过路的说,"重要的是确凿的地址和姓氏,就这也还不够:最好是出示一下证件。"

他掏出了公民证,沙尔托利乌斯一眼就看见上面写着个姓氏:科米亚金,退休人员,和一排地址。这人,他还真不认识。

"我俩,互相不认识嘛。"见沙尔托利乌斯有些沮丧,科米亚金宽起他的心来,"您只是觉着罢了。这很正常呀,有些事情,刚开始觉着很大个事儿,可后来一想——根本就不算个啥事儿。那么,您啦,就在这儿站会儿,我去打听打听那棺材。"

"是您妻子过世了吗?"沙尔托利乌斯问道。

"她呀,活得好好儿的呢。自个儿走了。这棺材,我是给自己备下的。"

"可是,为啥呢?"

"什么叫为啥呢?必需的呀。我想搞清楚死一个人的全部线路图:上哪儿去领取进入公墓的许可证,需要啥样的证明和手续文件,如何预订棺材,然后是运输、下葬和用什么方式清算一条命的总体资产归宿:到什么地方、又采取什么形式办理,才能将一个人从公民序列中最终剔除出去。我想把整个线路图,提前都走上一遍——从活鲜鲜的,到完全被遗忘,到每一个生命的迹象,都干净彻底地被注销。据说,要走完这个线路图,程序是很复杂和困难的。当然，也有好心的同志奉劝：死不得的，公民还是很有用的嘛……可您，不也瞧见了，这广场上乌七八糟的像什么话：都是些公民们，乱糟糟地瞎窜窜，走路没个走路的样子。卢纳察尔斯基同志在任的时候，曾经多次呼吁过，人民群众抬脚迈步子，一定要有节奏感，可到今天，还不是要罚他们的款才行。简直就是一群生命的散文家！共和国英雄的人民警察万岁！"

科米亚金走了，去那个多米尼科夫斯基胡同。刚才听他的演讲听得入了迷的，除了沙尔托利乌斯，另外还有四个路过的闲人和一个流浪儿。这个流浪儿，年纪12岁上下，快步追上科米亚金，并用一种非常严肃的口气，向他提出正式要求：

"这位公民，反正你要去死了，就把你的家产贡献给我吧——我再给它们装两条腿儿。"

"好啊。"科米亚金说道，"跟我来吧，我的家具呢，就由你继承了，可我的命运呢，我得自个儿继续带着。再见了，我的命——你在组织温暖的怀抱里，过得也够了。"

"你多好呀，就快死了。"那个聪明的孩子，好心好意地说道，"可我呢，为了前程，还需要一些东西哟……"

沙尔托利乌斯的灵魂，滚过一阵儿充满好奇的热浪。他站在那儿，心里想着，一个独自存在的人，他的心灵中，有多少难以回避的荒芜和苍凉；那些形形色色的、活得绚丽多彩的人们，他们的人生场景，早就令他惊奇羡慕不已，他多么希望自己能活得像别人的命，并且永不定型。

回家，在他来说，已没有必要了——他的居所空了，公司也解散了，亲人般的同事们也去了别家单位，住进了合适的地方，莫斯科娃·切斯特诺娃在这个城市的地盘上不见了，消失在某个人类的旮旯角落里了，——如此一来，沙尔托利乌斯反倒变得更加轻松愉快了。那个生活的主要任务——操心操心个人的命运，感受感受自己长期被各种情感灌注的身体——消失了，但他，却不可能成为一个周而复始、始终如一的同一个人了，毕竟，他的身体里长出了哀愁。

沙尔托利乌斯活动了一下胳膊——按照世界万有联系理论的说法，他刚才完成了一次电磁振荡，这将会使得最最遥远的星辰，产生微微的波浪。他心里想着这个关于伟大的世界，且令人伤感而又苍白可怜的说法概念，不免笑了起来。不，世界要更美好和更神秘得多：无论是活动一下胳膊，还是人心脏的每一次跳动，都不可能惊扰到那些星球，不然，那些陈谷子烂芝麻的、不断抽风的破事儿，早就让这整个人间，闹得是翻天覆地了。

沙尔托利乌斯从广场上迎面而来的人群中穿过，遇见了一位地铁女工，穿着一条上工时的短裤——这女人那身材，跟莫斯科娃·切斯特诺娃很像，这时，他想起了自己的那场爱情，眼睛顿时疼痛起来；感情要是不变来换去，是没法子活下去的。他试着说服那女工，与自己试探性地交往一番，可她却抿嘴笑了笑，就匆匆忙忙地躲开了；她身上脏兮兮的，却又分外美丽。

沙尔托利乌斯揉了揉快瞎掉的眼睛，然后安慰起自己来，他那一颗心，想念莫斯科娃和所有别的什么人，想得实在痛苦；不过，他发现，脑子里的思想，倒是不再影响自己了。只是，由于对自己不够重视和自爱，他的痛苦，也变得不那么艰难了。

沿着这座城市，沙尔托利乌斯继续漫无目的地游逛，时常会碰到一些幸福的，或者忧伤的，或者神神秘秘的面孔；他就琢磨，自己到底要变成谁。他设想，自己有了新的躯壳，里面住着一个别的灵魂，这灵魂却不认识自己的躯壳；这样一想，他就控制不住自己了。他想问题，用的是别人的脑袋；他迈步子，走的是别人的脚法；他高兴快乐，凭的是一颗现成而又空闲的心灵。他身体里的青春，正在转变为一种精神上的渴望，这份渴望又是沙尔托利乌斯式的；那些广场上和大街上的斯大林塑像，含着微笑、神情谦和地，守护着条条开阔的道路；这些道路，通向一个光明而又神秘的社会主义世界——生活在向远方伸展，并且永不回头。

　　沙尔托利乌斯乘车，去了克列斯托夫斯基市场，为着自己今后的活法，需得买上一些必要的物品。他对自己的新生活，很是上心。

　　克列斯托夫斯基大市场，人头攒动，随处可见讨价还价的贫苦人，和影子般的资产阶级分子，他们眼中，闪烁着饥渴的欲望和为了混口饭吃的冒险冲动。熙熙攘攘的人群挤成一锅粥，或站着，或叫嚷喧哗，搞得头顶上方乌烟瘴气，——一些人，死死地捂着自己的胸口，推销起种种不起眼的微末商品；另一些人，一边询问和哀叹，一边盘算着如何把那东西永久地据为己有，与卖货的三番五次地说着价钱。这里，有卖旧衣服的，样式是 19 世纪的，散发着一股化学药剂的气味儿，看上去像是曾被某个人穿在身上，精打细算地爱惜了 10 来年；还有几件皮袄子，也不知道在革命期间，转过多少道手，跟着人们走南闯北的，那经过的路程，真个儿测量起来，恐怕地球的子午线都要显得短了。人群中，还有一些完全失去生活意图的物品，摆在那儿售卖——诸如，某些个身份特别的女人们，穿过的宽袍子；上面绣有圣杯，专门用于给新生儿做洗礼的法衣；已故的绅士们用过的双排扣大礼服；以及挂在怀表链条上的小坠子，等等物件儿，——不过，这类子的东西，曾经待在人们身上，也算是一种响当当的身份象征。此外，还有许多人在出售，前不久刚死去的人穿过的衣物——死亡，也是一种存在；还有卖婴儿的小衣小裤的，原本是为腹中的胎儿准备的，可后来那当娘的，兴许，改变主意了，不生了，就做了流产手术；而那未见天日的孩子的、可怜巴巴的衣服裤儿，却又跟早先就买下的小铃铛混搭在了一起出售。

市场上，有一排专门的地方，摆着些彩绘的肖像画真迹，和一些临摹伪造的假货。肖像画上面，绘着一些早就死去的小市民，和几对儿小县城的新郎官儿新娘子；每个人的脸上，看上去都喜滋滋的，神情陶醉，对那过往的生活，是既满意也欣慰。人像后面，有时候会显出一座教堂来，矗立在一片自然风光[大自然]中；还有几株高高大大的橡树，生长于幸福快活的，却又终将逝去的盛夏。

沙尔托利乌斯站在这些肖像画面前，久久地端详那些旧时的人们。如今，他们坟头上的石块儿已经变成了铺于新城市里的人行道，这后来为时不长的第三辈或者第四辈人，没准儿脚下正踩着他们的墓碑，上面写着："此处埋着的是彼得·尼科季莫维奇·萨莫法洛夫，扎赖斯克市第二行业协会的商人，享年……主啊，请记住他的名字吧，他就在你的天堂。""这里长眠着少女安娜·瓦西里耶夫娜·斯特里热娃的遗骸……我们理当痛哭和悲伤，而她则理当向主朝拜……"

这会儿，沙尔托利乌斯正代替那天上的神灵，怀念起死者，并且为自己似乎仍活在他们中间，而恐惧得直哆嗦——那时，森林还没有被砍掉，人们赤贫的心灵，永远只驻留有一份忠实的情感；周围的世界，认识的，也唯有自己的亲人；脑海里的世界观是迷人而神奇的，也是坚韧而顽强的；每到夜里，就会在昏暗的煤油灯下黯然神伤和哭泣落泪；或者，哀愁并伤心于夏日正午的明亮光影之下——于广阔而又喧嚣的天地之间；那个昔日楚楚可怜的姑娘，多么温柔，多么坚贞，于伤感愁苦时环抱着一棵大树，又多么痴情和动人，如今却也悄无声息地被遗忘了。她不是莫斯科娃·切斯特诺娃，她叫克谢妮娅·因诺肯季耶芙娜·斯米尔诺娃，她不在了，永远也不会出现了。

一路下来，还摆着许多等候人光顾的物品，有雕像、杯子、碟子、铁支架、叉子，还有一节栏杆，12普特的秤砣；趴在地上的化学制品残渣；几个失业的小铁匠，一溜儿排开，私自兜售着自家打的虎钳、劈木柴的大板斧、锤子和一把一把的钉子——再往里走，还有一些就地加工，洗弄得干干净净的鞋子；几个在家烧饭的老太婆子，手上拿着些冷冰冰的煎饼，或者是夹着碎肉沫子的包子；或是捧着一个小铁罐子，里面装着蜡油，用那死去的老伴儿身上扒下来的棉大衣焐得个热热乎乎的；或是手上托着一块块儿的小米饭饼子，还有其它一切，可以充饥的玩意儿，只为能缓缓本地人的饿痨病；那当地的饿鬼们，只要能碰上，凡是能吞下去的，都吞得一干二净，此外，就别无所求了。

一些鬼鬼祟祟的偷儿，在买卖双方中间窜来窜去，从别人家手上夺下一小块印花布，或是一双破毡靴，或是几团儿白面包，或是一只独脚的套鞋，转身就跑进流浪汉的丛林里；这每次出手，也就挣个半把卢布或者1个卢布。往深了说，他们劳神又费力地，无非是在证明那种不干不净的活路也该有一份报酬，可除了挣得一身的劳累和疲惫外，又能落下些什么呢。

市场的中央，耸立着几处警察专用的岗亭，木头做的。警察们从那高处往下巡视，看着这方汹涌的迷你海洋，里面游荡着遭囚禁的帝国主义。这里，劳动者换了一潮又一潮，免不了就会生出些磕磕碰碰的是非来。

人群中，那些廉价的食物和着震耳欲聋的喧嚣，一起被吞咽消化，使得每个人都甚是疲惫和艰难，如同是在操持一份繁琐且又复杂的事业；那混浊的空气，从这里向上升腾飘散，好似顿巴斯煤田上空缭绕的烟尘。

集市深处，时不时响起几声绝望的呼喊，可却也难见有谁上前去搭救，人们都行走在不幸的边缘，着急忙慌地买东卖西，只求自己的痛苦，能有个暂解燃眉之急的缓冲和慰藉。一个虚弱不堪的人，身上穿了件旧式的士兵服，遭一个卖甜面包的女商贩，追着赶着逼到了厕所墙边的尿凼凼里，那女人手上拿着块儿破抹布，使劲儿地抽他的脸；又上来一个四处瞎逛的流氓，出手帮衬那女人，一拳就将那个瘦不拉几的家伙，砸破了脸，冒出了血来；那挨了打的，顺势也就倒在了厕所院墙根下。这人，既不尖声大嚷嚷，也不摸摸自己血淋淋的面皮子，从太阳穴下来挂得满脸都是，——只见他三口并两口地，吞咽着一块儿偷来的、干巴巴的面包，几颗残余的蛀牙还正难受着，却也已把这档子事儿飞快地给忙乎完了。那流氓又照着他的脑袋给了一拳，这个受伤的饥食者，猛地一下子蹦了起来，以一种令人费解的、逆来顺受的温柔，默默地消失在了密密麻麻的人群中，就仿佛钻进了一片拥挤的麦田里。他到处为自个儿搜罗着食物，打算无牵无挂又无喜无悲地，活个长久；不过，这么一来，倒也间或得以充饥填饱肚子。

一位中年男子，貌似复员军人的样子，老站在一个地方，不怎么挪动位置，只顾东摇西晃地忙乎着手边的事情。沙尔托利乌斯已是第二次碰见他了，于是就走上前去。

"粮票。"那个不太好动的家伙，带着些许警惕，打量了沙尔托利乌斯一眼，悄悄地开了口。

"什么价钱？"沙尔托利乌斯问。

"25个第一类的卢布。"

"那就，给我来一张吧。"沙尔托利乌斯倒也想买点儿。

那个卖东西的，万分谨慎地从侧面的衣兜里，抽出一个信封来，上面印有一排字儿"矿产机械加工科学设计院全面规划纲要"。在这份纲要里面，夹杂着一张购货证。

那粮票贩子，又劝说沙尔托利乌斯，如果他用得着的话，再买张身份证，不过，沙尔托利乌斯随后却从另外一个人手上，给自己弄了张身份证明——那家伙原本是兜售钓鱼的小虫子的。身份证上写着，伊万·斯捷潘诺维奇·格鲁尼亚欣，31岁，籍贯新奥斯科尔市，售货员，预备役排长。这份证明文件，沙尔托利乌斯花了65卢布，连带着把自己那份旧证明，给交还了回去：那上面，证明着一个27岁的人，受过高等教育，在自己的专业领域具有广泛的知名度。

从集市出来，这个格鲁尼亚欣，就不知道该上哪儿去了。他乘车又来到大广场上，径直就坐在一处楼梯的铁台阶上，那楼梯连接着一间调度市内交通的小亭子。红绿灯变着脸儿地一闪一闪，指挥着车里的人们呼啸而过，指挥着一辆辆载有钢梁和圆木的重型卡车；警察时不时变换着开关，死死盯着流动的街面，——飞驰的车流两旁，站着许多互不相识的人群，彼此打量起四周陌生的别人，一时倒也忘了自己孤单寂寥的生活。格鲁尼亚欣觉得，身上的眼睛好像不痛了，他再也不需要莫斯科娃·切斯特诺娃了，即便眼下有许许多多的良家女子，打他面前经过，他的一颗心，却也静得无动于衷了。

　　临近傍晚的时候，他来到索科尔尼基公园，加入了附近一家毫不起眼的工厂的工人生活用品供应处。那是一家生产某种零配件设备的厂子，给新来的工人提供有宿舍，只为着，来入伙儿的，均为孑然一身的孤家寡人，整个人上上下下只裹着一件单薄的行头，并且从下往上看，只剩下一脸的憨厚相。

　　过得一些时日，格鲁尼亚欣全然沉浸陶醉在了这份工作中：他亲自动手，摆弄出一块块儿烤好的午餐面包，在锅子里舀出一份份儿限量的蔬菜，又精打细算地放上一些肉食，保证每个人到手的都是绝对公平公正的那么一小坨。他喜欢上了给人们喂食，干起活儿来，既光荣，又干练；他那厨房里的秤，亮铮铮地闪着光芒，既干净又精确，如同一台精密的柴油机。

　　每天晚上，自由得发慌又孤单得难受的格鲁尼亚欣，通常都要沿着林荫道闲逛，直到最后一趟电车收班，才又坐了回去。差不多刚好次日凌晨一点前后，一辆辆电车车厢就会高速地冲进公园来，这时，伊万·格鲁尼亚欣则会跳上去，坐在空空荡荡的座位上，饶有兴致地打量着整个车厢，就如同里面有成千上万的人日间曾在这里待过，并于那些空旷的地方留下自己的呼吸和最美好的心情。车上的乘务员，有的年纪大，有的年纪小；小的，既可爱又迷糊，一个人孤零零地坐在那儿，每经过一道无人的站口，就快速地拉扯一下开关车门的绳子，只想着赶紧跑完这最后一趟的行程。

以第二个人的身份，格鲁尼亚欣又过上了日子，见着有乘务员，就上前去跟人家搭讪闲扯，吹得是云山雾罩，与周围一切眼目所及的现实生气儿一点儿都不沾边，不过，这么一通吹嘘，那乘务员倒也觉得自己眼里，似乎走进了一些看不清摸不着的东西来。有那么一个乘务员，她的电车带有一节拖车，有些信了格鲁尼亚欣的话，于是乎半道儿上他就搂上了她，随后，俩人转战到了后面的车厢连接处，那个地方灯光要更加昏暗和朦胧些；两个人亲来吻去的，一路驶过了三处车站，直到被林荫道上的某个人逮了个正着，冲他们"乌拉！乌拉！"地大声欢叫起来，方才歇了嘴上的动作。

此后，他隔三岔五就去往复体验一番，与那群午夜乘务员相结识的快乐——间或倒也有点收获，但多数情况下都会受挫。不过，这种不长时的、闪电般的、只开花不结果的爱情，倒是越来越难以抓住他的心了，反而是那个来路不明的人，那个叫格鲁尼亚欣的家伙，让他日益沦陷了下去，这人的命运将他给彻底淹没了。

工人生活用品供应处的活路，他是越干越起劲儿了，渐渐迷上了这份儿工作和周围的环境，甚至对眼目下的生活，丝毫都舍不得放手了。他有一个自己的书柜，满架子都是书；他着手研究起世界哲学来，深深地沉迷于各种各样的学说思想中，并且深信，世上的美好和幸福，是不可避免的，甚至没有人，不与它牵扯上干系，逃匿，也是万万不可能的。力学上的黄金定律和大周天上的黄金分割线，时时处处都在发挥着作用。这么一来，仅仅基于纯粹的自然作用力，一次小小的行为，总是会带来巨大的收获，并且，每个人均能从黄金分割线身上，分得那么一大块儿好处——足够庞大，也足够的丰厚。如此这般，不单单是工作劳动，甚至包括阴谋诡计、能言善辩和心灵神魂，只要是打算好享受幸福的，都能够决定一个人的命运。因为科学上诸多黄金法则的发现，早在古时，阿基米德和亚历山大时的科学家海伦，就曾欢呼雀跃地断定，这些法则能够为人类带来最为广泛和普遍的福祉；要知道，诚如阿基米德所计算的那样，在不等臂杠杆的作用下，1 克的重量，就可以抬起 1 吨的物体，甚至是整个地球。卢纳察尔斯基曾经就提议过，若是眼下挂在天上的这颗太阳不够用了，或者实在令人腻味和不漂亮了，那么干脆就点燃一颗新的太阳。

读书，能够给人以快慰；从此，伊万·格鲁尼亚欣在生产活动时，工作起来就越发舒畅了。按照工人生活用品供应处主管的意思，格鲁尼亚欣花了一个月的时间，把食堂里那些灰扑扑的家具摆设，全部都翻着个儿地，换成了精美华丽的和令人赏心悦目的家什。他还跟绿化建设公司签订了为期一年的合同，也与莫斯科家具厂及其它机构，达成了相应的协议；就这样，他又摆上了一些随时可更换的，连着花儿附带托盘的花盆子，还铺出了几条地毯路子；后来，因见着电风扇不行了，为加强空气的流动循环，他亲自动手修理好了电机，使之又再次运转起来；为着这事儿，他拼了老命地，回想起了昔日学过电工技术，完事后，却再也不感兴趣了。在食堂和食品装配车间的墙上，格鲁尼亚欣又都挂上了巨幅的油画，上面绘的是古代生活的历史事件和情节片断：有特洛伊城的沦陷，阿尔戈战士远征，马其顿·亚历山大大帝之没落——为此，连这家厂子的厂长，都对他的品位，是赞不绝口。

"我们啦，头上是得整点儿神秘而美好的光环，就比方说空中楼阁那样的。"厂长对格鲁尼亚欣讲道，"不过，这些玩意儿相比于我们的现实来说，还真派不上啥用场！当然——挂就挂着吧：历史呢，过去是很贫瘠的，想要从它那里打听出些什么来，多半都是没用的。"

眼见大伙儿都仪表堂堂、生活有滋有味儿，格鲁尼亚欣未免有些自惭形秽起来，开始着手给自个儿添置些必要的生活用品，诸如内衣内裤、皮鞋和水果等事物，甚至还梦想着找个爱人，找个可以托付终身的老婆。有时，他倒也会想起，过去在秤和砣公司上班的可怜日子，那会儿，他还叫沙尔托利乌斯来着，——在那个地方，他的一颗心，是既忧伤又温暖，尚且还犯不着找个什么老婆来做伴儿；可如今，变成另外一个人了，格鲁尼亚欣就须得上一个家庭和一个女人了，哪怕以此来生拉活扯地，热乎热乎他的心灵也好。

新产品研发车间，有一个老资格的电工，名叫康斯坦丁·阿拉博夫，年纪也就 30 来岁，是"迪纳摩"电机协会的成员，一个自命不凡的家伙，声称背得全普希金的悉数作品。工程师伊万·斯捷潘诺维奇·格鲁尼亚欣值班的时候，曾碰到过他几次，可却没太注意——这倒也正常，有些人啦，他们的命运有可能已经走进了您的心灵，并在里面居住了很久，可您却丝毫也无所发现……阿拉博夫喜欢上了一个小队长，是位法国女孩，共青团员，名叫卡佳·别松内-法沃尔，非常有趣和聪明的一位姑娘；阿拉博夫这家伙就跑去跟她同居了，搞起些山盟海誓的恋爱来，却把自己的老婆和两个儿子丢在一边儿不管了——大的一个有 11 岁，小的一个才 8 岁。阿拉博夫的妻子人也还年轻着，可却老是闷闷不乐的。曾经有那么一阵子，她经常在下班前来到厂子里，就想看看自己的丈夫，她的那颗心，看来一时半会儿，还没有习惯离开他。后来，她就不来了；她的那份爱情，已是疲惫不堪了，也走不动了。不久，格鲁尼亚欣从卡佳·别松内那里得知，阿拉博夫那个 11 岁儿子，开枪自杀了，用的就是同一幢楼邻居家的武器，还像个大人一样，留下了封遗书。卡佳说那孩子，就倒在屋子的角落里，孤苦无援地独个儿死了，一边说，一边流下了伤心的眼泪——还说，自己那会儿，正跟他的父亲一起寻欢作乐来着。格鲁尼亚欣对这起死亡事件，既震惊又恐惧，就仿佛四周一片漆黑，而他耳中却传来一声声无力的哀号。他很是惋惜和伤感，怎么从前就不早点儿认识这个孩子，如今这条生命，却是再也见不着了。

阿拉博夫想跟卡佳·别松内来一场更加疯狂的恋爱，以麻痹和拯救自己绝望的心情，这种事儿似乎倒也寻常；可卡佳正被自己的良心折磨得死去活来，实在难以接受，也就拒绝了。不过，让她一个人独处，却也是办不到的，于是，别松内就约上格鲁尼亚欣，一块儿去看电影。电影结束后，他俩又一起去了阿拉博夫的前妻家里。卡佳知道，那孩子在今天早上就下葬了，这会儿她想去安慰安慰那当娘的，毕竟她才刚与自己最心爱的那个小小的人儿，永远地告别和分离了。

阿拉博夫的妻子见是他俩，迎接的神情很是冷漠。她的样子冰冷素净，衣着也相当整洁，仿佛是收拾好了，要去参加一个庄严的典礼，安安静静地，也不哭闹。卡佳·别松内，她当然认得，而格鲁尼亚欣，她只在厂子里见过一面，也就闹不明白，他上这儿来干吗。

卡佳先伸出手来，抱了抱阿拉博夫的妻子，后者却站在那里一动也未动，双手就那么吊着，也不回应卡佳的拥抱；她身上，如今发生任何事情，在她看来，都无所谓了。她神情麻木地烧起了煤油炉子，等水开了，给两位生分的客人，冲了点茶水。这个妇人，倒是引起了格鲁尼亚欣的兴趣，那脸蛋儿并不漂亮，甚至有些难看得令人惋惜，鼻头儿很大，鼻梁骨却很纤细，嘴唇苍白，双眼无神，只隐隐显出些沉默的倦怠，看来是长期操持单调的家务劳动所致；尽管岁数不大，可她的身材，却已是枯萎干巴了，活像一个男人似的，而那一对儿胸脯，也凋谢了，仿佛无所事事地耷拉下了形状。

　　喝完茶，当客人的就准备离开了。这次会面，没谁心里感到有多少轻松和缓和，就连卡佳·别松内本人，也是满脑子的懊恼，她气愤自己，内心明明有那么多丰沛的情感，可却怎么倒也倒不出来，以至于最后无功而返。然而，在把客人送到门口后，那女主人突然一下子就转过身去，回了自家空落落的屋子。格鲁尼亚欣也突地瞄了一眼那房间，顿时觉得，里面所有的物什一下子变得是那么的似曾相识和如梦如幻，活像是某个熟悉而又平凡的普通人的物品，没准儿——那个人就是他自己，这所有的东西，看上去，齐齐地都在注视着进进出出的人们，它们怀着忧伤，带着一副模糊不清的面孔和朦朦胧胧的姿势，冲人们发出一阵一阵的冷笑。阿拉博夫的前妻，恐怕正是由于也瞧见了这一情形，一股抑制不住的伤痛，如永不停歇的涌泉般，一下子涌上了她的心头，不由得大声痛哭起来，她再也顾不上旁人了，什么矜持和羞愧也不管不顾了，彻底打开了自己心碎的阀门。单凭直觉，她心里就明镜似的：别人的任何帮助，都不管用，最好的慰藉，只能是自己独自一个人，静静地藏起来。

这样的生活，实在叫人伤心，格鲁尼亚欣跟别松内-法沃尔一起出来，大街上，他跟她说道：

"您肯定听说过，有一条力学上的黄金定律。某些人认为，靠着这条定律，可以欺瞒哄骗整个大自然和全部的生活。科斯佳·阿拉博夫同样也想靠着您或者从您那儿，弄到——怎么说呢？——某些东西，某种不劳而获的黄金……显然，他弄到手的也不多……"

"确实——不多。"别松内承认了。

"那么，他到底弄了多少——顶多不超过 1 克！可是，为此，在杠杆的另一端，就得放上足足 1 吨的坟头土，以保持平衡。那土壤，这会儿正躺得平平的，紧压着他的那个孩子……"

卡佳·别松内眉头紧皱，有些不解。

"你永远也不可能，按照黄金定律过日子。"格鲁尼亚欣又跟她讲道，"这是一种愚昧无知，也是一种悲哀不幸，我是一名工程师，也就明白，那万物自然，它要严肃得多，里面没有什么后门可走。您的车到了，那么，这就再见吧。"

"等等。"卡佳·别松内叫住了他。

"不了，我没空。"格鲁尼亚欣回绝道，"我不感兴趣，也不喜欢那些只顾着自我陶醉的人，醒来后，就不知道该往哪儿走了，然后就想跟着我。人啦，须得规规矩矩地生活。"

别松内-法沃尔顿时笑了起来。

"走吧您，走吧。"她说道，"您这是，怪我啰，说得好像是我自己想搞成这个样子似的。我本不是这样的，我是无意。哎，我今后不会再这样了，请您原谅……"

格鲁尼亚欣返回到阿拉博夫妻子家里。她给他开了门，神情依旧冷漠，而他呢，一跨进门，说了一句让她嫁给他——然后就什么表示也没有了。那妇人，脸色刷一下子就白了，如同瞬间犯病了似的，也没回应他。伊万·斯捷潘诺维奇就留了下来，一直在屋子里坐着，直到夜色深深，街上也没了任何动静。后来，他自顾自地睡着了，阿拉博夫的妻子把短沙发收拾了一下，铺上些被褥，让他过去，躺正了再睡。

　　早上，跟平常一样，格鲁尼亚欣去上了班，可到得晚上，他又回这儿来了。玛特廖娜·菲利波夫娜·切布尔科娃（丈夫变心后，她就不再用他的姓了），对这位新来的家伙，既不热情，也没赶他走。他给了她些钱——放在桌子上，她呢，木然地给他烧上茶水，再给他热上些吃剩下的饭菜。过得几日，房屋管理员夜里来找玛特廖娜·菲利波夫娜，跟她讲，须得给新住户上户口了——不管怎么着，总得拿个主意：要么赶他走人，要么嫁他完事儿，像现在这个样子，是断断不允许的。房管员本人，过去也曾被没收过生产手段和土地，故而遵纪守法起来，丝毫也没得商量：他自个儿就经历过，也体验过国家手段的强大。

　　"你瞧着办吧，切布尔科娃公民，怎样弄，自个儿才不会犯错和挨罚：那公家呀，最不喜欢吃亏上当了。"

　　"那，好吧，真是的……过去呀，也不见有谁来罚东罚西的，可一旦没老公了，人也不中用了……"

　　"你呀，最好还是把他登上吧。"管理员指了指屋里的格鲁尼亚欣，"可别失了当女人的本分和规矩，不然，你这点儿面积，恐怕就保不住了哟，自身也会落得跟电影上的那个羊脂球一样，最后都瘦得跟个小鸡仔儿似的。"

"明儿个你来登记吧，来得及的。"玛特廖娜·菲利波夫娜说，"这会儿，我一个妇道人家，一时间也拿不出个主意来。"

"这下子抓瞎了吧！"管理员边说边往外走，"起初呀，多半，啥也没想清楚，就起了鬼主意住在一起，好像就自个儿最聪明似的。"出了门，他又在后面追了一句。

两天后，格鲁尼亚欣去登记了个临时户口，可切布尔科娃却叫他去改过来，重新登记一个长期户口。

"说出去谁信呢，一个老爷们儿和一个婆娘，同在一个屋檐下，又一锅子舀饭吃，滚在一起还清清白白的！"她明显是怒了，咆哮起来，"我可不是个小姑娘，是过来人，——明儿个呀，就跟我一起去户籍登记处，不然，我死给你看！要不，你打哪儿来的，就滚回哪儿去！"

后面的一切就好说了，不过走走形式，很快就办妥了，这格鲁尼亚欣的日子，也就在别人的家里安顿了下来。他上他的班，玛特廖娜·菲利波夫娜操持她的家务，虽则常常这儿不如意那儿不满，倒是很少想起儿子了——这多半是由于眼泪流出来后，人也就轻松了，与那内心的喜悦也就扯平了；至于另一份儿幸福，她倒是没法子体会，或者说时机还没到。对她来说，正是儿子的离世，隐隐约约地，渐渐变成了她平静的幸福生活的源泉——她哭那么一小会儿，心里就会想起儿子的点点滴滴，想得很慢，也就缓和而平静了；同时，她还会叫上伊万·斯捷潘诺维奇，跟他聊聊自己内心的苦闷和难过，让他知道，自己心里有一片烧得正旺的烈焰，是那无尽的痛苦悲伤在沸腾和弥漫，而她呢，还得将它死死地捂在心底。而这个时候，她通常都表现得尤为善良和温柔，远胜于其性格的极限。每当玛特廖娜·菲利波夫娜想起自己死去的儿子，忽地哭起来时，格鲁尼亚欣反倒是越发地喜爱上了她，——而这时，伊万·斯捷潘诺维奇，多多少少也会从妻子那里，捞得点儿柔情蜜意或者特殊的优待。

寻常，除了上班，切布尔科娃禁绝丈夫去这儿去那儿，把他的时间卡得死死的——准时回家没，若要说是在开会，她坚决不信，然后就开始大哭大闹，骂自己这第二任的男人，也是个下流坏子，也在背叛她。若是这个男人，每每都稍微晚那么一小会儿回来，玛特廖娜·菲利波夫娜把门一开，逮着什么是什么，对着他身上就招呼上去——旧毡靴子，连着衣服的衣架子，过去某个茶炊的嘴巴子，脚上脱下来的鞋子，还有，其它一些完全出乎意料的东西，——只要能发泄心中的愤恨和不快，都行。这接下来的几分钟，伊万·斯捷潘诺维奇盯着玛特廖娜·菲利波夫娜看的那眼神儿，满是震惊和不解，而她呢，则悲伤地大哭起来——她的那份痛苦，根本就没有消失，而是变成了另一份痛苦。格鲁尼亚欣这人，见惯了生活中的大风大浪，对于遭受到这份儿待遇，还不至于有多么难受。

玛特廖娜·菲利波夫娜的二儿子，像个旁观者，冷冷地瞅着母亲同新父亲争吵，他知道，最后的赢家总会是母亲。不过，有一次，玛特廖娜用指甲死死地掐伊万·斯捷潘诺维奇的脖子，伊万抓住了妻子的手，这时，小家伙发出了警告：

"格鲁尼亚欣同志，不准打妈妈！否则，我弄把锥子，把你的肚子给戳穿咯，你这个狗娘养的！这不是你的家——可别放肆！"

格鲁尼亚欣猛然回过神来：他刚才实在是痛得慌了，一时间忘乎所以了，不过却不是故意的。他面前，玛特廖娜·菲利波夫娜整个人的心都激动不已，大汗淋漓，精疲力竭，绝望透顶——她只不过是在努力劝自己的丈夫，别再花心好色了，以确保他对这个家庭的忠诚。伊万·斯捷潘诺维奇听着、忍着，也学着。

夜里，他躺在妻子身旁，心想，这一切就应当如此，否则，一旦盲目而又毫无结果地纠缠于各色各样的女人之间，一旦陷入这个世上天天发生的醉生梦死的汪洋大海之中，他那颗贪婪而又轻浮的心，迟早会磨得粉碎，遭吞噬得一干二净。

玛特廖娜·菲利波夫娜的二儿子——也叫谢苗，跟格鲁尼亚欣过去的名字一个叫法；这家伙早上一醒来，就对伊万·斯捷潘诺维奇说道：

"你咋就跟我母亲睡一起了？你想想，我瞅着你俩那个样子，心里会很舒坦？你呢，舒坦不？"

他这么一问，格鲁尼亚欣倒有点心虚了。妻子这会儿不在，到集市上买吃的去了。今儿个正逢休息日，按惯例，人们都要享受一下家庭生活的温暖，一起分享消化一番思想感情，或者带孩子去看一场电影。伊万·斯捷潘诺维奇也带上谢苗，去电影院看了场苏联喜剧片。谢苗对那部片子基本上还算满意，就只批评了几个镜头——里面反映的一些问题，对他来说简直是小儿科，他所经历过的，要比这复杂和多得多。玛特廖娜·菲利波夫娜回到家，坐在前夫的画像前，冲着他一个劲儿地哭，瞧见伊万·斯捷潘诺维奇回来后，脸上有些挂不住了，就收了眼泪；格鲁尼亚欣对爱情倒不怎么奢求，有点儿就行，一见玛特廖娜·菲利波夫娜不好意思起来，他就觉得这是她最好也最深的柔情和对他的绵绵信任。这个女人给他造成的伤害和痛苦，他并不怎么计较，因为他觉得，身为一个人，面对绵绵不绝的幸福，他还没有学到足够的勇气——仅仅还在学习中。

夜里，妻子和儿子睡着后，伊万·斯捷潘诺维奇站在玛特廖娜·菲利波夫娜面前，仔细打量着她那张脸，她整个人看上去是那么柔弱无助，一脸的疲倦和忧愁，脸蛋儿都皱成一团了，内心究竟有多少悲伤和痛苦；而一双合着的眼睛，倒是安静也祥和，给人感觉，只要她睡得安稳、无梦无扰，那神色，就宛若古时的天使在安息。要是全人类都这般躺下睡着了，那从每个人的脸上，实在是难以看出其真正的性格，没准儿，也就容易上当受骗和被迷惑了。

Платонов

В ПРЕКРАСНОМ И ЯРОСТНОМ МИРЕ

图书在版编目(CIP)数据

美好而粗暴的世界/(苏)普拉东诺夫著;淡修安
译.—上海:上海译文出版社,2022.3
ISBN 978-7-5327-8899-6

Ⅰ.①美… Ⅱ.①普… ②淡… Ⅲ.①中篇小说-小
说集-苏联 Ⅳ.① I512.45

中国版本图书馆 CIP 数据核字(2022)第 034042 号

美好而粗暴的世界

[苏联]安德烈·普拉东诺夫 著 淡修安 译
责任编辑/刘 晨 装帧设计/周伟伟

上海译文出版社有限公司出版、发行
网址:www.yiwen.com.cn
201101 上海市闵行区号景路 159 弄 B 座
江阴市机关印刷服务有限公司印刷

开本 889×1194 1/32 印张 14.5 插页 5 字数 259,000
2022 年 5 月第 1 版 2022 年 5 月第 1 次印刷
印数:0,001—8,000 册

ISBN 978-7-5327-8899-6/I·5502
定价:68.00 元